KB010173

천지의 눈물

김연정 지음

Magic House
마 법 의 책 공 장

천지의 눈물

초판발행 2011년 4월 25일
개정 1판 인쇄 2019년 11월 25일
개정 1판 발행 2019년 12월 5일

지 은 이   김연정
디 자 인   김민성
펴 낸 이   백승대
펴 낸 곳   매직하우스

출판등록   2007년 9월 27일 제313-2007-000193
주   소   서울시 마포구 모래내로7길38 서원빌딩 605호
전   화   02) 323-8921
팩   스   02) 323-8920
이 메 일   magicsina@naver.com
I S B N 978-89-93342-88-8

책값은 표지 뒤쪽에 있습니다.
파본은 본사와 구입하신 서점에서 교환해드립니다.

ⓒ 김연정 | 매직하우스
    이 책은 저작권법에 따라 보호받는 저작물이므로 무단복제를 금지하며
    이 책 내용의 전부 또는 일부를 이용하려면 반드시 저작권자와 매직하우스의 서면동의를 받아야 합니다.

천지의 눈물

Magic House
마법의책공장

개정판을 출간하며….

　무려 8년만에 개정판이 출간됐다. 서른 초반이던 내 나이는 이제 마흔을 1년 앞둔 노처녀가 되었고, 아직 남자친구가 없다. 지난 8년 사이 나는 작가로서 좀 더 성장하려고 참 가열차게 뛴 것 같다. 하지만 글 솜씨는 옛날과 다르지 않으며, 생각의 수준도 여전히 어린 아이에 불과하다. 〈천지의 눈물〉 이 작품을 내 아픈 손가락이라고 단정 짓는 걸 보면 정말 그런 것 같다. 개정판을 출간하기 위해 원고를 수정하던 중 이 책을 읽으셨던 독자 여러분의 쓴 소리들을 다시 찾아보았다. 두 번 다시 읽고 싶지 않았던 부끄럽고 창피한 과거를 내 손으로 뒤지는 게 쉽지 않았는데, 무슨 생각으로 그런 건지 나도 잘 모르겠다. 초판 출간 당시 지적 받았던 몇 부분을 수정하고, 완전하지 못한 문장을 정리하였으며, 내가 봐도 말도 안 된다 싶은 부분을 뜯어 고쳤다. 이제 독자 여러분의 쓴 소리를 들을 일만 남은 거다. 개정판을 출간할 수 있도록 도와주신 도서출판 매직하우스 백승대 사장님께 감사드린다. 인터넷 블로그에 감상평을 남겨주셨던 많은 분들께도 마음 깊이 감사드린다. 또한 내가 벌써 햇수로 15년 째 몸담은, 책이 출간될 때마다 꼬박꼬박 언급하는 가수 김종국과 팬클럽 파피투스 여러분 고맙고 사랑합니다. 우리 오래 봅시다.

프롤로그

사랑하는 나의 후손들아. 너희는 내가 누구인지 아느냐? 너희가 살아가는 이 땅에서 이미 오래 전에 사라져버린 나라의 왕자이니 알 리가 없겠지. 나는 아주 오래 전, 드넓은 대륙을 호령하던 대 제국 해동성국(海東盛國)의 마지막 왕자 대광현(大光顯)이라고 하느니라. 옳거니, 너희는 해동성국이 무엇인지 모르겠구나. 해동성국이란 동쪽의 강성한 나라라고 불리는, 너희가 흔히 발해라고 부르는 나라이니라. 나의 후손들아, 너희는 지금 내 앞에 엎드려 얼굴을 붉히고 부끄러워해야 마땅하거늘 어찌하여 웃는 낯으로 나를 바라보느냐. 저 파란 하늘이 어쩌면 더 이상 우리의 하늘이 아니게 될 지도 모르는데 너희는 정녕 그것을 모른단 말이더냐. 허면 내 친히 알려주마. 내 비록 망국(亡國)의 왕자이지만 나의 후손들에게 그 정도 호의는 베풀어줄 수 있느니라. 너희가 모르는 것을 알려줄 터이니 두 귀를 열고 듣도록 하여라. 아주 오래 전, 이미 한참의 세월이 흘러 그때가 언제인지 알 수 없는 오래 전, 지금의 북한, 중국 동북 지역, 러시아 연해주 지역에는 해동성국, 즉 발해라는 거대한 나라가 존재했느니라. 너희가 지금 너희 나라에 대하여 그렇게 생각하듯 우리도 내 나라가 영원토록 강성하고 부강하게 이 땅을 지배할 줄 알았노라. 내 나라 발해는 그만큼 강한 나라였고, 아름다웠으며, 배움 또한 주변의 오랑캐들이 부러워할 지경이었느니라. 이 나라의 마지막 제왕이자 내 아버지인 대인선(大諲譔)은 해동성국 이 땅에 그 어떤 오랑캐도 발붙이지 못하도록 하였단 말이다. 강한 나라였고, 부자 나라였으며 아름다운 나라였던 해동성국. 헌데 이 나라가 더 이상 버티지 못하고 지구상에서 사라지게 된 이유가 무엇인지 아느냐? 너희는 아직도 거란이라는 오랑캐 족속의 침략 때문인 줄로만 알고 있구나. 아니다. 그것이 아니니라. 너희는 아직 진실을 모르느니라. 너희가 우리를 잊은 이유, 중국이란 대국보다 더 강대했던 이 나라의 사서마저 제대로 존재하지 못하게 된 진실한 이유를 너희는 모르노니, 내 친히 알려주겠노라. 내 나라 해동성국에는 이 나라를 더욱 강하게 만들어주던 조종산(祖宗山)이 있었느니라. 지금의 중국인들이 장백산이라고 부르는, 너희가 흔히 백두산이라고 부르는 그토록 소중한 산 말이다. 우리의 신산(神山)이신 백두산을 우리 발해뿐만 아니라 우리 주변에 살아가던 각종 오랑캐들도 신령스레 모시고 마치 내 아버지를 바라보듯, 아니, 내 아버지를 볼 때보다 더욱 더 경건하고 감사한 마음으로 모셨느니라. 때마다 신단수(神壇樹)에 제를 올려 이 나라의 부귀영화가 오래토록 지속되기를 바라며 그 어떤 오랑캐도 우리에게 함부로 대하지 못하는 강인한 나라가 되기를 빌었노라. 백두산, 우리의 신산께서는 언제나 그렇듯 우리를 보살피시었고, 그리하여 전쟁에 나선 장수들이 다치지 않고 무사히 귀환할 수 있었느니라. 또한 백두산은 우리도 함부로 대할 수 없는 신령님의 산이었기에 제사 이외의 날에 함부로 발을 디디면 역모 죄를 지은 죄인을 처벌하듯 참수하거나 곤장으로 다스렸느니라. 그것은 엄연히 국법이었고, 또한 우리 백성 모두는 반드시 그렇게 함이 마땅하다고 생각하였다. 우리를 지켜주는 신산이 있었기에 우리 대 발해 제국은 그렇게 오랜 세월을 행복하게 살아갈 수 있었느니라. 아마 너희는 모를 것이다. 우리가 백두산이란 신산 아래에 살면서 얼마나 부강하고 풍요롭게 살아왔는지 너희는 정녕코 모를 것이다. 옳다. 우리는 바로 그렇게 살아왔느니라. 우리의 신령께서 화를 내시고, 분풀이를 하시던 날까지도 말이다. 허면 내 친히 묻겠노라. 혹시 너희는 부를 가진 자가 좀 더 풍족한 부를 갖고자 싸우는 인간의 막되어먹은 심리를 알고 있느냐? 또는 권력을 가진 자가 좀 더 강한 권력을 갖기 위해 피를 부르는 싸움을 하는 그 못 되어먹은 심보를 아느냐? 인간의 욕심은 끝이 없느니라. 과거에 그러했듯 지금도 그러하구나. 또한 너희의 지금이 그러하듯 너희 주변에 사는 족속들도 마찬가지일 것이니라. 그것은 바로 내 나라 해동성국에서도 있었느니, 좀 더 막강한 자리를 얻으려고 온갖 아첨과 뇌물로서 제왕의 눈과 귀를 속이던 신하들이 심지어 제왕의 자리를 차지하기 위해 역모를 꾸미기까지도 하였느니라. 제 분수를 모르고 함부로 날뛰는 짓이 얼마나 큰 대 죄인지 너희는 모를 것이니라. 지금 이렇게 상상만 하여도 내 가슴이 뜨거워지거늘, 오랜 세월을 지켜봐 온 신령님의 산은 어떠하겠느냐. 간신배들의 아귀다툼을 멀리서 바라보던 거란이라는 오랑캐들이 그것을 '이심(離心)이라고까지 칭했으니 이 나라의 왕자로서 나는 부끄럽기 짝이 없느니라. 옳거니, 지금도 너희는 한낱 오랑캐에 불과한 거란의 사서 요사(遼史)에 의지하여 우리 대 제국 발해가 그들에 의해 멸하였다고 판단하는구나. 아니다. 그것이 아니란 말이다. 너희는 어찌하여 날조된 오랑캐의 사서에 의지하느냐? 옳구나. 우리 대 제국 발해의 기록이 없기 때문이로구나. 그러한 연유로 그 짐승과도 같은 무뢰배들의 사서에 의지하였구나. 오냐, 내 너희를 이해하노라. 너희도 나만큼 가슴 아프고 속상할 터이니 내 너희를 이해하겠노라. 나의 후손인 너희는 바로 내 자식들이니 아비의 마음으로 너희를 이해하겠노라. 나의 자식들아. 지금부터 나의 말을 잘 듣도록 하여라. 신령님의 산 백두산은 무서우신 분이니라. 그분에게 함부로 해서는 아니 된다는 것을 알아야 하느니라. 우리가 때마다 제사를 지냈지만 분노에 찬 신령님이 화를 내시면 세상 그 어떤 아름다운 존재도 살아남지 못함을 알아야 할 것이다. 자, 지금부터 내 나라 발해에게 무슨 일이 있었는지 알려줄 터이니 너희는 내 말을 잘 듣도록 하여라. 허허, 막상 말을 꺼내려고 하니 그때가 언제였는지 모르겠구나. 너무나 오랜 세월이 흘렀기에 나조차도 시간의 흐름을 잊은 모양이로구나. 그때가 언제인지 알 수는 없지만 아마 내가 동궁전에서 책을 읽던 어느 날이었을 것이다. 편전에 있던 신하 하나가 동궁전으로 쪼르르 달려와 아뢰기를 신산이 제 몸을 부르르 떨더니 이윽고 불을 토해내더라고 하였다. 이 소식을 듣고 편전으로 달려가 보니 아버지는 고민을 하고 계셨다. 신선이 간혹 그렇게 소규모 분화를 하는 이유가 무엇인지 하는 고민이었느니라. 신산 주변에 살던 백성들이 생각지도 못한 불벼락과 산사태로 죽어나가니 살아남은 백성들은 두려움을 이기지 못하고 날마다 도성에 모여들어 살려 달라 울부짖었노라. 허나 아무리 막강한 힘을 가진 제왕이라도 신산의 노여움을 잠재울 방법이 없었느니라. 백성들의 가없는 죽음에 제왕께서는 날마다 슬퍼하셨다. 살아남은 백성들의 아픔과 그렇게 죽어간 백성들의 넋을 위로하며 제왕이신 아버지는 밤마다 곡을 하셨도다. 곡소리가 어찌나 애달프고 서글픈지 듣고 있던 모두가 따라 울어야 했을 정도였느니라. 그러다 신산께서 다시 화를 내시고, 백성들이 죽어나가면 아버지는 또 그렇게 눈물로 밤을 지새웠노라. 헌데 그러한 아버지의 아픈 모습을 신하들은 고깝게 생각했던 모양이다. 신산께서 그렇게 분통을 터뜨린 이유는 바로 제왕이 제왕답지 못하기 때문이라고 판단한 것이다. 충성을 맹세했던 신하들이 역모를 꾸미기 시작하고, 그것을 반대하는 자들도 생겨나면서 싸움은 그렇게 벌어졌느니라. 하지만 나에게는 그들의 싸움을 말릴 여력이 충분치 않았느니라. 밤마다 곡을 하던 아버지가 끝내 몸져누우셨으니 나로서는 방법이 없었던 것이다. 거란이라는 오랑캐가 우리 발해의 성들을 공격하기 시작한 것은 바로 그때 즈음이었던 것 같구나. 쇠약해진 내 아버지의 용상이 위태로워졌고, 나라의 안위마저 바람 앞의 등불이 되었노라. 옳도다. 내 새끼들아, 나의 후손들아. 너희가 알고 있듯 내 나라 발해는 신산의 노여움을 감당하지 못해 피폐해진 몰골로 거란이라는 오랑캐 족속의 공격에 결국 무릎을 꿇었느니라. 너희는 적장 앞에 나가 무릎 꿇은 아비의 뒷모습을 바라보는 아들의 심정을 모를 것이다. 내 아버지, 세상을 호령하던 대 제국 발해의 제왕께서 소복을 입은 그대로 흰 양을 끌고 성 밖으로 나가 위풍당당하게 칼을 차고 선 거란의 왕 야율아보기(耶律阿保機)의 앞에 엎드렸느니라. 그리고 적장의 더러운 발에 입맞춤을 하는 순간, 그 모습을 바라보던 발해의 백성들은 통곡했노라. 아비의 비참한 광경을 보고도 참아야 했던 나는 어떠했을지 나의 후손들아, 너희는 그것을 상상하지 말지어다. 더 이상 아무 것도 상상하지 말 것이며 더 이상 그 사건에 대해 묻지도 말라. 확실한 것은 세상의 그 어떤 나라도 영원할 수 없다는 것이니라. 더러운 오랑캐들에게 붙들려간 내 아비는 그 후 흔적조차 찾을 수 없었노라. 우리는 눈물을 머금고 그들에게 복수할 것을 다짐했다. 전쟁으로 이 땅을 빼앗은 것도 아니고, 이미 신산에 의해 무너져 가는 나라를 거저먹었던 더러운 오랑캐들을 생각하며, 내 아버지의 비참한 모습을 생각하며, 이를 갈고 칼을 갈았으니 발해의 모든 백성들은 더 이상 두려움에 떨지 않았느니라. 아직 거란이 정복하지 못한 몇 남은 성의 백성들도 다시 발해를 일으켜 세우기 위해 거란 앞에 나가 싸웠도다. 백성들의 그러한 모습은 보는 사람으로 하여금 발해의 새로운 모습을 보는 듯했다. 나조차도 무너져버린 발해가 재건될 것이라고 장담할 정도였으니까 말이다. 그러나 수많은 백성들의 노력에도 불구하고 발해는 다시 일어서지 못했다. 우리의 신산께서 그것을 반대하셨기 때문이니라. 하루가 멀다 하고 신산께서는 진저리를 치며 불을 토하셨으니 거란의 야율아보기도 쓸모가 없어졌다고 생각한 듯 그 지역의 땅을 버리고 떠났노라. 나의 백성들은 결국 신산의 가르침에 따라 거란인이 되거나 후에 여진 또는 말갈에 복속하여 그들의 문화에 적응하며 살게 되었다. 그러나 나는 대 제국 발해의 왕자로서 내 나라를 버릴 수 없었느니라. 내 마음이 이러하거늘 백성들은 그것도 몰라주고 어느 날부터인가 고려로 이주해가기 시작했다. 아마도 그때가 신산께서 더 이상 참지 못하고 모든 것을 토해내던 시기였을 것으로 짐작되노라. 그때 나의 백성들은 전쟁보다 더 참혹한 광경을 목격했을 것이다. 거기에 살던 사람들이 손도 댈 수 없을 만큼 뜨거운 바람에 떠밀려 사라지고, 붉은 물결과 차갑지 않은 눈(雪)에 휘말려 목숨을 잃으니 백성들도 나도 한때 신산께서 품어주시었던 이 땅을 떠날 수밖에 없었노라. 고려로의 내투(來投)를 결정했을 때 나의 신하들은 눈물로서 나를 붙잡았느니라. 대 제국 발해의 재건을 포기하는 건 왕자로서 옳지 못하다고 하는구나. 나의 후손들아, 너희도 그렇게 생각하느냐? 너희도 애국심을 부여잡고 무너진 제국을 일으켜 세워야 한다고 생각하느냔 말이다. 나는 너희와 생각이 다르구나. 나는 신산의 노여움으로부터 살아남은 내 백성들을 구제해야만 했다. 우리에게 핍박을 일삼는 저 더러운 오랑캐 족속들로부터 나의 백성들을 지켜내고 싶었단 말이다. 그러니 제발 부탁이건데, 나를 원망하지 말지어다. 나 역시도 내 아버지의 참혹함을 눈으로 보고 느꼈느니라. 이제 내가 해야 할 일은 북방의 혹독한 겨울 추위를 뚫고 사랑스런 내 백성들을, 내 소중한 신하들을 이끌고 발해의 오랜 피붙이에게 몸을 의탁하는 것뿐이니라. 나의 후손들아, 너희는 아직도 우리 발해의 마지막을 담은 기록을 찾지 못해 애태우고 있구나. 허나 내 새끼들아, 더 이상 그따위 헛수고는 그만 두도록 하여라. 이 세상의 어느 곳을 뒤져도 발해의 마지막 기록은 나타나지 않을 것이다. 발해, 내 나라 해동성국의 마지막 기록은 내가 내 손으로 불태웠음을 이번 한 번만 말하고 더 이상 한 마디도 하지 않겠노라. 신령님께서 어찌하여 그렇게 노하셨는지는 우리가 알 바 아니니라. 우리가 제를 지내고 기도를 올려도 화를 잠재우지 못한다면 신령님의 깊으신 뜻이 바로 그러하기에 우리는 그대로 물러나야 하느니라. 신령님을 붙들고 도대체 왜 그러냐며 살려달라고 애걸하는 건 오히려 더 큰 화를 불러일으킬 수 있기에 우리는 신산께서 원하는 대로 이 땅에서 사라지기로 결심하였노라. 그것이 바로 우리 해동성국의 마지막 기록이 존재하지 않는 이유이니라. 고려로 내투하는 길목에서 우리의 마지막을 담은 사서를 불태우겠노라고 다짐하였더니 따르던 모든 신하들이 나를 붙잡고 통곡한 것은 말할 것도 없거니와 백성들은 그대로 쓰러져 어찌할 바를 몰라 했다. 그렇게 짓이기고 찢겨져 상처 입은 우리를 고려의 태조께서는 넓은 마음으로 보듬어주셨느니라. 발해와 고려는 한 핏줄이기에 가능한 일이었다. 신산께 버림받은 발해의 유민들이 고려의 백성으로 살아가게 되었고, 왕건이란 이름의 고려 태조께서는 나를 한 가족으로 받아들이며 '발해는 고려와 혼인한 사이'라고 말씀하신 뒤 여기까지 오느라 고생했다며 내 어깨를 두드려 주시더구나. 그때 나는 그동안의 고초가 떠올라 통곡을 하고 말았느니라. 나의 후손들아, 나는 지금 슬프구나. 내 너희를 위해 이렇게 과거를 들추어야 하니 가슴이 미어지는구나. 나의 후손들아, 내 새끼들아. 부디 나의 부탁을 들어다오. 역사는 돌고 도느니라. 나와 너희의 혼이 담긴 신산께서 또 한 번 노하시어 끔찍한 참극이 일어나기 전에 너희는 갈라놓은 허리를 펴고 당장 일어서야 할 것이다. 사랑하는 나의 후손들아, 내 새끼들아. 아픔과 슬픔과 고통은 나 하나로 족하노라. 그러니 어서 일어나 과거의 그 강인했던 선조의 후손임을 세계만방에 떨치도록 하라. 너희의 끈질긴 노력은 저기 저 갈 수 없는 먼 세상의 선조들이 지켜보고 있을 것이다. 그러니 힘을 내려무나. 사랑하는 나의 후손들아, 내 새끼들아….

목차

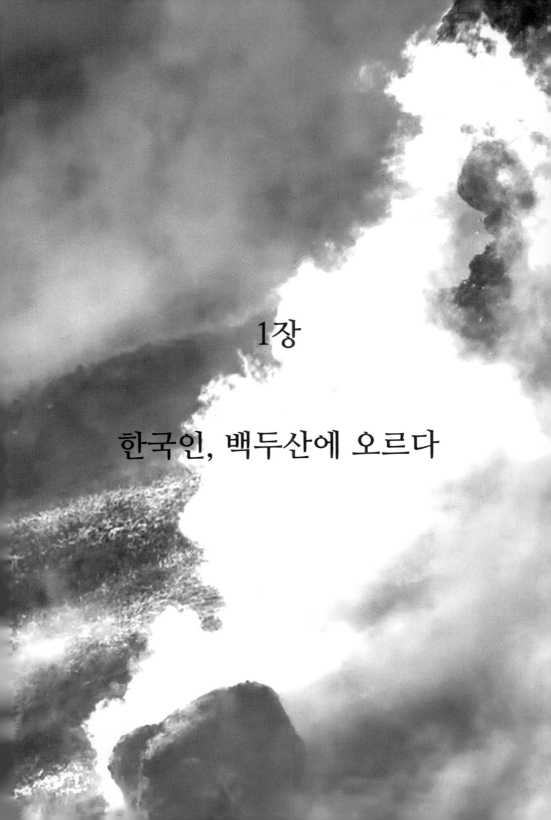

1장

한국인, 백두산에 오르다

가스의 주성분은 수중기이다

-아서 데이 & 어니스트 셰퍼드

2020년 8월 14일.

입국장의 문이 열리고, 우르르 몰려나오는 한국인 관광객 무리 사이에서 승현이 나타났다.

"뭐야? 여기 왜 이렇게 어두워?"

중얼거리던 승현의 고개가 슬쩍 천장을 올려다본다. 아무리 변두리 지역에 위치한 공항이라지만 그래도 '국제공항'인데 불 좀 켜고 살지. 햇볕 쨍쨍 내리쬐는 대낮인데도 이곳은 어둡기만 하다.

"어디에 있지? 아직 안 왔나?"

한국에서 연락을 주고받았던 현지 민박집 사장의 말로는 키 큰 여자 가이드가 김승현이란 그의 이름을 적은 피켓을 들고 서 있을 거라 했다. 공항 내부가 어두워서 그런 걸까? 그런 피켓을 든 여자는 아직 보이지 않는다.

"어떡하지?"

마냥 출국장 주변을 어슬렁거리며 애꿎은 스마트폰만 만지작거리던 승현은 문득 창밖에서 중국어와 한글이 함께 적힌 간판을 발견했다. 그러고 보니 저런 간판을 걸어놓은 상점이 주변에 꽤 많다. 여기가 조선족 자치구이기 때문일까? 외국에 나와 한글을 발견하고 보니 반갑기 그지없다.

"저, 혹시 김승현 씨?"

"…?"

길이라도 잃을지 몰라 혼자서는 공항 밖으로 나갈 수 없어 약속했던 장소에서 벗어나지 못하고 서있는데, 누군가 뒤에서 그를 불러 세웠다. 돌아보니 노란 모자를 눌러 쓴 여자가 승현을 바라보고 있었다.

"아, 혹시 정선화 씨인가요? 키 크다는 그 가이드 분…?"

"예. 제가 정선화예요."

한국인인지 조선족인지 아직까지는 알 수 없는 그녀의 외모는 듣던 대로였다. 1미터 80센티미터인 승현과 어렵지 않게 눈을 마주할 수 있을 정도로 키가 크다.

"안 보여서 걱정 많이 했어요. 국제 미아라도 되는 줄 알았거든요."

"해외여행이 처음이세요?"

"예."

"일행이 보이지 않을 때에는 안전하다고 생각되는 곳에서 기다리면 되요. 그리고 여기는 조선족 자치구여서 글 몰라 해맬 일은 없을 거예요. 정 안 되겠으면 저기로 가서 물어봐도 되고요."

선화라고 소개한 여자가 건너편을 가리켰다. 등에 공안(公安)이라는 글씨가 큼지막하게 쓰인 사람들, 근방을 순찰하는 경찰들이었다.

"조선족 자치구에서는 공안도 조선족이니 혹시라도 길을 잃으면 어렵지 않게 도움을 받을 수 있을 거예요."

"조선족이어도 우리말을 못하는 사람이 있다는데, 혹시 영어는 통할까요?"

"운이 좋으면 영어 사용이 가능한 사람을 만날 수도 있겠죠. 하지만 중국인들은 대부분 영어를 어려워해요."

"그래요? 오기 전에 중국어를 배워둘 걸 그랬어요."

"제가 있는데 뭐가 걱정이에요?"

"아니 그래도….""

"걱정하지 마세요. 안 잡아먹으니까."

픽 웃음을 터뜨리는 그녀를 따라 공항 밖으로 나와 보니 광장이 제일 먼저 눈에 들어왔다. 오전에 출발했던 인천공항과 비교하자면 말도 안 된다 싶을 만큼 좁은 공항 부지였다.

"…?"

가방을 고쳐 메던 승현의 눈이 휘둥그레졌다. '국제'라는 이름에 걸맞지 않게 정신 사나운 도심의 풍경이 공항 바로 옆에 드러난 것이다. 외국인은 신기해하지만 이곳 사람들은 아무렇지 않은 얼굴이다. 한국에서 듣던대로 차가 쌩쌩 달리는 차도를 두리번거리거나 주춤하는 기색 없이 망설임없이 건너다닌다. 아이의 손을 잡고 무단횡단하는 남자 뒤로 경운기가 지나가는가 하면, 등에 쟁기를 짊어진 커다란 황소 한 마리가 제 주인을 따라 차도를 걸어가는 모습까지 보였다. 승현은 경악의 경지를 넘어 황당한 얼굴이다.

"신기하죠? 여긴 원래 이래요."

서울에선 절대 볼 수 없는 광경에 기가 막혀 웃어대는 승현을 보고 선화가 또 픽 웃음을 터뜨렸다. 사람이나 동물이나 스스럼없이 무단횡단하는 중국의 문화에 적응하려면 시간이 좀 걸릴 거라고 했다.

"선화 씨, 잠깐만요. 택시 타는 거예요?"

"…?"

"저기, 저…. 택시는 절대 타면 안 된다는데…!"

스스럼없이 택시를 잡는 선화를 보고 승현은 당황한 낯이었다. 인터넷에 돌아다니는 연길의 정보에 따르면 공항 앞에서 택시는 절대 타면 안 된다는 경고가 있다. 멋모르고 올라타는 관광객에게 바가지를 씌운다는 거다. 외국인임을 알아본 택시 기사가 모르는 길이라며 이리저리 헤매다가 한참 만에 목적지에 도착해서는 사실은 아는 길인데 일부러 그랬다고 실토하더라고, 하긴 한국에서도 간혹 벌어지는 일이 여기서라고 그러지 않을 리가 없다.

"괜찮아요. 현지인이 함께 타면 바가지 안 씌워요. 대신 혼자 타면 큰일 나는 거죠."

택시의 모양새가 낯익어 살펴보니 이미 오래 전에 단종된 한국 차다. 한국에서 선택받지 못한 중고차가 중국 일부 도시로 건너가 비싼 가격에 팔린다더니 정말인가 보다. 옆 차선으로 달려가는 스타렉스에 눈을 주던 승현이 문득 고개를 갸우뚱거렸다. 한국 차를 만나 반갑기는 한데, 한 가지 다른 점이 있다면 창문을 수동으로 열어야 한다는 사실이다. 손잡이를 붙들고 힘 좀 써야 했던 과거의 차들이 모두 중국의 거리를 돌아다니는 모양이다.

"다 왔어요. 내리세요."

기본요금이라는 미터기의 숫자 5가 8로 바뀌었을 때 택시가 멈춰섰다. 민박집이 있는 이도백하(二道白河)까지 가려면 고속버스를 이용해야 한다. 여기가 바로 그 고속버스 터미널인가 보다.

"연길중심버스역? 여기가 동북아버스터미널인가요?"

"예, 맞아요."

터미널로 들어가는 입구 건너편에 찐 옥수수 등을 파는 중국인 여자가 앉아있었는데, 옆에 '二道白河 14:30'이라고 쓰인 팻말이 보였다. 이도백하로 향하는 버스가 오후 2시 30분에 출발하는 모양이다. 멋모르는 외국인에게 매표소의 가격보다 더 비싸게 판다는 암표상 여자의 무언의 압력을 피해 건물 내부로 들어가 보았다. 터미널 안의 모습은 마치 우리네 시골의 버스터미널처럼 아담하다. 이도백하까지 운행하는 버스의 요금을 지불하고 보니 약 두 시간 정도 남아있다.

"선화 씨, 식사하셨어요? 기내식이 입에 안 맞아서 다 못 먹었거든요."

"저도 아직 점심 전이예요. 좋은 곳으로 안내할 테니 따라오세요."

터미널 바깥의 넓은 광장을 지나 선화는 또 택시를 잡아탄다. 한국보다 물가가 낮다지만 아무렇지 않게 택시를 잡아타는 그녀, 참 씩씩한 여자다.

"왜요? 제 얼굴에 뭐 묻었어요?"

"아뇨, 그냥…."

이 도시 만큼이나 신기한 여자인 것 같다고 말하려다가 승현은 고개를 돌렸다. 가이드 해주는 여자일 뿐인데, 그런 사소한 얘기를 했다가는 작업 거는 거냐고 면박만 줄 것 같아서다.

"여기가 연길에서 가장 번화한 거리예요."

택시에서 내린 승현의 눈에 제일 먼저 들어온 건 '쇼핑중심'이라고 쓰인 건물이다.

"쇼핑중심? 저게 뭐죠?"

"쇼핑센터예요. 중국에선 영어 단어보다는 자기네 식으로 바꿔서 말해요. 터미널도 마찬가지예요. 아까 보셨죠?"

"연길중심버스역이요?"

"네, 맞아요."

고개를 끄덕이며 걸어가는데, 지나치던 상점에서 문득 귀에 익은 가요가 들려온다. 한국의 거리에서처럼 이 거리의 상점들에서도 가요를 틀어 호객행위를 하는 모양이다.

"여기는 중국 노래보다 한국 노래가 더 많이 나와요. 조선족 중에서도 젊은 친구들이 다니는 거리거든요. 한국으로 따지면 명동이나 동대문의 뒷골목 정도라고나 할까요?"

중국어로 대화하지만 우리의 글을 많이 볼 수 있는 곳, 김밥과 떡볶이를 판다고 한글로 메뉴를 적어놓은 분식집에서도 귀에 익은 한국의 대중가요가 흘러나온다. 이미 오래 전부터 이런 광경을 볼 수 있었지만 한류 바람이 불고 나서는 더 심해졌더란다. 중국어 간판만 아니면 여긴 완벽한 한국이다.

"여기 첫 느낌이 어떠세요?"

손님으로 바글거리는 식당에 앉아 선화가 물었다. 사람들의 목소리만큼이나 쩌렁쩌렁 울리는 한국 아이돌 가수의 노래를 흥얼거리던 승현, 입가에 미소가 가득 그려진다.

"한국과 중국이 섞였다고 해야 할까요? 좀 더 겪어봐야 알겠지만 나쁘지는 않아요."

조선족 거리여서 그럴 거예요. 한국과 중국의 피가 반씩 섞이다 보니 좀 생경하겠죠."

승현이 도로 스마트폰을 꺼내더니 갤러리를 뒤적이기 시작했다. 벌써 이것저것 많이도 찍었다. 그의 손가락이 가리키는 사진들을 들여다 보며 선화는 또 쿡 웃음을 터뜨린다.

"재미있는 분이네요. 이런 것도 찍었어요?"

"신기해서요."

조선족 자치구라는 이 도시가 한국과 닮았으면서도 한편으론 낯설었던 건 대로변 여기저기에서 마주칠 수 있는 선전 문구 때문이다. 이를테면 '국가 급 위생도시를 건설하여 조화로운 연길 사회를 이룩하자.라거나 '세계 속의 연길 사람으로 되자.', '도시를 더욱 더 아름답게 문명 사회도시를 이룩하자.'라는 등의 이질적인 메시지가 붉은 글씨로 잔뜩 적혀있으니 말이다. 어쩌면 당연하면서도 생소하게 다가온 이 모습들은 마치 텔레비전 뉴스에서만 보던 북한 사회와 다를 바 없어 보였다.

"별 거 아니에요. 시대가 많이 변했으니까 함께 변하자는 건데 아무래도 공산국가다 보니까 이미지나 어투가 전투적이기는 하죠."

선화의 설명을 듣는 둥 마는 둥 스마트폰에 담긴 이미지들을 감상하느라 승현은 밥이 코로 들어가는지 입으로 들어가는지 모를 얼굴이다. 그의 하는 양을 지켜보며 선화는 그저 웃고만 있다. 낯선 곳에 들어선 여행자들의 표정이 어쩜 저리도 하나같이 똑같은지, 신기한 노릇이었다. 승현은 동북아버스터미널로 돌아와서도 손에서 스마트폰을 놓지 않았다. 그러다 영 성에 안 차는지 흔히 대포 카메라라고 부르는 큼직한 렌즈를 끼운 DSLR 카메라까지 꺼냈다. 한자와 한글을 혼용하는 거리의 모습과 곧 출발할 이도백하 행 버스를 기다리는 사람들, 제 주인과 장난을 치는 강아지, 그 강아지를 보고 귀엽다고 쓰다듬어주고 가는 사람들, 매표소에서 산 버스표를 받는 제복 차림의 안내양 아가씨는 목소리가 참 크기도 하다.

"이도백하라는 곳이 백두산에서 제일 가까운 곳이라고 들었어요."

"예, 맞아요. 백두산 바로 아랫동네예요."

"선화 씨는 이도백하에서 살아요?"

"네. 민박집이 있는 곳이고, 거기가 우리집이예요."

"그래요? 지금 출발하면 얼마나 걸려요?"

"한 세 시간에서 네 시간 정도 걸릴 거예요."

아직 버스를 타기도 전인데, 벌써부터 지겨운 표정으로 승현이 고개를 절레절레 흔들었다. 중국에서 고속버스를 타면 한숨 푹 자고 나야 목적지에 도착한다는 이야기를 이미 인터넷에서 보았지만 너무한다는 생각이 먼저 들었다. 하지만 중국 땅은 넓으니 받아들여야 한다. 비행기가 아닌 일반 자동차로 대륙의 서쪽에서 동쪽까지 쉬지 않고 달리면 약 한달 정도가 걸린다는 말이 농담이 아니라는 거다.

"선화 씨, 궁금한 게 있는데요."

"…?"

뒷머리를 긁적이며 우물쭈물 뒷말을 잇지 못하던 승현, 제 스마트폰을 가리키며 한참 만에 말을 꺼낸다

"인터넷에서 본 이야기인데요. 조선족 자치구에선 북한 방송도 볼 수 있다면서요? 불법이라는 얘기도 있긴 한데 궁금해서요."

"아, 그거요?"

선화가 또 픽 웃었다. 그리 많이 알려지지 않은 북한의 다양한 모습들을 이 동네에선 어렵지 않게 마주칠 수 있다는 인터넷의 정보를 설명하는 승현, 호기심 가득한 얼굴에 한편으론 걱정스런 표정까지 함께 떠올라 재미있었다.

"네. 조선족 자치구에도 위성 TV가 있으니 북한 방송을 어렵지 않게 접할 수 있긴 해요. 하지만 우리 민박집에 있는 동안엔 아마 볼 수 없을 거예요. 불법이라 막아놨거든요."

"아, 네."

"그래도 한국 방송은 볼 수 있을 거예요. 제가 아이돌 가수를 좋아해서 잘 알아요."

중국인 친구들이 한류 가수들을 좋아해서 안 볼 수가 없다며 웃는 선화, 다행이라고 받아치고는 키득거리는데, 저 앞쪽에 앉은 누군가 두 사람에게 무어라고 소리치는 게 보였다. 그 바람에 버스 안의 모든 시선들이 이쪽으로 쏠리고 말았다.

"무슨 일이예요?"

"시끄럽다고 조용히 하래요. 어떻게 된 게 자기네 말보다 더 시끄럽다고…."

중국어가 시끄럽다는 사실을 잘 아는 걸 보니 양심은 있는 사람이다. 모르는 이에게 잔소리를 들어 통명스런 표정으로 창밖만 내다보던 승현, 카메라를 들이대다 말고 고개를 갸우뚱거렸다.

"대미 장백산(大美 長白山)? 저게 뭐죠?"

백두산이 가까워 온다는 뜻인 건지 곳곳에 '대미 장백산'이라는 문구가 붙어있다. 심지어 버스 옆을 스쳐가는 택시의 지붕 위 고깔에도 같은 문구가 보였다.

"우리 식으로 표현하자면 아름다운 장백산이라는 뜻이에요."

"중국에선 백두산을 장백산이라고 부른다더니 정말이군요?"

"네. 맞아요."

나무위키라는 인터넷 사전을 뒤져보면 '장백산이 중국만의 명칭이라고 말할 수는 없다.'라고 쓰여있다. 좀 더 자세히 들여다 보자.

「우리나라에서도 조선시대까지는 '백두산'과 '장백산'이라는 명칭을 혼용해왔으며, (중략) 중국 현지에서는 장백산/백두산이라는 호칭 문제가 크게 문제시 되지 않는지, 공식적인 문서 같은 걸 제외하면 백두산이라는 용어도 문제 없이 사용되고 다 알아듣는다.」

"백두산이란 이름은 화산이기 때문에 만들어졌어요. 화산이 폭발하면서 휘발성 물질이 빠져나간 암석을 흔히 부석(浮石)이라고 하는데, 혹시 승현씨는 제주도 한라산에 가보셨어요?"

"아뇨. 아직 안 가봤어요."

"한라산의 부석은 까만색이에요. 흔히 제주 화산 송이라고 하죠."

"아, 그건 알아요. 까만 돌덩어리를 말하는 거죠?"

"네, 맞아요. 그런데 백두산의 부석은 흰색이에요. 화산이 폭발한 뒤 흰 돌들이 산 정상에 쌓여 하얗게 보이니 흰 백(白)에 머리 두(頭)를 써서 백두산이라고 불렀다는 얘기가 있어요."

생각없이 부른 이름에 그런 뜻이 있는 줄은 몰랐다며 승현이 고개를 끄덕였다.

"중국의 동북공정 때문에 바뀌었다는 얘기도 있지만 명칭 하나만 가지고 그렇게 말하는 건 좀 무리가 있어요."

"선화 씨는 동북공정에 대해 잘 알아요? 인터넷을 뒤졌는데도 전 어렵더라고요."

심각한 얼굴로 승현이 그렇게 물었지만 선화는 대답이 없다. 무표정하게 변해버린 그녀의 얼굴은 마치 한국인의 가슴으로 느끼기에 참으로 답답한 문제에 직면해 있다고 말하는 것만 같다.

"1962년에 북한은 중국과 조중변계조약(朝中边界条约)을 맺었대요. 천지의 국경선을 확실히 하려는 조약이었다나 봐요."

"저도 인터넷으로 본 것 같아요. 지금 천지의 3분의 1이 중국 땅으로 되어 있더라고요."

백두산 천지의 국경선에 관한 분쟁은 청나라와 조선 간 늘 있었다고 한다. 특히 숙종 시절엔 이를 바로 잡고자 백두산정계비라는 것을 세웠는데, 이후 1909년이 되자 상황은 완전히 달라졌다. 조선을 통째로 털어먹을 생각이던 일본이 청나라와 협상 테이블에 앉아 간도협약을 맺은 것이다. 바로 이때에 일본은 백두산에 대한 중국의 요구조건을 들어주고, 청은 간도에서 일본의 이권을 보장하게 되었다. 백두산 전체가 중국의 손으로 넘어가다니, 합당치 못한 이 상황을 정리하고자 1962년, 중국의 저우언라이와 북한의 김일성이 만났다. 두 사람이 체결한 조중변계조약으로 천지의 45퍼센트가 중국의 영토로 확정되었다는 것이다.

"다 왔어요. 내려야 해요."

출발한지 세 시간이 조금 지났을 때, 이도백하가 목적지인 몇몇 승객들을 따라 두 사람도 버스에서 하차했다. 비가 올 듯 말 듯 살짝 흐린 이도백하, 백두산의 바로 아랫동네라더니 매연 냄새 가득하던 연길 시내와는 공기 자체가 다르다. 맑고 산뜻한 게 코로 숨을 쉬고 있다는 사실이 행복하게 느껴질 정도였다.

"이쪽으로 오세요."

난생 처음 만난 세상을 신기한 눈으로 바라보는 승현, 스마트폰과 대포 카메라를 들이대느라 정신이 없다. 이러다 길을 잃을지도 모르겠다고 생각했는지 저만큼 걸어가던 선화가 다시 돌아와 그를 잡아끌었다. 버스와 택시가 드문드문 지나가는 찻길을 따라가다 보니 낡은 건물 여러 채가 옹기종기 모인 빌라 촌이 눈에 들어왔다.

"여기가 선화 씨네 집인가요?"

"전부는 아니고요. 이 중에 한 동만 우리집이에요."

백두산을 그리워하는 한국인은 상당히 많다. 그들을 위해 능력이 되는 한국인이 현지에 거주하며 민박집이나 백두산 전문 여행사를 운영하기도 하는데, 선화의 아버지가 그런 경우이다. 말로만 듣던 영산을 오르려는 사람들을 위해 벌이는 좋은 일이지만 그들 사업가 중에는 자국민을 상대로 사기를 치는 사람도 있으니 조심해야 한다고 선화가 귀띔했다.

"백두민박, 산의 이름을 따서 만들었네요. 괄호 안에 장백 민박이라고 쓴 이 한자는 뭐죠?"

"여기는 중국인들도 간혹 출입해요. 그 사람들 대부분은 자기네 장백산을 한국인들이 백두산이라고 우긴다면서 싫어하더라고요. 어쩔 수 없이 임시방편으로 이렇게 해놓은 거예요."

말도 안 되는 정치적 이해관계로 양국의 사람들이 얼굴을 붉힌다며 선화가 고개를 절레절레 저었다.

"아, 김승현 씨군요. 어서 와요. 정태우라고 해요."

입구에 들어섰을 때, 머리가 반쯤 하얗게 센 남자가 승현을 보고 손을 내밀었다. 그를 따라 사무실로 개조한 방에 들어가 보니 나란히 벽에 걸린 태극기와 오성홍기가 제일 먼저 눈에 띄었다.

"여기까지 오는 동안 별 문제는 없었나요?"

"예. 별로 없었어요."

"다행이네요. 자, 여기 좀 볼까요?"

정태우가 장방형의 탁자에 A4 용지 크기의 종이 두 장을 올려놓았다. 하나는 중국어로 쓰여 있어 무엇인지 모르겠고, 또 하나는 한국에 있을 때 주고받은 이메일의 내용을 인쇄한 것이었는데, 바로 그것이 3박 4일 동안 머물면서 움직일 스케줄과 소요경비에 관한 내용이었다.

"서파 코스 하나 가지고는 백두산을 다 봤다고 할 수 없을 텐데, 괜찮겠어요?"

"별 수 없죠. 정 안 되겠으면 나중에 또 오던가 하겠습니다."

"전체 일정 중에 2박은 여기 이도백하에서 지내시고요. 나머지는 승현 씨가 가겠다는 돈화, 도문, 용정을 지나 다시 연길로 가서 숙박을 하고 한국행 비행기에 오르면 될 거예요. 지내는 동안 선화가 많이 도와줄 테니 어려운 일이 있으면 전화하시고요."

"예, 고맙습니다."

"그리고 주숙등기(住宿登記)를 써야 하는데…."

태우가 승현에게 다른 종이 한 장을 내밀었다. 중국어가 잔뜩 적힌 아까의 그 종이였는데, 그것은 바로 외국인이 중국 내 숙박업소에 가면 반드시 작성해야 한다는 주문서이다. 우리는 숙박업소에 투숙을 한다고 하는데, 중국은 주숙이라고 하는 모양이다. 어느 나라 사람, 누가 몇 월 며칠 몇 시에 어느 숙박업소로 투숙하였다는 내용을 쓰는 것인데, 호텔의 숙박계와 비슷하다. 사회주의 국가인 중국에 입국한 외국인은 무조건 써야 하는 것으로, 이후 업소 주인은 이것을 공안에 반드시 신고해야 한다.

"선화야! 얘, 선화야!!"

태우가 소리치고, 바깥에서 기다리던 선화가 문을 열고 나타났다.

"방을 안내해 드려라."

"네. 따라오세요, 승현 씨."

선화를 따라 3층으로 올라가 보니 내방객의 숙소로 쓰이는 방이 여럿 보였다. 깔끔한 방안에서 제일 먼저 눈에 들어온 것은 벽에 걸린 액자였다. 하늘처럼 맑고 깨끗한 천지가 거기에 있었는데, 어찌나 티끌 하나 없이 깨끗한지 컴퓨터로 손을 본 건 아닐까 하는 의심마저 들었다. 맑은 날의 천지와 마주하기란 하늘의 별 따기보다 어렵다고 하니 만일 저게 컴퓨터의 농간이라면, 아무리 그렇다고 하더라도 제작자를 탓할 수는 없다. 맑은 날의 천지는 백두산을 꿈꾸는 모든 이들의 소망일 테니.

"이건 방 열쇠예요. 아침 일찍 출발해야 하니 7시에 식당으로 내려오세요. 필요한 게 있으면 전화하시고요."

선화의 휴대폰 번호를 저장한 후, 벽에 걸린 LCD모니터를 가리키며 한국의 방송이 나오느냐고 물으려는데, 주머니에 도로 넣어두었던 휴대폰이 마구 울어대기 시작했다. 한국에 버려두고 온 친구 녀석이다.

「야, 이 자식아! 친구들 다 팽개치고 혼자 백두산 보면 좋아?」

"이거 왜 이래? 백두산 싫다고 강원도로 간 게 누군데?"

「돈이 없으니까 그런 거지. 넌 정말 나쁜 놈이야. 알고 있냐?」

"미안해. 취업이 너무 안 되니까 도망쳐 온 휴가야. 이해해라."

남자들의 전화통화가 어쩜 이렇게 시끄러운지 모르겠다. 정신없이 떠들어대는 승현을 남겨두고 선화는 1층의 제 방으로 내려왔다. 마치 방직 공장인 듯 큼직한 기계가 돌아가는 방 말이다. 낡았지만 아무렇지 않게 잘 돌아가는 지진계(地震計), 그리고 컴퓨터의 모니터를 들여다보며 선화는 오늘도 땅이 꺼져라 한숨을 내쉬었다.

"선화야, 방에 있니?"

노크를 하고 방에 들어온 사람은 어머니다. 저녁 시간이라 어머니는 무릎까지 내려오는 앞치마를 걸친 채였다.

"저녁 먹어야지?"

"방으로 갖다 주세요."

알았다고 대답하지만 어머니의 시선은 컴퓨터 모니터에 박혀있다. 복잡하게 돌아가는 지진계의 기록을 말이다.

"별 일 없니?"

"늘 똑같죠, 뭐. 작년보다 횟수가 많아졌다는 것 빼고는…."

컴퓨터를 조작하여 오늘 백두산에서 일어난 미진(微震)의 기록을 다시 확인해 보았다. 미진의 횟수를 그래프로 바꾸어 작년 이맘때와 비교해도 변화는 확실히 드러난다. 날이 가면 갈수록 사람이 느낄 수 있는 지진이 잦아지고 있다. 천지 아래 마그마 활동이 눈에 띄게 늘고 있다는 뜻이다.

"선화야, 태균이 삼촌이 곧 오신다는구나."

"태균이 삼촌이요?"

깜짝 놀란 선화의 눈이 대번에 어머니에게로 날아가 박혔다.

"설마 놀러 오시는 건 아니겠죠?"

"당연히 아니지. 이유야 뻔하지 않겠니?"

정태균, 한국 A대학 지구물리학과 교수이자 화산학자이며, 아버지 태우의 사촌 형이다. 그런 사람이 이곳에 온다면 그것은 바로 백두산 때문이겠지. 동북공정 문제로 한국엔 백두산 화산을 조사할 권한을 주지 않겠다던 중국이 최근 얼마 전부터 비록 일부 제한적이기는 하지만 규제를 풀었더라는 소식을 접했는데, 그게 정말인가 보다. 도대체 그게 무슨 뜻일까? 혹시 그렇지 않고서야 중국이 한국에 손을 내밀어 줄 리가 없다. 끝까지 장백산으로 불러주지 않는 한국에게 말이다.

"네, 알았어요. 준비하고 있을게요."

"그래, 밥 갖다 줄게. 조금만 기다려."

조금은 우울해하는 듯한 딸에게 미소 지으며 어머니는 고개를 끄덕였다.

"아참, 엄마."

"응?"

방문을 열려던 어머니가 돌아섰다. 여전히 선화는 무표정한 얼굴이다.

"만약에… 만약에 말이에요."

"…?"

"만일 누가 엄마한테 여긴 위험하니까 당장 떠나라고 하면 어떻게 하실 거예요?"

"응? 뭐라고?"

선화의 말을 제대로 알아듣지 못해서 그렇게 되물은 건 아니었을 테다. 깜짝 놀란 어머니의 저 표정, 말은 안 했지만 그게 무슨 소리냐고, 정말 백두산에 무슨 문제가 생긴 거냐고 묻고 있었다.

"아뇨, 아무것도 아니에요. 그냥 한 번 물어본 거야."

"얘도 참, 싱겁기는…."

별 것도 아닌데 겁을 준다며 눈을 흘기고 어머니는 방을 나갔다. 하지만 어머니는 이미 눈치 챘을 거다. 표정 관리가 되지 않아 거짓말을 할 수 없는 딸을 너무나도 잘 아니 말이다. 거짓을 숨기지 못하는 얼굴, 자칫하면 곧 울어버릴 것 같은 그녀의 슬픈 눈이 지금 저기 저 시커먼 것을 바라보고 있다. 백두산 어느 곳인가에서 주워온 탄화목 조각 말이다.

"어쩌지? 이제 어떻게 해야 하지?"

천 년 전, 대 폭발을 일으켰다는 백두산 화산의 흔적, 숯덩이가 되어 버린 저 나무 조각이 마치 우리 모두의 미래인 것만 같아 선화는 또다시 한숨을 쏟아냈다.

2020년 8월 15일.

"으악! 큰일 났다!"

잠결에 휴대폰의 시간을 확인하던 승현이 벌떡 일어났다. 오늘이 드디어 백두산 서파 코스를 오르는 날이다. 백두민박의 투숙객 중 대학생이라는 남학생들이 마침 같은 코스로 움직이게 되어 7시 30분에 만나기로 했는데, 7시까지 늦잠을 잤으니 큰일도 보통 큰일이 아니다. 부랴부랴 세수를 하고 양치질을 한 뒤 머리도 감을까 고민하던 승현은 그냥 모자를 눌러 쓰기로 했다. 이것저것 팽개쳐 놓았던 물건을 가방에 쑤셔 넣은 뒤 시간을 보니 정확히 7시 30분, 약속시간이다.

"형! 늦잠 잤죠?"

먼저 나와 기다리던 녀석들이 그를 보고 소리쳤다.

"그래, 어떻게 알았어?"

"우당탕 하는 소리가 들리더라고요. 하지만 괜찮아요. 저희도 그 시간에 일어났으니까."

히히, 하며 웃는 녀석들 뒤로 아침 햇볕이 뜨겁게 내리쬐고 있다. 아침 공기가 상쾌한 이도백하, 백두산도 이렇게 맑으면 참 좋을 텐데 말이다.

"아! 미안해요! 제가 좀 늦었죠?"

등 뒤에서 귀에 익은 목소리가 들려 고개를 돌려보니 거기에 선화가 있다. 무언가를 가슴에 한 아름 안고 비틀비틀 걸어 나오는 모습이 자칫하면 넘어질 것 같다.

"그게 뭐죠?"

"도시락이에요. 천지 보고 내려오면 점심때 쯤일 것 같아서요."

선화의 어머니가 정성 들여 준비했다는 도시락과 백두산 광천수라는 물 한 박스에 두 녀석이 감격한 듯 박수 치고, 승현은 꽤 무거운 그 짐들을 받아 저쪽에서 대기 중인 미니버스에 옮겨 실었다.

"니하오?"

"…?"

운전석에 앉은 남자가 승현을 보고 인사한다. 오늘 그들이 백두산까지 무탈하게 다녀올 수 있도록 도와줄 사람인가 보다. 후덕한 인상과 미소가 시골 산동네에 사는 순수한 사람이라고 말해주고 있었다.

"아, 니하오?"

"한궈화쨔오(韓國話叫-한국어로)…. 안녕? 안녕하세요?"

자기가 구사한 한국어 인사말이 맞는지 아닌지 알 수 없어 자꾸만 고개를 갸웃거리는 그를 보고 선화가 픽 웃었다.

"이 사람은 어렸을 때 한국어를 잠깐 배웠는데, 지금은 인사말밖에 기억나지 않는대요. 미안하다는데요."

"에이, 괜찮아요, 형님! 우리는 중문과 학생인데도 중국어 하나도 못 해요!”

한심한 얼굴로 쳐다보는 승현에게 녀석들이 또 배시시 웃어 보인다. 이 녀석들, 말은 그렇게 하지만 사실은 그렇지 않다. 교환학생으로 중국에 들어와 공부하는 입장이라고 했으니 말이다. 이 미니버스에 탄 사람들 중에 중국어를 할 줄 모르는 사람은 아마 승현 혼자 뿐일 거였다.

“얘, 너희 어제 천지 봤니?”

“네, 보긴 봤는데 너무 흐려서 제대로 못 봤어요.”

복이 터진 녀석들이다. 어제 북파 코스로 백두산에 다녀오더니 오늘은 서파 코스로 움직인단다.

“북파 코스라면 비룡폭포가 있는 쪽이지?”

“네, 맞아요.”

“어때? 멋있어?”

하고 묻자 나이키 모자를 눌러 쓴 녀석이 대답 대신 엄지손가락을 세워 보인다. 말로 표현할 수 없을 만큼 아름답고 멋진 곳이라는 뜻일 테다.

“큰일이에요. 오늘은 눈이 올 거라는 예보가 있던데….”

선화의 말에 녀석들이 ‘으아악!’하고 비명을 질러댄다. 말도 안 되는 소리이다. 이렇게 더운 여름에 백두산엔 눈에 올 거라니. 한반도에서 가장 높은 산이고, 대륙성 한랭 건조 기후를 가졌다고 하지만 지구 반대편에 있는 것도 아니고, 도대체 이해할 수가 없다. 직접 보지 않고서는 믿을 수 없을 것 같다.

“선화 씨, 얼마나 더 달려야 도착하는 거죠?”

길게 드러난 길을 달리고 또 달려도 목적지가 보이지 않아 애가 타는 듯 승현이 그렇게 물었다.

"한 시간 정도 가야 해요. 아직 멀었어요."

"이도백하가 백두산 바로 아랫마을이라고 하지 않았어요? 한 시간이나 가요?"

중국의 끝없는 길, 한국인으로서는 도저히 이해하기 힘들 정도로 막막한 길이지만 선화는 그저 무덤덤하게 대꾸할 따름이다.

"쉽게 설명해 드릴게요. 백두산의 높이는 2750미터예요."

"그건 저도 알아요."

"둘레는 전라남북도를 합친 정도이죠. 그 둘레를 한 바퀴 돌면 얼마나 걸릴까요?"

"……."

"백두산은 동네 뒷산이 아니라는 걸 아셔야 해요."

할 말이 없다. 뭐라고 대꾸해야 할지 몰라 입맛을 다시는데, 뒷자리에 앉아 듣고만 있던 녀석들이 끼어들었다.

"형님, 저희는 내일 심양에 가야 하는데요. 연길에서 심양까지 똥차 타고 가면 얼마나 걸리는지 아세요?"

"똥차? 똥차가 뭐야?"

했더니 듣고 있던 선화가 까르르 웃어댄다. 중국을 잘 모르는 승현으로선 그녀의 반응이 황당할 수밖에 없다.

"허세하오(和諧號)라는 중국의 고속 열차인데요. 한국의 KTX와 같아요. 흔히 '통처'라고 하는데, 한국 사람들은 발음이 안 되니까 '똥차, 똥차'하는 거죠."

"연길에서 북경까지 일반 열차를 타면 2박 3일이 걸리는데, 똥차를 타면 1일로 줄일 수 있어요. 그 정도예요."

"너희는 심양까지 간다고 했잖아?"

"네. 연길에서 똥차 타고 출발하면 한 열 시간 걸릴 것 같아요."

"말도 안 돼. 도대체 무슨 생각으로 그 고생을 하겠다는 거냐?"

"글쎄요. 그냥 현실에 순응하며 사는 거죠, 뭐."

세상 다 산 노인네처럼 대꾸하는 녀석의 머리를 한 대 쥐어박을까 하다가 승현은 그만두었다. 그러니까 이 녀석의 말을 한 마디로 설명하자면 중국 땅에서 차 타고 한 시간 가는 거리는 별 게 아니므로 입 다물고 조용히 받아들이자는 뜻일 거였다.

"형, 저것 봐요."

"…?"

차 안의 모든 시선들이 창밖으로 날아갔다. 신나게 달리던 미니버스를 멈추게 한 저것은 무엇인가. 집채만 한 황소 세 마리가 옆 동네에 마실이라도 가는지 탁 트인 2차선 도로를 무단횡단하고 있는 것이다. 가만히 보고만 있자니 참 가관이다. 앞서 가던 두 녀석은 뒤늦게 차를 발견하고 발걸음을 재촉하는 듯한데, 맨 뒤의 녀석은 도대체 무슨 생각을 하는지 멍하니 먼 산만 바라보고 있다.

"빨리 빨리!"

행동이 굼뜨거나 일의 진척이 느린 중국인 특유의 습성을 가리켜 만만디(慢慢的)라고 한다던가. 하지만 꼭 그렇지도 않은 모양이다. 운전석의 그가 한국어로 버럭 소리치며 클랙슨을 '빵!'하고 울렸더니 그제야 녀석은 이쪽을 힐끗 쳐다보고는 무거운 다리를 움직인다.

"여기 이상해"

고개를 절레절레 흔들며 중얼거리는 승현의 반응에 녀석들이 과자를 씹다 말고 키득거렸다. 어제는 공항 옆 대로변에서 경운기가 무단횡단을 하더니 오늘은 황소 세 마리가 달리던 차를 가로 막는다. 하여간 중국이라는 나라, 참 재미있는 나라다.

"자! 다 왔어요! 짐들 챙기세요!"

넓게 펼쳐진 주차장 앞에 미니버스가 멈춰 섰다. 선화가 중국인 운전사를 제외한 네 명 분의 입장권을 사러 매표소로 달려간 사이에 승현은 도시락 봉투를 챙겼고, 뒷자리에 앉아 있던 녀석들은 승현의 무거운 짐 가방을 들기로 했다.

"여권 챙겼죠? 공안이 여권 검사할 거예요."

중국 장백산 국립공원 출입구에서는 2010년 8월부터 외국인 관광객의 여권을 검사하기 시작했다. 여권 사본이나 현지 학교의 학생증도 상관없다고 하니 백두산 관광에 나설 한국인들은 본인의 신분증을 잃어버리지 않게 잘 간수해야 할 것이다.

"여기에 오는 외국인이 모두 한국인일까요?"

"아무래도 그렇겠죠. 다른 곳도 아닌 백두산이니까요. 게다가 오늘은 광복절이잖아요."

8월 15일. 중국에서는 노인절이라고 하지만 한국의 오늘은 결코 잊을 수 없는 날이다. 일본의 식민지에서 해방된 날, 오늘 같은 날에 우리의 영산 백두산 천지에 오른다면 모두에게 뜻 깊은 날이 될 터였다.

"잘 들으세요. 이미 알고 계시겠지만 다시 말씀드릴게요. 천지에 오르면 애국가를 부르면 안 돼요. 태극기를 흔들어도 안 되고, 만세 삼창을 외쳐도 안 돼요. 만일 그랬다가는 공안에게 잡혀갈 거예요."

잔뜩 들뜬 이들의 마음에 찬 물을 끼얹은 격이다. 코앞에 북한이 있어 그들의 비위를 건드리면 안 된다는 이유라는데, 하긴 북한 사람이 한국 사람 앞에서 김씨 부자를 찬양하는 노래를 부르면 기분이 나쁠 만도 하겠지.

"또 버스를 타요? 이게 셔틀버스인가요?"

천지 바로 아래까지 간다는 셔틀버스의 승차장을 바라보며 승현은 저도 모르게 한숨을 푸욱 내쉬었다. 연길에서 이도백하까지 세 시간을 달려왔고, 이도백하에서 이곳까지 한 시간을 달려왔는데, 또 셔틀버스를 타야 한단다. 그리고 천지 아래까지 당도하는 데에 걸리는 시간은 약 40분, 서울에서 부산까지 KTX를 타고 왕복하고도 남을 시간이다.

"점점 흐려지네요. 맑아야 할 텐데…."

창밖을 내다보던 승현의 얼굴은 흐린 하늘만큼이나 어둡기만 하다. 매표소 앞에 있을 때 까지만 해도 맑고 깨끗하던 하늘이 가면 갈수록 어두워지고, 심지어 안개까지 자욱해져가는 것이다. 승현은 마음속으로 바라고 또 바란다. 순간순간이 다르다는 백두산의 날씨가 부디 천지에 오르는 그때만큼은 맑고 깨끗한 아름다운 천지를 보여줄 수 있기를.

"누나, 저 나무는 왜 저런 거죠? 죽은 나무인가요?"

"아, 저거?"

셔틀버스가 주변으로 지나치는 숲을 가리키며 녀석들이 물었다. 여기 이곳에는 잿빛으로 말라 죽은 채 방치되어 있는 나무가 많다. 도대체 왜 저런 모습을 하고 있는 걸까?

"백두산 화산이 천 년 전에 폭발했다는 사실은 알고 있지?"

"네."

"백여 년 전까지 소규모 폭발을 했다는 사실도 알고?"

"네. 알아요."

"그때의 흔적이 아직도 저렇게 남아있는 거야."

천지 바로 아래에서 멈출 셔틀버스의 경로를 따라가다 보면 나무 수풀 사이에서 화산의 흔적들을 모두 볼 수 있다. 이 숲길을 아름답게 가꾸고 새롭게 조성할 능력이 있음에도 중국 정부에서는 전혀 그럴 생각이 없으며, 심지어 죽은 나무를 뽑는 문제마저도 허가하지 않고 있더란다. 한국의 경우, 천연기념물로 지정되어 있는 나무는 부러져 있어도 함부로 치우거나 뽑을 수 없다. 비슷한 이치일 것이다.

"으악! 추워!!"

멋모르고 반팔 티셔츠를 입고 왔던 한국인 관광객들이 버스에서 내리자마자 비명을 질렀다. 아닌 게 아니라 이곳은 정말 춥다. 산 아래의 날씨와 다르게 마치 한 겨울인 듯 체감 온도가 영하까지 떨어질 정도이니 말이다. 한때 천지 관리소로 사용되었다는 산장에 도시락을 맡기러 선화가 잠시 모습을 감춘 사이 승현은 중국인 장사꾼들과 흥정하는 녀석들에게 다가갔다.

"뭐하는 거야?"

"두꺼운 점퍼를 빌려준다기에 가격을 물었는데 40원이래요."

인민폐 40원이면 한화로 약 8천원이 조금 안 되는 금액이다. 천지까지 올라갔다가 내려오면 돌려줄 옷인데, 40원이면 너무 비싸다. 아니나 다를까. 이 녀석들, 중국인 상인의 어깨를 주무르며 깎아달라고 애교를 부리고 있다.

"여럿이 빌리면 30원에 해주겠대요."

"그래?"

그동안 이곳을 지나쳐간 한국인이 꽤 많았던 모양이다. 감기에 걸리지 않으려고 아등바등 애를 쓰는 한국인 관광객들을 노련하게 상대하는 그가 얄미울 지경이었다. 하지만 어쩌랴. 아쉬운 사람은 따로 있었고, 그들은 결국 120원을 주고 두꺼운 점퍼를 빌려 입고야 말았다.

"저 계단을 올라야 천지가 나온다는 거죠?"

구름에 가려 끝이 보이지 않는 계단이 있었다. 승현은 단지 설마 하는 표정으로 물은 거였는데, 선화는 정말 그렇다고 담담하게 고개를 끄덕인다. 천지를 보겠다는 일념 하나로 이곳에 찾아온 한국인들이 힘겹게 오르는 서파코스의 이 계단, 모두 1240여개란다.

"저 녀석들은 힘이 남아도나…."

중요한 물건 이외의 짐들은 모두 숙소에 놔두고 온 탓에 몸이 가벼운 녀석들은 마치 경주라도 하듯 끝없이 이어진 이 계단을 성큼성큼 올라가고 있다. 그러다 시야에서 보이지 않게 되었고, 모든 짐을 싸 짊어지고 온 승현은 그 모습을 바라보며 한숨만 내쉴 따름이다. 이럴 줄 알았으면 오기 전에 체력 단련을 해둘 걸 그랬다.

"근두운을 탄 손오공이 된 것 같지 않아요?"

코앞을 스쳐가는 하얀 구름을 바라보며 선화가 물었지만 승현은 대꾸가 없다. 힘이 들어서라기보다는 방금 옆으로 스쳐간 가마꾼들의 모습에 눈이 휘둥그레져서다. 끝없이 펼쳐진 이 계단의 군데군데에 손님을 기다리는 가마꾼들이 많다. 천지가 있다는 계단 끝까지 가는 것도 아니면서 다음 위치에서 대기하는 가마꾼들이 있는 곳까지 이동하는 데에 인민폐 100원을 요구한다. 한화로 2만원이 조금 안 되는 금액이 비싸다고 생각하여 대부분의 한국인 관광객들은 가마를 이용하지 않는다고 한다.

"으으, 죽겠다!!"

아직 반도 못 오른 것 같은데, 승현은 멈춰서고 말았다. 등에 짊어진 짐 가방이 이렇게 무거운지 처음 알았다. 아니, 그게 문제가 아니다. 뼛속까지 파고드는 매서운 추위 때문에 온 몸이 움츠러드니 자칫하면 천지까지 오르기도 전에 동사할 것만 같다.

"젊은 총각이 뭐가 그렇게 힘들다고 엄살이야? 힘내!"

뒤따라 올라오던 한 할아버지가 그렇게 소리치며 승현의 어깨를 툭 때리고는 이내 구름 사이로 사라진다. 체력이 끝내주는 할아버지라고 생각했다가 승현은 이내 고개를 흔들었다. 여기는 보통의 산이 아니라 백두산이다. 그러니 힘을 내야 한다. 천지가 바로 코앞인데, 이대로 주저앉을 수는 없다. 오늘은 광복절, 한국인의 꿋꿋한 기개와 기상을 보여주마. 기다려라!

"와아아아!!"

계단이 채 몇 개 남지 않았다고 생각하던 그 때, 저 멀찍이에서 사람들의 환호성이 들려왔다. 구름이 사라진 순간에 들려오는 기쁨과 환희에 들뜬 음성이라니, 무슨 뜻일까? 이 길고 긴 계단의 마침표를 만난 걸까? 정말 거기에 천지가 있단 말일까? 천지가, 말로만 듣던 그 아름다운 백두산의 천지가 거기에서 오늘 이렇게 광복절을 맞은 한국인들과 조우하고 있다는 뜻일까?

"와아!"

구름결에 숨어들었던 천지가 다시 모습을 드러낸 그 순간, 승현은 저도 모르게 탄성을 내질렀다. 역시 거기에 천지가 있다. 바람결에 나부끼는 구름의 움직임을 따라 새파란 물결을 일으키며 사람들을 반기고 있었다. 맑은 날이 아니어서 아쉽지만 잔뜩 머금었던 짙은 구름을 뱉어내며 희미하게 모습을 드러낸 천지가 온몸으로 반기고 있다. 이 얼마나 감격스러운 순간인가!

"카메라! 카메라가 어디로 갔지?!"

카메라를 손에 들고 있으면서 다시 찾게 만들 정도로 넋을 빼앗는 천지는 아름다우며 신비스러웠다.

"즉석 사진 찍어드립니다! 즉석 사진!"

이 와중에 분위기를 깨는 목소리가 있다. 개인 카메라를 들고 천지 가까이 갈 수 없다며 자신에게 부탁하라는 장사꾼의 목소리 말이다. 모두의 순수한 마음에 먹칠을 하는 장사꾼의 옆에는 세 개의 팻말이 서 있다. 천지에 반한 관광객 무리의 오른쪽이 북한이라고, 낮은 울타리로 만들어진 변경을 넘어선 안 된다고, 이 수칙을 반드시 지키지 않으면 안 된다는 경고 말이다. 마치 동심으로 돌아간 듯 말고 깨끗하게 정화되었던 사람의 마음이 순식간에 아픈 슬픔과 쓰라림 그리고 먹먹함으로 변해버린다. 우리는 어째서 이렇게 살아야 하는 걸까? 북녘 땅이 이렇게 가까운데 가지 못하는 이 서러움은 대체 무엇이란 말일까. 과거에 저지른 죄악이 우리 스스로를 힘들고 고달프며 아프게 하고 있다. 하지만 천지는 예전에 그랬듯 오늘도 아픈 우리에게 무슨 말인가를 해줄 것처럼 묵묵히 지켜만 보고 있을 따름이다.

"좀 씁쓸하죠?"

경고 문구를 카메라에 담는 승현에게 다가가 선화가 물었다.

"예, 그러네요. 그냥 천지만 보고 내려갈 걸 그랬나 봐요."

가슴이 먹먹해진 탓에 한숨을 내쉬는데, 한국인 관광객들 사이에서 다시 한 번 탄성이 쏟아져 나오기 시작한다. 천지 위를 맴돌던 구름의 일부가 걷히며 햇빛이 비춰지는 것이다. 태양빛에 반사되는 천지의 고운 자태를 찍으려는 관광객들의 손길이 바빠지지만 이내 흘러든 구름 때문에 천지는 곧 잿빛 호수로 변하고 말았다.

"선화 씨, 선화 씨는 천지를 몇 번이나 보셨어요? 가이드 하느라 자주 올라와서 이젠 지겨우시겠어요."

"아뇨. 그렇지도 않아요. 볼 때마다 감격스러워요. 저도 한국 사람이니까요."

마주보고 웃는 두 사람처럼 천지에서 눈을 떼지 못하는 한국인 관광객 모두의 얼굴에 미소가 드리워져 있다. 하늘 아래 인간의 세상에서 가장 맑고 순수한 곳. 모두의 먹먹하던 가슴을, 아프던 마음을 행복한 미소로 바꾸어 주는 천지에서 멀어지고 싶지 않지만 이제는 떠나야 한다. 지금 가지 않으면 서파 코스의 남은 지역을 정해진 시간에 모두 볼 수 없기 때문이다.

"으악! 추워!!"

아까의 그 끔찍한 계단을 도로 내려가다 말고 승현이 비명을 질렀다. 온몸으로 불어오는 맞바람 때문이다. 인터넷 정보에 따르면 7, 8월 백두산의 기온은 섭씨 4도에서 6도 정도라고 한다. 하지만 체감기온은 영하이다. 계단 양쪽에 포진한 가마꾼들의 피부가 쩍쩍 갈라질 정도이고, 계단 아래에서 30원을 주고 빌린 두꺼운 점퍼의 옷깃을 단단하게 여며도 모자랄 지경이란 말이다. 한 여름의 날씨가 이 정도라면 한 겨울엔 어떨까? 상상만 해도 끔찍하다.

"형! 혹시 담배 피우세요?"

두꺼운 점퍼를 돌려주러 아까의 그 중국인 상인에게 걸어가는데, 먼저 계단을 내려온 녀석들이 승현에게 소리치고 있다. 이제 보니 이 상인은 점퍼만 빌려주는 게 아니었다. 한국에선 쉽게 접할 수 없는 북한 담배를 팔고 있는 것이다. 새빨간 겉포장에 '천리마'라고 쓰인 이 담배가 10원이란다. 호기심에 찬 한국인 관광객들의 지갑이 또 한 번 열리는 순간이다.

"소시지! 천원! 맛있어요!!"

산장 입구에 늘어선 상인들이 서툰 한국어로 그렇게 소리친다. 그렇게 맛있어 보이지 않는 소시지 꼬치구이를 지나치며 안으로 들어가니 먼저 들어온 선화가 테이블 위에 도시락을 펼쳐놓은 채 기다리고 있었다. 이 산장에선 무언가를 하나라도 사지 않으면 테이블에 절대 못 앉게 한다. 일행은 결국 한 잔에 10원씩이라는 따뜻한 두유를 사들고 테이블에 앉았다.

"승현 씨, 선물이에요."

"…?"

선화가 무언가를 내밀어 보였고, 김밥을 입안에 우겨넣던 승현의 눈이 휘둥그레졌다. 특이한 모양의 돌멩이다. 아니, 돌멩이라고 하기에는 어딘가 달라 보이는 물건이다. 이게 무엇일까?

"경석(輕石)이예요. 어제 얘기했던 그 부석인데, 보세요. 여기에 구멍이 숭숭 나 있죠?"

"꽤 가볍네요."

"이 구멍들은 화산 가스가 새어 나오면서 생긴 거래요. 신기하지 않아요?"

손바닥 위에 올려놓고 무게를 대강 측정해 보니 이게 정말 돌일까 하는 생각이 들 정도로 가볍다. 손톱으로 긁어보면 쉽게 깨지기도 하고, 그렇게 떨어져 나온 가루를 손으로 비벼보면 밀가루를 만지는 기분이기도 하다. 백두산, 평범한 산이 아니라는 사실을 다시 한 번 일깨워주는 순간이었다.

"선화 씨, 궁금한 게 있어요. 천지 물은 원래 만질 수 없나요? 아까 보니까 철제 난간 밖으로 못 나가게 하던데."

"저희도 어제 못 만졌어요. 왜 그러지?"

천지 물에 세수라도 할 수 있기를 바라던 한국인 관광객들 중에는 천지 가까이로 갈 수 없다는 사실에 실망하는 사람이 종종 있다고 한다. 천지 가까이 가지 못하는 이유는 아주 간단하다.

"백두산과 천지를 자연 그대로 보호하려는 목적이에요. 찾아오는 관광객의 숫자가 엄청나니 그만큼 훼손될 수 있다는 생각인 거죠."

"그럼 1박 2일은 뭐예요?"

예전에 KBS 1박 2일 팀이 이곳에 찾아온 적이 있었다. 힘겹게 계단을 오르고 또 올라 천지 물을 만지며 좋아하는 모습이 고스란히 방송

되었는데, 그것은 실제와 조금 다를 수 있다고 한다.

"그 방송은 나도 봤어. 내가 보기엔 일반 관광객들과 다르게 움직인 것 같아."

"북파 코스 아니었어요? 그 달문 계단 빼고는 다 비슷하던데?"

"달문계단? 그 터널 안에 있는 계단 말이지?"

그의 말에 선화가 고개를 끄덕였다.

"네, 맞아요. 그 사람들은 북파 코스로 가되, 트래킹 코스를 이용한 것 같아요."

일반 관광객이 백두산 여행을 할 때에는 서파, 남파, 북파 이렇게 세 군데 코스 중의 한 곳을 선택할 수 있다. 하지만 어느 곳을 이용해도 천지 물은 만질 수 없는데, 천지 주변의 능선을 따라 움직이는 트래킹 코스를 이용하면 가능하다고 한다.

"우리도 트래킹 코스를 이용하면 좋았을 텐데…"

"그러면 좋겠지만 그런 경우라면 조금 특수한 문제가 생길 거예요."

"무슨 소리예요?"

"일반 가이드가 아닌 산악 전문 가이드가 뒤따라야 하고, 휴식 장소나 화장실도 정해진 곳으로 움직여야 해요. 만일 그렇지 않았을 때에는 북한으로 넘어가는 경우가 생길 수 있으니까요."

백두산에 올랐다고, 천지를 봤다고 흥분하여 돌아다니다가 불상사를 겪을 수 있으므로 결국 우리 스스로가 조심해야 한다는 뜻이다. 조심해야 하는 곳, 그래서 눈치를 봐야 하는 곳, 그곳이 바로 백두산이었다.

"다 먹었으면 이제 일어나죠? 아직 봐야 할 곳이 많아요."

지저분한 테이블을 치우고 일행은 산장 밖에 서 있는 셔틀버스에 올랐다. 다음 목적지로 이동하기 위해 버스가 움직이는 그때, 아까의 그 긴 계단으로 한국인 초등학생 무리가 올라가고 있었다. 저들이 천지에 올랐을 때에는 구름이 걷혀 맑고 깨끗한 천지를 만날 수 있기를, 부디 한국인으로서 가져야 할 그 아름다운 마음씨를 부디 가슴에 품고 내려올 수 있기를 승현은 기도했다.

이도백하 숙소로 돌아와 저녁을 먹고 샤워를 한 뒤 승현은 침대에 누워있었다. 누운 자세가 이렇게 편할 수 없다. 바르게 누운 것도 아니고, 아침에 아무렇게나 구겨놓았던 이불 위에 드러누운 터라 불편한 게 분명한데도 말이다. 피곤해서 그런 것 같은데, 이렇게 누워있다가는 곧 잠이 들어버릴 것만 같다.

"한국 방송은 정말 안 나오는 건가?"

벽걸이 TV로 다가가 이리저리 채널을 돌려보지만 선화의 말과 다르게 중국의 방송만 송출되고 있었다. 무슨 말인지 알아들을 수 없는 방송 채널을 이리저리 돌리던 중 한 가지 눈에 띈 게 있다면 중국의 국영 방송이라는 CCTV가 우리의 KBS처럼 여러 개의 채널을 가지고 있다는 것이다.

"이게 뭐지?"

사정없이 채널을 돌리다 언뜻 한글로 무어라 적힌 현수막이 방금 화면에 비춰진 것 같다. 그 채널로 돌아가 살펴보니 한복을 곱게 차려입은 여자가 널찍한 무대에서 노래하는 모습도 보였고, 그녀의 노랫가락에 맞춰 객석에서는 춤을 추는 사람도 있었다. 배경은 분명히 중국의 어느 지역 같은데, 마치 한국의 '전국노래자랑'처럼 우리의 친근한 모습으로 노래를 부르거나 사회자와 말싸움을 하듯 장난스럽게 시비를 거는 등의 광경들이 연이어 드러나는 것이다.

"연변 위성방송이라는 게 있다더니 그게 이건가?"

인터넷에서 연변 위성 방송에 대해 검색해 보면 이러한 소개가 등장한다. '중국 유일의 지구 급 위성 방송', '중국 유일의 조선말 대표 방송'이라고 말이다. 중국 땅에서 살아가는 조선족을 위한 방송으로서 1977년 12월에 연변 텔레비전 방송국을 세우고, 2006년에 연변 위성 방송을 개국하여 중국에서 처음으로 지방 급 위성 방송을 시작하였다고 한다. 지금 승현이 보고 있는 방송이 바로 그것이다. 친근하고 정겨운 우리의 모습, 중국에 흡수되어 소수민족이 되었다지만 그들이 보여주는 모든 것들은 바로 우리의 문화이자 삶이었다.

「우리 연변 조선족 여러분의 노래 솜씨를 심사해주실 심사위원을 소개하여 드리겠습니다.」

조금은 험한 인상의 사회자가 객석의 박수를 받으며 인사하는 심사위원을 소개하고 있다. 알아듣지 못하는 중국의 방송 사이에서 발견한 우리말 방송이어서 반가웠지만 한편으로는 연변 사람들의 사투리가 우리말인데도 낯설게 느껴진다. 흔히 얼화(儿化)라고 부르는 중국어 특유의 표현 방법 때문일 텐데, 그래서인지 우리말에 중국어 성조와 얼화가 섞여 전혀 새로운 언어처럼 들린다. 혹시 그 옛날 중국 땅으로 이주해 올 수밖에 없었던 조선인의 언어가 현지인과 어우러져 살아온 세월 따라 중국인들의 말투처럼 변화한 건 아니었는지 승현은 생각해 보았다.

"연변 뉴스? 여기서 뉴스도 방송하나 보네…."

정시가 되자 뉴스 프로그램이 방송되기 시작했다. 우리네 방송처럼 남녀 아나운서가 나란히 앉아 방송을 하는 것이다. 이 모습을 신기해하다니, 아무래도 이들에 대해 모르는 게 너무 많은 것 같다. 공부가 더 필요하다.

「노인절을 맞은 각지의 중국 동포들은 외로이 살아가는 노인들을 맞아 봉사 활동을 하는 등 곳곳에서 노인들을 위해 다채로운 행사를 하였습니다.」

승현이 저도 모르게 피식 웃음을 터뜨렸다. 아나운서의 말투가 희한하다. 우리말의 표준어는 서울 말이고, 뉴스를 진행할 때에는 표준어를 구사해야 할 텐데, 억센 연변 사투리와 섞이다 보니 한국말도, 연변말도, 그렇다고 북한말도 아닌 특이한 억양의 말투가 되어버렸다. 그들의 모습을 가만히 보노라니 우리의 핏줄이어서 반갑고 친근했지만 어딘지 모르게 이질감도 느껴진다. 모진 세월의 흐름에 따라 우리와 달라져버린 그들의 모습, 한국인을 동포라고 말하는 중국 국적의 조선족들, 올바르지 못했던 과거 우리의 역사가 그러한 사실을 서서히 잠들어 가는 승현의 가슴으로 하여금 쓸쓸함으로 받아들이게 했다.

2장

동북공정

강대국의 책임은 세계를 지해하는 것이 아니라
세계에 봉사하는 것이다

-H. S트루먼. 의회에 보낸 메시지

2020년 8월 16일.

침까지 흘려가며 달게 자고 일어났더니 얼굴이 잔뜩 부어버렸다. 제 얼굴을 제가 봐도 못 알아볼 지경이니 백두산이 정말 험하긴 험했던 모양이다.

"어서 와요. 아침 먹어야지?"

"네, 안녕히 주무셨어요?"

세수를 해도 잠이 깨지 않은 승현에게 웃어 보이며 선화의 어머니가 식탁 위에 김이 모락모락 피어나는 밥그릇을 올려주었다.

"너희는 얼굴이 왜 그래? 잠 못 잤어?"

밥을 먹는 건지 조는 건지 식탁 앞에 앉은 녀석들의 얼굴은 영 기운이 없어 보인다. 물 컵을 가져다주던 선화의 어머니가 한심한 얼굴로 혀를 차고 있다.

"저희는 새벽 네 시까지 고스톱 쳤어요."

"야, 둘이서 쳤으니까 맞고야."

"그래, 맞고."

지금 시간은 아침 여섯시 삼십분, 겨우 두 시간 정도 눈을 붙였지만 자도 잔 게 아닌 듯 두 녀석의 눈꺼풀은 백두산을 통째로 얹어놓은 듯 무거워 보였다. 하여간 애나 어른이나 한국 사람은 다 똑같다.

"야, 너희 피곤해서 심양까지 어떻게 가려고 그래?"

"괜찮아요. 연길까지 버스에서 세 시간 동안 자면 되죠."

"야, 우리 똥차 침대칸이지?"

"응, 침대칸에서 한숨 자고 나면 심양이겠네."

"역시 똥차가 좋아."

마주 보며 키득거리는 녀석들에게 다가와 선화의 어머니가 꿀밤을 놓아준다. 밥상 앞에서 똥차가 뭐냐는 거다.

"응? 선화 어디 갔다 오니?"

"버스 표 끊어왔어요. 오늘은 승현 씨와 돈화까지 가야해서요."

"누나, 그러다가 승현이 형이랑 사귀겠어요."

밥 생각이 없다며 고개를 젓던 선화에게 녀석들이 소리쳤다.

"너희 아직 잠이 덜 깼구나?"

까불지 말라며 선화가 눈을 흘기고, 곁에서 승현은 황당한 표정이었는데, 어쩐지 선화의 어머니만 눈빛이 초롱초롱하다. 지금 시각 정확히 오전 7시, 오늘은 돈화에서 정각사라는 절에 들렀다가 두만강이 있는 도문과 윤동주 시인의 생가가 있다는 용정을 거쳐 연길로 돌아갈 예정이다. 돈화까지 이동할 버스가 7시 30분에 출발한다고 하니 서둘러야 했다.

"돈화에서 친구 한 명이 기다리고 있을 거예요."

"친구요?"

"조선족 친구인데, 집은 연길이지만 부모님이 돈화에 사신대요. 신세 좀 질까 해서요."

돈화에 도착한 후 연길까지 움직이려면 약 80킬로미터 정도의 고속도로를 지나야 한다. 대중교통을 이용하기에 그 거리는 너무 멀고, 교통비도 만만치 않으니 친구의 차를 빌리겠다는 거다. 곧 출발한다는 돈화 행 버스에 오르며 승현에게 친구의 도움을 받거나 도움을 주는 친구가 있다는 사실을 아버지가 전혀 모르고 있으니 말하지 말아달라는 부탁을 전하기도 했다. 이도백하에서 돈화까지 버스가 이동한 거리는 약 2시간 30분, 아침에 백두민박에서 헤어진 녀석들의 말처럼 한숨 자고 깨어날 즈음 목적지에 도착했다.

"선화야! 여기!"

"야! 씨씨!!"

돈화 기차역 앞 광장 저쪽에서 선글라스를 걸쳐 쓴 여자가 반갑게 손을 흔들었다. 그녀가 바로 선화가 말한 조선족 친구인 모양이다.

"와 이제 온 거이야? 내래 얼마나 기다렸는지 아네?"

"미안, 미안, 맛있는 거 사줄게. 참아."

"참말이네? 그렇다면 내래 고저 네 전 재산을 다 털어 먹을 테이끼니 그리 알라."

"알았어, 알았어."

여자 셋이 모이면 접시가 깨진다고 했던가. 하지만 꼭 그렇지도 않을 것 같다. 이 두 여자들, 무슨 할 말이 그렇게 많은지 머리가 다 아플 지경이다."

이 사람이 한국에서 온 그 손님이네?"

"김승현이라고 해."

"와아~곱게 생겼구나야."

"곱기는 뭐가 곱니? 얘는 사람 보는 눈이 왜 이렇게 없어?"

"뭐이 어드레?"

제 스타일이라고, 수준이 낮다고 이 여자들은 또 티격태격 말다툼을 벌인다. 한국에서도 잘 생겼다는 소리를 가끔 듣지만 조선족 아가씨가 그렇게 말할 줄은 몰랐다. 취향이 같은 우리는 역시 한민족이다.

"이름이 씨씨예요? 우리 말 이름이 아닌데?"

"중국말 이름이야요. 본 이름은 리서희(李西喜)인데, 한족 말(중국어)로는 리씨씨라고 하디 않갔습네까? 조선말보다는 중국말 이름이 더 귀여워서 부르는 거니끼니 이상하게 생각하디 말라요."

"아, 그래요? 알았어요."

서희가 가져온 차에 올라 일행은 정각사(正觉寺)라는 사찰로 향했다. 인터넷에 올라있는 설명 자료에 의하면 정각사는 중국 최대의 비구니 사찰이라고 한다. 이 사찰의 주변에는 육정산과 동모산이 있다. 고구려 출신의 장군 대조영이 세운 발해가 처음 시작되었던 곳이라고 한다.

"서희 씨는 조선족 사람이 아닌가 봐요? 말투가 연변 사투리와는 다른 것 같아요."

한국 불교와 절하는 모습이 다르다며 어떻게 해야 할지 몰라 눈치만 보던 승현이 차로 돌아왔을 때 제일 먼저 한 말이었다.

"내래 고저 할마니, 할아바디가 식민지 시대 사람 아니갔습네까?"

"아, 그래요?"

"일본이 싫으니끼니 중국으로 건너와 조선족 사람이 된 거야요, 여기서 아바디를 낳고, 후에 내가 나왔는데, 돈을 벌갔다고 부모님은 돈화로 이사를 갔단 말이디."

"서희 씨는 연길에서 할머니랑 살고요?"

"네. 기리니 조선족 사람입네다. 그런데 환경에 변화되는 거이 사람 아니갔습네까? 할마니한테 배운 평양 말이 입에 베어버렸다 이 말입네다. 내래 고저 이상한 사람 아니니끼니 의심하디는 마시라요."

속사포처럼 말하는 게 습관인지는 몰라도 서희의 말투는 집중해서 듣지 않으면 도저히 알아들을 수가 없다. 만일 한반도의 우리 민족이 통일을 하게 된다면 서로 말귀를 알아듣지 못해 또다시 싸우게 될지도 모르겠다

."이보시라요, 승현 씨. 선화랑 다녀 보니 어뗳습네까?"

"예?"

"고저 가이드도 아니면서 가이드라고 사기 치디 않갔습네까?"

"…?"

무슨 소리인지 도통 알 수 없어 고개만 갸웃거리는 승현에게 서희는 운전대를 잡지 않은 다른 손으로 가방을 뒤져 무언가를 던져주었다. 어제 백두산에서 선화가 건네준 것과 비슷한 크기의 화산 돌이다.

"선화, 이 에미나이래 고저 이런 걸 주면서 행운의 돌이라 하고 다니디 않네?"

"야, 쓸데 없는 소리 하지 마."

"승현 씨, 이 에미나이 뭐 하는 에미나이인지 모르디요? 가이드는 웬 가이드?"

흘겨보던 선화가 끝내 '야!'하고 소리치며 운전하는 서희의 팔을 툭 때렸고, 두 여자는 서로의 팔을 때리며 옥신각신 다투기 시작했다.

"빠앙!"

곁을 지나가던 한국산 스타렉스 한 대가 클랙슨을 울리고 사라진다. 운전 중엔 까불지 말라는 경고라는 걸 알았는지 두 여자는 그제야 조용히 입을 다물었다. 고속도로에서 이런 식으로 싸우다니, 참 겁도 없는 여자들이다.

"삼촌이 중국에 온다고? 고저 백두산이 이제는 참을 수가 없는 모양이로구나야."

룸미러로 승현이 잠든 걸 확인한 서희가 조용히 말을 건넸다. 선화도 가만히 고개를 끄덕인다.

"응, 그런가봐. 내가 봐도 불안해. 내 방에 있는 지진계를 들여다보는 것도 이제는 무서워."

"그 정도네?"

다시 고개를 끄덕이며 선화는 아직 깨지 않은 승현의 눈치를 살폈다. 승현 뿐만 아니라 백두민박의 모든 손님들은 선화를 그저 가이드인줄로만 알고 있다. 선화 스스로가 자신의 정체를 알리고 싶어 하지 않는 이유도 있지만 알렸다가는 한국인 관광객들이 동요할 수도 있다. 그만큼 백두산은 지금 많이 위험하다.

"그건 그렇고, 서희 너는?"

"……."

무슨 생각을 하는 걸까? 대꾸 없이 운전대만 붙들고 있는 서희의 옆모습을 바라보던 선화가 땅이 꺼져라 한숨을 푸욱 내쉬었다.

"그 여권이랑 비자 잘 가지고 있어? 혹시 모르니까 조심해서 갖고 다녀."

"그거이 걱정 말라. 내 알아서 잘 하고 있으니끼니."

"그거 만들어준 브로커가 연길 뒷골목에서 보이스 피싱으로 한국 돈 긁어모은 사람이라 한국에 대해선 잘 알아. 하지만 한국은 그렇게 만만하지 않아. 그러니까…."

"고저 그만 하라! 내 알아서 하겠다고 하디 않았어?!"

더는 참지 못하고 서희가 그렇게 일갈했다. 이미 그렇게 결정되었고, 계획대로 진행 중인 이 상황을 선화는 어떻게든 막으려 한다. 위험하니까. 목숨을 담보로 한 탈북자가 가는 길은 늘 그렇게 위험하니까. 하지만 이제는 되돌릴 수 없다. 더 이상 조선족 행세를 하며 살아갈 수 없단 말이다. 꿈을 이루기 위해 돌아올 수 없는 강을 건넌 탈북자, 나는 탈북자다.

"아바디와 만나면 다 해결될 거이야. 기리니끼니…."

"……."

눈물 고인 얼굴로 중얼거리는 서희, 안쓰러운 마음을 주체할 수 없는 선화. 살기 위해 몸부림치는 흥분한 그 마음처럼 그들을 태운 차도 고속도로를 과속으로 질주하고 있었다.

차에서 내린 승현이 길게 하품을 하며 기지개를 켰다. 여기, 푸른 하늘만큼이나 공기 좋고 맑은 곳이다.

"여기가 도문인가요? 두만강이 있다는…."

"네, 맞아요. 이 계단을 오르면 바로 보일 거예요."

눈앞에 놓인 높은 계단을 오르니 길게 조성된 산책로가 눈에 들어왔다. 그 길을 따라 걸으며 데이트를 즐기는 연인들이 있고, 우리네 공원의 그것처럼 낡은 운동기구가 놓여 있으며 그 위에 앉아 노인들은 체력단련을 하거나 그 마저도 귀찮은 듯 나무 그늘 아래에 누워 낮잠을 자는 사람도 있다. 어느 동네에서나 흔히 마주할 수 있는 평화로운 풍경, 헌데 산책로 옆의 저것은 무엇인가. 마치 바리케이드인 듯 허리까지 올라올 만큼 낮지만 두꺼운 돌벽 너머에 축축한 잔디밭이 있다. 그리고 잔디밭 옆으로 흐르는 강줄기.

"저게…. 두만강인가요?"

어느새 멍청해져버린 얼굴로 승현이 물었다. 이상하다. 왜인지 모르게 실망스럽기까지 하다. 상상 속의 두만강은 이게 아니란 말이다. 한강처럼 넓은 강이겠거니 했었다. 힘차게 흘러가는 물줄기 하며, 수심도 깊고, 여러 종류의 물고기가 뛰어 노는, 그러니까 관광객들이 많이 찾는 곳일 거라고. 그런데 이게 뭐란 말일까. 도대체 이 좁고 볼품없는 물줄기는 무엇인지! 강이라기 보다는 샛강이나 개울이라고 부를만한 이곳을 두고 우리는 그간 무얼 생각했던 걸까? 함부로 건널 수 없고, 아무렇게나 찾아갈 수 없는 곳이기에 그 잘난 상상력으로 한강에 비교해 온 모양이다. 우리가 너무 몰랐던 탓이다. 너무나 모르고 살아온 탓이다. 말로만 듣던 북녘을 보고자 찾았으나 호기심 때문에라도 놀러온 기분만 내고 싶은 세대, 어쩌면 전쟁을 모르고 살아온 세대의 실수일지도.

"혹시 이 강을 넘어오는 탈북자가 많은가요?"

"네, 그래요. 이쪽은 관광지로 개발되어 있어 꿈도 못 꾸지만 상류나 하류 쪽은 아직도 탈북자가 생기는 모양이에요."

조금 걸어가니 한글로 쓰인 경고문 하나가 눈에 들어왔다. 함부로 강을 건너선 안 된다고, 북한 주민에게 말을 걸거나 사진을 찍어선 안 된다고, 그리고 이러한 변경 수칙을 어기면 안 된다고, 백두산에서 본 경고 문구가 여기에도 있다. 함부로 건너선 안 된다고? 이렇게나 가까운데? 손을 뻗으면 금방 만질 수 있을 것 같은 북녘 땅 저 곳을, 얼기설기 엮어 군인들이 지키는 철책선 가까이 갈 수 없어 비행기를 두 시간이나 타고 날아왔는데 여기에서 이제는 더 이상 갈 수 없다고? 왜? 왜 우리 마음대로 할 수 없는 거지? 우리 땅인데, 우리가 뛰어 놀아야 할 우리의 땅인데, 도대체 왜 그렇게 역사는 우리를 아프게 했단 말일까?

"동구 밖 과수원 길 아카시아 꽃이 활짝 폈네!"

"…?"

어디선가 귓가를 간질이는 노랫소리가 들려온다. 실향민이라고 짐작되는 할머니들이 모여앉아 두만강 너머 북녘 땅을 바라보며 동요를 부르고 있다. 저기 저 갈 수 없는 고향 땅을 그리워하며 애틋한 마음으로 부르는 동요는 아직 젊어 옛 시절을 그저 상상으로 짐작할 뿐인 관광객들의 가슴을 울리기에 충분하다. 언젠가는 가족들을 만날 수 있겠지. 이 별 것 아닌 실개천을 건너 그토록 그리워하는 고향땅을 밟을 날이 오겠지. 오늘 지금 이 순간처럼 하염없이 담배만 피우며 바라만 보지도 않겠지. 통일이 되면 저기에 앉아 소녀 적 시절로 돌아간 할머니들의 바람처럼 언젠가는 다시 만나 행복하게 살아갈 수 있을 것이다. 언젠가는…

하얀 꽃 이파리 눈송이처럼 날리네
향긋한 꽃냄새가 실바람타고 솔솔…
둘이서 말이 없네.
얼굴 마주 보며 생긋 아카시아 꽃 하얗게 핀
먼 옛날의 과수원길…

차를 타고 이동하여 도문 시내를 거슬러 올라가다 보면 아까의 산책길보다 좀 더 자세하게 북한의 모습을 볼 수 있는 곳이 나타난다. 이곳저곳에 접경 지역이니 조심해야 한다는 경고 문구가 걸려있는 지역이기도 하다.

"중국 도문 교두(中國 圖們 橋頭)…? 저게 뭐죠?"

"중국과 북한의 국경선이 있는 다리에요."

바로 국경선이 그어진 위치까지 들어가 볼 수 있는 곳이다. 아까보다 좀 더 가까이 다가갈 수 있는 곳, 아까는 북녘의 모습을 강 건너에서 내다보았지만 이번엔 다리 위 접경선까지 갈 수 있다. 교두, 두만강을 넘어 북한의 무산 시까지 이어져 있는 다리, 지금 당장이라도 넘어갈 것처럼 당당하게 걸어가다 어느 순간 멈추고 마는 다리. 한 걸음 한 걸음 내딛어가던 승현의 다리도 이윽고 국경선임을 표시해둔 철판 앞에서 멈추고 말았다. 한국인 관광객과 중국인 관광객이 뒤섞여 시끄럽게 떠들지만 그들 모두 이 선을 넘어갈 수 없다. 북녘이 코앞에 있는데, 한 걸음만 더 내딛으면 되는데, 손에 닿을 듯 거기에 있을 북한 주민 누군가 우리를 바라보고 있을 텐데, 가까이 갈 수 없다. 단지 성능 좋은 카메라로 눈앞의 절경을 담아갈 뿐.

"이 길을 이용하는 탈북자가 더러 있다나 봐요. 직접 본 적은 없지만."

"그래요? 그러게. 감시자가 한 눈을 팔면 잠입이 쉬울 수도 있겠어요."

수시로 탈북자가 생겨난다는 이곳, 여기저기에서 주워 듣기로는 사람이 도저히 살아갈 수 없기 때문이라지만 이곳에서 바라보기에 북녘 땅은 그저 평화롭기만 하다. 고요하고 평온해 보이는 저곳에서 도대체 무슨 일이 벌어지고 있는 걸까?

"승현 씨, 이제 가야 해요. 가볼 곳이 아직 많이 남아 있어요."

못 박힌 듯 멍하니 서 있던 승현이 그제야 접경 지역에서 물러난다. 왔던 곳으로 돌아가지만 그의 시선은 아직도 북녘의 어느 구석에 고정되어 있었다. 오랫동안 들여다볼 수 없는 북녘의 모습을 대포 카메라에 담아두고 그들은 주차장으로 되돌아왔다.

"이보시라요, 승현 씨. 보는 김에 끝까지 다 보는 거이 좋디 않갔습네까?"

"…?"

서희의 말을 이해하지 못해 고개를 갸웃거리는 승현을 보고 선화가 키득키득 웃어댄다. 북녘의 모습을 아까보다 좀 더 자세하게 볼 수 있는 곳이 있단다. 한국인 관광객들이 도문에 오면 꼭 들러야 한다는 언덕 위의 일송정 말이다. 일행을 태운 차가 다시 도문 시내를 돌아 어느 구석진 골목으로 들어섰다. 멀리 북한과 이어진 철로가 보이고, 그 철로를 가로지른 차가 아스팔트로 포장되어 있지 않은 어느 공터에 멈추었다. 낮은 산의 중턱에 위치한 일송정까지는 꽤 가파른 언덕길을 올라야 한다. 그런데 이 여자들, 정말 웃기는 여자들이다. 멀쩡한 길 다 놔두고, 험하기 짝이 없는 숲길로 파고드니 말이다. 폭우로 토사가 쏟아져 내린 듯 나무뿌리가 드러난 이 위험한 길을 마치 날다람쥐인 양 성큼성큼 올라선다. 반면에 승현은 괴롭다. 다시 한 번 체력 단련을 하지 않아 힘든 몸뚱이가 원망스러워진다.

"승현 씨, 힘들어요?"

"백두산보다 더 힘들어요. 무슨 여자들이 이렇게 씩씩해!"

얼굴 주변으로 달라붙은 벌레가 싫어 손부채를 파닥이는 승현을 보고 두 여자가 까르르 웃어댄다. 도문 사람들만 이용한다는 지름길이니 외지인으로서는 난감해할 만도 하다.

"승현 씨! 빨리 와요! 다 왔어요!!"

나무로 지어진 작은 정자에 먼저 오른 두 여자가 승현에게 손짓한다. 그리고 거기에 오른 여행객의 두 눈으로 비춰진 광경이란…!

"와…!"

눈앞의 절경은 저도 모르게 감탄사를 연발하게 한다. 하늘을 등지고 선 작은 마을, 평화롭고도 고요한 마을이 자연 그대로의 모습으로 높은 곳에 오른 낯선 방문자를 맞이하고 있었다.

"저기가 북한이라는 거죠?"

"네, 북한의 무산군(茂山郡)이에요."

유난히 맑고 푸른 하늘 아래의 작은 마을, 우리나 시골 마을과 다름없는 이 모습은 마치 한 폭의 수채화를 연상케 한다. 이렇게 아름다운 마을이 북한이라니 믿을 수가 없다.

"어떻게 이런 곳이 있을 수 있죠? 멋지네요."

"그렇죠? 하지만 겉과 속이 다른 곳이에요."

마을 이곳저곳을 카메라에 담다 말고 승현의 고개가 선화에게 넘어간다.

"겉과 속이 다르다고요?"

"저긴 북한이에요. 아직도 저기 어딘가에는 탈북을 꿈꾸는 사람들이 있을 거예요."

선화의 말에 서희도 동의하는 듯 조용히 고개를 끄덕였다.

"내래 고저 잘은 모르디만 말이디. 저 수풀 어딘가에 망원경과 총을 가진 군인이 있다고 하디 않아?"

"정말이에요?"

"네, 저기 어딘가에 숨어서 탈북자가 있는지 감시한다나 봐요."

이곳에서는 무서운 일들이 수시로 벌어지고 있단다. 수풀 사이에 숨은 누군가 망원경으로 강변을 감시하는데, 탈북자가 나타나면 그 어떤 경고성 멘트 한 마디 없이 사살해버린다는 것이다. 조용하던 이곳에서 총소리가 울리면 그게 바로 탈북자가 죽어 나자빠지는 순간이라고 하니 무섭지 않을 수가 없다.

"잠깐만요. 그럼 저기 어딘가에 숨어서 우릴 지켜보는 사람도 있을 거라는 얘긴데….”

"네, 맞아요."

승현의 입이 떡 벌어졌다. 멋모르고 찾아온 관광객이 겁을 집어먹는 곳, 그런 무서운 일들이 심심찮게 벌어진다는 저 곳, 겉으로는 아름답고 평온하지만 실상은 결코 그렇지 않을 저 작은 마을, 바로 북한이기에 가능하다. 태어났으니 죽을 수 없어 어떻게든 살기 위해 탈북자들은 꼬리에 꼬리를 물고 강을 건넌다. 그러다 갑자기 날아온 총탄에 쓰러지고, 그렇지 않으면 갈고리에 몸뚱이를 찍혀 도살장에 끌려가는 돼지처럼 피를 철철 흘리며 끌려간다. 실제로 한 번은 낚시 바늘에 코 꿰이듯 갈고리에 코를 꿰인 탈북자가 누군가에 의해 끌려가는 모습이 강 건너에서 지켜보던 한국인 관광객들의 카메라에 찍히기도 했더란다. 세상에 어떻게 그럴 수 있을까. 평화로워 보이는 저 아름다운 마을에 수많은 죽음이, 수많은 고통이, 수많은 눈물이 산재한다. 제발 이제 다시는 그런 일이 없기를, 하루 빨리 우리가 사람답게 살아갈 날이 오기를, 더 이상 아파하지 않고 더 이상 슬퍼하지 않을 날이 올 수 있기를, 서로에게 겨눈 총부리를 거두고 함께 어깨동무하며 웃을 수 있는 날이 돌아오기를 바라고 또 바란다.

"저 내려갈래요. 무서워요."

절경에 감탄하던 그 마음이 순식간에 공포로 뒤바뀌었는지 승현이 진저리를 치며 정자에서 물러난다. 무슨 남자가 그리도 겁이 많으냐고 힐난하는 선화의 뒤에서 서희는 아직 슬픈 얼굴로 마을을 바라보고 있다. 자유를 꿈꾸며 이 강을 건넌 그녀. 도문 시내를 지나 연길로 접어드는 동안, 조선족 무리에 숨어들어 마치 그들과 같은 사람인 양 행동해온 지난 2년 동안 그녀는 한 번도 누군가에게 의심을 받아본 적이 없다. 아직 죽을 때가 아니어서인지, 아니면 단지 운이 좋아서인지…. 만일 그렇다면 서희는 그 운이라는 것을 좀 더 믿어볼 생각이다. 조만간 아버지와 상봉하면 그때는 알 수 있을 것이다. 우리의 꿈이 이루어질지, 아니면 무너질지.

"서희야! 뭐 해? 빨리 와!"

"간다! 조금만 기다리라! 에미나이 성깔하고는…."

위험하기 짝이 없는 지름길을 평지인 양 후다닥 달려 내려오는 서희의 모습을 승현은 그저 신기한 눈으로 바라볼 뿐이다.

"다음은 어디네?"

"용정."

"윤동주 시인 생가 말이네? 명동촌(明東村)?"

고개를 끄덕이던 선화가 문득 뒷자리의 승현을 넘겨다 보았다. 조용해서 또 잠들었나 했는데 그게 아니다. 그는 지금 호기심 가득한 얼굴로 무언가를 이리저리 들여다보고 있었다.

"그게 뭐예요?"

"아까 산 북한 담배예요."

사실 아까 승현은 두만강 주변으로 포진한 상점들을 꼼꼼히 뒤지고 다녔다. 관광객에게 흥밋거리를 제공하는 곳이라지만 대부분 조선족의 문화와 생활상을 말해주는 물건들이어서 한국인 관광객들은 도통 지갑을 열려고 하지 않는다. 그러한 한국인들의 호기심을 자극하는 것들이 있으니 바로 북한산 담배였다.

"승현 씨, 백두산에서 한 갑 사지 않았어요?"

"또 샀어요. 다른 걸로. 이거 냄새가 고약한데…?"

실제로 한국 사람들에게 '천리마'와 '평양'이라는 이름의 담배를 보여주면 반응은 대체로 비슷하다. 쉽게 보기 힘든 북한 담배에 호기심을 갖고 다가와 제일 먼저 냄새를 맡아본다. '으악!'하고 비명을 지르는가 하면, 피우고 폐암에 걸려 죽으라는 거냐며 잔소리를 늘어놓는 사람도 있다. 디스(This)라는 담배를 기준으로 들어보자. 디스의 니코틴 함량은 0.65mg이고, 타르는 7.0mg이다. 이에 비해 '평양'이란 담배는 니코틴이 1.2mg, 타르가 14mg이며 '천리마'라는 담배엔 아예 표시가 되어있지 않다. 한국 담배였든, 북한 담배였든 담배는 몸에 해로우니 피우지 말자

"승현 씨, 윤동주 시인의 생가에 가는 기분이 어때요?"

"글쎄요, 아직 잘 모르겠어요."

탁 트인 도로를 달리고 달려 도착한 용정의 명동촌은 우리네 한적한 시골 풍경과 다를 바 없었다. 도문이나 연길의 시내와 다르게 공기가 맑았고, 지나치는 차도 얼마 없어 조용했다.

"둘이서만 다녀오시라요. 내래 고저 피곤해서 눈 좀 붙여야갔으니."

"그럴래?"

하루 종일 100킬로미터 정도의 거리를 운전했으니 피곤할 만도 하다. 시원하게 하품을 하는 서희를 남겨놓고 두 사람은 차에서 내렸다. 좁은 오솔길을 지나 승현이 제일 먼저 발견한 곳은 명동 교회라는 작은 건물이다. 십자가가 걸린 예배당 한켠에 명동 역사 전시관이라고 쓰인 문구가 있다. 시인 윤동주에 대한 설명과 이곳 명동촌의 과거를 사진으로 내걸어 한눈에 이해할 수 있도록 전시해 둔, 작은 박물관이었다.

"윤동주 시인에 대해 가르쳐 주세요. 가이드 하러 올 때마다 애를 먹어요."

"음, 시인이라는 건 알고 있죠?"

"당연한 거 아니에요?"

물어볼 걸 물어보라며 선화가 눈을 흘기지만 승현은 그저 웃기만 했다. '윤동주 고향집'이라고 쓰인 팻말을 지나니 아담한 기와집 하나가 드러난다. 욕심 없고 꾸밈없이 소박하게 살았을 것이라고 짐작하게 만드는 집이었다.

"이 마을의 풍경처럼 순수한 사람이었을 것 같아요. 안 그랬으면 그렇게 아름다운 시를 써내지 못 했겠죠."

죽는 날까지 하늘을 우러러
한 점 부끄럼이 없기를,
잎새에 이는 바람에도
나는 괴로워했다.

별을 노래하는 마음으로

모든 죽어가는 것을 사랑해야지.
그리고 나한테 주어진 길을
걸어가야겠다.

오늘 밤에도 별이 바람에 스치운다.

-〈서시〉 윤동주.

두 사람의 시선이 지금은 창고로 쓰인다는 건물의 벽으로 날아간다. 흑판 하나가 걸려 있었는데, 거기에 쓰인 문구가 여행에 지친 사람들을 미소 짓게 한다.

'조선족 최초의 명동 소학교'
'손발을 깨끗이 씻자.'
'청소 당번 문익환',
'지각생 윤동주'
'떠드는 학생 송몽규'
'구구단 못 외우는 학생 김옥분'

"윤동주 시인은 일본에서 독립운동을 하다 체포되어 옥고를 치르다가 2년 만에 옥사했어요. 그때부터 지금까지 저렇게 기념해두고 있는 거죠. 그리고 저기 저 청소당번 문익환도 시인이었어요. 남북통일을 위해 애쓰다가 옥고를 치렀죠."
"와, 승현 씨, 잘 아시네요. 여기서 아예 가이드할 생각 없으세요?"
"하하, 선화 씨를 백수로 만들 수는 없어요."
"흥, 무슨 남자가 겸손을 몰라요?"
윤동주 시인의 영정을 모셔둔 작은 방이 있었다. 다른 여행객들의 흔적처럼 승현도 방명록에 이름을 적고 사인을 한 뒤 경건한 마음으로 고인 앞에 예를 표했다.

"…?"

다시 밖으로 나와 주변의 풍경을 카메라에 담던 승현이 저쪽 시끄러운 소리가 들려오는 쪽으로 고개를 돌렸다. 한국인 관광객 무리가 조금 전의 승현처럼 아름다운 풍경에 감격한 얼굴로 다가오는 것이다. 이곳 명동촌, 백두산을 찾는 한국인 관광객이 꼭 들르는 코스라더니 정말인가 보다.

"잘 보고 왔네?"

잠들었던 서희가 차로 돌아온 두 사람을 반겼다.

"있지, 서희야. 승현 씨가 시도 읊어줬어. 승현 씨 목소리로 들으니 서시가 그렇게 멋있는 시였다는 걸 새삼 다시 느꼈지, 뭐니?"

"그래? 고저 그러다 둘이 사귀갔어."

"뭐?"

버럭 소리치며 선화가 서희의 어깨를 툭 때렸다. 두 여자들이 그렇게 옥신각신 다투기 시작하고, 승현은 또 키득거린다. 이제 연길로 이동할 시간이다. 고요한 명동 촌에 노을이 물들고, 세 사람을 태운 차는 점점 거기에서 멀어져 간다. 언제 다시 이곳에 올 수 있을까. 꾸밈없이 살다 간 시인의 고운 마음인 듯 감회에 젖은 승현의 가슴이 창밖의 풍경을 아로새기고 있었다. 고요하고 맑으며 공기 좋은 이곳, 백두산만큼이나 아름다운 곳이다.

연길 시내 한복판에 있는 그곳은 한국식 삼겹살 구이를 파는 식당이었다. 한국인 관광객들이 연길에 오면 꼭 들르더라는 그곳의 1층 로비에 한국 연예인들이 모여 식사하는 모습이 액자로 걸려있고, 에스

컬레이터를 타고 2층으로 오르면 단체 손님들이 들어앉을 수 있는 룸이 있다. 그저 단순한 삼겹살집이 아니라 돈 많은 중국인이 만들었을 법한, 다시 찾고 싶을 만큼 화려하며 멋진 곳이었다. 일행은 돼지 삼겹살과 우삼겹, 맥주까지 주문하여 승현과의 헤어짐을 아쉬워하는 파티(?)를 열었다.

"승현 씨, 여기에서 지내본 소감이 어때요?"

"스케줄이 빡빡해서 피곤하긴 했지만 괜찮았어요. 많이 아쉬울 것 같은데, 어떡하죠?"

"아쉽기는 뭐이가 아쉽습네까? 선화 보고 싶으면 또 오시라요!"

"어머, 웃기고 있네. 야!"

버럭 고함을 치던 선화가 순간 당황하여 입을 다물었다. 마침 숯불을 들고 들어오던 종업원이 그녀의 목소리에 놀라 주춤 물러서는 것이다. 하마터면 숯을 떨어뜨릴 뻔 했던 종업원에게 사과하고 서희는 또 그녀의 팔을 툭 때린다.

"이 에미나이래 고저 어딜 가나 말썽이디."

"얘 좀 봐. 너 때문에 그런 거잖아!"

"고저 목소리 좀 줄이라. 어드렇게 된 에미나이 목소리가 그리도 크네?"

못 잡아먹어 안달 난 원수지간인 양 두 여자는 또 서로를 노려본다. 그때, 다시 문이 열리고 종업원이 각종 밑반찬과 야채, 고기를 가져왔다. 김치는 그런대로 맛이 괜찮았고, 양념된 고기도 한국식이었는데, 아무래도 이 식당의 중국인 사장은 이러한 상차림을 만들기 위해 한국으로 유학을 다녀온 모양이다, 차라리 한국의 식당보다 더 낫다는 생각이 들 정도였다.

"흐렸지만 다행히 천지를 볼 수 있어서 좋았어요. 쉽게 보기 힘들다는데, 제가 운이 좋았나 봐요."

흐린 하늘 아래로 살짝 걸쳐 흐르는 구름 덕에 천지는 좀 더 운치 있는 호수로 기억될 것 같다. 중국 국가 주석이었던 장쩌민은 백두산에 세 번이나 오르고도 천지를 못 봤다는 걸 보면 아무래도 한국인에게는 우리 특유의 기운이 존재하는 모양이다."

"궁금한 게 있는데요."

승현의 목소리에 고기만 지켜보던 두 여자가 시선을 돌렸다.

"인터넷에서 본 내용인데, 천지의 3분의 1만 중국 영토로 되어 있어도 중국인들은 그걸 인정하지 않는다고 하더라고요."

"무슨 소립네까? 국경에 걸쳐 있는 거이디, 나머지는 반도 땅 아니네?"

맥주를 마시던 서희가 잔을 탁. 하고 소리 나게 내려놓았다.

"다른 게 아니라 조선족은 중국식 교육을 받으니 그렇게 생각한다는 거예요."

"그거야 배우기 나름 아니갔습네까?"

동북공정의 일환으로 중국 정부는 조선족에 대해 융화정책을 쓰고 있다. 이것에 대해 설명하려면 중국 대륙에 존재하는 56개 소수 민족에 대해 알아야 하는데, 그들 소수 민족은 모두 중국 땅에서 각각 자기들의 문화와 전통을 가지고 살아간다. 중국을 지배하는 민족인 한족(漢族)과 문화가 다르고 언어마저 다를지라도 그것을 포용하고 보호하는 정책으로서 그들을 자기네 국민, 즉 '중국인'으로 살도록 하는 것이다. 드넓은 땅덩이 안에서 서로 다른 문화를 가진 민족이 사는 나라, 단일민족으로 살아온 우리는 이해할 수 없지만 그런 정책이 가능한 나라, 그게 중국이다. 이 정책은 이미 오래 전부터 조선족에게도 시행되고 있었는데, 최근 십 몇 년 전부터는 더 강력하게 바뀌었다고 한다. 그들이 아무리 우리의 핏줄일지라도 국적은 중국이며 중국에 동화되어 살아간다. 즉 우리와 같은 민족이지만 다른 나라 사람으로 살아가는 것이다.

"내래 고저 할마니에게 잘 배웠으니 백두산이라고 하디. 사실 조선족은 그렇게 배우디 않는단 말입네다."

"백두산이 아니라 장백산이라는 거죠?"

"기리티요. 조선족들은 장백산을 중국의 땅이라고 배운단 말이디요. 중국에서 중국식으로 교육을 받으니 당연한 거이 아니갔습네까?"

잠자코 듣고만 있던 선화가 젓가락으로 고기를 가리키며 얼른 먹으라고 다그친다.

"승현 씨, 나중에 오실 때에는 압록강 쪽으로 가보세요. 아마 거기에서 놀라운 광경을 보게 될 거예요."

"…?"

백두산을 기준으로 두만강과 반대 방향에 있는 압록강에 무슨 일이 생긴 모양이다. 도대체 무슨 일일까? 탈북자 문제보다 더 큰 일이 벌어지고 있다는 뜻일까?

"승현씨, 박작성(泊灼城)이 뭔지 알아요?"

"박작…. 뭐라고요?"

압록강을 사이에 두고 북한의 방산마을을 넘겨다 볼 수 있는 중국 단동에서 북쪽으로 약 31킬로미터 떨어진 곳에 고구려 시대에 세워졌다는 천리장성의 박작성이 있다. 분명 우리의 고대 국가 고구려의 성이었는데, 중국은 1990년대 초 대대적인 공사를 통해 이 박작성을 일부 뜯어 만리장성의 일부분으로 만들었다고 한다. 그렇게 만들어진 성의 이름은 호산장성(虎山長城)이고, 이후 6300킬로미터였던 만리장성의 길이는 8851킬로미터로 늘어났다. 즉 중국의 영토가 압록강까지 확대되었다는 것이다.

"와, 그런 일이 있었어요?"

"옛 고구려의 역사를 대륙 변방의 소수민족 정권의 역사, 즉 자신들의 역사로 만들겠다는 건데, 어쩌자고 그러는지 모르겠어요."

2010년 9월 인터넷에 떠오른 어느 기사에 의하면 그동안 중국이 스스로 오랑캐의 역사라고 터부시하던 요하문명을 중국의 문명으로 끌어들이려는 움직임이 있더란다. 중국이 흔히 동쪽의 오랑캐, 즉 동이족이라고 부르는 우리 민족이 발원한 요하문명의 역사를 그들의 역사로 바꾸겠다는 뜻이다. 만일 정말 그렇게 된다면 기사의 내용대로 우리 민족은 중국 황제족의 후예가 되는 거다.

"고구려의 역사를 자신들의 역사로 편입시키는 중국의 목적이 완벽하게 달성되면 북한은 우리 힘으로 어떻게 할 수 없는 상황에 놓이게 되요."

"북한의 땅이 옛 고구려 영토의 일부분이었으니 정말 그렇게 되겠군요. 고구려의 후예가 세웠던 발해의 땅에도 북한 일부 지역이 포함되니…."

"그 뿐만이 아니에요."

잔에 가득 담긴 맥주를 한 번에 털어 마시고 선화는 한숨을 내쉬었다. 그녀의 빈 맥주잔을 채워주는 서희에게서도 깊은 한숨이 흘러내렸다.

"아시겠지만 북한은 지금 체제가 불안해요. 중국에 거의 기대어 있죠. 아무리 한국과 한 민족이고, 겉으로는 미국과 정상회담을 하더라도 그럴 수밖에 없어요."

중국이 만든 호산장성에는 아주 중대한 의미가 있다고 한다. 이미 오래 전부터 불안하게 돌아가던 북한의 체제가 한 순간 와르르 무너질 가능성을 염두에 두어야 하는데, 언제가 될지 모르는 바로 그 시기에 북한 내의 혼란을 막기 위해 중국이 나설 것이고, 동북공정의 완성으로 영토가 넓어지면 대동강 주변 평양 지역까지 진출하여 어지러운 그들 사회를 다스릴 수 있다는 것이다. 순식간에 북한은 중국의 영토로 뒤바뀔 것이며, 혼란을 피해 내려올 북한 주민들 때문에 한국 역시 위기에서 벗어날 수 없을 거라는 뜻이다.

"그게 과연 가능한 일일까요?"

"아주 오래 전부터 천천히 진행되고 있었으니 가능하겠죠. 우리가 모르고 있었을 뿐이에요."

무언가에 얻어맞은 얼굴로 승현은 입을 다물었다. 말도 안 된다고 생각하지만 이미 벌어진 상황을 되짚어 보면 우리가 그들처럼 되지 않을 거라는 보장이 없다. 헌데 한국은 지금 무얼 하고 있는가. 아직도 우리는 우리 땅을 식민지 삼았던 일본에게 사죄와 반성을 촉구하고 있으며 하루가 멀다 하고 독도 문제로 으르렁거린다. 물론 독도는 당연히 우리 땅이고, 지난 역사에 대해서도 그들로부터 사죄를 받는 건 당연한 문제이다. 하지만 그들의 사죄를 받고 독도를 지켜낸 뒤에 돌아서면 우리는 중국인이 되어 있을지도 모른다는 생각이 드는 건 왜일까. 상상일 뿐이지만 스스로 생각해도 무서운 상상이다.

"참 웃기죠? 저도 웃겨요."

"그만 마셔요. 취했어요."

얼마나 마셨는지 바닥에 굴러다니는 맥주병을 세기도 힘들 지경이다. 그런데도 선화는 종업원을 불러 혀 꼬부라진 말로 맥주를 세 병이나 더 주문하고 있다. 서희가 끼어들어 그만 마시라며 다그치고, 종업원에게는 미안하다고 사과한다.

"아무래도 안 되갔시요. 이제 일어나야디."

"선화 씨는 집이 이도백하인데 어쩌죠? 서희 씨는요?"

"내래 고저 이 근처에 원룸이 있시요. 두 사람이 들어가기에는 작은 방인데 어쩌네?"

주차장에 세워둔 차로 돌아왔지만 서희는 선화의 숙소를 놓고 고민 중이었다. 그녀는 홧김에 마신 술로 그만큼 취한 상태다.

"승현 씨, 호텔 방을 하나 잡아줄 테니끼니 일단 들어가시라요."

연길의 밤거리는 참으로 휘황찬란하다. 번쩍거리는 네온사인이 가득한 거리를 지나 그럴 듯한 호텔로 들어서는 동안에도 선화는 술주정을 부리고 있었다.

"내가 말이죠. 두만강에서 깜빡하고 안 갔던 곳이 있어요. 거기가 어디게?"

"나야 모르죠."

"중국 조선족 비물질 문화 전시관이라는 곳이거든요. 조선족의 문화를 전시해 놓은 곳이에요. 사실 한국 사람들은 잘 안 가는 곳이거든요."

"우리 문화를 전시해 놓은 곳이겠네요. 그러면 보나마나 아닌가요?"

"맞아요. 거기에는요. 김치 만드는 법을 터치스크린으로 만들어 놓았고, 장구 치는 법을 옛날 우리 DDR처럼 만들어 놓았어요. 모니터에서 화살표가 내려오면 장구를 왼쪽 오른쪽으로 치는 거예요. 이렇게…."

선화가 취하긴 취한 모양이다. 장구 치는 법을 흉내 낸답시고 승현의 얼굴 양쪽을 번갈아가며 때리는 거다. 룸미러로 그 모습을 보던 서희가 키득키득 웃었고, 승현은 어쩐지 그녀가 귀엽다고 생각했다.

"선화 씨, 아파요. 그만 해요."

"내 말 좀 들어봐요, 승현 씨. 조선족의 문화는 우리의 문화이기도 하잖아요. 그렇죠?"

"예, 맞아요."

"그런데 설명서에는 이런 얘기가 있어요. 조선족의 문화는 현재 중국 길림성의 무형 문화재로 등록되어 있다고. 중국의 문화재래! 그럼 우린 뭔데?"

술주정을 부리지만 단순히 술주정으로만 넘길 일은 아닐 거라고, 잠깐이었지만 승현은 그렇게 생각했다.

"선화야, 정신 차리라! 이 에미나이, 그새 잠든 거이야?"

"괜찮아요. 제가 업어서 옮기면 되죠, 뭐."

호텔 카운터에서 체크인을 하는 사이 잠들어 버린 선화를 업고 승현은 4층까지 걸어 올라가야 했다. 말이 좋아 호텔이지, 한국의 모텔보다 더 열악한 시설이다. 엘리베이터는 아예 보이지 않았고, 객실도 그렇게 깔끔한 편이 아니었다. 아무래도 이름만 호텔인 숙박업소에 들어온 모양이다.

"선화야, 정신 차리라! 못 씻어도 옷은 벗어야디!"

더블 침대에 널브러진 선화는 깊이 잠들어서 깨어날 줄을 모르고 있다. 하지만 별 수 없다. 이대로 놔둘 수밖에.

"내 원룸이 이 근처이니끼니 아침에 일찍 돌아오갔시요."

"네, 그러세요."

미안한 얼굴이 되어 서희가 객실을 나갔을 때, 승현은 저도 모르게 한숨을 푹 내쉬었다. 정선화, 이 여자. 술에 취해 주정을 부리다 이렇게 잠들었지만 한편으로는 이해할 수 있을 것 같다. 외국에 나가면 애국자가 된다더니 그녀가 딱 그런 것 같다.

"아, 큰일 났네."

샤워를 마치고 침실로 돌아온 승현은 문득 난처한 얼굴이었다. 이 객실의 침대는 더블 침대 하나뿐이다. 아무렇게나 뒹굴고 있는 그녀 옆에 쪼그리고서라도 누워야 할 텐데…. 과연 그럴 수 있을까? 애초에 객실을 나눠 써야 했다고 생각했다가 승현은 고개를 흔들었다. 다 큰 처녀를, 그것도 술에 취해 나자빠진 여자를 호텔 방에 혼자 내버려두는 건 위험하다. 그렇다고 이렇게 둘이 있자니 그것도 곤란하다. 돈을 더 쓰더라도 객실 하나를 더 빌려 그녀를 서희에게 맡겼어야 했다.

"아, 서희 씨 전화번호를 모르는구나…."

생각하면 할수록 난처하기만 하다. 이제는 코까지 곯아대는 그녀의 곁에 앉아 승현은 고민해 보았다, 나도 남자다. 술에 취해 잠든 여자를 그냥 둘 남자는 흔하지 않다. 하지만 그렇다고 해서 짐승이 될 수도 없는 노릇이다. 어쩌지? 과연 이대로 무사히 잠들 수 있을까?

"돌아버리겠네…."

어색함과 민망함을 감추지 못하고 불안해하던 승현의 눈이 문득 벽걸이 TV로 날아가 박혔다. 벌떡 일어나 채널을 돌리며 승현은 한국의 방송이 나와 주기를 바란다. 그래야 어색해하지 않을 수 있으니까.

"어! 유재석이다!!"

승현의 얼굴이 대번에 활짝 펴졌다. 이도백하에서는 보지 못했던 한국의 방송 프로그램을 연길에 와서야 볼 수 있게 된 것이다. 그러나 유재석이 게스트로 출연한 연예인과 열심히 떠들어도 침대 위에 앉은 승현의 귀에는 그들의 수다가 전혀 들려오지 않는다. 사지육신이 모두 팔팔한 젊은 남자가 잠든 여자를 곁에 두고 멀쩡한 정신으로 앉아 있어야 하는 것 자체가 고역이었으니 말이다.

"나 참, 이게 무슨 꼴이람."

승현은 결국 침대 밑으로 내려가 창문 아래 벽에 기대어 앉았다. 하나 있는 이불은 그녀가 싸쥐고 있으니 내버려 두고, 가방을 뒤져 얇은 점퍼를 꺼내 어깨를 덮었다. 차라리 이렇게 하는 것이 어색하지 않고 더 나은 것 같다. 아마 침대 위에 그대로 누워 있었다면 분명 무슨 일인가 생겼겠지. 남자란 이성을 잃으면 그때부터 무슨 짓이든 하게 되니까…. 그리고 승현은 그 밤, 그녀의 흑기사가 되어 거기에 앉은 채로 깊이 잠들었다.

　문고리를 따고 방에 들어서던 서희가 방 한 구석에서 진저리를 치는 전화 수화기를 집어 들었다가 순간 눈이 휘둥그레졌다. 아버지다. 북한의 김책 공업종합대학에서 지질학과 교수로 재직 중인 아버지 리성철이 그녀에게 전화를 걸어온 것이다.

　"이, 이 일을 어쩌네…!"

　어딘가에 숨어 전화를 걸고 있을 아버지처럼 서희는 혹시 모를 상황에 대비하여 창문을 닫고 현관문도 잠갔다. 그리고는 두꺼운 이불을 꺼내 그 속으로 숨어들었다.

　"아바디…."

　목소리가 새어나갈까 두려워 서희는 손으로 제 입을 틀어막으며 낮게 읊조렸다.

　「서희야, 별 일 없네?」

　수화기 저 너머에서 아버지의 조심스런 음성이 건너왔다. 탈북자 신세로 전락한 딸을 위해 아버지가 해 줄 수 있는 건 아마 그 뿐이었을 테다.

　"예, 아직까지는 일 없습네다."

　단속을 철저히 했지만 그래도 목소리가 크게 느껴졌는지 서희는 이불을 끌어당겨 제 입을 틀어막았다. 주변이 불안하니 아버지와의 통화는 짧게 하는 편이 좋을 것이다.

　「서희야, 곧 연길로 갈 거다. 조선에서 화산을 조사하려고 화산 관측소 동무들을 파견할 예정이야. 그 동무들 핑계를 대면 나도 움직이는 데에 일 없을 거이야.」

"아바디, 보고 싶습네다. 무서워요."

「미안하다, 서희야.」

아버지의 안타까운 목소리가 서희를 눈물짓게 하고 있다. 그녀는 아버지가 왜 그렇게 미안해하는지 잘 안다. 리성철, 북한에서도 이름난 김책공대 이과대학 지질학과 교수이자 인재를 키우는 인재라 하여 인민들로부터 존경을 받는 사람이다. 강성대국 건설에 필요한 인재라며 보통의 인민들보다는 그래도 자유로운 삶을 살아가는 사람이란 말이다. 반면에 서희는 어떠한가. 그런 아버지를 스승으로 두었지만 아버지에 비해 빛을 보지 못했으며, 쉽게 이룰 수 없는 꿈을 좇아 제 나라에서 뛰쳐나온 탈북자에 지나지 않는다. 다시 만날 그날을 그리워하며 숨어 살아가는 딸에게 미안했던 거다, 아버지는.

"아바디, 고저 내 걱정은 마시라요. 내래 일 없시요."

「그래, 서희야….」

그때, 굳게 닫힌 창문 밖에서 사이렌 소리가 들려온다. 무단횡단을 하던 사람이 사고라도 난 모양이지만 서희는 그게 마치 자신을 잡으러 온 사람들의 발소리처럼 느껴져 두려웠다.

"아바디, 끊으시라요. 밖이 시끄러워서 확인해봐야 합네다."

「그래, 알갔다. 곧 만나자. 몸조심하고.」

"예, 아바디."

아버지와의 전화 통화가 끊어졌다. 그러나 서희는 아직 이불을 뒤집어쓰고서 온 신경을 집중하는 채다. 바깥에 무슨 일이 생긴 걸까? 혹시 탈북자의 지난 행적을 들켜버린 건 아닐까? 혹시 누군가 그녀의 존재를 눈치 채고 공안에 신고한 건 아닐까? 신고 받은 공안이 창 밖에 숨어 아버지와의 통화 내용을 엿들은 건 아닐까? 아직 그러면 안 된다. 아직 그러면 안 된단 말이다. 조선족 사이에 숨어 살던 2년간의 불편한 생활이 곧 끝날 것인데…. 조금만 기다리면 행복으로 가는 길이 열릴 터인데…. 이제 와서 공안에게 쫓겨 갈 수 없다. 이제 와서 공화국으로 쫓겨 갈 수 없단 말이다. 나는 살아야 한다. 반드시 살아서 아버지와 남쪽의 아름다운 땅으로 가야만 한다. 남쪽의 동무들에게 이 거대한 위험을 알려야 한단 말이다!

"조금만 참으라. 조금만…."

두려움에 몸서리치는 까만 밤, 그날 서희는 두꺼운 이불 속에 숨은 채 뜬 눈으로 밤을 지새워야 했다.

"꺄악!!"

별안간에 들려온 그녀의 비명소리에 승현이 화들짝 놀라 깨어났다.

"무슨 일이예요, 선화 씨?"

"이거 뭐예요?"

"예?"

"지금 이게 뭐냐고?"

밑도 끝도 없이 소리만 지르는 그녀를 이해하지 못한 승현은 그저 눈만 휘둥그레진 채였다.

"저, 선화 씨. 무슨 말인지 이해하지 못했는데, 다시 설명을…."

"왜 우리가 호텔 방에 들어와 있냐고요? 무슨 말인지 몰라요? 한국말 못 알아들어?"

그제야 승현이 픽 웃음을 터뜨렸다. 이 여자, 어제의 일을 기억하지 못하는 모양이다.

"선화 씨가 술에 잔뜩 취해서 이리로 데려온 거예요."

"아무리 취해도 그렇지. 어떻게 한 방에 있을 수가 있죠? 무슨 생각으로 이런 거예요?"

"아니, 난 그냥…."

참 재미있는 여자다. 호텔 방에 혼자 잠드는 게 위험해서였고, 술에 취해 비틀거리는 자신을 위해 일부러 그런 거였는데, 이 여자는 오히려 기고만장이다.

"무슨 생각은 뭐가 무슨 생각이에요? 아무 짓도 안 했으니까 걱정하지 말아요."

"그걸 믿으라고 하는 소리예요? 이 변태!"

"뭐라고요? 변태?"

흑기사가 되었다고 생각했는데, 졸지에 변태로 몰려버렸다. 물에 빠진 사람 구해놨더니 보따리 내놓으라는 식이다.

"그럼! 변태가 아니고 뭐예요?"

"나 변태 아니에요! 아무 짓도 안 했다니까!"

"이 변태…!"

"퍼억!"

"으악!"

침대 위를 뒹굴던 하얀 베개가 허공을 가르고 날아와 승현의 얼굴에 처박혔다. 그리고 다가와 주먹으로 등짝을 후려갈기는 그녀, 힘이 무지하게 세다. 도저히 막을 수가 없다.

"이 여자, 정말 웃기는 여자네!"

"뭐? 이 여자? 이 여자?"

"그럼 선화 씨가 여자지, 남자예요?"

"퍼억!!"

다시 날아온 베개가 이번엔 정수리를 강타하고 사라진다. 아픈 머리를 부여잡고 주춤주춤 물러나는 승현을 선화는 죽일 듯이 노려보고 있다.

"그럼 서희 씨에게 전화해 봐요. 서희 씨도 여기까지 들어왔었으니까."

그러자 선화의 손이 주머니를 뒤적여 휴대폰을 꺼내들었다. 아직 자고 있는지 서희는 전화를 받지 않고 있다. 세 번째로 다시 걸며 왜 전화를 받지 않느냐고 선화가 신경질을 내던 그 즈음이 되어서야 서희와 연결될 수 있었다.

"야! 너 지금 어디니? 집? 당장 여기로 달려와! 당장!"

서희가 무어라고 대꾸하는 것 같은데 선화는 제 멋대로 떠들고 전화를 끊어버렸다. 이제 보니 술주정만 잘하는 게 아니라 성질도 괴팍하다.

"선화야! 무슨 일이네?"

채 몇 분이 지나지 않을 때 서희가 나타났다. 방에 들어서던 서희는 엉망진창 난장판이 되어버린 객실을 발견하고 입이 떡 벌어졌다. 아무렇게나 굴러다니는 이불과 옷가지들 하며, 침대 위에 있어야 할 베개는 승현이 이제 막 바닥에서 주워 제자리에 던져놓던 참이다.

"뭐이네? 무슨 일이야?"

"서희야, 나 어제 무슨 일 있었니?

"일? 무슨 일?"

선화가 확실히 말 주변은 없는 것 같다. 영문을 몰라 하는 서희에게 또 한 번 밑도 끝도 없이, 승현에게 했던 것처럼 앞 뒤 다 잘라먹고 저 하고 싶은 말만 쏟아내는 것이다.

"자고 일어나 보니 승현 씨와 한 방에 있는 거야. 그것도 모를 만큼 내가 취했었어?"

"뭐이 어드레? 이 에미나이, 고저 술을 얼마나 마셨는지도 모르는 거이야?!"

"얼마나 마셨냐니까?"

"너 혼자 몬스 맥주 일곱 병 마셨다!"

그정도면 취할 만 하다고 생각했는지 선화가 입을 다물었다. 승현이 이때를 놓치지 않고 끼어든다.

"술 취한 여자 혼자 방에 두는 건 위험해서 제가 같이 있었던 거예요. 아무 짓도 안했다니까요. 나 변태 아니에요."

"뭐이? 변태?!"

어젯밤에 겪었던 승현의 오만가지 감정을 전해 듣던 서희가 '바보 같은 에미나이!'라고 소리치며 또 그녀의 어깨를 때렸다. 남자의 난처한 입장도 몰라주고 제멋대로 떠든 대가라는 거다.

"아무리 그래도 그렇지…."

"고저 입 다물라!"

"입을 다물라니? 그럼 남자와 호텔 방에 아무렇게나 있어도 된다는 거니?"

"이 에미나이래 고저 사람 말을 왜 이렇게 못 알아듣네? 너 때문에 멀쩡한 남정네 변태로 몰리디 않았어?"

아침부터 토닥거리는 두 여자가 재미있는지 승현은 그저 웃을 따름이다. 저도 모르게 얼굴이 빨개진 그녀, 오늘이 지나면 못 볼 여자이지만 귀여워해주고 싶을 만큼 재미있는 여자다.

"내 정신 좀 봐. 지금 몇 시지?"

미리 예약해둔 한국행 비행기 시간이 채 얼마 남자 않았다. 마지막 인사로 그녀에게 해장국이라도 사줘야 할 텐데, 그녀는 승현과 공항으로 이동하는 내내 필름이 끊길 때까지 술을 마신 후 오늘 아침까지 있었던 일들을 떠올리는 듯 영 표정이 좋지 않았다.

"승현 씨, 한국으로 돌아가면 언제 또 오실 겁네까?"

"글쎄요. 잘 모르겠어요."

여전히 어두운 연길 국제공항, 한국행 비행기에 오르려고 부산하게 움직이는 인파 사이에서 승현과 서희는 악수를 나누었다. 선화는 여전히 승현에게서 고개를 돌린 채다.

"고저 나도 앞으로는 바쁘기 때문에 승현 씨가 또 오시더라도 만나기는 힘들 것 같시요. 아쉬워서 어쩌네?"

"그러게요. 우리 정 들었나 봐요."

서로 마주보며 웃던 서희와 승현의 시선이 선화에게 넘어간다. 끝까지 말 안 할 거냐는 눈빛이 되어 서희가 또 선화의 어깨를 때렸고, 두 여자는 다시 서로를 노려본다.

"하긴 어차피 안 볼 사람이니까 인사는 해야죠. 잘 가요."

"이 에미나이, 고저 그런 식으로밖에 못 하갔네?"

"조용히 해. 넌 왜 그렇게 말이 많니?"

"뭐이 어드레? 한국말로 너 참 싸가지가 없다!"

"시끄러워!"

재미있는 여자들, 이 귀여운 여자들과 이제는 안녕이다. 서울로 돌아가면 다시 골치 아픈 일들이 닥치겠지. 어떻게든 취업을 하려고 발버둥을 칠 것이다. 끔찍한 날들로부터 도망쳐 왔지만 승현은 아쉬움과 함께 제자리로 돌아간다. 나중에 안정된 직장을 얻었을 때 휴가를 얻어 다시 오고 싶다. 신기하고 재미있는 나라 중국으로 말이다.

3장

일본인

946년 2월 7일에 하늘에서 마치 천둥과도 같은 소리가 났다.

-일본약기(日本略記)

2020년 9월 22일.

승현은 부산하게 움직이며 외출 준비를 서두르고 있었다. 어제 인터넷 여기저기를 돌아다니며 이력서를 내밀었더니 그 중 한 곳에서 연락이 왔다. 오늘 점심 전에 만나 면접을 보자는 거다. 이력서와 자기소개서를 가방에 챙기고 빠진 게 없나 체크하지만 승현은 이번 면접에 별로 기대하지 않는 눈치다. 면접만 보고 더 이상 연락이 오지 않는 경우가 허다하니 오늘도 그럴 거라고 생각하는 것이다. 오늘 가야 할 곳은 서울의 유명 대학이다. 물리학 교수라는 사람이 조수를 구한다는 공문을 보고 연락했던 건데 당장 오라는 답변을 받았다.

"무슨 일을 하는지는 모르겠지만 어디든 상관없으니까 취업만 잘 됐으면 좋겠네."

구두끈을 고쳐 매며 승현은 저도 모르게 한숨을 내쉬었다. 면접만 벌써 열댓 번 이상을 봤으니 이제는 지칠 만도했다. 메모지에 받아 적은 위치를 따라 찾아간 곳은 서울의 여느 대학들이 그렇듯 크고 넓었다. 지나치는 학생들에게 물어물어 찾아가니 '교수실'이라고 적힌 두꺼운 문 앞에 멈춰 서게 되었다.

"똑똑."

노크를 했지만 안에선 아직 답이 없다. 아무도 없는 걸까?

"똑똑."

"네, 들어와요."

안에서 중년 남자의 목소리가 들려왔다. 그리고 승현은 면접 전에 항상 그랬듯 옷매무새를 간단하게 살핀 뒤 안으로 들어섰다.

"어서 와요. 내가 좀 바빠서 제때 대답을 못 했지? 미안해요."

"아뇨, 괜찮습니다."

손님을 맞이하는 정태균 교수의 첫인상은 한 마디로 신사 같았다. 대학 교수이니 당연하겠지만 그에게는 어쩐지 남다른 매력이 있는 듯 보였다.

"김승현이라고 했죠?"

손님 접대용 검은 소파에 앉았을 때 정 교수가 그렇게 물어왔다.

"네, 맞습니다."

"조수 노릇은 교수 비위도 맞춰야 하고, 조교와 달리 잡무가 많아서 하기 힘들 텐데, 괜찮겠어요?"

이력서에 적힌 내용과 승현의 얼굴을 번갈아 보며 정 교수가 물었다.

"괜찮습니다. 각오하고 온 거니까요."

"허허, 그래요?"

낮은 웃음이었지만 그 웃음소리에는 상대방으로 하여금 안정감을 주는 특별한 무언가가 있었다. 노신사 특유의 여유라고나 할까?

"대학을 졸업하고 대기업에 입사했다가 오래 못 가서 퇴사했군. 왜 그랬죠?"

"공부를 하고 싶었습니다."

"공부? 무슨 공부?"

"이것저것이죠. 무작정 직장에 취업해서 월급쟁이가 되는 것보다 저에게 유익한 무언가를 배우고 익히면서 일을 하고 싶었습니다. 사실대로 말하자면 다른 대학 교수님들 조수 자리에도 이력서를 넣어 두었습니다."

"그래요? 허허허…."

정태균 교수를 따라 승현도 어색하게 웃으며 지금 제가 한 말이 취업 합격에 도움이 되는지 고민해 보았다.

"얘기 들어서 알겠지만 나는 지구 물리학 교수예요. 지구 물리학에는 여러 가지가 있지만 그 중에 지질학이나 화산학 쪽에 더 많은 시간을 투자하고 있지."

여기까지 말하고 정태균 교수는 뿔테 안경 너머로 승현을 주시하였다. 그가 자기 말에 집중하는지 확인하려는 거다.

"자네, 혹시 백두산을 아는가?"

"백두산이요? 당연히 알죠."

"그래? 그렇다면 백두산에 대해 설명해 보시게."

"백두산은 우리 민족의 영산이고, 최고봉은 2750미터이며 또…."

더 이상 어떻게 말해야 할지 몰라 승현은 머뭇거렸다. 아무리 갑작스런 질문이라지만 백두산에 대한 답을 못 하다니, 이건 말도 안 된다.

"음, 됐어요. 평범한 사람들은 대부분 백두산을 그런 식으로 설명하지. 그럼 자네, 혹시 백두산에 가본 적은 있으신가?"

"예, 얼마 전에 다녀왔습니다."

"가보니 어땠지?"

"좋았습니다. 천지를 보는 순간 감격스러워서 몸이 떨렸습니다."

"감격스러웠다고? 왜 그렇게 느꼈지?"

"그야 아무 때나 갈 수 없는 우리 민족의 영산…."

말하다 말고 승현은 입을 다물었다. 아까와 똑같은 대답이다. 평범한 사람들에게서 나온다는 그 대답 말이다. 그러게. 정말 백두산은 우리의 뭐지?

"허허허, 그렇게 심각한 표정 지을 필요 없네. 누구든지 그렇게 대답하니까. 아마 대통령도 똑같이 대답할걸."

승현은 여전히 입을 다문 채였다. 대통령의 대답도 마찬가지라니. 더 이상 반박할 여지가 없다.

"화산을 연구하는 나에게 그런 질문을 한다면 내가 뭐라고 대답할 것 같은가?"

"글쎄, 잘 모르겠습니다."

승현의 대답에 정 교수가 한 일(一)자로 입을 다물고 천천히 고개를 끄덕였다. 모르는 게 당연하다는 의미일 테다.

"백두산은 말이지. 비밀이 많은 화산이야. 왜 그런지 아나?"

그가 또 모른다고 대답했다. 꽤 어려운 질문이다. 한편으론 철학적이기도 해서 더 그렇게 느껴지는 듯하다.

"그럼 자네, 백두산 화산이 곧 폭발한다는 얘기를 들어본 적 있는가?"

"예, 들어보긴 했지만 자세히는 모릅니다."

"그렇겠군. 알아도 인터넷 기사로 읽는 내용이 전부일 테니까."

그는 대답 없이 고개만 끄덕였다. 아닌 게 아니라 정말 그는 인터넷에 뜨는 백두산 관련 기사를 최근까지도 자주 읽었었다. 백두산 여행을 하는 입장에서 천지가 갑자기 폭발하는 불상사가 발생할지 모른다는 생각 때문이었다.

"기사로는 어떻게 나왔을지 모르지만 학자의 눈으로 본 백두산은 정말 심각하지. 여차하면 지금 당장 터질 수도 있거든."

"그 정도인가요?"

"음, 그래. 하지만 우리나라 학자들에게는 백두산 화산이 언제 터질지, 어떻게 터질지 알아볼 기회조차 주어지지 않아. 중국이 텃세를 부리고 있거든."

"요즘 뉴스에 나오는 일들 때문입니까?"

그러자 정 교수의 눈이 커졌다. 요즘 젊은이들과 다르게 승현이 의외로 많은 걸 알고 있다는 사실에 놀란 것이다.

"그래, 자네 말이 맞네. 요즘 다시 북한이 핵실험을 한다는 소리가 자주 들리지? 이 문제로 미국과 중국이 또 말씨름을 벌이고, 한국은 늘 그렇듯 가운데에 끼어 이도저도 못하고 있다네. 표면적으로는 동북공정을 핑계로 대고 있는데 말이야. 한국이 백두산이라는 이름을 버리고 장백산이라고 부르지 않는 이상 절대 협조하지 않겠다는 거야. 그들의 협조를 얻기 위해 애국가 가사부터 바꿔야 할 판이지."

문득 승현은 연길에 있을 때 동북공정 문제로 술주정을 부리던 선화를 떠올렸다. 그녀가 왜 그렇게 잔뜩 취한 채로 소리를 질러댔는지 알 수 있을 것만 같았다.

"그런데 말이야. 무슨 꿍꿍이인지 최근에 중국이 우리에게 협조해 주겠다는 연락을 취해왔어. 비록 일부는 제한적이긴 하지만…. 왜 그들이 그렇게 나온다고 생각하나?"

"혹시….백두산이 예전보다 더 심각한 상황으로 바뀐 겁니까?"

추측일 뿐이었는데 정 교수는 대답이 없다. 미소로 가득하던 얼굴에도 표정이 사라졌다.

"자네 말이 맞네. 이제 백두산은 관광객의 출입을 통제해야 하는 상황이네. 그걸 먼저 깨달은 중국이 한국 정부에 도움의 손길을 내밀어 준 거야. 일부 제한이라는 단서를 달긴 했지만."

"어떻게 그런…?"

마치 감전이라도 당한 듯 온 몸이 저릿저릿 떨려온다. 이제 곧 백두산 화산이 폭발할지도 모른다는 생각, 상상만 해도 무서운 일이다.

"예전에는 우리와 일본이 중국과 북한의 협조를 얻어 백두산을 조사할 수 있었지만 중국 정부의 규제 때문에 중단되고 말았지. 그런데 몇 년 만에 상황이 바뀌었다네. 그러면 화산 학자인 내가 이제 무엇을 해야 할까?"

"다시 백두산으로 날아가셔야죠."

다소 흥분한 기색으로 소리치는 승현을 보고 정 교수는 피식 웃음을 터뜨렸다.

"음, 그래서 내가 조수를 고용하려는 거야. 현지에 가서 조사를 하려면 손이 여간 필요한 게 아니거든. 물론 우리 학교 학생들을 시킬 수도 있고, 조교에게 시킬 수도 있지만 상황이 그게 아니더라고. 화산이 언제 폭발할지 모르는데, 개죽음 당하기 싫다는 뜻이겠지."

"……."

"언제부터 일 할 수 있나?"

그 말에 승현이 깜짝 놀라 정 교수를 쳐다보았다. 취업 합격이란 뜻인가? 이렇게나 쉽게?

"왜 그렇게 놀라는 건가?"

"저를 고용하시는 겁니까?"

"음, 그래. 자네가 마음에 들어. 면접 보는 동안 여차하면 각국의 정치적인 현안에 대해 설명하려고 했더니 자네가 내 수고를 덜어줬지 뭔가? 요즘 아이들은 대학생인데도 그걸 몰라."

껄껄 웃으며 어깨를 두드려주는 정 교수의 반응에 승현은 백두산에 다녀오길 잘 했다고 생각했다. 선화가 아니었으면 큰일 날 뻔 했다.

"자네, 혹시 중국 상무 방문 비자를 갖고 있나?"

"비자는 여행에 필요했던 관광 비자만 받아봤습니다."

"나와 같이 다니려면 만들어야 할 거야. 당장 다음 주 후반 경에 중국으로 출국해야 하니까."

상무 방문 비자란 중국에 가서 방문, 사업, 시찰, 과학 기술, 문화, 교육, 체육 교류 등의 진행을 하는 사람이 가져야 할 비자이다. 관광 목적으로 받는 비자와는 전혀 다르다.

"자, 오늘부터 내 밑에서 일해 주게. 괜찮은가?"

"네, 괜찮습니다."

그러자 정 교수가 자리에서 일어나 자신의 책상으로 다가간다. 책상 한편엔 꽤 많은 양의 서류 뭉치가 있었는데, 정 교수는 그것을 제 가슴에 한 아름 안고 그에게 돌아왔다.

"그게 뭡니까?"

"우리 과 학생들의 논문일세. 내가 한동안 바빠서 제대로 신경 쓰질 못했더니 엉망진창으로 뒤섞였지 뭔가. 거기에 앉아서 정리해 주게."

산처럼 쌓인 서류를 정리하는 작업이 그가 맡은 첫 업무였다. 그리고 정 교수는 제자리로 돌아가 컴퓨터 작업을 시작한다. 학생들의 논문을 정리하는 작업은 그렇게 어렵지 않았다. 대부분 각자의 이름과 논문의 제목, 그리고 매수를 친절하게 기재해 두었기 때문이다. 간혹 그렇지 않은 경우도 있었는데, 그럴 때에는 논문을 일일이 읽어야 하는 수고가 뒤따랐다.

"지진과 학살…. 꽤 자극적인 제목인데…?"

이 논문들은 모두 지구상에서 일어났던 천재지변, 그 중 화산과 지진에 대한 문제를 다룬 것들이다. 논문의 제목은 주로 재해가 일어난 지역의 이름이거나 특정 국가의 시대 구분으로 이루어져 있는데, 이 친구의 논문 제목은 좀 특이하다. 자극적인 제목으로 관심을 끌려는 의도인 것처럼 느껴진다. 매수 표시는커녕, 작업을 마치고 커피라도 흘린 건지 얼룩덜룩 자국이 남아 지저분하기까지 하다. 이런 식이라면 좋은 점수는 받기 힘들 텐데….

"어떻게 생겨먹은 놈인지 궁금하네."

중얼거리다 말고 승현은 정 교수에게 슬쩍 시선을 돌렸다. 정 교수는 여전히 컴퓨터에 온 신경을 쏟고 있다. 지저분한 이 논문을 보고 그는 어떤 반응을 보일까? 얼굴도 모르는 철부지 대학생이 교수에게 야단 맞고 시무룩해져 있는 모습을 상상하며 승현은 그 논문을 읽어 내려가기 시작했다.

1923년 9월 1일, 다이쇼 12년.할아버지와 할머니가 아버지를 낳고 살았던 도쿄는 일본의 수도이자 일본에서 가장 아름다운 곳이었다. 아, 물론 일본엔 아름다운 곳이 많다. 우리 가족들이 지냈던 곳이니 더 아름답다고 말하는 것뿐이다. 이런 걸 두고 팔은 안으로 굽는다고 말한다던가? 어쨌거나 도쿄는 아버지의 어린 시절 기억으로도 세상에서 가장 아름다우며 가장 멋진 곳이라고 했으니 그렇게 믿을 수밖에. 오죽했으면 시인인 할아버지의 친구가 도쿄는 절대 글로 표현할 수 없을 만큼 멋진 곳이라고까지 말했을까. 나라 밖에선 전쟁으로 인한 문제, 즉 조선과 중국의 반일민족해방운동으로 골머리를 앓고 있다지만 일반인들은 그런 따위엔 전혀 관심이 없다는 듯 아주 평화롭고 행복하게 살아가고 있었다.

"어이! 료스케 씨! 어제 자네 마누라가 아들 쌍둥이를 낳았다며? 대단한데 그래!"

"거 말도 마쇼! 둘 다 우량아야, 우량아! 그런데도 내 마누라는 멀쩡하게 집안 청소를 하더라니까!"

"비결이 뭐요? 3년 동안 스모 선수 한답시고 몸 키운 게 빛을 봤나 보지?"

"왜? 부러우면 자네도 스모 하던가."

"떽! 스모는 아무나 하나? 나처럼 말라비틀어진 놈이 스모는 무슨 스모?"

손사래를 치며 말도 안 된다고 소리치는 젊은 시절의 할아버지 오카모토를 보고 료스케는 귀여운 자식새끼들을 보러 가야겠다며 뒷짐을 진 채 팔자걸음으로 사라진다. 유난히 맑은 초가을의 날씨는 아직 물러가지 않은 늦여름의 더위로 조금은 더웠지만 점차 서늘해져만 가는 바람을 머금기엔 안성맞춤이었다.

"여보! 오카모토 씨! 오카모토 씨, 밖에 있어요?!"

"나 여기 있어, 료코!"

집 밖으로 들려오는 할머니 료코의 젊은 시절 목소리는 너무나 아름다웠다. 깊어가는 가을의 하늘을 닮았다면 이해할 수 있을까?

"마당 청소는 다 끝났어요?"

"음, 아주 깨끗해."

"점심 준비 중이에요. 얼른 씻어요."

주말 나들이를 앞둔 부부의 표정은 행복 그 자체였다. 서늘한 바람에 일렁이는 꽃구름인 양 대청소를 하겠답시고 이리저리 움직이는 료코에게 다가간 오카모토는 그녀의 손을 낚아채 바짝 끌어당겼다.

"어머, 오카모토 씨. 왜 그래요? 누가 보면 어쩌려고?"

"누가 보면 어때? 우린 부부잖아."

"그래도…."

이제 겨우 1년이 조금 넘은 부부의 사랑은 아무도 막을 수 없다. 종종걸음으로 지나가던 사람이 놀라 고개를 돌려도, 호기심에 찬 아이들이 몰려들어 구경해도 그들의 입맞춤은 그저 아름답다.

"이 녀석들! 뭘 그렇게 구경하는 거야? 저리 썩 꺼지지 못할까?!"

"으아악! 메이코 할머니다!"

옆집 할머니가 발에 꿰었던 게다짝을 집어 던지며 소리치자 마침 부부에게 장난을 걸려던 동네 꼬마 녀석들이 걸음아 나 살려라! 하며 도망쳤다. 그 바람에 부부의 입맞춤도 끝이 나고 만다.

"메이코 할머니, 안녕하세요?"

"안녕은 무슨 안녕이야? 사람 많은 길거리에서 뽀뽀를 하다니, 요새 젊은 것들은…."

"하하하! 죄송해요."

"그나저나 마사오는 잘 자라고 있어? 아빠를 닮아서 그런지 아주 잘생겼더구먼."

아이를 키우느라 고생한다며 메이코 할머니가 료코의 손을 토닥여 준다. 별 것 아닌 칭찬에 료코의 얼굴이 빨개지고, 메이코 할머니의 얼굴엔 깊은 주름만큼이나 예쁜 미소가 떠올랐다.

"아차, 내 정신 좀 보게. 지금이 몇 시지?"

점심때가 되었으니 치매 걸린 할아버지의 밥을 챙겨줘야 한다며 메이코 할머니는 게다짝을 도로 주워 신고 집안으로 사라졌다. 어제와 같은 평범한 일상이었다. 햇볕 좋은 토요일, 점심때가 가까워 오던 그때까지만 해도 모두는 그 행복이 영원할 것처럼 활기차게 움직이고 있었다. 행복? 사랑? 기쁨? 영원할 것만 같은 그 아름다움? 모두 그때뿐이라는 걸 사람들은 정녕 알지 못했다. 오전 11시 58분, 모두의 운명이 바뀌어버린 바로 그 시간까지 말이다.

쿠르르르릉…. 콰앙!

마치 폭탄이 터진 듯 별안간 어디선가 천둥이 울리고, 마치 춤을 추듯 땅이 마구 흔들리기 시작한다. 정신을 차릴 수 없을 만큼 심한 진동과 벼락이 나부끼고, 나무를 가르는 듯한 굉음에 놀란 사람들이 혼비백산하여 도망치기 시작했다. 놀라 어쩔 줄 모르는 사람들 사이에 넘어진 여자는 정신없이 도망치는 발길에 채이고 밟혀 비명을 질러댄다.

쾅! 와르르…!

영원히 멈추지 않을 것 같은 심한 진동으로 저기 저쪽에 서 있던 집 한 채가 힘없이 주저앉았고, 그로 인해 먼지가 뭉게뭉게 피어난다.

"꺄악!"

어디선가 여자의 비명소리를 들었다고 생각한 바로 그때, 조금 전까지만 해도 눈앞에 멀쩡히 서 있던 일본 전통 가옥 한 채가 땅의 진동에 의해 움푹 꺼져버린 구덩이로 처박히고 만다. 그 집에 살고 있던 가족들이 어떻게 됐는지 알고 싶지 않다.

"오카모토!"

겁에 질린 료코가 떨리는 목소리로 오카모토의 옷깃을 잡아 쥐었다. 그녀를 지켜줘야 하건만 오카모토 역시 이 갑작스런 굉음과 땅의 흔들림 때문에 제 몸 하나 가누기도 힘들다. 오카모토는 료코를 감싸 안은 채 주저앉았고, 고스란히 땅의 움직임을 받아들이고 있었다.

"지, 지진이야…. 어떻게 이럴 수가…."

"무서워요, 오카모토!"

눈물범벅이 되어버린 료코의 얼굴을 쓰다듬으며 오카모토는 불안한 눈으로 이제 막 무너져 내리기 시작하는 저 집의 기와지붕을 쳐다보았다. 사람의 혼을 쏙 빼놓았던 지진이 잠시 멈춘 것 같다고 생각하던 그때,

"으아아앙!"

"마사오!"

아기의 울음소리에 놀란 료코가 벌떡 일어나 집안으로 뛰어 들어가려 한다.

"안 돼, 료코!"

다시 아내의 팔을 낚아채며 오카모토가 소리쳤다.

"안 돼. 위험해!"

"왜요? 왜 안 된다는 거죠? 저기에 마사오가 있어요! 우리 마사오가 울고 있잖아요!"

"위험해! 집이 무너질지도 몰라! 료코! 료코!!"

오카모토의 손을 뿌리친 료코가 미친 듯이 안으로 뛰어들었다. 아기를 위해 걸어둔 모빌이 땅에 떨어져 있고, 나무를 깎아 만든 장난감은 형편없이 망가진 채 제멋대로 뒹구는 걸 보고 료코는 넋이 나간 듯 비명을 지르며 아이에게 달려갔다. 다행히 아기는 아직 무사하다.

"마사오, 괜찮니? 엄마가 지켜줄게."

품에 안고 아기를 어르던 료코가 순간 당황한 얼굴로 변해버렸다. 여진이다. 아까와 비슷한 흔들림이 아기와 엄마에게 닥친 것이다.

"료코!"

바깥에서 오카모토의 외침이 들려왔다. 어떻게든 안으로 들어오려 하지만 다시 돌아온 지진 때문에 몸을 가눌 수 없다.

"나가야 해! 집이 무너질지도 몰라!"

자지러지게 울어대는 아기를 품에 안고 료코는 오카모토의 손에 이끌려 밖으로 나왔다.

와장창! 쨍강!

"으아악! 살려줘!"

무언가 무너지고 깨지는 소리 뒤에 사람의 비명 소리가 쏟아졌다. 하지만 그것은 일본어가 아니다. 이 지역에 조선인 집성촌이 있으니 저건 아마 조선어일 것이다.

"오카모토! 저기 좀 봐요."

"…?"

벽 한 귀퉁이가 무너져서 흉물스럽게 변해버린 저 집에서 불길이 치솟고 있다. 점심을 준비하려고 불을 떼던 시간에 재난이 닥친 결과였다. 불은 삽시간에 주변으로 번졌고, 그렇게 맑던 하늘은 어느새 시커먼 구름으로 채워지고 말았다.

우지끈! 콰아앙!

눈앞에서 집 한 채가 또 무너져 내렸다. 뭉게뭉게 솟아오르는 먼지로부터 고개를 돌리지만 도저히 피할 수가 없다. 아기를 안은 료코가 기겁을 하고, 오카모토는 두 팔로 연약한 가족들을 끌어안으며 끔찍한 이 순간이 꿈이기를 바랐다.

"료스케!"

여진이 사라지고 사위가 잠시 조용해졌을 때, 오카모토가 미친 듯 소리 질렀다. 조금 전까지만 해도 아무렇지 않게 인사를 건넸던 료스케의 집이 사라졌다. 어제 아들 쌍둥이를 낳았다며 기고만장해 하던 덩치 큰 친구가 사라졌단 말이다. 아직도 이리저리 피어오르는 먼지를 헤집고 들어가니 무너진 집 더미가 눈에 들어왔다. 폐허, 튼튼하게만 보이던 그 스모선수의 집이 순식간에 폐허가 되어있었다.

"료스케! 어디에 있어?"

여기저기를 헤집고 다니며 미친 듯 소리를 지르지만 오카모토는 료스케를 찾을 수가 없다. 얼굴도 구경 못 한 아들 쌍둥이도, 그 둘을 낳고도 멀쩡하게 집안 청소를 했더라는 료스케의 아내도 보이지 않는다. 쉴 새 없이 피어나는 먼지는 마치 악마가 다녀간 흔적인 양 끔찍하기만 하다.

"오카모토!"

료코의 목소리에 오카모토가 부리나케 달려왔다.

"무슨 일이야, 료코?"

"메이코 할머니가…."

"…?"

료코의 손이 가리킨 거기에 무너진 메이코 할머니의 집이 있었다. 유리가 사라지고 창틀만 겨우 박힌 벽, 그리고 산산 조각난 집 더미에 매몰되어버린 저것은 무엇인가. 메이코 할머니의 발이다. 집이 무너질 때 머리를 감싸 안고 엎드렸던 건지 메이코 할머니의 발바닥은 하늘을 향해 있을 뿐 움직임이 없다.

"할머니! 메이코 할머니!"

엉망진창으로 널려있는 지진의 흔적들을 치워내며 오카모토가 다시 소리를 질렀지만 메이코 할머니는 이미 숨이 끊어진 뒤였다.

"말도 안 돼!"

넋이 나간 듯 중얼거리며 오카모토는 쥐 죽은 듯 고요해진 마을을 돌아보았다. 무너진 집 더미 사이에서 아까 반가운 얼굴로 인사했던 사람의 시체가 보이고, 기분 좋게 인사를 나눈 친구 역시 온데간데없이 사라졌다. 부부의 사랑을 놀려대던 꼬마는 또 어떠한가. 저 무너진 담장에 깔려 피를 흘린 채 죽어있다. 어떻게…. 어떻게 이런 일이….

"으흐흐흐…!"

조선인으로 보이는 한 남자가 그들 집성촌에서 비틀거리며 걸어 나오고 있다. 행복하던 모두가 죽어버렸다. 살아남은 사람도 미쳐버린 듯 넋이 나간 얼굴로 거리를 헤매고 다닌다. 주말을 맞아 들뜨고 활기차게 움직이던 마을, 평범하지만 평화롭고 아름다웠던 그 마을이 순식간에 초토화되어버렸다. 사람의 웃음소리를 앗아간 그날의 사건. 살아남은 사람의 넋 나간 웃음소리와 겁에 질린 아기의 울음소리만을 남겨놓은 그 날의 참사. 매그니튜드 7.9, 최대 진도 7이라는 엄청난 결과를 남겨버린, 조선인과 일본인 이 모두에게 영원히 치유할 수 없는 상처를 남겼던 그 사건. 바로 1923년 9월 1일 관동대지진이었다.

지옥 같은 하루가 저물고 밤이 되었을 때, 여진은 다시 찾아왔다. 살아남은 사람들에게서 들려오는 비명소리는 듣는 사람으로 하여금 마치 저승사자의 울음소리처럼 느껴지게 했다. 어둠 속에서 건물 무너지는 소리가 들려오고, 다시 누군가 죽었다. 반가운 인사를 나누던 사람이 고통스런 비명과 함께 죽어가고, 새로 만든 음식을 나눠 먹자고 찾아왔던 이웃이 오늘은 그렇게 사라졌다. 죽음에서 살아남았지만 살아도 산 목숨이 아니게 되어버린 사람들은 그저 가족에 의지한 채 이 순간이 어서 지나가기만을 바라야 했다. 내가 살지 않았던 할아버지 시대의 재난, 아마 지옥 그 자체였을 것이다.

쿵쿵쿵쿵!

어디선가 여러 명의 발자국 소리가 지진처럼 들려오고 있었다. 다행인지 불행인지 아직 무너지지 않은 집에 숨어들어 억지로 선잠을 청했던 오카모토는 그들의 기척에 도로 깨어났다.

"무슨 소리지?"

창틀만 앙상하게 남은 창가에 기대어 오카모토는 불안한 눈으로 사위를 살폈다.

"군인들이야. 무슨 일인지 나가봐야겠어."

"여보, 오카모토. 나가긴 어딜 나간다고 그래요?"

"무슨 일인지만 보고 올게. 다시 여진이 일어나면 당장 밖으로 뛰쳐나와. 알았지?"

아내의 품에서 잠들어 있는 마사오의 얼굴에 입맞춤을 하고 오카모토는 조심스레 바깥으로 나왔다. 무너진 집 더미에서 피비린내가 희미하게 풍겨온다. 어수선한 거리에 군인들이 오가고, 경관들은 무얼 하는지 저희들끼리 바쁘게 돌아다니고 있었다.

"저, 경관 나으리."

"무슨 일인가?"

피곤에 절은 얼굴로 경관이 굽실거리는 오카모토를 내려다 보았다.

"언제쯤이면 이 마을이 복구 되겠습니까? 저희 집은 무너지지 않았지만 어떻게 될지 알 수 없이 불안하고 두렵습니다."

"나도 어떻게 될지 모르겠어. 조금 더 기다려 보게."

"그런데 출동한 군인들은 왜 무장을 한 겁니까?"

"지금 조선인들이 여기저기 불을 지르고 이것저것 약탈한다더군."

"예? 정말인가요?"

처음 듣는 얘기였다. 조선인 집성촌에서 그런 일이 벌어지고 있다니? 그들도 우리와 같은 피해자 아니었나?

"어디 그 뿐인가? 식수에 독을 타고 제지하는 경관을 칼로 찔러 살해하기도 한다는군. 이게 말이 되는가?"

"아이고, 나으리! 조선인들이 그런 짓을 하고 다닌다니 무섭습니다요!"

"식민 국가의 사람들이니 무슨 짓이든 할 거야. 혹시 자네, 그들이 수상한 짓을 하는 걸 목격하거든 당장 달려와 신고해주게."

"예, 예. 알겠습니다요. 경관 나으리."

두 손 모아 굽실거리는 오카모토의 어깨를 두드려 주고 경관은 곧 바쁜 걸음으로 사라졌다. 그리고 오카모토는 생각해 보았다. 조선인들이 천황 폐하의 신민인 우리에게 해코지를 한다고? 침략 국가의 강제 수용정책으로 인해 먹고 살기 힘들다며 일본으로 이주한 조선인들이 이곳 집성촌에 모여 살면서 그런 무서운 짓을 벌이고 있다니, 아무래도 그들은 겉과 속이 다른 족속인 모양이다.

"네? 조선인들이 수상하다고요? 그게 무슨 소리예요?"

오카모토의 이야기를 듣던 료코가 깜짝 놀란 얼굴로 그렇게 되물었다.

"조선을 식민지 삼은 문제로 보복을 하려는 모양이야."

"어머나! 어떻게 그럴 수 있죠?"

"그래서 군과 경찰이 그들을 막으려고 혈안이 되어있대. 함부로 밖에 나갔다가 조선인으로 오해받을 수 있으니까 당신도 조심하라고."

아내에게 그렇게 충고한 뒤 오카모토는 다시 밖으로 나와 경찰서를 찾아갔다. 마을의 어수선한 분위기에 대해 좀 더 알아볼 생각이었다. 군인들이 모여 있는 거리에는 아직도 대지진의 참상이 그대로 남아있었다. 솟아올랐거나 폭삭 주저앉은 땅 하며, 무너진 집 더미에서 사람들은 시체를 찾아냈다. 폐허가 되어버린 이 땅에서 조선인들이 저 혼자 살겠다고 제멋대로 행동한다니, 역시 조선인들은 가만히 두어선 안 될 모양이다.

"저, 경관 나으리. 실례하겠습니다."

바쁘게 돌아가는 경찰서에 도착하여 오카모토는 제복 차림의 경관 하나를 붙잡고 꾸벅 인사해 보였다. 경관은 오카모토보다 좀 더 어릴 듯해 보이는 젊은 녀석이었다.

"무슨 일인가?"

"수상한 조선인을 발견하면 신고하라고 해서 찾아왔습니다요."

"그래. 수상한 조선인을 찾아냈는가?"

경관의 눈이 순간 살기로 번뜩였고, 오카모토는 다시 고개를 조아렸다.

"저희 집 근처에는 조선인 집성촌이 있사온데, 그들이 평상시에도 죄 없는 일본인들을 괴롭히는지라….”

“뭐가 어쩌고 어째?!”

“지진이 일어난 뒤로 그들의 행패가 좀 더 심해진 듯합니다. 같은 마을에 사는 주민으로서 도저히 참고 견딜 수 없기에….”

“자네, 집이 어디인가?”

불이라도 뿜을 듯 노려보는 경관에게 오카모토는 다시 제 두 손을 맞잡고 조아렸다.

“혹시 이 근방에 살던 료스케라는 친구를 아시는지?”

“료스케? 아, 그 스모선수 말이지? 이번 지진으로 사망했다고 들었네.”

“예, 나으리. 하지만 료스케는 지진 때문에 죽은 게 아닙니다.”

“그럼 뭔가?”

“조선인들이 떼로 몰려다니며 여기저기에 불을 질렀습니다. 그런 와중에 지진이 일어났고, 집 더미에 깔려 신음하는 료스케를 돕지는 못할망정 그들은 불붙은 나무토막으로 때려….”

“뭐가 어쩌고 어째?!”

아버지에게 전해 듣기로 할아버지는 평범하지만 전형적인 그 시대의 일본인이라고 했었다. 세계를 상대로 벌이는 전쟁을 정당화 하는 제 나라의 호소가 잘못된 애국으로 변질되었을지 모른다는 것이다. 제1차 세계대전 후 경제적으로 큰 타격을 입었던 일본, 엎친 데 덮친 격으로 대지진의 피해까지 당한 정부로서는 흐트러진 민심을 수습하기 위해 계엄령을 선포할 필요가 있었다. 위기의식 조성이라는 명분을 앞세웠으니, 조선인은 단지 거기에 이용당했을 뿐이다. 조선인이 폭동을 일으켰다며 불을 지르고 약탈을 한 걸로도 모자라 제지하는 경관을 살해했다고. 침략에 대한 보복으로 우물에 독을 탔더라는 소문을 정부가 직접 조작하여 퍼트린 것이다. 일본 국민은 그 소문을 철썩 같이 믿었고, 그 후 조선인에 대한 감정은 극에 달하고 말았다.

"자! 우리 자경단은 천황폐하의 신민으로서 우리에게 피해를 주는 조선인을 처단한다! 노인, 어린아이 할 것 없이 조선인은 무조건 죽인다! 알겠나?"

"예! 알겠습니다!"

일본 땅에선 흔히 일어나는 지진이란 재난이 이리도 끔찍한 결과를 낳을 줄은 정말 몰랐다. 우리 할아버지 오카모토는 마을 사람들이 조직한 자경단에 스스로 합류하여 조선인들을 마구잡이로 학살하였다. 보기에도 섬뜩한 일본도를 휘둘러 일본어를 할 줄 모르는 여인의 목을 가르는가 하면, 어미를 잃고 울부짖는 어린 아이를 몽둥이로 때려죽이기도 하였다. 그 뿐인가. 그렇게 죽은 조선인들의 시체를 산에 가져가 태우거나 그게 귀찮으면 하수도에 던져 버리기도 하였다. 사랑하는 아내 료코와 아들 마사오 앞에서는 한없이 자상하고 착하게만 보이던 그가 조선인들을 학살하는 데에 앞장섰다니 도저히 믿을 수가 없었다.

"나는 대 일본 제국의 신민으로서 천황 폐하께 충성하고, 우리에게 대항하는 후레이센진은 반드시 죽여 없을 것을 다짐한다! 천황 폐하 만세! 대 일본 제국 만세!"

그렇게 소리치며 다짐하던 할아버지 오카모토의 사진이 아직 우리 집에 남아있다. 그 모습이 마치 전쟁에 미쳐버린 일본을 상징하는 것처럼 보인다면 내 눈이 잘못된 걸까? 조선을 침략하고, 중국에게도 날카로운 이빨을 드러내던 일본, 외세에 맞서 죽음까지 불사하며 항전하던 조국 일본에 병적으로 집착하던 오카모토는 그가 비록 나의 할아버지일지라도 도저히 용서할 수 없는 사람이었다. 우리 아버지 마사오는 할아버지와 다르게 너무나 순박하고 착해서 어릴 때부터 개구

쟁이 친구들에게 자주 놀림을 받곤 했다. 계집애 같은 성격에 심성까지 여려 누가 옆에서 우는 것만 봐도 따라 울고, 길가에 피어난 꽃 한 송이에 마음을 빼앗겨 시간 가는 줄 모르고 바라볼 정도였다. 심지어 생긴 것도 계집애처럼 곱상해서 우리 할아버지 오카모토가 '너는 도대체 여자니, 남자니?' 하고 물을 정도였다. 아버지의 성격에 대해 조금 더 보태자면 이기적이기 보다 이타적이고, 또한 계산적이지 못해서 종종 손해를 보곤 했다. 그런 식의 배려 아닌 배려는 나 역시 마찬가지이다. 나를 아는 사람이라면 말도 안 된다고 반박하겠지만 그래도 내가 볼 때 그건 맞는 것 같기도 하다. 역시 피가 어디 가지는 않는 모양이다.

"마사오, 오늘은 학교에서 뭘 배웠니?"

학교에 갓 입학한 마사오에게 오카모토는 늘 같은 질문을 던진다. 그게 자식을 키우는 부모의 낙이라는 양.

"선생님이 하는 말이 사람은 항상 착하게 살아야 한다고 했어요."

"착하게? 착하다는 게 뭐지?"

여덟 살 먹은 꼬마 녀석의 자못 심각한 표정이 퍽 재미있었나 보다. 오카모토의 얼굴에 함박웃음이 가득하다.

"착하다는 건 남에게 잘해준다는 거예요."

"남에게 잘해준다고?"

"네, 맞아요. 어려움에 처한 이웃을 도와주는 사람은 착한 사람이에요."

"선생님이 그렇게 가르쳐줬니?"

"네, 하지만 그건 제 생각이기도 해요."

제법 어른스럽게 말하는 마사오를 바라보며 오카모토는 다시 웃었다.

"그래. 그럼 선생님의 생각이 아닌 네 생각을 좀 더 말해주겠니?"

"음, 그러니까…. 친구가 길을 가다가 넘어졌어요."

"아이쿠, 저런…."

"그럼 저는 그 친구를 일으켜 줄 거예요. 그러지 않고 그냥 지나치면 나쁜 거예요."

"그래, 마사오. 옳은 생각이다. 그렇게 친구가 넘어졌을 때에는 일으켜줘야 하는 거야."

여덟 살 먹은 꼬마라지만 기특한 생각이다. 학교에 들어가더니 옳고 그름을 구별하는 방법을 배웠나보다. 그게 아니라면 학교에서 비슷한 일을 겪었기 때문인지도 모른다.

"그럼 마사오, 나쁜 사람은 어떤 사람이니?"

"남의 것을 빼앗는 사람이에요."

"그렇구나. 그럼 마사오, 나쁜 사람은 왜 다른 사람의 것을 빼앗을까?"

"음…."

마사오는 골똘히 생각만 할 뿐 대답하지는 못했다. 자신에게 경험이 있었다면 능히 대답해냈을 텐데…. 그러질 못하는 걸 보니 역시 제 말처럼 착한 녀석이다.

"곰곰이 생각해봤는데요."

"그래, 대답해보렴."

"그건 욕심 때문인 것 같아요."

"욕심이라고?"

"네, 욕심이요. 자기 것을 가졌는데도 남의 것을 빼앗는 건 욕심이 많아서 그런 거잖아요. 그건 나쁜 거예요."

"그렇구나, 마사오. 좋은 생각이야."

귀여운 아들의 머리를 쓰다듬어주며 오카모토는 웃었다. 이 녀석이 어른이 되어서도 착하게 살아가면 좋을 텐데….

"아빠, 그런데 말이에요."

"그래, 말해보렴."

"우리 일본인은 욕심이 많은가요?"

"응? 그게 무슨 뜻이니?"

오카모토가 깜짝 놀라 되물었다.

"마사오, 일본인이 왜 욕심이 많다고 생각하니?"

"조선인의 땅을 빼앗았잖아요. 그건 나쁜 거…."

"마사오!!"

아들의 말을 자르며 오카모토가 버럭 고함을 질렀다. 아버지의 반응에 놀라 마사오는 눈이 휘둥그레졌고, 오카모토는 순간 실수를 했다고 생각했는지 다시 만면에 미소를 머금었다.

"마사오, 별 것도 아닌데 아빠가 소리쳤구나. 미안하다."

"아니에요, 아빠. 말씀하세요."

"조선인은 말이다. 사람이 아니란다."

"왜요? 그들도 우리와 똑같이 밥을 먹고 말을 하고 두 발로 걷잖아요."

"아니다, 마사오. 그들은 겉모습만 사람이지, 짐승과 다를 바 없어. 제 힘으로 살 수 없는 조선인들을 위해 우리 위대한 일본 제국이 희생하기로 한 거란다. 그건 나쁜 게 아니야."

"하지만 아빠…."

"마사오, 조선인을 우리와 비교하면 안 된다. 그들은 미개인이야."

"아빠, 그건 나쁜 생각이지, 착한 생각이 아닌 것 같아요."

"우리 일본은 말이지. 그들에게 최선을 다하고 있단다. 조선인들이 오히려 우리의 성의를 무시하고 모르는 척 할 뿐이지."

마사오는 여전히 고개를 갸웃거릴 따름이다. 그의 눈에 비친 일본은 아버지의 설명과 전혀 달랐다. 평화롭게 살아가는 조선인의 땅에 무단으로 침입하여 그들을 억압한 건 일본 아닌가? 세계를 제패하기 위해 천황의 군대가 외세에 맞서 열심히 싸우고 있다는데, 그게 과연 옳은 일일까? 누구의 생각이 옳은 걸까? 어린 마사오의 머리로는 도저히 판단하기 힘든 문제였다. 어른들의 생각과 다른 자신의 의견을 마사오는 누구에게도 물어볼 수 없었다. 아버지에게 말했다가는 도리어 야단만 맞게 될 것이고, 어머니는 대체로 아버지의 의견만을 따르는 입장이어서 어떻게 하면 좋을지 막막했다. 그것은 마사오의 유년 시절 내내 풀리지 않는 숙제였다. 내 생각이지만 만일 할아버지가 옳지 않은 자국 정부에 대항하여 싸우는 사람이었다면 아버지는 할아버지를 본받아 정의로운 사람이 되었을지도 모른다. 만일 정말 그랬더라면 내 직업도 달라졌겠지.

"야, 이 계집애야! 너 조센징이지?!"

내 아버지 마사오가 고등학교에 다니던 어느 날에 벌어진 일이었다.

"너희 조센징들은 매운 맛을 보여줘야 해!"

"꺄아아악!"

골목길에서 사내 아이 셋이 조선인 여자 아이를 마구잡이로 폭행하는 것을 마사오가 목격한 것이다. 당시의 일을 두고 아버지는 그들의 모습이 옳고 그름을 구분하지 못하는 일본사회를 상징하는 것처럼 보였다고 한다.

"야! 너희들! 거기서 뭐하는 거야?!"

"어이, 마사오. 이리 와 봐. 이 조선인 계집애 탐스럽게 생기지 않았냐?"

피투성이 계집애의 엉덩이를 만지며 키득거리는 녀석들에게 다가가 마사오는 소리쳤다.

"그만해. 너희는 조선인을 해칠 권리가 없어."

"뭐?"

하고 되묻던 녀석들이 순간 자지러지게 웃기 시작했다.

"왜 웃는 거지?"

"야, 마사오. 네가 무슨 인도주의자로 착각하는 모양인데, 이 계집애는 조선인일 뿐이야. 개새끼보다 더 하찮은 년이라고!"

"아니야, 그렇지 않아! 이 아이도 우리와 같은 사람이야. 우린 이 애를 때리면 안 돼."

그리고 마사오는 기가 막힌 표정으로 바라보는 친구들을 무시하고 계집아이에게 다가가 손을 내밀었다.

"괜찮니? 어서 일어나."

멍청하게 바라보는 녀석들의 눈치를 살피며 계집아이는 마사오에게 감사함을 표시하고 골목에서 사라졌다. 그 날의 일이 오카모토의 귀에 들어간 건 당연했다. 모여 있던 세 명의 녀석들이 선생님에게 달려가 이실직고 하고, 선생님은 오카모토를 학교로 불러들여 마사오가 마치 대형 사건을 일으킨 양 훈계했던 것이다.

"마사오! 너, 나 좀 보자꾸나."

집에 돌아온 마사오는 회초리를 손에 쥔 아버지에게 다가가 무릎을 꿇었다.

"마사오, 너는 조선인이 뭐라고 생각하니?"

"……."

"조선인은 쓰레기다. 미개인인 그들은 야만족이야. 그런 무식한 종족을 우리가 보살펴 주고 있다. 그런데도 무식한 그들은 우리에게서 벗어나려고 안간힘을 쓰고 있지."

내가 보기에도 할아버지 오카모토의 설명은 한 마디로 말해서 반인륜적이며, 도덕적이지 못하다. 인간은 모두 평등하다고 생각하는 내 아버지 마사오의 의견과 완전히 다른 것이었다.

"마사오, 우리는 자랑스러운 대 일본 제국의 신민이자 위대하신 천황 폐하의 자식이다. 그런 우리에게 비천한 조선인들은 이빨을 드러내고 저항한다."

"아닙니다, 아버지. 그들은 우리의 괴롭힘으로부터 벗어나려고 합니다."

"그렇지 않아, 마사오. 너의 생각이 틀렸다는 걸 이 아비가 가르쳐 주마."

옳은 것을 그르다 하고, 그른 것을 옳다 말하는 오카모토와 일본. 그날 마사오는 회초리가 부러지고, 종아리가 터질 때까지 오카모토의 잘못된 훈계를 들으며 학교에서 배우는 지식과 현실은 서로 다르다는 것을 깨달았다. 마사오는 자랄수록 오카모토와 부딪히는 날이 많아졌다. 사소한 문제를 가지고도 기본 소양 운운하는 오카모토에게 마사오는 욕을 퍼부으며 집을 뛰쳐나가기 일쑤였고, 후에 그 일을 가지고 잘잘못을 따지는 어머니 료코에게도 그는 예전 같지 않은 모습을 보여주었다. 어른스럽던 마사오는 사라지고, 툭하면 욕설과 폭행을 일삼는, 그러니까 그가 어렸을 때 생각했던 '나쁜 일본인'으로 변해버린 것이다. 옳고 그른 것을 반대로 깨우친 탓도 있겠지만 흔히 말하는 콩가루 집안의 부자지간처럼 오카모토도, 마사오도 서로에 대해 마음을 열어주거나 변화하려는 마음이 전혀 없었으며, 그로 인해 둘은 날이 갈수록 서로 등을 돌린 채 살게 되었다.

"참한 신붓감이 있으니 결혼해서 나가 살아라. 언제까지 아버지와 다투고만 있을 거니?"

부자간의 냉랭한 기운은 어머니마저도 불편하게 만들었던 모양이다. 마사오는 어머니가 소개한 후사코라는 여인과 짝을 이루었고, 그렇게 분가하여 부모님과 떨어져 살게 되었다. 결혼을 하고 아이를 낳고 제법 가장 노릇을 하게 되었을 때 오카모토도, 료코도, 심지어 후사코마저도 마사오가 이제는 달라졌을 거라고, 비록 교과서에서 배운 것과 다르더라도 세상이 어떻게 변화해 가는지 조금은 깨달았을 거라고 생각했다.

　"후사코 씨! 후사코 씨! 집에 있어?!"

　옆집 아주머니가 헐레벌떡 달려온 건 어머니가 아직 갓난아기였던 나에게 젖을 물리려던 즈음이었다.

　"저 여기 있어요. 무슨 일이세요?"

　"마사오 씨가…!"

　"네? 그이가 왜요?"

　"글쎄, 마사오 씨가 저기 저 공원에 죽은 듯이 누워있는 걸 동네 어른이 발견해서 신고했지 뭐요? 경관 말로는 약을 한 것 같다는데…."

　"…?"

　나쁜 생각인 걸 알지만 나는 지금도 아버지가 잘못된 건 할아버지 때문이라고 생각한다. 우리 아버지. 정의를 위해 살아가는 것이 옳다고 생각하는 내 아버지. 내 나라를 닮아 잘못된 생각으로 세상을 배운 우리 할아버지 때문에 결국 아버지는 마약에 취해 경관에게마저도 행패를 부리는, 세상에 아무 짝에도 쓸모없는 인간이 되어버렸다.

　"이봐, 당신이 경관이면 다야? 왜 죄 없는 사람을 잡아오고 난리야?"

　"여보세요, 마사오 씨. 앉으세요. 앉아서 얘기…."

　와장창!

　마사오가 의자를 집어 던져 유리창을 깨부수는 소리였다.

"마사오 씨!"

약에 취해 눈이 풀린 마사오가 천천히, 제 딴에는 재빠르게 제 이름을 부르는 후사코에게 고개를 돌렸다,

"마누라! 거기서 뭐 하고 있는 거야? 당장 네 남편을 집으로 모시지 못할까?"

"여보, 이게 무슨 꼴이에요? 도대체….."

철썩!

마약이라는 건 제 아내에게도 함부로 손찌검을 하게 만드는 힘을 가졌나 보다. 후사코의 뺨을 올려붙이고 마사오는 제 마음대로 행동할 수 없다며 여기저기에 분풀이를 해대기 시작했다.

"나에게 대체 왜 이러는 거야? 날 건드리지 말란 말이야! 그렇지 않으면 가만 두지 않겠어!"

별 도리가 없어 수갑을 채우는 경관에게 침을 뱉고 욕설을 해대던 마사오. 아버지는 내가 자라 초등학교에 들어갈 때까지도 마약을 끊지 못했고, 약을 사기 위해 야쿠자 무리에게 빚을 지는 등 도저히 어머니가 감당하기 힘든 지경에까지 이르렀다. 원래 야쿠자는 그 어떤 조직도 필로폰이나 대마초 등 마약이라고 부르는 것들에 대해 엄격히 대처한다. 그들 사이에서도 마약이란 투약은 물론이고, 소지 자체를 위법행위로 간주하여 그들만의 형벌로 다스린다고 하니 그 누구에게도 반가울 수 없는 존재였다. 그러나 야쿠자 조직 중에서도 몇몇은 마약을 판매하여 수익을 올리기도 하는데, 그러한 거래 역시 조직적이고 체계적이어서 그 약의 성분만큼이나 빠져나올 수 없는 거미줄 같았다. 마약에 중독되어 감옥에도 여러 번 다녀왔지만 아버지는 유혹에서 벗어나지 못했다.

"아무래도 안 되겠구나. 이사를 가야겠어."

우리 가족이 서둘러 집을 옮긴 건 할아버지와 할머니가 세상을 떠

난 뒤, 그러니까 내가 중학교에 다니던 시절의 어느 여름날이었다. 우리가 살던 도시에서 멀리 떨어진, 커다란 산이 서 있는 예쁜 마을이었다. 호호 할머니처럼 늙어버린 우리 어머니가 지금도 살아계시는, 오시노 하카이라는 마을이다.

"얘야, 아키라. 저 산이 바로 후지산이란다. 멋지지?"

"와아!"

우리는 바로 후지산이 내다보이는 마을로 이사 온 거였다. 일본의 상징이자 일본인을 자랑스럽게 하는 우리의 영산 후지산 말이다. 어머니는 후지산의 기운을 받으면 아버지가 가진 마음의 병이 나을 거라고 생각했던가 보다. 실제로 아버지는 연고도 없던 이 마을에서 생판 처음 보는 사람들과 어울리며 차츰 안정을 찾아갔다. 아버지를 변화시킨 아름다운 마을, 후지산 지하 깊숙한 곳에서부터 흘러나오는 맑은 물을 1년 내내 마실 수 있는 오시노 하카이. 일본의 고산지대에서만 볼 수 있는 전통 가옥 갓쇼즈쿠리가 많은 곳이었다. 높은 곳에서 내려다보면 합장 형태의 맞배지붕을 얹은 집들이 옹기종기 모여 있는데, 그 중 우리 집이 제일 크고 넓었다. 공기 좋고 물 맑은 곳, 게다가 도시인들은 자주 보지 못하는 후지산을 마음 놓고 볼 수 있는 내 어린 시절의 고향. 이 아름다운 곳에 살고 있다는 사실에 감복한 나머지 따끈한 다다미 방에 드러누워 몸부림을 치듯 즐거워 한 적도 있었다.

"엄마, 후지산은 어떤 산이에요?"

호기심 가득한 얼굴을 하고 내가 물었을 때 어머니는 생긋 예쁘게 웃어주셨다. 아버지에 대한 걱정이 사라졌기 때문인지 어머니의 미소는 후지산의 만년설만큼이나 하얗고 아름다웠다.

"후지산은 우릴 지켜주는 산이란다. 일본인이라면 누구든지 후지산의 품에 안길 수 있어."

일본의 영산, 어머니는 후지산을 그렇게 설명하셨다. 우리를 지켜주는 후지산이 있기에 지금의 일본이 존재할 수 있다고 말이다.

"아키라, 일본뿐만이 아니라 세계의 모든 나라에는 그 나라를 지켜주는 수호신이 있단다. 굳이 산이 아니더라도 말이야."

"정말이에요?"

그럼, 정말이고 말고."

"그럼 조선에도 후지산 같은 산이 있을까요?"

느닷없이 왜 그런 질문을 했을까? 조선인에 대해 할아버지와 다르게 생각했던 아버지 때문인지도 모른다. 내 아버지가 어째서 생각이 다른 할아버지와 그렇게 자주 다툰 건지 궁금해서였을지도 모른다. 그리고 아버지의 편이 되어 할아버지가 틀렸다고 생각했기 때문인지도 모른다.

"음, 글쎄. 엄마는 잘 모르겠구나. 선생님께 여쭈는 게 더 빠르지 않을까? 네가 여쭈어 보고 엄마에게도 말해주렴."

그 길로 나는 선생님에게 찾아갔다. 아버지가 이해하고 싶었던 조선에도 슬픈 그들을 내려다보는 아름다운 산이 있을까? 내 질문에 선생님은 아주 쉽게 대답해 주셨다.

"그럼! 당연히 있고 말고! 조선에서는 그 산을 백두산이라고 부른단다. 조선인들은 백두산에 오르면 좋은 기운을 얻을 수 있다고 믿지. 우리가 후지산에 오를 때의 마음가짐과 똑같단다."

선생님은 백두산의 보살핌이 있었기에 그들이 일본으로부터 독립할 수 있었다고 말했다. 비록 그들이 서로 다른 사상에 의해 전쟁을 하고 둘로 나뉘어 살지만 백두산의 기운이 언젠가는 그들을 예날의 아름다운 시절로 돌아갈 수 있을 거라고도 했다. 그렇다면 조선인은 아버지가 말했던 것처럼 우리와 같은 대우를 받을 수 있는 인간이다. 아버지의 어릴 적 표현대로 '나쁜 일본인'에게 무시당하거나 짐승처럼 천대받는 사람들이 아닌 거였다. 그들에게도 우리처럼 지난한 삶을 보호해 주는 아름다운 백두산이 있으니까.

"선생님, 백두산에 대해 더 설명해 주세요. 네? 왜 백두산이라고 부르는 거예요?"

"산의 정상이라고 할 수 있는 머리가 하얗기 때문이지."

"왜요? 왜 하얀데요?"

"백두산이 화산 폭발을 했을 때 하얀 부석이 튀어나와 거기에 쌓였기 때문이란다."

"화산? 선생님, 화산이 뭐예요? 그럼 우리 후지산도 화산인가요?"

자꾸만 물어오는 내가 귀찮을 법도 한데, 선생님은 일본인 특유의 미소를 지으며 내게 설명해 주셨다.

"아키라, 화산은 말이지. 불을 뿜는 산이란다."

"불을 뿜어요? 산이 어떻게 불을 뿜어요?"

"지구는 가끔 사람처럼 하품을 하고 기지개를 켠단다. 그러면 지진이 발생하고, 화산이 터지기도 해. 그건 지구가 인간에게 보여주는 자연 현상이야."

무슨 뜻인지 알 수 없어 고개를 갸웃거리는 내가 재미있었는지 선생님은 깔깔거리며 웃으셨다.

"아키라, 화산이 뭔지 궁금하니?"

"네, 좀 더 자세히 가르쳐 주세요."

선생님은 내게 그 분야에 적합한 책을 자주 구해 주셨고, 심지어 지구 과학 분야에 매진할 수 있도록 도와주시기까지 했다. 그래서 나 무라야마 아키라는 일본 국립대학의 지구 환경학 박사가 되어 나처럼 호기심 많은 학생들에게 지구의 신비를 가르쳐 주고 있다.

"교수님, 아키라 교수님?"

"음…?"

정신 차리고 고개를 들어보니 내 조교가 나를 내려다보고 있었다.

"교수님, 여기서 뭐하세요?"

"아, 내가 깜빡 잠이 들었나 보군. 미안해."

"아닙니다, 교수님. 피곤하신 모양이에요."

잠에서 깨려고 마른세수를 하던 내 눈에 뚜껑이 열린 피스톤 코어가 들어왔다. 동해 바다에서 채취했던 백두산 화산재의 시료 말이다. 시커멓게 마른 진흙 사이에 백두산의 화산재는 잿빛으로 덩어리져서 거기에 놓여있다. 만져 보면 매끌매끌, 화산 학자의 기분을 묘하게 만들어 주는 그것.

"교수님, 오늘 중국에 가신다고 하지 않으셨어요?"

"아, 깜빡하고 있었구먼. 오늘 오후에 출발인데…."

"이렇게 피곤하신데 괜찮으시겠어요?"

"걱정하지 말게. 거기엔 화산이 있고, 친구가 있으니까."

어깨를 두드려 주는 내 손길에 조교는 피식 웃음 짓고 만다. 나는 지금 백두산으로 간다. 백두산이 지켜주는 조선인, 그들은 여전히 둘로 나뉘어 있다. 우리의 잘못된 과거로 인해 그들은 고통을 당하고, 그 뒤에 벌어진 전쟁으로 한쪽은 조선이 아닌 대한민국으로 살아간다. 그렇게 아파하고 슬퍼하느라 한반도의 사람들은 백두산이 얼마나 위험한 산으로 변해 가는지 전혀 모르는 듯하다. 조선을 차별하고 그들에게 못난 짓을 저지른 '나쁜 일본인' 할아버지의 잘못을 대신 사죄하고 참회하는 마음으로, 그리고 조선을 이해하고 싶었으나 그럴 수 없었던 '착한 일본인' 아버지를 대신하여 나는 화산학 박사로서 오늘도 백두산을 연구하기 위해 길을 떠난다.

4장.

재회

용암의 유동성은 광물학적 성분, 포함하고 있는 가스의 종류, 온도에 따라 결정된다.

-조지 플랫 스크로프

2020년 10월 2일.

"어? 뭐야?"

정태균 교수와 백두민박에 도착한 승현이 선화를 보고 외친 첫 마디였다.

"뭐냐니요? 사람을 보고 그런 말을 하는 게 어디 있어요?"

"아니, 저, 그게…."

황당한 일이 아닐 수 없다. 이도백하에 도착했을 때까지만 해도 한 번 와본 곳이라고 반갑기만 했었는데 말이다. 정 교수가 친척집이라며 소개한 곳이 다름 아닌 백두민박이었으니 선화를 다시 만나게 된 승현은 희한한 일이라고 생각했다.

"뭐해요? 어서 들어오지 않고?"

"아, 예…."

멍하니 서있던 승현에게 다그치는 선화, 그녀의 얼굴에도 승현처럼 당황스러움이 묻어나 있었다.

"둘이 아는 사이니?"

뒤따라 들어오던 정태균 교수가 두 사람 사이의 미묘한 기류를 눈치채고 그렇게 물었다.

"보통 아는 사이가 아니에요. 막역한 사이죠."

승현의 대꾸에 정 교수의 얼굴에 놀라움이 묻어나고, 선화는 힐난하는 표정이었다.

"걱정하지 말아요, 선화 씨. 한 방에서 잤더라는 말까지는 하지 않을 테니까."

"뭐라고요? 말 다 했어요?"

철썩!

"으악!!"

능글맞은 얼굴로 속삭이던 승현이 별안간 비명을 질러댄다. 무슨 여자의 손길이 이렇게나 억센지 남자에게 얻어맞는 줄 알았다. 발길질마저 서슴지 않는 그녀, 그리고 승현은 그녀를 피해 이리저리 도망치기 시작했다.

"아이고, 형님! 오랜만이십니다!"

태우의 사무실, 지금 거기에서 오랜만에 만난 형제가 서로를 끌어안고 있었다.

"그간 잘 있었는가? 아무리 사촌이라지만 형이 되어 동생에게 연락한 번 없었으니 미안하네."

"아닙니다, 형님. 바쁘신 분에게 제가 먼저 연락을 드렸어야 하는데 그러지 못해 죄송합니다."

반가운 마음에 다시 한 번 서로를 끌어안는 두 사람, 정태균 교수는 정태우의 사촌 형제지간으로서 선화에게는 큰아버지가 된다.

"형님, 일이 급박하게 돌아가는 모양입니다. 며칠 전에는 한국의 기자들이 저희 집에 투숙해서 이 동네의 분위기를 물었는데 적당히 대답하느라 혼났습니다."

"그들이 뭘 묻던가?"

"대체로 화산이 터지면 어떻게 대처할 것인가에 대한 문제였습니다. 여기 투숙한 관광객들에게도 이것저것 묻더라고요."

이틀 전, 한국의 일간지에 백두산 화산 폭발과 관련된 문제가 특집 기사로 실린 적이 있었다. 남북한과 중국, 일본이 국가 차원에서 다시 한 번 백두산 화산을 조사한다는 내용이었다. 북한을 두고 미국과 옥신각신 정치적 다툼을 벌이느라 한국에는 그동안 비협조적이던 중국의 태도가 예전과 달라졌다는 건 그만큼 백두산 화산이 심상치 않은 조짐을 보이기 때문이라는 결론이었지만 전문가가 아닌 그들만의 막연한 추측이어서 그다지 신뢰도 높은 기사는 아니었다.

"그래도 백두산 덕분에 우리 형제가 다시 만났으니 다행이지 뭔가?"

"그러게 말입니다, 형님."

사무실 밖까지 흘러나오는 형제의 웃음소리, 그러나 승현은 또 한 번 선화의 주먹에 얻어맞느라 그들이 왜 그렇게 웃는지 알지 못했다.

"아무리 생각해도 이해할 수가 없어요. 도대체 어떻게 된 거예요?"

"뭐가요?"

"어떻게 우리 삼촌의 조수가 된 거냐고요?"

손도 닿지 않는 등을 때렸다고 투덜거리던 승현이 픽 웃음을 터뜨렸다. 단지 우연일 뿐인데, 마치 필연처럼 그녀와 다시 만나게 되었으니 말이다. 그간의 사정을 설명하면 그녀는 믿어줄까?

"글쎄, 그냥…."

"그냥? 무슨 대답이 그래요?"

"정태균 교수님의 조수로 취업했을 뿐인데 이렇게 됐네요. 저라고 교수님과 선화 씨의 관계를 알았겠어요? 우연일 뿐이죠."

가만히 듣고만 있던 선화도 결국 웃음을 터뜨리고 말았다. 자기가 생각해도 그와의 재회는 기가 막힌 일이었나 보다. 정말 세상 참 좁다.

"교수님이 심부름을 시켰어요. 선화 씨에게 말하면 알 거라고…."

"아, 그거요? 따라오세요. 가보면 알아요."

하며 선화가 겉옷을 챙겨 입고 신발을 꿰어 신었다.

"어디에 가는 거죠?"

"시장에요. 여기에 놀러온 게 아니라는 건 아시죠?"

"아, 예. 그렇죠."

"그럼 빨리 움직여야 해요. 아키라 교수님 오시면 바로 출발해야 하니까."

함께 이동한 이도백하의 시장에서 선화는 이전에 보았던 모습 그대로 마치 날다람쥐인 양 재빠르게 움직였다. 어찌나 걸음이 빠른지 승현이 도저히 따라잡을 수 없을 지경이다. 역시 쇼핑은 여자에게 맡겨야 하나 보다.

"선화 씨! 천천히 가요!"

남자가 여자의 체력을 이기지 못한다니, 이건 말도 안 된다. 선화의 빠른 걸음을 도저히 따라잡을 수 없어 승현이 버럭 소리쳤더니 지나치던 사람들이 이쪽을 힐끗 쳐다보았다. 무겁게 짊어진 가방 하며 차림새가 눈에 익었다.

"저 사람들, 한국인 관광객인가요? 9월부터는 백두산에 눈이 온다는데 아직도 관광객이 많네요."

"여름과 겨울의 풍경이 전혀 다르니까요. 볼 수 있을 때 실컷 봐두는 게 좋겠죠. 조만간 관광객의 출입을 금지할 테니까요."

"왜요? 왜 금지하는 거죠?"

"왜냐니요? 승현 씨, 여기에 다시 온 이유를 잊으셨어요?"

정색을 하고 되묻는 선화의 목소리에 승현은 입을 다물었다. 어쩐지 그녀와 데이트를 즐기는 기분이 들어서 이곳에 다시 찾아온 목적을 미처 잊어버린 것이다.

"지금 우리는 국가 차원의 일을 하려는 사람들이예요. 이제부터는 자칫하면 집으로 돌아가지 못할 수도 있으니 정신 똑바로 차리세요."

분위기 파악 못하고 떠드는 아이를 점잖게 야단치는 선생님, 어쩐지 그녀의 말투와 표정은 예전에 그가 알던 모습이 아닌 것 같다.

"나는 교수님의 조수로 왔다지만 선화 씨는 정체가 뭐예요?"

승현이 웃자는 투로 물었지만 선화는 대답이 없다. 무언가 말 할 수 없는 비밀을 간직한 사람의 표정으로 시장 여기저기를 꼼꼼하게 둘러보는 중이었는데, 두 사람이 산 물건은 필기도구와 모종삽, 망치, 그리고 랜턴과 물을 포함한 각종 비상식량이다. 묵묵히 선화의 짐꾼이 되어주고 있지만 승현은 궁금하다. 화산 조사를 위한 준비 작업이라지만 당최 알 수가 없다. 이곳에서 얼마나 무서운 일이 벌어지고 있는 걸까? 백두산 화산이 그렇게 무서운 화산일까? 게다가 그녀는 내가 알던 것과 다른 모습을 보여주기까지 한다. 화산학자의 조수가 된 뒤부터 영 모를 일만 생겨나는 것 같다.

"와아!"

백두민박으로 돌아갔을 때 선화가 새로 찾아온 손님을 보고 탄성을 내질렀다.

"아키라 교수님!"

"오, 선화 양! 오랜만이에요."

선화만큼이나 반가운 얼굴로 인사하는 이 남자. 무라야마 아키라라는 일본인 교수인데, 의외로 우리말이 어색하지 않았다.

"선화 양, 그동안 잘 있었어요?"

"네, 교수님도 안녕하셨죠?"

반가움을 이기지 못하고 선화가 아키라 교수를 와락 끌어안는다. 이 갑작스런 포옹에 놀랄 만도 한데 오히려 아키라 교수는 허허 웃으며 그녀의 등을 토닥인다. 보통 친한 사이가 아닌 모양이다.

"아키라 박사, 여기는 김승현이라고 해요. 내 조수이지만 마음껏 부려

먹어요."

그 말에 아키라가 다시 껄껄대고 웃는다. 여유 넘치는 웃음소리, 그는 웃음이 어울리는 남자였다.

"자, 이제 출발할까요? 시간이 많이 늦어졌군요."

언제 도착했는지 지프 두 대가 백두민박 주차장에서 대기 중이었다. 여름 내내 한국인 관광객들을 실어 나르던 사륜 구동 지프 말이다. 산중턱까지 이동하는 셔틀버스처럼 유용한 교통수단이기도 하다.

"자네, 혹시 북한 사람을 본 적이 있는가?"

운전하던 태균이 승현에게 물었다. 선화와 아키라는 저 앞에서 질주하는 지프에 타고 있다.

"아뇨, 북한 사람은 본 적이 없습니다."

"그래? 그럼 이번에 처음 보겠구먼."

"지금 가는 곳에 북한 사람이 있습니까?"

라고 묻자 태균이 음, 하며 고개를 끄덕여보였다.

"북한 화산 연구소의 박사와 연구원이 있을 걸세. 우리와 같은 입장인 사람들이지."

북한에도 백두산 화산과 관련하여 전문가가 투입된다는 뜻이다. 국가 차원의 문제라는 이야기를 귀에 못이 박히도록 들었지만 그동안에는 별로 실감이 나지 않았는데, 북한 사람을 코앞에서 보게 된다니 어쩐지 기대된다.

"하지만 말이야. 우린 그들과 소풍을 가려는 게 아닐세. 우리를 감시하는 사람도 있을 거야."

"감시라고요?"

"정확히 말하자면 우리가 아니라 화산 연구소 사람들을 감시하는 일종의 감시원이지. 북한에서는 모든 주민들이 그렇게 감시당하고 산다네.”

“혹시 인민보안부인가에서도 사람이 나온다는 건가요?”

“음, 잘 아는군. 맞네. 그래서 언행에 주의해야겠지? 함께 생활하는 데에 불편함이 따를 거야.”

승현은 천천히 고개를 주억거렸다. 북한 사람을 만난다는 말에 들뜨는 기분이었는데, 아무래도 두만강에 있을 때 가졌던 감상적인 생각은 버려야할 것 같다. 남한과 북한, 우린 아직 서로에게 친근감을 갖고 다가가기엔 어색하다. 여전히 정치적인 이유로 만나기만 하면 으르렁거리니 말이다. 우린 도대체 언제쯤이나 서로 싸우지 않고 평화롭게 살 수 있을까?

“그건 그렇고 교수님, 선화 씨는 정체가 뭐예요?”

“응?”

무슨 뚱딴지같은 소리냐는 듯 태균이 그를 돌아본다. 별 것 아닌 질문인데, 승현의 표정은 자못 심각하다.

“그게 무슨 소리인가? 정체라니?”

“선화 씨 말입니다.”

“선화가 왜?”

“저는 교수님의 조수이니까 당연히 따른다지만 선화 씨는 왜 가는 거죠? 아키라 교수님의 가이드인가요?”

그러자 태균이 껄껄대고 웃었다. 재미있는 녀석이라며 그가 정신없이 웃지만 승현은 여전히 심각하다. 이참에 선화가 어떤 여자인지 알아야겠다는 표정 같기도 하다.

“그 애는 평범한 가이드가 아니라네.”

“평범한 가이드가 아니라고요?”

“그래. 그 애는 말이지….”

시원하게 대답해줄 것 같던 태균은 그러나 입을 다물어버리고 말았다. 어떻게 설명해야 승현이 쉽게 이해할 수 있을지 고민하는 눈치다.

"자네, 우리나라에 정당이 몇 개 있는지 아는가?"

"잘 모르겠습니다."

"서른다섯 개 있다네. 이 서른다섯 개의 정당이 하루도 쉬지 않고 자신들의 의견을 피력하며 시끄럽게 떠들어대지. 의견의 일치를 보는 날은 거의 없고, 서로 생각이 달라 싸우는 일이 다반사라네. 우리의 이런 모습을 외국인들이 본다면 뭐라고 할까?"

"글쎄요. 한심하다고 생각하겠죠."

그러나 승현의 대구에 태균은 고개를 젓는다. 원하는 대답이 아니라는 뜻이다.

"한심하다는 생각은 의외로 안 한다네. 그런 모습들은 어느 나라를 가도 마찬가지이니 이골이 난 거지."

"그럼 뭐라고 하나요?"

"저 작은 나라에 정당이 서른다섯 개나 있어? 왜 그렇게 많아?"

서양인의 빈정거리는 말투를 흉내 내는 태균의 목소리를 승현은 묵묵히 듣고만 있었다.

"중국이라는 이 드넓은 땅에 비하자면 우리나라는 아주 작아. 이 작은 땅덩이에서 사람들은 서로 싸워 이기겠다고 아웅다웅한다네. 그야말로 한심한 일이 아니겠는가?"

"예, 그렇죠. 맞습니다."

"선화 이야기를 하려다가 서두가 길어졌네. 우선 결론부터 말하자면 선화는 가이드를 전문으로 하는 아이가 아니야. 앞길이 창창한 화산학도였지."

"네? 정말이에요?"

전혀 생각지도 못했던 사실에 승현은 놀라 눈이 휘둥그레졌지만 태균은 묵묵히 운전만 할 따름이다.

"선화가 화산학을 공부하고 싶어 했던 건 순전히 나 때문이었어. 세계 이곳저곳의 화산을 따라다니는 내가 그 아이의 눈에는 멋져 보였던 모양이야."

"그래서 그쪽 계통으로 공부를 시작했군요?"

"그렇지. 호기심 가득하던 아이에게 간단하게만 설명하던 것이 전문적인 지식을 가르쳐 주어야 할 상황이 닥쳤지. 하지만 난 그 아이를 가르칠 여건이 못 되었네. 나 역시도 정통파 화산학자가 아니었기 때문에 여기저기 발품 팔아가며 공부하는 입장이거든."

"그래서 아키라 교수님이 선화 씨를 맡았나 봐요."

"맞아. 일본에는 화산학회라는 협회가 존재할 만큼 그 분야의 전문가가 많다네. 그 중 한 사람이 아키라였던 거야. 선화는 아키라에게 아주 제대로 배웠어. 화산학자라는 수식어를 붙여주어도 좋을 정도였지."

여기까지 말하고 태균은 잠시 숨을 고르려는 듯 한숨을 내쉬었다.

"선화가 한국에 돌아온 뒤 공부를 포기한 이유는 달리 있지 않았네. 우리나라 지구과학 분야가 부진했던 여러 가지 이유 중에 한 가지가 선화를 힘들게 한 거지."

"그게 뭐였습니까?"

태균이 다시 한숨을 내쉬었다. 그의 한숨은 제대로 된 과학도가 되기 위해 뛰어넘어야 할 장벽이 그만큼 높다는 것을 의미했다.

"여러 가지 이유가 있지만 그 중 하나는 특정 학교 출신의 연구 인력이 그 자리를 메우고 있다는 거야."

"끼리끼리 놀고 있다는 뜻이군요."

"그래, 맞네."

우리나라가 지진이나 화산에 대한 연구가 외국에 비해 미흡한 이유는 구한말의 혼란과 식민지시대의 어려움, 그리고 전쟁으로 피폐해진 우리네 고달픈 삶과도 연관이 있다. 그렇게 어려운 가운데 피어난 한국의 지구과학 분야에 특정 학교 출신 연구 인력 중심의 주류 집단화가 심화되고 있었다면 그 분야에 꿈을 가진 과학도로서 맥 빠지는 일이 아닐 수 없다.

　"선화 한 사람을 두고 그들은 말이 많았어. 우선 부모님이 중국에 나와 살고 있다 보니 색안경을 끼고 보는 시선이 있었고, 일본 학자에게 배웠으니 그쪽으로 보내야 한다는 트집에, 심지어 자기네 출신이 아니라며 따돌리기도 했지. 그들의 모습이 서로 이권 다툼을 벌이는 서른다섯 개의 정당과 닮아 보였다는 걸세."

　"그럼 교수님이 도와주셨어야죠."

　"나도 거기에 낄 수 없는 입장이었어. 내 코가 석자였으니까. 그러다 보니 선화는 한국의 어디에도 갈 곳이 없어져버린 거야."

　"그래서 선택한 게 가이드 일인가요?"

　그러나 태균은 도로 입을 다물었다. 승현에게 채 하지 못한 말이 아직 남아있다는 거다.

　"그 아이는 말이지. 백두산에 오르려는 한국인들의 길잡이인 척하고 있었을 뿐이야."

　"그게 무슨 뜻이죠? 과학도로서의 꿈을 완전히 버리지 않았다는 뜻인가요?"

　"그 꿈을 애초부터 버리지 않았다는 말이 맞을 걸세."

　"무슨 뜻인지 모르겠어요."

　그렇게 대답하면서도 승현은 선화의 지난 모습들을 떠올려 보았다. 가이드치고 화산에 대한 전문 지식이 있었던 것에서부터 그에게 화산의 흔적이라며 부석을 내밀었던 것, 가이드도 아니면서 가이드인 척 하더라는 서희의 말에 정색을 하고 소리치던 그녀의 모습. 그녀는 과연 어떤 여자인 걸까?

"그 아이는 말이야. 백두산을 잊어가는 한국인에게 우리의 영산이란 이런 것이라고 각인시키고 싶었어. 천 년 전에 대폭발을 일으켰던 화산임을 기억해 주길 바란 거야."

"좀 어려운 얘기네요."

"쉽게 설명해 볼까? 자네는 학자의 양심이 뭐라고 생각하나?"

"잘 모르겠습니다."

"진실을 밝히는 거라네. 만일 진실이 아닌 상황을 만나더라도 그에 대응하겠노라 다짐하는 것이기도 해. 화산학자는 화산을 연구하는 데에만 목적을 가지는 게 아니야. 위협적인 화산으로부터 인간을 지켜야 한다는 사명감도 품을 줄 알아야 해."

"……."

"더 이상 화산학 공부할 수 없었던 선화가 둘 모두를 지키는 방법으로 가이드를 선택한 거야. 백두산을 그리워하는 자국민에게 봉사하고 동시에 화산의 상태를 체크하는 두 가지 모두를 할 수 있으니 지금의 선화에겐 적당한 일이 아닌가?"

놀라운 이야기였다. 그녀가 그런 멋진 일을 하고 있었다니, 승현은 꿈에도 생각하지 못했다. 동북공정에 분노하던 그녀, 특별한 마음가짐이 있었기에 가능한 거였다.

"지금 그 아이의 방에 지진계가 설치되어 있다네. 선화를 그냥 두고 볼 수 없었던 아키라가 안타까운 마음에 선물한 거지. 선화가 왜 그렇게 아키라를 반가워했는지 알겠나?"

꿈에 좀 더 가까이 다가가고 싶어 했던 멋진 여자, 상처받은 가슴에 또 다시 상처 입을 것을 알면서도 그녀는 화산을 사랑하고 있었다. 승현은 저 앞의 지프를 운전하는 그녀에게 온 마음을 다해 찬사를 보낸다. 정말이지 멋지고 아름다운 여자다. 같은 차에 타고 있었다면 와락 부서져라 껴안아 주었을 텐데…. 승현은 그렇게 생각했다가 시답잖다며 피식 웃음을 터뜨렸다.

조만간 관광객의 출입을 통제할 거라고 했던가? 그래서 그런지 그토록 아름다운 천지를 마지막으로 만나기 위해 사람들은 꾸역꾸역 모여들고 있었다.

"승현 씨! 뭐해요? 일 안 할 거예요?"

높이 솟은 봉우리의 위용에 감탄하던 승현이 화들짝 놀라 고개를 돌렸다. 지프 안의 짐들을 내려놓으며 선화가 소리치고 있다.

"아, 미안해요, 절경이 너무 멋져서….."

"놀러 온 거 아니라고 얘기했죠? 정신 차려요!"

여기 어딘가에 우리가 비룡폭포라고 부르던 장백폭포가 있을 거라는 생각에 넋을 잃고 바라봤을 뿐이다. 하지만 선화는 무언가 변명거리를 늘어놓으려는 승현을 못 잡아먹어 안달이 난 양 흘겨보고 있었다.

"역시 선화에게는 자네도 꼼짝 못 하는구먼."

짐을 챙겨들고 산장으로 이동하던 태균이 허허 웃으며 승현의 어깨를 툭툭 쳤다.

"선화 씨 성깔이 장난 아닌가 봐요."

"뭐, 그렇다고 볼 수 있지. 화산 같다고나 할까?"

"화산이요? 잠자는 화산인가요, 아니면 폭발하는 화산인가요?"

"글쎄, 두고 보면 알겠지."

다시 허허 웃는 태균을 내버려두고 승현은 저벅저벅 선화에게 다가간다. 선화는 지프 안의 짐들을 모두 내려놓고 찌뿌듯한 제 허리를 주먹으로 때리던 참이었다.

"이봐요, 선화 씨."

"…?"

"선화 씨 성깔에 남자들이 꼼짝 못한다면서요?"

"느닷없이 무슨 소리예요? 잔소리 한 번 했다고 따지겠다는 거예요?"

"아니, 그게 아니라…."

대답하다 말고 승현이 슬쩍 태균에게 시선을 돌렸다. 그는 이쪽을 재미있다는 듯 바라보다가 마침 고개를 돌리고 있었다.

"교수님 하시는 말씀이…."

"삼촌이 왜요?"

"선화 씨 엄청 멋있는 여자래요."

"…?"

뜻 모를 얘기를 늘어놓고 키득키득 웃는 승현을 선화는 황당한 얼굴로 쳐다볼 따름이다.

"무슨 소리를 하는 거예요? 내가 알아들을 수 있게 설명해 봐요."

"음, 그러니까…. 선화 씨는 화산에 대해 모르는 게 없다면서요?"

"뭐라고요?"

튀어나올 듯 눈이 휘둥그레져서 버럭 소리치는 선화였다. 그러더니 태균에게 시선을 돌렸는데, 그는 지금 산장 앞에서 만난 사람과 악수를 나누고 있다.

"삼촌이 그런 소릴 했어요?"

"네, 제가 선화 씨의 과거가 궁금하다고 했거든요."

"왜 남의 과거를 캐묻고 그래요? 창피하게!"

퍼억!

으악!

손바닥도 아니고 주먹으로 후려갈기는 선화의 손찌검(?)에 덩치 좋은 승현도 맥없이 비명을 지르니, 역시 그녀는 하늘 끝까지 치솟아 오르는 사나운 화산이었다.

"다른 사람들 있는 데에서 그런 얘기 하지 말아요. 공식적으로 나는 여기에 가이드로 온 것뿐이니까. 알았어요?"

퍼억!

"으아악!! 알았어요! 알았다고요!! 제발 때리지 좀 말아요! 무슨 여자 손이⋯. 아윽!"

손도 닿지 않는 곳을 자꾸만 때리니 승현은 고스란히 당할 수밖에 없다. 따지고 싶어도 기회조차 안 주는 그녀, 맷집 한 번 기가 막힌, 무서우면서도 한편으론 재미있는 여자다.

"백운⋯산장? 백운이 무슨 뜻이죠?"

원래는 관광객들의 숙박 시설이었는지 2층짜리 산장의 외벽은 꽤 깔끔한 편이었다.

"별다른 뜻이 있는 건 아니고, 저쪽 천지 가까이에 백운봉이라는 봉우리가 있거든요. 그 봉우리의 이름을 따서 붙인 거예요."

천지 주변엔 많은 봉우리가 있지만 그 중 백운봉이야말로 예의 주시해야 할 존재라고 덧붙이려다가 선화는 그만 두었다. 굳이 말하지 않더라도 곧 알게 될 테니 말이다.

"이 녀석들! 어서 오지 못하겠니? 무슨 젊은 애들이 그리도 말이 많은 게야!"

동네 마실이라도 나가는 노인네인 양 느릿느릿 걸어오는 두 사람에게 호통 치는 태균이다. 그런데 그의 옆에 처음 보는 초로의 남자 하나가 서 있었다. 이번에도 선화는 반가운 얼굴로 다가가 인사한다.

"진수이룽 박사님, 안녕하세요? 오랜만이에요."

"오냐, 요 녀석! 가까이에 살면서 어떻게 한 번도 찾아오질 않느냐? 괘씸한 녀석 같으니."

"죄송해요, 박사님."

중국 국가과학원의 박사라는 그가 이렇게 선화와 스스럼없이 인사를 주고받는 걸 보니 아무래도 그는 아키라와 비슷한 입장의 의인(義人)인 모양이다.

"자, 어서 들어갑시다. 우릴 기다리는 사람들이 많아요."

진수이룽을 따라 들어간 산장은 꽤 넓었다. 단체 관광객 여럿을 수용하고도 남을 만 했는데, 오늘 이곳에는 관광객이 아니라 국가가 내린 임무를 해결하러 온 사람들로 가득했다.

"어서 오십시오, 정태균 박사님."

"음, 국정원에서 연락했던 그 친구인가?"

거실에 들어서자마자 만난 남자는 검은 정장에 짙은 선글라스를 쓴 인물이었다. 북한 사람들을 만날 거라더니 국정원 소속의 요원을 먼저 만났다. 그들과 어떤 분위기 속에서 대면하게 될지 새삼 긴장감이 떠오른다.

"교수님, 안녕하세요. 주 심양 한국 영사관에서 나왔습니다."

태균과 악수하던 그가 또 다른 남자를 소개했다. 서울 외교통상부에서 파견 나온 직원이란다. 국가정보원, 외교통상부, 한국 영사관. 중요한 인물 세 명이 한 자리에 모였다. 국가 차원의 일을 하게 된 때이고, 북한과도 정보 교류를 하게 되었으니 그들의 등장은 아무래도 당연한 일일 터였다. 굵직한 인사들과 악수를 나누는 건 아키라 교수도 마찬가지이다. 주 심양 일본 영사관과 도쿄 외무부의 직원이 나와 깍듯하게 인사하고 있으니 말이다.

"북한 화산 연구소의 박사와 연구원이 저 방에서 대기 중입니다. 곧 나올 텐데요. 아시겠지만 언행에 주의해 주시고, 정치적인 현안 등 화산 조사와 무관한 이야기는 삼가주시기 바랍니다."

선글라스를 벗지 않고 무뚝뚝하게 말하는 국정원 요원의 고개가 승현과 선화에게 고정되어 있다. 젊은 혈기에 쓸데없는 소리를 할지 모르니 조심하라고 충고하는 듯하다. 그에게서 전해오는 그 알 수 없는 묵직한 기운에 두 사람은 압도된 듯 움직이지 못하고 있었다. 북한 사람을 만나려면 이렇게 긴장해야 한다는 뜻일까? 이젠 무서울 지경이다.달깍.그가 천천히 문을 열었을 때 승현은 저도 모르게 침을 꿀꺽 삼켰다. 우리와 똑같은 사람을 만날 뿐인데 이렇게 긴장감을 조성하다니, 바늘로 찔러도 피 한 방울 나오지 않을 듯 무표정한 저 국정원 요원을 원망해야 하는 걸까?

"안녕들 하십네까?"

얼어붙은 듯 서 있는 모두에게 먼저 말을 걸어온 건 반백의 남자였다.

"내래 고저 조선 민주주의 인민 공화국 화산 연구소 박사 남민수라고 하오. 정태균 박사 동무 맞디요?"

어떻게 알았는지 그는 한국인을 대번에 맞혔다. 우리나 그들이나 서로를 알아보는 눈은 똑같은가 보다.

"예, 제가 정태균입니다. 만나서 반갑소."

"여기는 우리 공화국이 인정한 연구원 동무요. 리용두라고 하오."

"반갑습네다.

"태균과 악수를 나누던 리용두가 꾸벅 고개를 숙여보였다. 태균도 답례로 그의 어깨를 두드려 준다.

"거 잠깐 기다리시라요!"

이제 승현이 소개 받을 차례인데, 순간 누군가 버럭 고함을 내지른다.

놀란 국정원 요원이 죽일 듯 한 얼굴로 노려보는 남자, 그는 북한 인민 보안부 소속의 보안원 백동일이었다.

"이 놀새족 동무는 내가 검문 좀 하갔소."

"뭐라고요? 놀새족?"

황당한 얼굴로 소리치지만 승현은 꼼짝없이 백동일의 더듬는 손길을 고스란히 받아들여야 했다.

"놀새족? 그게 뭔가?"

"저더러 날라리랍니다, 교수님."

기가 막힌 표정으로 대꾸하는 승현에게 다시 시선을 옮기며 백동일은 피식 입술을 비틀어 올린다. 남쪽의 말이 웃긴다는 건지, 황당해하는 그의 표정이 가소롭다는 건지 하여간 한 대 치고 싶을 만큼 기분 나쁜 얼굴이었다. 백동일은 선화에게도 다가가 몸수색을 실시했다. 여자라고 적당히 하는 듯 보였지만 그녀 역시 불쾌한 건 마찬가지였다.

"미안하게 됐소. 고저 우리 공화국 인민들의 안전을 위한 일이니끼니 이해하시라요."

피식 웃음을 터뜨리는 선화, 그런 그녀에게서 시선을 돌리며 국정원 요원은 백동일을 다시 죽일 듯 노려본다. 까딱 잘못하면 뭔가 일을 저지를 것 같은 저 두 사람, 치고받고 싸우면 참 볼만 하겠다.

"여러분도 아시겠지만 오늘 이렇게 모인 이유는 백두산 화산과 관련되어 국가차원의 조사를 위해서입니다."

반쯤 엉망이 되어버린 분위기를 수습하려는 듯 외교부 직원이 나서 연설을 시작했다.

"아시는 분은 아시겠지만 2007년에 있었던 남북 보건 의료 환경 협력 분과 위원회에서 합의한 회의의 내용은 아직 유효합니다. 그래서 이런 자리가 가능하게 되었습니다."

그의 말뜻은 달리 있지 않았다. 심상치 않은 백두산 화산을 남과 북이 공동으로 연구하자며 2007년에 합의한 바 있는데, 이후 정권이 바뀌어서 정치 싸움만 하느라 중단한 그 일을 최근 들어서야 다시 시작하게 되었다는 것이다.

"조금 미안한 말씀을 드리겠습니다. 여러분이 이곳에서 지내며 조사 활동을 하는 동안에는 개인적인 활동을 금하겠습니다. 에, 그러니까 여러분의 자유를 억압하는 건 아니고, 활동 영역을 백두산으로만 제한하겠다는 뜻입니다. 이는 별도의 지시가 있기 전까지는 유효하다는 점 양해바라겠습니다. 또한 통화나 스마트폰 사용은 간단히 해주시고, 만에 하나 조사와 관련된 내용을 국가 기관이 아닌 외부로 유출할 시에는 제제를 받게 될 겁니다."

여러 모로 불편한 문제가 아닐 수 없다. 중국 정부가 협조는 해주되 일부는 제한하겠다고 한 것이 바로 이런 거였을까? 하지만 별 수 없다. 이렇게라도 해서 화산을 조사해야 하는 것이 우리의 입장이니 말이다.

"개인 별로 배정된 방 이외의 나머지 지역에는 모두 감시 카메라가 설치되어 있는 점 양해 바라겠고요. 북측 인사들의 안전을 고려하여 백동일 보안원이 이곳에서 함께 생활하기로 했습니다. 여러분과는 무관하겠지만 불편한 점이 있더라도 조금만 참아주시면 감사하겠습니다. 혹시 신변에 어떤 문제가 생기거든 저희에게 연락 주십시오. 저희는 이도백하 백두민박에서 대기하고 있겠습니다."

연설은 여기까지라는 건지, 아니면 미안하다는 뜻인지 그가 모두에게 고개를 숙여 보이고 물러난다. 국가의 일을 맡아본다는 귀하신 인물들이 돌아가고, 이제 산장에는 일행만 남았다. 북측의 사람들은 2층에, 나머지는 회의실이 딸린 1층에 숙소를 정했다. 승현은 방에 들어가 제일 먼저 TV를 켜 보았다. 다행히 한국의 방송이 송출되고 있었다.

「북한 김정은 국무위원장이 조만간 방중 길에 나선다는 소식이 입수됐습니다. 중국의 한 소식통은 중국 길림성 연변 조선족 자치구에 들를 것으로 본다고….」

똑똑.

"승현 씨."

"…?"

혼자 떠들어대는 TV를 내버려두고 방 밖으로 나와 보니 선화가 그를 기다리고 있었다.

"예, 무슨 일이예요?"

"저녁에 옥상에서 바비큐 파티를 할 거래요. 거기에는 감시카메라가 없다나 봐요."

"북한 사람들도 온대요?"

"그렇겠죠."

그들의 이야기가 나오자 선화는 어쩐지 시큰둥한 반응이었다.

"선화 씨, 아직도 기분이 안 좋은가 봐요. 놀새족 소리를 들으니 어떻던가요?"

"하마터면 북한 사람에게 따질 뻔 했어요. 나 참, 기가 막혀서."

"그 사람들 눈에는 우리가 그렇게 보였나 보죠. 우리가 이해해줘야 하지 않겠어요?"

"아무리 그래도 그렇지. 사람 몸을 그렇게 더듬는 게 어디 있어요? 안 그래요?"

생각할수록 불쾌한지 자꾸만 투덜거리는 선화의 반응에 승현은 픽 웃음을 터뜨리고 만다.

"에이, 그렇게 투덜거리니까 정말 놀새족 같네."

"뭐라고요?"

퍼억!

"으악!"

그녀가 또 승현의 등을 후려갈겼다. 자꾸 손이 안 닿는 부분만 골라 때린다며 흘겨보는 승현, 그러다 선화는 이번엔 발로 그의 정강이를 걷어차 버리고 만다. 선머슴처럼 구는 선화와 그런 선화의 투정을 모두 받아주는 승현. 두 사람의 모습을 북한 인민보안부 보안원 백동일이 2층 난간에 기대어 조용히 내려다보고 있었다.

회의실. 장방형의 탁자가 놓인 곳에 각 나라의 화산 전문가들이 모여 있다.

"고저 오랜만에 만났는데 불편하게 해서 미안합네다. 백동일 동무는 성격이 불같아서 말이디요."

"아뇨, 괜찮습니다. 예상했던 일인 걸요."

말도 마라며 손을 내젓는 태균의 모습에 아키라가 픽 웃음을 터뜨렸다. 가운데에 자리 잡은 진수이룽 박사는 주둥이를 벌린 노트북을 살펴보던 참이다.

"우리는 그렇다 치더라도 젊은 친구들이 꽤 놀랐겠더군요."

"에이, 그 정도 가지고 놀라기는요. 금방 적응하겠지요."

"고저 공화국의 연구원 동무가 따라왔으니끼니 일 없을 겁네다. 그 젊은 동무들은 나이가 어떻게 되오?"

"선화는 스물아홉이고, 승현 군은 서른이오."

"잘 됐소. 리용두 연구원 동무도 승현 동무와 같으니끼니 서로 잘 맞을 것이오. 그 보안원 동무는 내가 꼭 붙들고 있을 테니끼니 걱정들 놓으시라요."

성격 한 번 시원한 남민수 박사의 말에 거기 있던 모두가 와~하고 웃음을 터뜨렸다.

"거 그러다 서로 마음이라도 맞으면 어쩌려고 그러십니까? 아까 보니 그 두 친구들은 사이가 좋아 보이던데."

진수이룽의 한 마디에 태균이 또 껄껄 웃어댄다.

"나야 하나 뿐인 조카 시집 보내면 좋겠지만 자칫 하다가는 남에 있을지 북으로 갈지 고민하게 될지도 모르겠소. 하하하!"

"허허, 잘 하면 그 어린 동무들끼리만 먼저 통일을 하겠구만 그래!"

남과 북이 한가하게 통일이 아닌 혼사 문제로 떠드는 모습이 재미있었던 모양이다. 아키라의 얼굴에 아직도 웃음이 가득하다.

"혹시 지금 느껴지시는 분 계십니까?"

껄껄 웃던 아키라가 순간 노트북 모니터에 떠오른 것을 보고 정색한다. 중국 국가 지진국의 지진계에 접속했던 것뿐인데, 어떻게 알았는지 백두산 아래의 마그마가 진도 2 정도의 미진(微震)을 발생시키며 자신의 흔적을 보여주는 것이다. 예민한 감각을 지닌 사람이 아니면 절대 느낄 수 없을 미진이었지만 그것은 거기에 모인 모두의 얼굴에서 웃음을 빼앗기에 충분했다.

"이거, 이거…. 쓸데없는 소리 하지 말라는 건가요?"

웃자고 한 얘기였지만 진수이룽 박사의 얼굴은 그저 무표정할 뿐이다.

"다들 아시겠지만 여기 이곳에서 일어나는 미진은 4년 전과 비교했을 때 보다 무려 30배가 더 늘었소."

말하다 말고 진수이룽 박사는 입을 다물어 버렸다. 잠시 멈추었던 미진이 다시 생겨나는 것이다. 지진계에 흔적을 갈겨대는 화산성 지진, 그러나 사람의 몸으로는 그 현상을 좀처럼 느낄 수 없다.

"요즘은 꽤 강한 화산성 지진도 많이 늘었어요."

"맞소. 며칠 전엔 고저 삼지연 읍에서 지진이 나디 않았갔소? 한 밤 중에 지진이 일어났으니…."

채 말을 잇지 못하고 혀를 차는 남민수의 얼굴을 보며 태균도 천천히 고개를 끄덕인다. 그것은 TV 뉴스와 신문에 공개되어 이미 유명해진 소식이었다. 진도 5.6의 지진으로 인해 삼지연 읍의 주민들이 한 밤 중에 대피하는 소동이 벌어졌다는 소식 말이다. 삼지연, 북한의 한 지역으로서 백두산 바로 아래에 있는 마을이다. 그러니까 백두산을 가운데에 놓고 중국 쪽에 이도백하 시가 있다면 북한에는 삼지연 군 삼지연 읍이라는 마을이 존재한다. 삼지연을 강타하고 사라진 5.6의 지진 이후 백두산 화산이 터질 거라는 소문이 확산되어 요즘 북한 주민들이 불안한 나날을 보내고 있더란다.

"고저 남조선에서 설치한 지진계가 제 역할을 다 하고 있으니 그나마 다행 아니갔소?"

"사실 지금은 지진계가 아니라 경사계를 설치해야 하지 않겠습니까? 북측 정부에서는 별 얘기가 없습니까?"

"없소. 미안한 말이오만 우린 변한 게 하나도 없소."

답답한 문제가 아닐 수 없다. 화산과 관련하여 남과 북이 교류했던 때가 이젠 먼 옛날의 일이 되어 버렸으니 말이다. '햇볕정책'을 내세우던 김대중 정부 시절, 백두산의 심상치 않은 움직임을 감지할 목적으로 지진계를 설치해 두기는 했으나 그 후 바뀌어버린 정책들과 화산보다 더 심상치 않았던 서로 간의 분위기 탓에 더 이상 아무 것도 할 수 없었다. 그러니 화산에 대해 손 놓고 있다하여 누구를 탓할 수는 없는 노릇이다.

"경사계는 지금 중국 지역에만 설치되어 있고, 북측엔 고장 나 방치된 지진계 몇도 회수하지 못할 판이니 지금 당장 믿어볼 건 러시아뿐이군요. 진수이룽 박사님, 그들로부터 연락이 왔습니까?"

아키라의 질문에 진수이룽이 고개를 끄덕여 보였다.

"러시아 비상사태성이 일주일에 한 번씩 위성 자료를 보내오고 있어요."

진수이룽이 노트북을 조작하자 거기에 앉은 모두의 노트북에도 그와 같은 자료가 떠올랐다.

"보시다시피 천지는 예전보다 더 빠른 속도로 솟아오르고 있어요. 최근 3년 사이에 1.6센티미터가 솟았군요."

1년에 3밀리미터씩 솟아올랐다는 1990년대의 기록에 비하면 파격적이고 놀라운 기록이다. 결과물을 들여다보는 모두의 얼굴 표정은 착잡하기만 했다.

"내일 중에 다른 기록을 보내주겠다고 하는군요. 일단 기다려 봅시다. 아차, 한국인 관광객들이 인터넷에 화산 가스가 솟아오르는 모습을 찍어 올렸다면서요?"

심각한 얼굴로 말하는 진수이룽의 얼굴은 마치 태균을 힐책하는 듯 보였다.

"예, 그런 모양입니다. 관광객들에게 자제를 부탁하는 공문을 각 여행사에 보냈는데 통제가 잘 안 되었던 모양입니다."

"이제 곧 관광객의 출입을 통제할 테니 그나마 다행이군요. 좋지 않은 소문으로 동요하는 일은 더 이상 없을 테니까요."

"내일부터는 할 일이 많겠군요. 먼저 화산가스의 농도부터 체크해야겠어요."

아키라의 말에 진수이룽이 한 일(一)자로 입을 다물고 천천히 고개를 끄덕였다.

"후우…!"

그때 누군가 깊은 한숨을 몰아쉬었다. 골치 아픈 일들이 이제부터 시작될 텐데, 과연 백두산은 우리에게 얌전히 협조해줄까? 언제 본 모습을 보일지 모르는 화산, 자칫 지금 당장이라도 터져버릴 듯 거기에 서 있는 인간들에게 위협하는 불안한 화산. 자유롭게 조사활동을 벌여도 마음이 편하지 않은데, 작금의 각국 정부는 서로의 이익을 챙기느라 바쁘다. 체제를 유지하고 싶어 하는 북한과 그들을 형제라고 감싸 안으려는 한국, 그런 한국을 손바닥에 올려놓고 이리저리 굴리는 중국과 곧 터져버리겠노라 다짐하는 화산의 심각성을 이미 한참 전부터 깨달은 일본. 회의실의 모두는 복잡한 머릿속이 정리되지 않은 듯 연달아 한숨을 쉬고 있었다.

　"자, 자! 힘내세요, 다들! 우리가 그냥 모인 게 아니잖습니까?"

　아키라가 특유의 미소를 보이며 모두를 다독인다. 힘이 넘치는 그의 목소리에 모두의 얼굴에도 다시금 웃음이 피어나고 있었다.

　"기리티요. 우리가 힘을 내디 않으면 누가 하갔소? 늘 하던 일을 하는 것 뿐인데 말이다."

　유난히 목소리를 크게 내며 모두를 다독이는 남민수 박사, 우리가 알던 북한 사람과 다르게 꽤 활기찬 사람이었다.

　"그래요. 백두산이 폭발할 거라는 사실은 이제 확실해졌고, 이제 우리는 최대한 피해를 줄이는 일을 하면 되겠지요. 각국 정부가 적극적으로 도와준다면 더 없이 고맙겠고요."

　태균의 말에 남민수가 허허 웃어 보인다. 그 역시도 북한 정부의 성격이 백두산 화산만큼이나 까탈스럽다는 정도는 아마 알고 있을 터였다.

　"자, 오늘은 여기까지만 해두죠. 옥상에 바비큐 파티가 준비되어 있습니다. 먹을 땐 아무 생각 없이 먹는 게 좋아요."

　진수이룽의 말에 모두가 껄껄거리고 웃어댄다. 노트북의 주둥이를 내려 닫는 사람들, 이제 접속이 끊겼지만 중국 국가 지진국의 지진계는 여전히 뒤죽박죽 흔들리고 있었다.

이제 겨우 여섯 시가 조금 지났을 뿐인데 산장의 옥상은 어둡다. 역시 산 속 깊은 협곡이기 때문일까? 임시로 걸어둔 전등이 아니면 아무 것도 보이지 않을 만큼 주변은 칠흑 같은 어둠에 감싸인 채로 남아있었을 터였다.

"자, 맥주 한 잔 합시다. 한국 젊은이들은 중국의 맥주가 입에 맞을지 모르겠구먼."

진수이룽이 내미는 빙천 맥주가 선화의 잔을 채우고, 승현에게 다가왔다.

"선화는 중국에 오래 살아서 적응이 되었다지만 자네는 어떤가? 입에 맞아?"

빙천 맥주를 처음 먹었을 때 조금 싱거운 것 같았다고 말하는 태균의 목소리에 승현은 그저 웃기만 할 따름이다.

"그런대로 먹을 만하네요. 몬스 맥주와 맛이 비슷한 것 같기도 하고."

맥주잔을 내려놓던 승현이 자기도 모르게 몸을 부르르 떨었다. 날씨가 꽤 싸늘하다. 10월을 맞은 협곡, 며칠 전엔 눈까지 내려 더 추운 백두산 한가운데에서 차가운 맥주를 마셨으니 몸을 떨지 않을 수가 없다.

"여기 평균 온도가 어떻게 되나요? 잔뜩 껴입었는데도 춥네."

긴팔 티셔츠를 겹쳐 입고 점퍼까지 두르는 둥 호들갑을 떠는 승현을 저쪽에서 바라보던 리용두가 픽 웃음을 터뜨렸다.

"이보라, 승현 동무. 그리도 춥네? 고저 동무는 통일이 되어도 조선에서는 못 살갔어."

젓가락으로 고기를 집어먹으며 말하는 그를 백동일이 노려보고 있다.

아니 노려보는 건지, 원래 표정이 그런 건지 남민수 박사와 리용두는 그의 눈길을 그리 신경 쓰지 않는 듯하다.

"북쪽도 춥다고 듣기는 했는데 어느 정도야? 여기만큼 추워?"

"고저 백두산 추위에 비하갔네? 그 정도는 아니디. 고저 여기는 9월 말부터 눈이 오디 않갔어?"

제 말이 맞지 않느냐며 리용두가 남민수 박사를 힐끗 쳐다보았다. 남민수는 젊은이들의 대화를 들으며 고개만 끄덕였다.

"천지 주변에는 만년설이 있지요. 날이 너무 추워서 일반 관광객들은 도저히 엄두를 못 내고 한 여름에나 겨우 찾아올 뿐이지. 그건 우리 후지산도 마찬가지에요."

후지산과 백두산은 어딘가 닮은 점이 많다고 말하며 아키라 박사가 웃었다. 맛있게 익은 바비큐가 입에 맞는지 그는 야채와 곁들여 또 한 번 내용물이 가득한 젓가락을 입에 가져간다.

"재작년 즈음이었나 봐요. 한 겨울에 서북 종주 트래킹을 하겠다고 찾아온 등산객들을 따라간 적이 있었는데, 오리털 파카를 껴입고 완전 무장을 했는데도 장난이 아니었어요. 그날 기온이 아마 영하 30도라고 했었나?"

고개를 절레절레 흔드는 선화를 보고 진수이룽이 껄껄 웃었다. 그 해의 가장 추운 날 올라갔으니 당연하지 않겠냐는 거다.

"이보시게, 백동일 군. 자네도 한 잔 하지 그러나? 그렇게 고양이 눈을 하고 노려보면 눈 아파서 못 써요."

남민수와 리용두를 감시하는 백동일에게 태균은 단지 무거운 분위기를 완화시켜보자는 의미로, 그렇게 무서운 표정으로 있기보다 조금은 웃어보라는 의미로 한 말일 뿐인데, 그는 또다시 모두를 죽일 듯 노려보고 있었다.

"내래 우리 공화국이 내린 임무를 충실히 수행하고 있을 뿐입네다."

"그래도 적당히 하시게. 북쪽 사람들 아무도 잡아먹지 않아. 자, 한 잔 하시게."

하며 태균이 맥주를 가득 따른 잔을 그에게 내밀었다. 거기의 모두는 호기심 반, 불안함 반인 얼굴로 백동일을 바라보고 있었다.

"일 없습네다. 고저 우리 공화국은 혁명적 건설을 위해 뛰어든 일꾼에게 술을 권하디 않습네다."

"그래요? 허허, 그것 참…."

태균의 민망해진 손이 제자리로 돌아가고, 그에게 내밀었던 맥주잔은 테이블에 덩그러니 놓이고 말았다.

"이봐요. 아무리 그래도 어른이 내미는 술인데 예의상 받아주면 안 돼요?"

보다 못한 선화가 그렇게 소리쳤다. 제 삼촌의 민망한 얼굴 표정을 그냥 두고 볼 수 없었던 모양이다.

"뭐이네? 지금 시비 거는 거이야?"

"네, 그래요. 사람이 어쩜 그렇게 못돼 먹었어요?"

두 사람의 외침은 모두를 긴장시키기에 충분했다. 죽일 듯 쳐다보는 백동일의 시선을 눈치 채고 승현이 뒤늦게 선화의 옷깃을 붙잡는다.

"선화 씨, 그만 해요. 저 사람, 우리와 다른 사람…."

"이보라, 남조선 에미나이!"

백동일이 버럭 소리쳤고, 눈치를 보며 맥주잔을 입에 가져가던 리용두의 손길이 순간 멈칫했다.

"고저 뭘 모르는 모양인데!"

"뭘요?"

"남조선은 어떤지 몰라도 고저 우리 북조선 공화국에선 말이디. 예의

상 받는 술은 있을 수 없다 이 말이야! 특히 지금처럼 너희 남조선 반동 분자들을 감시하고 있을 땐 말이야!"

"뭐라고요? 반동분자?"

기가 막히고 어처구니가 없어 선화가 웃음을 터뜨렸다. 반동분자란 다. 아무래도 이 사람은 남한을 정말로 괴뢰국이라고 부르고도 남을 사 람인 것 같다.

"반동분자? 그게 뭔지는 모르겠지만 처음 보는 사람에게 말 참 예쁘 게 하시네요."

잡아먹을 듯 노려보는 선화, 그런 그녀의 어깨를 붙잡으며 승현은 말 리려고 한다. 그러나 백동일은 그들의 하는 양이 가소롭다는 표정이다.

"고저 미국식 생활이 좋아 따라하는 거이 반동분자가 아니고 뭐갔 어?"

"그게 무슨 소리죠?"

도저히 알아들을 수 없는 백동일의 북한식 어투, 그러나 남민수와 리 용두는 그게 무슨 뜻인지 이해하고 씁쓸한 표정이 되어버렸다.

"이것들을 보라. 고저 우리 공화국에선 있을 수 없는 일이 벌어지고 있디 않아?"

"무슨 소리예요? 알아듣게 설명할 수 없어요?"

"뭐이? 바비큐 파티? 미제의 문화를 따라하는 거이 좋은 게 아니라는 것만 알아두라! 지금 이러고 있는 이 순간에도 북조선의 인민들은 굶어 죽어가고 있다 이 말이야! 정신 차리라!"

제 딴에는 호되게 야단치고 있지만 선화는 그저 기가 막혀 웃음밖에 안 나오는 표정이다. 그가 하는 말의 요지는 다른 게 아니라 자기들은 못 먹어서 굶주리고 있는데, 너희들은 이렇게 판을 벌려놓고 있느냐는 뜻이었다. 누구는 이런데, 누구는 이렇다. 남쪽의 입장에선 이 무슨 초딩 같은 심보냐고 따지겠지만 북쪽의 입장에선 그렇지도 않은가 보다.

"그래서요? 우리더러 뭘 어쩌라는 거죠?"

"어쩌라는 거이 아니라 고저 북의 인민들을 도와주지 못할 바엔 적어도 나에게는 그 따위 술주정 부리디 말라는 거이야! 알갔어, 모르갔어?"

"뭐? 술주정? 나 참, 기가 막혀서 정말….."

"그리고 이보라, 여성 동무!"

버럭 소리치는 백동일의 목소리에 선화도 지지 않겠다는 듯 꽥 소리쳤다.

"왜요? 왜 자꾸 불러!"

"아까 예의에 대해 말하디 않았어?"

"그래요. 그게 왜요?"

"고저 남조선에선 여성 동무가 남성 동무와 겸상하는 거이 예의에 맞네?"

"뭐라고요?"

"남조선 에미나이는 어찌 어르신네들과 겸상을 하고 말동무까지 하네? 그거이 예의네?"

우리의 밥상 문화를 따진다면 백동일의 말도 틀리지 않다. 우리의 옛날은 과연 어떠했던가. 남자들의 밥상에 여자들은 낄 수 없다. 남자가 받는 상과 여자가 받는 상이 다르며, 남자는 따뜻한 방에서, 여자는 부엌에서 끼니를 해결한다. 또한 남자는 따뜻한 밥, 여자는 찬밥이거나 누룽지를 먹고, 생선 반찬이라도 나올라치면 남자는 속살을 발라먹고, 여자는 대가리만 골라먹는다. 남존여비(男尊女卑)라고 했던가. 남자는 존귀하고, 여자는 비천하다고 말하는, 이제 남한에서는 코미디 프로그램에서도 관객들에게 야유를 받는 유교사상의 일부가 북한엔 아직도 뿌리깊이 남아 여자가 남자와 차별대우를 받는 모양이었다.

"웃겨, 정말! 언제 적 얘기를 하는 거예요? 남녀칠세부동석, 그런 봉건 유교 사상을 가장 거부해야 하는 것이 사회주의 나라 북한이 아니에요?"

"북한이 아니라 북조선이라고 부르라! 그리고 여긴 남조선도 아니야!"

"기가 막혀서…. 그리고 어디다 대고 자꾸 반말이야?"

"너희 같은 반동분자들에게 못 할 건 뭐이네?"

"어쩜 저렇게 말을 생각 없이 할까?"

"이 에미나이가 고저 못하는 소리가 없다!"

"내가 뭘 어쨌기에 당신한테 그따위 소리를 들어야 하는데?!"

"선화 씨!"

달려든 승현이 그녀의 입을 틀어막았다. 그냥 놔두었다가는 더 큰 참사가 벌어질 것 같아서다.

"이거 놔요, 승현 씨!"

막았던 입을 풀어주었지만 승현은 선화를 그들로부터 멀리 떨어진 쪽으로 데려가고 있었다.

"선화 씨, 조용히 내 말 좀 들어봐요."

"할 얘기가 있으면 당당하게 해요. 숨어서 말할 이유가 있어요?"

승현에게 억지로 끌려오느라 붙잡혔던 손목을 뿌리치며 선화가 그렇게 소리쳤다.

"잘 들어요, 선화 씨. 여긴 한국이 아니에요. 말조심을 하지 않으면 잘못될 수 있어요. 선화 씨가 더 잘 알잖아요?"

"저 사람이 먼저 잘못했잖아요. 왜 나한테 그래요."

"선화 씨도 잘 한 게 없으니까 하는 말이에요. 꼬박꼬박 말대구를 하다 보면 못할 소리까지 하게 되요."

승현에게 잡혔던 손목이 아픈지 선화는 계속 주무르고 있었다. 어쩐지 멍이 들 것 같다.

"잘 들어요. 저 사람들 입장에서 본다면 우리나라는 괴뢰국이고, 우리는 반동분자예요."

"뭐라고요?"

"기분 나쁘죠? 마찬가지예요. 서로의 입장을 이해해 주지는 못할망정 싸우고 있잖아요. 그건 잘 하는 게 아니에요."

잔뜩 성이 난 그녀를 다독여주는 승현, 선화도 그의 마음을 알았는지 잠시 조용해졌다.

"저 사람이 무슨 말을 하건 우리와 전혀 어울리지 않고, 우리한테 맞지 않은 말들이에요. 섣불리 대응했다가 무슨 일을 겪을지 몰라요. 무슨 뜻인지 알겠어요?"

"……."

"선화 씨, 내 말 알겠느냐고요?"

"네, 알겠어요. 알았으니까 설교는 이제 그만 해요."

아직은 시큰둥한 얼굴이지만 선화는 그의 말을 잘 들어주었다. 승현의 얼굴이 이내 밝아지고, 그녀의 어깨를 토닥여주며 어른들이 있는 자리로 돌아간다. 마침 거기에서도 백동일이 호되게 꾸지람을 듣고 있었다.

"이 사람, 백동일 군. 반동분자가 뭔지 난 모르겠네. 하지만 그런 말을 그렇게 쉽게 하는가?"

"내래 고저 조국의 위업을 달성하기 위해 이 자리에 나와 있는 것 뿐입네다."

"거 그렇게 앞뒤가 꽉 막혀서 무슨 일을 하겠다는 건가? 정치적으로만 사람을 보지 말라는 소릴세. 남쪽 사람이 북에 대해 얼마나 안다고 이러나?"

"……."

"반동분자인지 뭔지를 따지기 전에 남쪽 사람들이 북과 얼마나 다른지, 지난 세월동안 북과 얼마나 다르게 살았는지 저들의 입장도 생각해 줘야 하지 않은가? 아무리 북이 남과 다르다고 해도 자기들 입장만 고수하다니, 그건 문제가 있는 거야."

"내래 고저 당에 충성을…."

"아, 이 사람아! 조국에 충성하지 않을 사람이 어디에 있단 말인가?"

"……."

"그리고 자네 말이야. 예의를 그렇게 따지겠다는 친구가 어른들 앞에서 그렇게 큰소리로 떠들면 되겠는가? 여기에 있는 사람들이 자네 눈치를 봐야겠어? 너무한다는 생각 들지 않는가?!"

"정태균 박사 동무, 이제 그만 하시라요. 백동일 동무도 그만 하면 알아들었을 테니끼니…."

더 이상 두고 볼 수만은 없었는지 남민수가 끼어들어 그들을 말리고 있다. 여전히 뭔가 하고 싶은 말이 남았다고 말하는, 북이 통일 위업을 위해 어떤 일을 준비 중인지 말해주고 싶은 백동일의 표정. 그러나 자리로 돌아오는 선화와 승현에게 슬쩍 시선을 던지며 다음 기회로 미루려는 눈치다.

"미안하오, 정선화 동무. 우리 싸우지 말자요."

"네, 저도 미안해요."

그렇게 한 마디씩 하며 악수를 나누는 두 사람을 보고 아키라와 진수 이룽이 껄껄거리며 웃어댄다.

"거 참 보기 좋은 광경이구먼! 누가 보면 통일이 다 된 줄 알겠어!"

서먹한 분위기를 완화시켜 볼 생각인 건지 두 사람은 크게 웃으며 맥주잔을 맞부딪혔다.

"어, 이거이 뭐이네?"

문득 남민수 박사가 테이블 위의 맥주잔을 보고 중얼거린다. 지금 뭔가 이상하다. 아무도 테이블을 흔들거나 심지어 기대어있지 않은데, 어째서 잔속의 맥주가 부르르 흔들리고 있는 걸까?

"지진이야!"

태균의 말이 채 끝나지도 않았는데, 순간 어디선가 쿠르릉, 나지막한 천둥소리가 들려온다. 그 소리와 함께 테이블 위의 모든 물건이 부르르 진저리를 치고, 거기에 서 있는 사람들은 발밑에서부터 전해오는 진동을 온 몸으로 느껴야만 했다.

"화산성 지진이야! 이번엔 꽤 강한데."

갑작스런 화산성 지진에 당황한 얼굴이 되어 태균이 소리쳤다. 지진이 멈출 때까지 바닥에 납작 엎드려있던 그들, 문득 진수이룽 박사가 주머니에서 스마트폰을 꺼내들었다.

"어, 그래. 날세."

수화기 저편에서 들려오는 상대의 음성으로 미루어 백두산의 상태를 설명하려는 이 같은데, 문득 진수이룽 박사가 나머지 박사들에게 따라오라며 손짓한다. 회의실로 달려 내려가는 그들, 누구는 인터넷으로 접속하여 관계기관의 기록을 전송받을 목적으로, 또 누구는 스마트폰을 꺼내들어 지금의 상황을 체크할 요량으로 바쁘게 움직이고 있다. 아무래도 이 화산성 지진이 보통내기가 아닌 모양이었다.

"화산성 지진이라고요? 그게 뭐죠?"

그릴의 불을 끄며 승현이 물었다. 그 역시도 어지간히 놀란 얼굴이 아닌 듯하다.

"고저 땅 속의 돌물이 기어간다는 뜻 아니갔어?"

무슨 생각을 하는지 무표정한 얼굴로 테이블을 정리하는 선화 대신 리용두가 그의 질문에 대답해 주었다.

"돌물? 그게 뭐야?"

"미국 말로 마그마라고 하디 않아? 고저 마그마가 꿈틀거리고 움직이니끼니 땅이 흔들린다 이 말이디. 그걸 화산성 지진이라고 하는 거이야."

그러나 지진은 오래 가지 않아 멈추었다. 활동 중인 화산에서 이 정도의 지진은 당연한 일이거늘 아까의 그 소동 이후 입을 다물고 있던 백동일은 부지불식간에 당한 일인지 놀라 눈이 휘둥그레진 채였다.

"보안원 동무, 고저 놀라셨습네까?"

"그거이 말이라고 하네?"

아무렇지 않다는 듯 대꾸하지만 리용두의 눈에 비친 백동일은 당황하여 어쩔 줄을 몰라 하는 눈치다.

"고저 백두산이 우리에게 충고 한마디 했다고 생각하시라요."

"그거이 무슨 뜻이네?"

"북과 남이 평화롭지는 못할망정 싸우고 있으니 백두산 신령에게 혼나는 거이 당연하디 않갔습네까?"

"고저 동무도 내가 잘못했다는 거이야?"

다시 백동일의 눈에 살기가 돋아난다. 하지만 리용두는 여전히 답답한 얼굴이다. 분위기 파악을 못하고 제 성깔을 드러내니 답답해하지 않을 수가 없다.

"두 동무 모두 잘한 건 없시요. 하지만 지금은 고저 싸울 때가 아니란 말이디요. 모르시갔습네까? 여긴 백두산이야요, 백두산!"

협곡 어딘가를 가리키는 리용두의 손가락 끝에 시커먼 어둠이 걸려있다. 곧 무슨 일이 벌어질지 모르는, 마치 폭풍 전야인 양 그저 고요하기만 한 어둠을 바라보며 백동일은 두려움을 이기려는지 침을 꼴딱 삼켰다.

"알았으니끼니 고저 입 다물라."

"……."

"아차, 이보라우, 리용두 동무."

승현과 선화를 따라 테이블을 치우려던 그가 다시 고개를 돌렸다.

"고저 동무는 이 사태가 끝나고 공화국으로 돌아가면 사상교육을 다시 받아야갔어."

"뭐이라고요?"

"고저 남조선 젊은이들과 너무 가까이 지내디 말라. 알갔어?"

분위기 파악도 못하고 으름장을 놓는 백동일. 그러나 리용두는 한심한 얼굴이었다.

5장

기록(記錄)

거란은 금수의 나라이므로 풍속과 말이 다르니 의관제도를
본받지 말라.

-훈요십조(訓要十条) 중 제 4조의 일부

2020년 10월 16일.

"박사님! 진수이룽 박사님! 계십니까?"

누군가 산장 현관 앞에서 소리치고 있다. 왼쪽 가슴에 산 모양의 그림과 '장백산(長白山)'이라고 쓰인 옷을 입은 사람이다.

"예, 제가 진수이룽입니다. 누구십니까?"

"안녕하세요. 장백산 천지 화산 감측점(관측소)에서 왔습니다."

아침부터 그를 찾아온 남자는 자신을 관측소의 직원이라고 소개했다.

"예, 반갑습니다. 그런데 아침부터 웬일이십니까?"

"다름이 아니라 서파 쪽 조중(朝中) 5호 경계비에 문제가 생겼습니다."

"예? 그게 무슨 소리죠?"

진수이룽과 반갑게 인사를 나누던 그의 얼굴에서 미소가 사라졌다.

"저, 그게 그러니까 경계비에 금이 갔고, 경계비 밑바닥이 솟아올랐습니다."

"예? 뭐라고요?!"

뒤늦게 밖으로 나오던 태균이 버럭 그렇게 소리쳤다. 순식간에 두 사람의 얼굴에 놀라움이 묻어난다.

"아니, 그게 무슨 소립니까? 한 번도 그런 일이 없었을 텐데요."

"예, 그렇죠. 아침에 군 초소에서 전화가 와서 가 보니 그 모양이지 뭡니까? 어서 가서 확인 좀 부탁드리겠습니다."

산장의 사람들이 아침부터 바빠졌다. 진수이룽과 태균, 그리고 승현이 지프를 타고 서파 코스로 향하고, 아키라와 남민수, 리용두는 일단 러시아 비상사태성에서 보내주기로 한 위성 자진을 기다리기로 했다.

"교수님, 경계비의 밑바닥이 솟아올랐다는 게 무슨 뜻입니까?"

이 사태를 정확하게 파악하지 못한 승현의 질문이었다.

"마그마의 움직임으로 인해 화산성 지진이 생겼다는 건 알고 있지?"

"네, 교수님."

"그럼 땅이 솟았다는 건 무슨 뜻이겠나? 마그마가 점점 위로 올라오고 있다는 뜻일세. 그러니까…."

태균이 종이 한 장을 꺼내들었다. 운전하던 진수이룽이 룸미러로 그의 모습을 힐끗 쳐다본다.

"자, 보게. 여기에 평평한 땅이 있어. 그런데 지하의 마그마가 점점 솟아오르며 땅을 밀어낸다는 말일세."

승현이 두 손으로 붙잡은 종이 아래를 태균이 손가락으로 밀어 올려 보인다. 손가락의 모양을 따라 종이가 구부러지고, 이번엔 좀 더 힘껏 밀어 올렸더니 종이에서 경쾌한 소리가 들리며 구멍이 났다.

"알겠는가? 마그마의 힘 때문에 지표면의 변화가 생기는 거야."

"그럼 지금까지는 지각이 누르는 힘이 더 강했기 때문에 폭발하지 못한 건가요?"

"그렇지. 하지만 이제는 반대의 상황이 벌어지기 시작했네."

구불구불 이어진 길은 전에 한 번 와 보았던 것처럼 길고 험난했다. 날씨마저 받쳐주질 않아 안개가 낀 길을 지프는 거북이인 양 서행을 할 수밖에 없었다. 한참을 달려 도착한 셔틀버스 주차장은 여전히 북적이고 있다.

"마그마의 영향 때문에 산 정상부가 솟아오른다면 우리나 저 관광객들은 모두 언제 터질지 모르는 화산 위에 서 있다는 얘긴데….”

“맞네. 우리 모두는 오래 전부터 그래왔던 거지.”

무서운 얘기가 아닐 수 없다. 휴화산이 아닌 활화산, 언제 갑자기 터질지 몰라 불안하기 짝이 없는 이 산을 때마다 오르내리고 있었다는 얘기다.

“그 친구, 아직 경비를 서고 있을 겁니다. 경계비가 솟아오르는 걸 직접 봤다는군요.”

“허허, 그래요?”

아침 일찍부터 모여든 관광객들을 비집고 들어가니 울타리 하나가 눈에 들어왔다. 나무를 엮어 만든, 어딘가 허술해 보이는 울타리였는데, 바로 북한과 중국의 국경선이라고 했다.

“자, 보십시오. 이게 이 모양이에요.”

심각한 얼굴로 그가 울타리 앞에 놓인 경계비를 가리켰다. 일행이 서 있는 방향으로 ‘중국’, 반대편으로 ‘조선’이라고 쓰인 그것, 쪼개져버릴 듯 금이 그어져 있으며 비석을 받치고 있던 석단이 한 뼘 가까이 솟아올라 부서져 있었다.

“실례하겠소. 여기 경비 담당입니까?”

진수이룽이 군인에게 다가가 인사했다. 무표정하게 방문자들을 지켜보던 그가 짧게 그렇다고 대꾸했다.

"나는 중국 국가과학원에서 일하는 진수이룽이라고 합니다. 이 산에 문제가 생긴 것 같다기에 조사차 왔는데, 상황 설명을 부탁드리겠습니다.”

“……”

부동자세로 서서 일행을 주시하는 군인과 긴장한 얼굴로 우울쭈물 말을 거는 진수이룽 박사, 어쩐지 어색하고 불편해 보인다. 갸우뚱거리던 승현에게 선화는 중국이란 나라가 공산국가이기 때문이라고 귀띔했다. 군인을 친근하게 생각하는 우리와 다르게 두려움 가득한 시선으로 바라보는 사람들의 나라이기에 저렇다는 거다.

"오전 중에도 약한 지진이 있었는데, 기억하시오?"

"예. 기억합니다."

"바닥에 납작 엎드렸는데, 시선이 닿은 곳에서 경계비가 갑자기 움직였소. 누군가 작정하고 흔드는 것처럼 이렇게….."

하며 군인은 제 두 손으로 경계비를 흔드는 시늉을 해 보인다. 진수이룽은 잘 알겠다며 고개를 끄덕이고는 예의 바르게 인사한 뒤 물러났다.

"박사님, 이 비석을 어떻게 해야 하죠? 새로 만들어 세우는 것보다 보수하는 게 돈이 더 들어가는데….."

관리 사무실에서 나왔다는 직원이 울상을 짓고서 하소연했다.

"그냥 내버려 두시지요. 쓸데없는 곳에 돈을 써서 뭐 하겠습니까?"

"예? 뭐라고요?"

그가 눈을 동그랗게 떴다. 아마 진수이룽의 말뜻을 충분히 이해했을 거다. 각국의 전문가들이 모여 이 산을 살핀다는 소식이 무얼 뜻하는지 모를 리가 없다.

"예, 아키라 박사! 전화 기다리고 있었습니다!"

길고 긴 계단을 내려와 지프에 올랐는데, 태균에게 전화가 걸려왔다.

「러시아 비상사태성에서 위성 자료가 도착했습니다.」

"아, 어떻던가요?"

「일주일 전의 자료와 비교해보니 차이가 많이 나고 있습니다. 솟아오른 비석은 그것 하나만이 아닐 것 같은데요.」

"아, 그래요? 이거 이러면 곤란한데….."

「나머지는 만나서 얘기합시다. 이제부터 우리는 제자하(梯子河)의

헬륨 농도를 측정하고 백운봉으로 이동할 겁니다.」

"아, 예. 그럼 제자하에서 만납시다."

전화를 끊은 태균의 표정은 그리 밝지 않다. 정말 무슨 일이 벌어져도 크게 벌어질 모양이었다.

"저렇게 솟아난 비석이 앞으로 계속 발견될지도 모르겠다는군요."

"그래요? 허허, 그것 참….."

아키라 일행과 만나러 제자하로 이동하는 지프 안에서 태균과 진수이룽은 내내 한숨을 쏟아냈다. 언제 터져 오를지 모르는 이 화산, 아무리 전문가라지만 지하의 사정은 완벽하게 알 수 없다. 더군다나 거대한 폭발이 일어났더라고 알려진 시기가 무려 천 년 전이라 그들에게 맡겨진 책임감은 더욱 막중했다.

"교수님, 궁금한 게 있습니다."

"음, 뭔가?"

"일본의 후지산은 주 분화구가 아닌 전혀 엉뚱한 곳으로 폭발하기도 했다는데 왜 그런가요?"

승현이 물었지만 태균이나 진수이룽에게서는 답변이 금세 튀어나오지 않았다. 어떻게 대답을 해줄지 복잡한 머릿속을 정리하는 눈치다.

"마그마가 분화구를 통해 폭발을 하기까지의 과정을 생각해 보세. 백년 전 소규모 분화를 일으킨 뒤 지금까지 잠잠했으니 지하에 에너지가 얼마나 축적되었겠는가?"

"아, 그렇겠군요."

"목구멍을 타고 올라오던 마그마가 더 이상 못 참고 한꺼번에 폭발하려는 움직임도 보일 수 있네. 간단하게 설명해서 지각이 약한 산사면 어딘가를 뚫고 나올 수도 있다는 거지."

"그럼 그게 어느 방향으로 터질지 알 수도 있나요?"

"그건 아무도 모르네. 아무리 전문가라도 지하의 상황은 알 수 없어. 단지 예측만 할 뿐이지."

지금도 마그마의 영향으로 천지 가운데가 부글부글 끓는다지만 반드시 정상부를 통해 폭발할 거라고 장담하기가 어렵다는 뜻이다. 인간이 가진 능력으로는 거대한 비밀을 가진 화산을 절대 막을 수 없다.

"아, 저쪽에 있구먼."

진수이룽이 지프를 세웠다. 아키라와 남민수 박사가 정신없이 움직이고 있는 곳, 바로 서파 코스의 일부분인 제자하였다.

"이보시게. 잘 되어가고 있나?"

"…?"

마스크를 쓰고 다가온 태균을 반기는 아키라 박사의 얼굴에 미소가 피어난다.

"말도 마시게. 냄새가 아주 고약해. 쓰러지겠어."

헬륨가스가 담긴 둥그런 포집기를 보여주며 아키라가 고개를 절레절레 흔들었다. 주둥이를 틀어막은 다음 조금 뒤쪽으로 물러나 보니 허옇게 새어나오는 화산 가스의 양이 얼마나 많은지 알 수 있었다.

"여기가 원래 이렇지 않았던 것 같은데…."

저 아래로 흘러가는 계곡 물을 바라보며 승현이 중얼거렸다. 곁에 다가온 선화는 마스크를 쓰고도 냄새가 나는지 아예 손으로 틀어막고 있다.

"승현 씨가 처음 왔던 날엔 이 정도까지는 아니었죠."

"그럼 오늘은 날을 잘 잡은 거로군요."

"그렇죠. 갈수록 정도가 심해지고 있어요. 이러니 관광객의 출입을 통제할 수밖에요."

퍼져 오르던 가스의 양이 조금 줄었을 때, 승현은 다시 계곡을 내려다

보았다. 선화의 설명에 따르면 폭이 좁은 이 계곡의 온도가 섭씨 4도라고 했다. 지나가던 동물들이 절벽 아래로 떨어져 죽어도 낮은 기온 때문에 시체가 썩지 않는다고 하지만 이제는 낙상사고가 아닌 화산가스에 중독되어 죽을 판이니 두려워하지 않을 수가 없다.

"우리 이러다 용암에 구워지면 어떡하죠?"

"왜요? 무서워요?"

"예, 조금…."

동조할 줄 알았는데, 선화는 그저 픽 웃고 만다. 화산학도는 화산이 두렵지 않다는 뜻인 걸까?

"선화 씨. 그 손목, 제 작품인가요?"

여전히 손목을 주무르는 그녀, 지금 그녀의 손목엔 멍이 들어 있었다.

"멍이 시퍼렇게 들었네요. 많이 아파요?"

"그걸 말이라고 해요?"

퍼억!

"으악! 또 때려, 이 여자…!"

"뭐라고요? 이 여자?!"

"그럼 여자가 아니고 남자예요?!"

그리고 다시 퍼억, 하는 소리가 이어진다. 바쁜 네 명의 전문가들이 놀라 이쪽으로 고개를 돌릴 만큼 큰 목소리로 비명을 지르지만 승현은 정작 아픈 등을 붙잡지 못해 온 몸을 베베 꼬아댈 뿐이었다.

"그만 때려요. 멍들겠어요."

"멍 들으라고 때리는 거예요."

퍼억!

가차 없이 주먹을 날리는 그녀, 여자가 때려봤자 얼마나 아플까 싶어서 받아주고는 있지만 그녀, 날이 갈수록 힘이 세지고 있다. 나중에는 이 손을 피해봐야겠다. 그녀는 어떻게 반응할까?

"두 동무 거기서 뭐 하네? 남조선 말로…. 데이트? 고저 데이트라도 하는 거이야?"

마스크를 쓴 리용두가 마치 시비를 걸려는 건달인 양 다가오고 있었다.

"냄새도 안 나네? 그러다 쓰러지면 약도 없다!"

"글쎄, 그렇게 심하지 않은 것 같아. 그건 그렇고, 박사님들은 아직이야?"

"말도 말라! 가스 농도를 측정했는데 말이다. 고저 관광객들이 알면 놀라 도망가갔어."

"그 정도야?"

리용두가 천천히 고개를 끄덕이며 메모지 하나를 내밀었다. 측정 결과를 적어둔 것인데, 이곳 제자하에서 측정한 헬륨 농도가 무려 9.6ppm이라는 말에 선화가 기겁을 하고 놀란다. 하지만 리용두는 그녀가 왜 놀라는지 모른다. 그저 높게 측정된 숫자에 놀랐다고만 생각할 뿐.

"고저 2008년엔 6.8이었는데, 이번엔 9.6이나 나오디 않았갔어?"

1994년에 중국 국가 지진 국이 천지 주변의 화산 가스 농도를 측정한 결과 4.7ppm이 나왔으며, 2002년과 2003년, 2008년에는 각각 4.6, 6.1, 6.8ppm으로 측정되었다고 한다. 헌데 2020년인 지금 9.6이라는 결과가 나왔으니 놀라지 않을 수가 없다.

"거기서 뭣들 하는 거이야?"

저쪽에서 백동일이 버럭 고함을 지르고 있다. 인민보안원의 역할을 다하겠답시고 그렇게 소리친 모양인데, 가스 때문에 더 이상 가까이 다가오지는 못하고 있었다.

"이제 가죠? 어른들도 이제 끝난 것 같은데…."

한심한 눈길로 백동일을 바라보던 세 사람이 지프로 자리를 옮겼다. 산장 앞에 도착했을 때, 백운봉이 목적지인 어른들은 남과 북의 젊은이들을 떼어놓고 그들끼리만 걸어 올라갔다. 백운봉은 지프로 움직일 수 없을 정도로 가파른 협곡이었거니와, 곳곳에 크레바스가 있어 위험하기 때문이란다.

"아! 힘들다! 쓰러지겠네!"

산장에 돌아오자마자 짐을 내려놓으며 승현이 울 듯 소리쳤다.

"남자가 그렇게 약해서 어떻게 해요? 누가 보면 백운봉, 청석봉까지 다 돌고 온 줄 알겠어요."

하지만 승현은 땀에 젖은 몸으로 거실 소파에 드러눕고 만다. 피곤하다고, 힘들어 죽겠는데 몰라준다고 어린애인 양 온 몸을 비꼬아대며 투정을 부렸더니 선화가 그의 엉덩이를 철썩 때렸다. 화들짝 놀라며 무슨 여자의 손이 그리도 세냐고 소리치는 승현과 다 큰 남자가 애처럼 뭐하는 거냐고 잔소리해대는 선화. 하지만 리용두는 두 사람의 모습을 멀리서 구경할 뿐이다. 그들에게 가까이 다가서고 싶지만 그럴 수 없다. 백동일의 불같은 눈초리에 더 이상 어쩌지 못하고 리용두는 2층으로 사라질 뿐이다.

"선화 씨, 궁금한 게 있어요."

"뭔데요?"

"백두산 화산이 그렇게 강한가요? 전 아직 모르겠어요."

화산 초보인 승현에게 알맞은 답변이 필요할 것 같다. 승현의 짐을 가져다 방으로 밀어 넣어주는 선화, 적당한 대답이 떠올랐는지 다물고만 있던 입이 비로소 열렸다.

"승현 씨는 세계에서 가장 강한 화산이 뭐라고 생각해요?"

"베수비오 화산이요."

그러자 선화가 피식 웃음을 터뜨렸다. 일반인들에게서 흔히 나올 수 있는 평범한 대답이다.

"왜 웃어요? 설마 베수비오보다 백두산이 더 강하다고 말하는 건 아니겠죠?"

"결론부터 얘기하자면 그래요. 천 년 전에 있었던 백두산의 폭발은 베수비오의 50배 위력이었죠."

승현의 눈이 대문짝만큼 커졌다. 아주 적당한 답변이었던 모양이다.

"그럼 왜 우리는 지금까지 베수비오에 대해 그렇게 알고 있었던 거죠?"

"상대성이랄까요? 베수비오에 비해 백두산은 그리 알려지지 않은 무명의 산이었기 때문일 거예요."

우리의 과거를 다시 살펴보자. 일제 강점기가 지난 뒤 전쟁을 치렀던 한반도, 폐허가 되어버린 이 땅에 남과 북의 사람들은 각자의 방식대로 살아남기 위해 발버둥 치느라 바빴다. 그러니 백두산이 무슨 짓을 꾸미고 있는지 전혀 몰랐던 것이다. 학교에서 배운 대로 그저 휴화산이라고 철썩 같이 믿었을 뿐.

"백두산이 그 정도였다면 주변에 살던 사람들은 어떻게 되는 거예요? 베수비오는 폼페이를 묻어버리지 않았나요?"

"그걸 질문이라고 해요? 백두산이 대 폭발을 일으켰을 때 만일 주변에 사람이 살았다면 폼페이처럼 되고도 남았죠. 아니, 그게 아니라…."

"…?"

"아마 그 지역은 폼페이가 아니라 헤르쿨라네움처럼 되었을지 몰라요."

심각한 선화에 비해 승현은 그저 바보 같은 표정을 짓고 있다. 그녀의 말뜻을 이해하지 못했기 때문이다.

"승현 씨, 천지 물의 용량이 어느 정도인지 알아요?"

"글쎄, 20억 톤이라고 들었던 것 같아요."

"맞아요. 만일 백두산이 폭발에 임박한다면 전조 현상으로 지진을 먼저 일으킬 거예요."

"화산성 지진을 말하는 건가요?"

"예, 맞아요. 폭발 직전의 지진은 엄청나게 격렬하겠죠? 그러면 천지를 둘러싼 봉우리 중에 지각이 가장 약한 쪽을 무너뜨리면서 천지 물이 쏟아져 내려올 거예요. 가장 유력한 지역이 지금 우리가 서 있는 이곳이에요."

승현의 눈이 도로 커져버렸다. 무슨 뜻이냐는 거다.

"천지의 물은 물길이라는 게 있어요. 저쪽 비룡폭포를 타고 계곡을 따라가다 나중에 압록강과 두만강으로 나뉘어 흘러가게 되죠. 다시 얘기하자면 지각이 무너지면서 쏟아진 천지 물이 온 군데를 덮치고 홍수를 일으키는 거예요. 그걸 화산이류라고 해요. 화산 홍수라고도 부르는데, 전문 용어로는 라하르(Lahar)라고 하죠."

승현이 바보 같은 표정으로 그녀를 바라보고 있다. 상상이라도 하는 모양인데, 아마 승현의 머릿속에 펼쳐진 모습은 가히 블록버스터 급일 테다.

"측면 폭발이 아닌 주 분화구로만 폭발한다고 가정해 볼게요. 지하에서 마그마가 압력을 이기지 못하고 폭발한다면 어떻게 될까요? 온갖 화산성 물질들이 폭발과 함께 높이 솟아오를 거예요. 그리고 그 물질들은 산 사면을 따라 산사태를 일으켜요. 그걸 화산쇄설류라고 하는데, 줄여서 흔히 화쇄류라고 해요."

이 정도만 해도 충분히 어려운데, 선화의 설명은 계속 되고 있다.

"그 화쇄류의 속도는 평균 시속이 120킬로미터인데요. 문제는 화쇄류보다 고온의 열폭풍이 먼저 내려온다는 거죠."

"열폭풍이라고요?"

"예. 한 500도에서 700도 정도 되는 고온의 열폭풍이에요. 그걸 화쇄서지라고 하죠."

"아니, 잠깐만요. 그런 것들이 생기면 사람은 둘째 치고 산의 환경은 어떻게 되는 거죠?"

그러자 선화가 입을 다물어 버렸다. 알아서 판단하라는 표정이다. 그녀의 설명을 토대로 곰곰이 머릿속에 영상을 만들어 보던 승현은 이내 제 머리를 싸쥐고 만다. 이건 말도 안 된다.

"다시 베수비오 얘기로 돌아가 볼까요? 폼페이는 부석에 매몰됐기 때문에 발굴이 가능했어요. 하지만 헤르쿨라네움은 화쇄류에 매몰되었기 때문에 아직 발굴하지 못하고 있죠."

"그럼 아직 그 상태 그대로 방치되고 있다는 거예요?"

"그렇죠. 그런데 백두산 주변이 그런 상황일 거라는 거예요. 북한 쪽이든 중국 쪽이든 학자들도 모르는 어딘가에 헤르쿨라네움처럼 된 곳이 있을 거예요."

폼페이와 헤르쿨라네움에게 돌이킬 수 없는 상처를 안겨준 베수비오, 지금 현재 그곳엔 나폴리라는 도시가 자리 잡고 있다. 화산의 흔적 위에 세워진 도시 말이다. 백두산 바로 아랫마을이라는 이도백하가 바로 나폴리와 같다.

"그런데 그거로는 백두산이 베수비오보다 강하다고 하기엔 설명이 부족하지 않나요?"

"당연하죠. 보충 설명을 해드릴게요. 화산이 터지면서 솟아오른 화산재가 일본에서 발견이 된다면 믿으시겠어요?"

"그건 또 무슨 소리죠?"

"백두산에서 일본까지 직선으로 가려면 약 천 킬로미터의 바닷길을 건너야 해요."

"그런데 그 화산재가 천 킬로미터를 건너갔다고요? 말도 안 돼요. 거기에 있는 화산재들은 모두 일본 화산에서 나왔겠죠."

"그래서 일본이 성분 분석을 하려고 동해 바다로 나갔어요. 바다 속에 매몰된 화산재를 찾으려고 시추선(試錐船)을 띄운 거죠."

승현이 저도 모르게 '으으!'하는 신음성을 내질렀다. 일반인들이 잘 모르는 부분을 캐내려고 노력하는 학자들의 집념이 대단하다는 건지, 단순히 머리가 아플 정도로 어렵다는 뜻인지, 하여간 백두산 화산은 여러 가지로 사람을 골치 아프게 만드는 게 확실하다.

"시추선을 띄운 결과, 백두산 주변에서 발견했던 똑같은 성분의 화산재가 동해바다 밑바닥에서 발견되었고, 또한 그것들이 일본 아오모리 현까지 이어져 있었다는 거죠."

"어떻게 그렇게 되죠?"

"바로 편서풍(偏西風) 때문이에요."

"편서풍?"

난감한 문제들의 연속이다. 온갖 과학 관련 지식들이 몽땅 튀어 나오고 있다.

"중국 대륙에서 동쪽을 향해 가는 바람을 말해요. 그러니까 여름이나 가을에 태풍이 올라오면 중국 내륙으로 들어가지 못하고 자꾸 일본으로 빠지죠? 편서풍 때문이에요. 봄에 황사 현상이 일어나는 경우도 마찬가지죠."

"어렵네요."

"그런데 백두산 화산이 대 폭발을 일으켰던 천 년 전의 시기는 겨울일 거라는 주장이 아주 강해요. 편서풍은 겨울철에 강해지거든요."

"그런데 말이에요. 천 년 전에 그런 일이 있었으면 역사서에 남아있어야 하는데, 왜 그렇지 않은 거죠?"

좋은 지적이다. 만일 천 년 전의 기록이 남아 있었더라면 지금쯤 한국과 북한이 서로에게 총부리를 겨누고 있을 게 아니라 손을 맞잡고 백두산으로 올라 북한 지역에 묻힌 제 2의 폼페이나 헤르쿨라네움을 발굴했을지도 모르는데 말이다.

"승현 씨, 잘 생각해 보세요. 천 년 전에 이 땅에는 발해가 있지 않았나요?"

"그렇죠. 하지만 발해는 역사서가 제대로 남아있지 않아요."

"그건 저도 알아요. 그래서 발해를 제압했던 거란이나 주변국인 고려 또는 일본의 사서를 가지고 추측할 수밖에 없죠."

그때, 현관문이 열리고 네 명의 화산 전문가들이 나타났다. 깨끗했던 옷가지들이 엉망이 된 걸 보니 백운봉 정상까지 다녀오는 동안 몇 번 구르기라도 한 모양이다.

"이제 슬슬 점심 겸 저녁 준비를 해야겠어요."

채취한 화산 가스를 놓고 웅성웅성 의견을 나누는 네 명의 전문가들을 힐끗 쳐다보고 선화는 주방으로 사라졌다. 승현은 머릿속이 복잡하다. 화산에 관한 지식 때문이라기보다 왜 발해의 마지막 기록이 제대로 존재하지 않을까 하는 새삼스런 생각 때문이었다. 아무래도 방에 들어가 인터넷을 뒤져봐야겠다.

턱을 괸 채 한 손으로만 스마트폰을 넘겨다 보던 승현이 문득 중심을 잃고 넘어졌다. 그 바람에 스마트폰을 손에서 놓쳤고, 어떻게든 떨어뜨리지 않으려고 두 손을 허우적거리다 쿵, 책상 모서리에 부딪히고 말았다.

"아으~! 아파라!"

제 이마를 붙들고 어찌할 바를 몰라 하던 승현, 바닥에 굴러다니는 스마트폰을 집어들고 이리저리 살폈다. 다행히 다친 곳은 없어 보였다.

"제대로 찾을 수가 있어야 말이지..."

스마트폰 액정에 떠오른 인터넷 사이트를 열심히 뒤졌지만 원하는 내용은 쉬이 찾기가 어려웠다. 고려사(高麗史), 고려사절요(高麗史節要), 심지어 중국의 자치통감(資治通鑑)에도 발해 멸망에 대한 내용은 그저 간접적이기만 할 뿐 자세히 드러나 있지 않았다. 발해의 마지막 왕자라는 대광현도 출생 날짜와 사망 날짜가 미상(未詳)으로 되어있고, 백두산과 관련되어 있을 거라 주장하는 사람들의 의견에서도 '카더라' 식의 내용으로만 정리되어 있을 뿐이다.

"어휴! 힘들어 죽겠네!"

스마트폰을 성의없이 만지작거리던 승현이 결국 짜증스런 얼굴로 그것을 멀찍이 밀어내고 말았다. 더 찾아보았자 쓸데 없는 짓이다.

「…. 북한 김책 공업 종합 대학의 지질학 교수가 한국에 망명한다는 소식입니다.」

"…?"

한참 전에 틀어놓았던 TV에서 한국 위성 방송 뉴스가 송출되고 있었다.

「정부 관계자의 말에 따르면 이 교수는 이미 오래 전에 중국으로 잠입한 탈북자 가족과 한국으로의 망명을 희망하며, 앞으로의 남북관계에 대해 한국 국민에게 전달할 메시지 있어 한국에 도착하는 즉시 기자회견을 열어줄 것을 강력히 요청했다고 합니다.」

"아~! 몰라! 머리 아파!"

한국 사람이라면 북한 관련 뉴스 속보에는 이제 이골이 날만도 하니 승현은 제 머리를 쥐어뜯을 듯 벅벅 긁어대며 방을 나가고 만다. 지나쳐 가다 살짝 열린 문틈으로 슬쩍 들여다 본 회의실에서는 여전히 마라톤 회의가 진행되고 있다. 네 명의 화산 전문가들 모두 심각한 얼굴로 서로의 의견을 주고받는 걸 보니 백두산의 상태가 정말 평범하지 않은 모양이었다.

"…? 무슨 소리지?"

문득 승현은 어디선가 들려온 소리에 고개를 갸웃했다.

"누가 바이올린을 켜나? 거 참 이상하네?"

바깥에서 고운 선율의 악기 소리가 들려오고 있었다. 마치 바이올린과도 같은, 그러나 바이올린과는 어딘가 다른, 왜인지 모르게 가슴 깊은 곳에서부터 무언가 끌어당기는 울림이다. 정체를 알 수 없는 그 어여쁜 소리는 바로 현관 바깥에서 들려왔다.

"…?"

날씨가 쌀쌀한데 춥지도 않은지 리용두가 플라스틱 의자 하나를 가져다 놓고 거기에 앉아 악기를 연주하고 있었다. 승현이 가까이 다가왔는데도 눈치 채지 못한 그는 제 연주에 홀딱 빠져있었다. 언뜻 듣고서는 바이올린 쯤으로 생각했는데, 그게 아니다. 마치 해금처럼 생긴 저것이 그렇게 고운 선율을 낸다니, 당최 알 수 없는 일이었다. 어쩐지 저기 저 하늘과 가까운 곳에 펼쳐진 천지에게 무어라 하소연하는 듯, 마치 천지 안의 신비로움을 향해 손짓하는 듯 고운 음색에 빠져 승현은 거기에 못 박힌 듯 서서 한참이나 그의 연주를 감상했다.

"…. 응? 뭐이네?"

인기척을 느낀 리용두가 뒤늦게 고개를 돌렸다.

"아, 미안, 악기 소리가 들려서 나와 봤어."

"응, 이거 말이네? 소해금이라고 하는 거이야."

"소해금?"

리용두가 보여준 그것의 모양은 역시 해금과 닮아있었다. 그러나 한국에선 본 적 없는 것이었는데, 리용두는 그것을 마치 제 새끼인 양 꼭 감싸 안고 있었다.

"이거이 고저 우리 공화국의 국보 아니갔어?"

"그래? 멋지네."

"내래 고저 외로울 때나 울적할 때엔 이 소해금을 켠다."

"외롭거나 울적할 때?"

리용두가 대답대신 고개를 끄덕였다. 그러고 보니 정말 그는 기운이 없어 보인다. 무슨 일이 있는 걸까?

"혹시 향수병 아니야?"

"뭐이? 향수병?"

반박을 하려던 리용두가 문득 입을 다물고 만다. 자신의 이런 청승맞은 모습이 남의 눈엔 정말 그렇게 보일 수도 있겠다는 생각에서였다.

"고저 향수병이 옳을 수도 있갔디. 가까운 거리라지만 국외에 오래 있어보니끼니 나이 먹은 간나 새끼가 된 기분이야."

그러자 승현이 픽 웃음을 터뜨리고는 그의 어깨를 툭툭 두드려 주었다. 향수병이 생긴 건 그 역시 마찬가지였으니 말이다.

"그런데 말이야. 이렇게 나와 있어도 돼? 백동일인가 뭔가 하는 사람이 눈치 안 줘?"

"보안원 동무 말이네? 일없어. 고저 지금쯤 온 몸에 화산 가스가 묻었다고 박박 씻고 있을 거이야."

"그래?"

그리고 두 사람은 잠시 말이 없었다. 참 이상하기도 하지. 북한 사람을 만나면 할 얘기가 많을 거라고 생각했는데…. 막상 기회가 주어지니 무슨 말부터 해야 할지 모르겠다. 남과 북이 만나면 원래 이렇게 어색한 걸까? 멀찍이 솟은 협곡에 눈을 주고 있는 리용두를 바라보지만 한참이 지나도 승현은 머리만 긁적일 뿐 입을 열지 않았다.

"이보라우, 승현 동무."

"……."

"고저 동무는…."

"그 동무란 말은 빼고 얘기하면 안 되겠어?"

그러자 리용두가 도로 입을 다물어버렸다. 북한식 호칭이 어색해서 한 말일 뿐인데, 승현은 이내 후회했다. 어색한 기분은 그 역시도 마찬가지일 텐데 말이다. 제 편한 대로만 생각하는 이기적인 마음씨가 남과 북을 그렇게 만들어버린 건 아니었을까?

"아니야. 미안해. 아무렇게나 불러도 상관없어."

"일 없다. 고저 남조선은 그런 호칭이 없으니끼니…. 아, 남조선이라고 하면 안 된다지?"

"아니야, 괜찮아. 마음대로 해."

이번엔 리용두가 피식 웃음소리를 냈다. 하지만 그것도 잠깐일 뿐 두 사람은 다시 말이 없다. 백두산을 휘감는 강풍만큼이나 싸늘하기만 하다.

"고저 남조선은…. 한국은 우리 공화국에 대해 어떻게 생각하네?"

"글쎄, 정치적인 문제만 아니라면 서로 나쁜 감정은 없을 거라고 생각해."

"그라네? 고거이 다행이로구나야."

"내 생각엔 북쪽도 마찬가지 아닐까 싶은데."

"기리티. 우리 모두 같은 민족이라 그런 거이야."

이상하다. 어쩐지 대화의 포인트를 비켜가는 기분이다. 그는 도대체 하고 싶은 말이 무엇일까? 아무리 향수병 때문이라지만 청승맞아 보일 만큼 홀로 거기에 앉아 소해금이란 악기를 연주하는 건 나름의 이유가 있을 텐데 말이다.

"고저 보안원 동무 말이다."

"응?"

"백동일 동무는 고저 성질이 워낙 사나워서 다른 동무들도 꼼짝 못 한다."

"그래? 무서운 사람인가 보네."

"기리티. 그 동무래 고저 우리 공화국 노동당과 김정은 동지께 충성을 맹세한 사람이야."

"정치적으로 따진다면 한국을 싫어하겠네."

"정치적이고 뭐고 그 동무는 말이디. 한국이란 나라를 아주 싫어하는 동무란 말이야."

"그럼 너는?"

그러자 마치 예상했던 질문이라는 듯 리용두가 키득키득 웃어댄다. 그의 속마음을 알 수 없어 승현은 그저 바보 같은 표정만 지을 따름이다.

"고저 그건 내가 먼저 물어야갔어."

"응?"

"너는 우리 공화국이 좋으네?"

꽤나 직설적인 질문에 승현은 입을 다물어버렸다. 곰곰이 생각해 보니 그가 무슨 말을 하려는지 알 수 있을 것 같기도 하다. 북한에 대해 좋거나 싫다는 대답을 그들 앞에서 과연 쉽게 할 수 있을까? 어떻게 대답하느냐에 따라 그것은 일본인 앞에서 과거사 문제를 따지는 것처럼 민감한 문제인 것 같다. 그야말로 우문현답이 아닐 수 없다.

"백동일 동무래 고저 성질이 사나워서 나도 감당이 안 된다. 남쪽 사람들이 반가워서 가까이 가고 싶은데 그럴 수가 없어."

"이렇게라도 만날 수 있어서 다행이다."

조금은 어색한 남과 북의 젊은이들이 서로를 바라보며 키득키득 웃어댄다. 우리는 원치 않았던 민족의 분단, 그러나 오랜 시간이 흐른 뒤에 과거의 사건일랑 모르고 싶은 젊은이들은 사상을 떠나 같은 마음으로 이미 서로를 향해 손짓하고 있었다. 못 박힌 듯 뼈저리게 과거를 기억하는 어른들만 그 사실을 모르는 것뿐이다. 도대체 우린 언제까지 서로를 그렇게 지켜보고만 있어야 하는 걸까?

"인터넷으로 발해에 대해 찾아봤는데…. 아, 북쪽에도 인터넷이 있다고 들었어."

"고저 우리 공화국을 뭐로 보고 하는 소리네? 우리 공화국에도 인터넷이 있어. 스피드? 우리도 그런 거 좋아해."

더 이상 참지 못하고 승현이 깔깔거리며 웃음을 터뜨렸다. '빨리 빨리'를 외치는 건 우리만이 아닌가 보다. 하긴, 인터넷 속도가 느리면 컴퓨터를 던져버리고 싶은 건 누구나 마찬가지일 테다.

"고저 발해의 영토가 우리 공화국 땅의 일부였으니 학자들이 연구를 많이 했단 말이다."

"제대로 된 건 별로 없더라고."

"뒤져도 안 나오는데 우린들 별 수 있갔네? 나올 때까지 파는 거지."

"백두산 폭발 때문에 발해가 멸망한 게 사실이라면…. 만일 다시 터지면 북쪽은 어떻게 되는 거야?"

"모르디. 하지만 솔직하게 말하자면 무서워. 아는 것보다 모르는 거이 더 많으니끼니…."

깊이 한숨을 내쉬는 리용두를 바라보며 승현은 천천히 고개를 끄덕였다. 만일 정말로 천 년 전의 폭발에 의해 발해가 멸망한 거라면, 그리고 천 년이 지난 지금 또다시 그렇게 폭발한다면 그 피해는 상상을 초월하게 될 것이다.

"화산 폭발을 인간의 힘으로 막을 수만 있다면 얼마나 좋을까?"

"고거이 말이라고 하네? 가능한 일이라면 내래 고저 한숨 쉬고 있디 않았다. 너 같으면 오마니, 아바디가 계신 고향이 쑥대밭으로 변할 거인데 가만히 있갔네?"

"고향이 어디야?"

"삼지연읍이다."

승현의 두 눈이 휘둥그레졌다. 삼지연이라면 이도백하처럼 백두산의 북한 쪽 바로 아래 마을 아닌가. 백두산이 정말 그렇게 터져버린다면 제일 먼저 끔찍한 사태를 경험하게 될 지역이란 말이다. 불안하기 짝이 없던 백두산의 용틀임에 부모님이 계신 고향 마을이 어쩌면 사라지고 말거라는 불안감, 그는 바로 그러한 이유 때문에 지울 수 없는 한숨으로 소해금을 연주하고 있었을지 몰랐다.

"야, 한숨 쉬지 마. 아직 일어나지 않은 일이야."

"뭐이? 고거이 말이라고 하네?"

"남 얘기라고 말을 쉽게 한다는 생각을 할 수도 있겠지만 가만히 생각해 보란 말이야. 어떻게든 피해를 줄여보려고 우리가 여기에 온 거 아니야? 벌써부터 이러면 어떻게 해?"

힐책하는 승현의 뜻을 알아들은 건지 그는 다시 한숨을 몰아쉬면서도 고개를 끄덕거린다. 승현의 말이 맞다. 전쟁보다 더 참혹할 사태로부터 인민들을 구해내려고 여기에 온 건데, 이 거대한 산의 위용에 기가 죽어버리면 안 되는 거다. 인간의 힘으로는 감당할 수 없다고 해도 조금만 더 기운을 내 보자. 우리는 할 수 있다.

"이보라, 승현이. 내래 고저 쭈욱 궁금한 거이 있었는데 말이디."

"궁금한 거? 뭔데"

"저기 저 여성 동무⋯. 그 선화라는 에미나이하고는 무슨 사이네?"

"응?"

울적함을 달래려고 노력하는 건 좋은데, 이건 정말 난감한 질문이다.

"뭐 그런 걸 묻고 그래? 아무런 사이도 아니야."

"에이, 날래 말해 달라. 고저 남조선 놀새족은 어드렇게 노는지 궁금하다."

"놀새족 아니야. 왜 자꾸 놀새족이래?"

"고저 보안원 동무가 뭐라는지 아네? 뭐 하는 에미나이이기에 사내를 그렇게 때리냐는 거이야."

"뭐?"

눈이 대문짝만하게 커지는 승현의 반응을 보고 리용두가 자지러지게 웃어댄다. 귀엽다는 듯 머리를 문지르기도 하고, 자기가 무슨 힙합 전사라도 되는 양 어깨를 갈기기도 하는 리용두의 장난에 승현은 그저 난처한 표정이다. 새삼스러운 것 같지만 이제 와서 생각해 보면 꼭 그렇지도 않다. 아직 아무 것도 모르는 북한 사람들에게 그녀의 존재를 무어라고 설명해야 할까?

"선화 씨는 그냥⋯. 가이드로 온 사람이야. 알면서 왜 이래?"

"그런 에미나이와 친한 이유를 말해보라 하디 않았어? 이 아새끼래 고저 조선말을 못 알아듣는 거이야?"

"아, 거 새끼 참⋯."

사내들 사이라고 이제는 험한 말까지 오가기 시작한다. 남쪽이나 북쪽이나 사내들의 험한 입은 다 똑같은 걸까? 하지만 이러다가 그녀의 비밀이 튀어나올까 걱정이다. 화산에 대해 비협조적인 중국 때문에 줄 곧 고생만 하던 한국 학자들을 대신하여 남모르게 수고해온 그녀, 만일 북한 사람들에 의해 그녀의 정체가 밝혀진다면 중국 쪽에서 가만히 있지 않을 것이다. 하지만 그렇다고 해서 리용두에게 그가 원하는 대답을 해줄 수도 없다. 승현은 가운데에 끼어 어찌할 바를 몰랐다.

"대꾸 안 해줄 거이야? 무슨 사내가 그 모양이네? 고저 남조선 사내들은 그 정도밖에 안 되네?"

"그런 거 아니야."

"그럼 뭐이네?"

"때린다, 주먹으로."

"뭐? 뭐이 어드레?"

"그 여자 손이 얼마나 매운지 알아? 아파 죽는다."

"이 아새끼래 고저…. 그걸 맞고만 있네?"

"그럼 어떻게 해? 여자를 때려?"

"그런 게 여자네?"

"뭐가 어쩌고 어째?"

하고 버럭 소리쳤더니 리용두가 또 한 번 자지러지게 웃어댄다. 정신없이 깔깔거리던 그가 문득 승현에게로 다가와 면상을 찰싹 내갈겼다. 느닷없이 날아든 손찌검에 승현은 영문을 몰라 멍청한 얼굴이 되어버렸다.

"뭐야? 왜 때려?"

"아직도 모르갔네?"

"뭘?"

"고저 그 에미나이 얘기하는 내내 네 얼굴이 빨갛게 달아올라 있었다야."

"…?"

"고저 좋으면 좋다고 말을 할 것이다. 버티기는 아새끼…."

그제야 승현은 얼굴이 화끈거리고 있다는 걸 깨달았다. 도대체 왜 이러는 걸까? 아무리 생각해도 이유를 몰라 다시 바보 같은 표정이 되어버린 승현의 얼굴을 그가 또 귀엽다며 툭툭 때리고 있었다. 아무래도 리용두는 선화를 그저 단순하게만 생각하는 모양이다. 차라리 잘 되었다.

"아니, 그런데 말이야."

"…?"

"그럼 말로 할 것이지. 때리기는 왜 때리냐? 내가 우습냐?"

황당한 표정이면서도 리용두의 손길을 피하지 않은 채 마냥 맞고만 있는 승현, 마치 싸움 깨나 하는 뒷골목 양아치의 치기 어린 행동 같기도 하다. 그런 승현을 바라보던 리용두는 결국 와하하, 웃음을 터뜨리고 만다. 자유 그 자체의 사회에서 젊음을 만끽하던 사내가 폐쇄된 사회로부터 벗어나지 못해 외로운 사내를 만났다. 아픔을 간직한 남과 북 두 젊은이들의 유쾌한 만남, 그런 그들의 모습을 저기 저 백두산은 그저 조용히 내려다보고만 있었다.

어머니에게서 전화가 온 건 선화가 조금은 이른 저녁 식사를 준비할 즈음이었다.

「애! 넌 어떻게 된 애가 전화 한 통 안 하니?」

"에이, 엄마도 참. 헤어진 지 며칠 안 됐는데 뭘 새삼스럽게 그래요?"

그러자 수화기 저 너머에서 꽥! 고함을 지르는 어머니의 목소리가 들려온다.

「애, 너 정말 너무한다는 생각 안 드니? 엄마가 딸내미한테 전화 한 번 하는 것도 국정원 직원한테 허락을 받아야 해? 네가 먼저 전화해 주면 어디가 덧나니?」

어머니의 끝없는 잔소리에 선화가 까르르 웃어댔다.

「어머, 얘 좀 봐? 너 지금 웃음이 나오니?」

"미안해요, 엄마. 국정원 요원이 우리 집에 묵고 있으니 별 수 없잖아요."

「생각을 해봐라. 우리가 무슨 간첩 질을 한 것도 아니고….」

빈정거리던 어머니에게서 이내 한숨 소리가 들려왔다. 한국과 북한, 일본과 중국의 과학자들이 백두산 화산 조사를 새롭게 다시 시작한 이후 이도백하의 백두민박에는 국정원 요원을 비롯하여 외교부와 영사관 직원들이 기거하며 만일의 사태에 대비하고 있었다. 여차하면 당장 백운 산장으로 달려올 태세를 갖추고 있다지만 아직까지는 이렇다 할 사건이 없어 그들은 아마 지금쯤 눈칫밥을 먹고 있을 터였다.

「아무리 국가 차원의 문제라지만 그쪽으로 전화 한 번 거는 것도 허락을 받아야 하잖니? 너무하잖아!」

"알아요. 엄마 마음 이해할 수 있어요. 하지만 어쩔 수 없잖아. 조금만 참자, 응?"

이제나 저제나 어머니는 딸의 연락이 오기만을 기다리고만 있었던 모양이다. 하지만 어머니가 그런 것처럼 선화도 집에 안부 전화 한 번 하기가 여간 힘든 일이 아니었다.

「조사는 언제 끝나니? 휴가 같은 거 안 줘?」

"미안해요, 엄마. 아무래도 안 될 것 같아."

실망한 어머니에게서 다시 한숨이 쏟아져 나왔다.

「그건 그렇고 얘, 선화야.」

"응? 왜요?"

어쩐지 어머니의 목소리가 조금 낮아진 것 같다. 휴대폰에 문제가 생긴 건가 싶어서 액정을 살피지만 그렇지는 않았다.

「너, 씨씨랑 아직도 연락하니?」

"응? 뭐라고요?"

「씨씨, 서희 말이야.」

순간 선화의 얼굴에서 미소가 사라졌다. 국정원 요원의 감사 아닌 감시를 받는다는 어머니의 목소리가 작아진 이유를 알 것 같았다.

"서희요? 아니, 연락 안 한 지 꽤 오래 됐어요."

「정말이니? 걔는 SNS 같은 것도 안 해?」

"탈북자가 무슨 SNS예요? 왜 그래요? 무슨 일 있어요?"

하고 이리저리 눈치를 살피며 기어들어가는 소리로 물었더니 어머니는 다시 큰 숨을 내어 쉬고 만다.

「선화야, 서희가 나한테 전화했었다.」

"뭐, 뭐라고요? 언제?"

「선화, 너…. 정말 서희랑 통화한 적 없지?」

"응, 정말이야, 엄마. 꽤 됐어. 서희는 내 전화번호도 모르는 걸. 서희 원룸으로 내가 먼저 전화하고는 했었잖아. 왜? 서희가 엄마한테 무슨 중요한 말이라도 했어?"

어머니의 목소리처럼 선화도 어깨가 움츠러들었다. 마치 손에 든 휴대폰이 소중한 물건이라도 되는 듯이 말이다.

「서희가 나한테 안부 인사를 전하더구나.」

"갑자기 무슨 안부 인사?"

「너, 어른들하고 백운산장으로 가던 날 말이야. 오후에 전화를 해서는 당분간 못 보게 될지도 모른다고, 그동안 걱정하게 해서 미안하다고 하더라.」

"……."

선화는 아무런 대꾸가 없었다. 이곳에 와서 지내는 동안 잠시 잊고 있었던 소중한 내 친구, 하지만 아무에게나 보여줄 수 없는 그 친구가 엄마에게 의미를 알 수 없는 안부 전화를 했다. 도대체 무슨 일인 거지?

「선화야, 백운산장 TV에도 한국 방송이 나오니?」

"응, 나와요."

「그럼 뉴스도 보겠구나?」

"그렇기야 하지만…. 왜요?"

「북한의 어느 교수가 한국에 망명 신청을 했다는구나.」

"……."

그 이야기는 이미 뉴스에서 들은 내용이다. 북한에서도 인재 중의 인재라는 칭송이 자자하여 자국에 큰 도움이 된 사람이라지 않았던가.

「그 북한 교수가 탈북자 가족과 함께 한국에 망명하는 거라구나. 혹시 그 탈북자 가족이라는 사람이 서희 아니니?」

"엄마!"

더 이상 참을 수 없다는 듯 선화가 버럭 고함을 질렀다. 그 바람에 어머니도 입을 다물어버리고 만다.

"엄마, 도대체 왜 그래요?"

「내가 뭘?」

"왜 그렇게 앞서 나가려는 거예요? 아닐 수도 있잖아."

「선화야….」

"동명이인일 수도 있고, 탈북자가 어디 한둘이야? 왜 그렇게 오버하는 건데?"

「선화야, 엄마 말 좀 들어봐.」

여전히 속삭이는 어머니의 목소리, 눈빛 한 번 사나운 그들을 피해 방에 숨어들기라도 한 모양이다.

「뉴스에 그 교수라는 사람 사진도 나왔다.」

"뭐라고요?"

「예전에 서희가 아버지라면서 사진 보여줬던 거 기억 안 나?」

"……."

선화는 그제야 오래 전의 일이 떠올랐다. 다른 곳에 비해 상대적으로 경비가 심하지 않은 두만강 상류 지역을 건너 기어이 이도백하까지 찾아온 거라고 말하던 서희, 그녀와 친구가 된지 얼마 되지 않았던 어느 날, 조금 긴장이 풀린 그녀가 선화와 어머니에게 자기 아버지라며 사진 하나를 보여주었었다. 한국인이 보기에 촌스러운 복장과 외모를 가진 남자, 이대팔의 가르마에 시커먼 뿔테 안경을 걸쳐 쓴 남자, 카메라 앞에 긴장한 듯 표정 없는 그 얼굴을 가리키며 서희는 제 아버지가 자신의 스승이기도 한 김책공대 지질학과 교수라고 말했다. 북에서는 두 번 다시 나올 수 없는 인재라고, 강성대국을 건설하기 위해 이러한 인재가 필요하다며 김정은이 입에 침이 마르도록 칭찬한 사람이라고 했다. 그만큼 아버지 리성철은 자신의 분야에서 단숨에 최고의 자리를 꿰어 찰 만큼 능력 있는 사람이라고, 그런 아버지를 서희는 누구보다 사랑한다고 자랑스럽게 말했었다.

「고위관료의 자식이면 다른 사람들보다 형편이 좀 낫지 않니? 굳이 탈북을 할 필요까지는 없잖아?」

선화 어머니의 말은 즐거워하던 서희의 얼굴 표정을 단숨에 고통으로 바꿔놓고 말았다. 아무리 고위관료의 집안이어도 그곳이 북한인 이상 더 큰 행복은 꿈꿀 수 없다는 것이다. 그리고 아직 이루지 못한 큰 목표를 위해 탈북이라는 위험한 선택을 하였으며, 아버지와 다시 만나게 되는 날 한국으로 떠날 거라고. 한국에게 북한이 들어주지 않은 커다란 비밀을 알려주어야 한다고 말이다. 백두민박에서 지낸지 보름쯤 지났을 때, 너무 오래 기거하는 정체불명의 투숙객을 이상하게 여긴 아버지에 의해 서희는 공안에 신고당할 뻔 하기도 했었다. 눈물로 붙잡는 딸과 아내의 간곡한 요청 때문에 아버지는 공안을 부르지 않았지만 탈북자를 집에 숨겨두는 건 위험하다는 게 가족들의 공통된 의견이었다. 탈북자가 조선족 사이에 숨어들 수 있는 곳, 서희가 연길에서 살기 시작한 게 아마 그때부터였던 것 같다. 간혹 선화를 따라 가이드 노릇을 하기도 했지만 선화는 그녀가 혼자 있을 때엔 무엇을 하는지 전혀 알지 못했다. 아니, 아주 몰랐다는 건 거짓말이다. 화산학을 전공한 선화처럼 서희 역시 김책공대에서 지질학을 공부하던 학생이었고, 미국보다 두려운 백두산으로부터 북의 인민들을 구하기 위해 남쪽으로 가고 싶다는 말을 귀에 못이 박히도록 해댔으니까. 하지만 선화는 그것을 말렸다. 이유를 불문하고 탈북자의 신분으로 할 수 있는 일은 극히 제한되어 있으니 무슨 짓을 하더라도 주목받게 될 거라고. 차라리 모르는 척 할 것이지, 왜 그런 미친 짓을 하는 거냐고. 말리고 또 말려서 선화는 서희가 결국 한국행을 포기한 줄로만 알았다. 고민이랍시고 서희의 문제를 털어놓았다가 어머니에게 위험하니 더 이상은 만나지 말라는 경고가 뒤따를 정도였으니 서희는 선화가 보기에 이러지도 저러지도 못하는 신세였다. 그런 서희가 사실은 이미 그렇게 결심을 굳히고 있었다니, 간담이 서늘해졌다.

「선화야, 만일 서희한테 전화 오면 받지 마. 알겠니?」

"……."

「선화야, 엄마 말 듣고 있어?」

"응, 듣고 있어요."

「선화야, 부탁이다. 엄마 말대로 해. 알았지?」

서희와의 인연을 완전히 끊겠다는 다짐을 받고 또 받은 뒤에야 어머니는 전화를 끊었다.

"어떡하지? 이 바보 같은 계집애를 어떻게 해야 해?"

꺼내놓았던 반찬들을 식탁으로 옮기던 선화는 순간 기겁을 하고 물러났다.

　쨍그랑!

　날 선 비명을 지르며 유리그릇이 떨어져 깨졌지만 선화는 그것에게 시선을 옮기지 못했다. 지금 눈앞에 서 있는 저 사람, 도대체 언제부터 와 있었던 거지?"

　"고저 와 놀라고 그라네?"

　"아, 저, 그게….."

　"누구랑 통화한 거이야?"

　"엄마요."

　"무슨 통화였어?"

　범죄자를 심문하듯 물어오는 백동일의 목소리, 난장판이 되어버린 바닥을 치우는 선화의 신경을 거슬리게 만드는 것이었다.

　"거 묻디 않아? 무슨 통화였네?"

　"알아서 뭐하려고요?"

　"뭐이 어드레?!"

　"난 당신한테 감시받는 사람이 아니에요. 아직 식사 준비가 안 됐으니 조금 있다가 오세요."

　다시 고개를 돌려 유리 조각을 치우는 선화를 백동일은 죽일 듯 노려보고 있었다.

　"이 에미나이래 고저 말 본새하고는…. 외부와 연결해서 뭘 어쩌겠다는 거이야?"

　백동일이 버럭 다시 고함을 내질렀다. 그러나 선화는 놀라기는커녕 그처럼 노려보기만 할 따름이다.

　"이 에미나이가 지금 누구를 노려보는 거이야? 내래 누군지 알고 이러네?"

"당신이 누구인지 내가 알게 뭐죠?"

"뭐이 어드레?"

"얘기 했잖아요. 난 당신한테 감시받는 사람이 아니에요."

맹랑한 계집이라고 생각했는지 백동일이 기가 막힌 얼굴로 웃어댄다.

"하, 고것 참…. 뭐 이런 에미나이가 다 있네?"

"내가 엄마와 무슨 얘기를 했는지 궁금해요? 안부인사 했어요. 됐나요?"

하지만 백동일은 아직 볼일이 남아있다는 듯 자리를 뜨지 않고 있었다. 그런 백동일을 향해 선화는 도대체 무슨 문제냐는 듯, 방금 있었던 어머니와의 전화 통화가 정말 별 거 아니었다는 듯 제 가슴 앞에 팔짱을 끼우며 노려보았다.

"참말 그게 다네?"

"그럼 또 뭘 원해요?"

"고저 정체가 뭐이네?"

"뭐라고요?"

밑도 끝도 없이 튀어나온 질문, 정말 기가 막히고 황당한 얼굴이 되어 선화가 소리쳤다.

"조선 말 못 알아듣네? 정체가 뭐이냐고 묻디 않아?"

"형식적으로 따라붙어 온 가이드예요. 가이드가 영어라서 모르겠어요? 우리말로 풀어줄까요?"

"그것 말고 또 뭐이네?"

도대체 무슨 뜻인지 알아들을 수가 없다. 무엇이 그리도 궁금한 걸까? 아무렇게나 대답해줄 생각도 해봤지만 그는 쉽게 물러날 것 같지 않아 보였다.

"시답잖은 소리 그만 하고 나가세요. 아직 식사 준비 안 됐어요."

"서희라는 에미나이가 뭐 하는 에미나이야?"

"…?"

손에 묻은 고춧가루를 물로 씻어내던 선화가 순간 멈칫했다. 그로부터 돌아 서 있었으니 망정이지, 안 그랬으면 큰일 날 뻔 했다.

"무슨 소릴 하는 거예요?"

"고저 남조선 손 전화가 참 좋기는 하구나야. 멀리까지 다 들리니 말이야."

스피커폰으로 통화한 게 아닌데 다 들렸다고? 가만히 생각해 보니 스피커폰의 문제가 아니었다. 숨 죽여 말하는 어머니의 목소리가 들리지 않는다며 수화 음을 끝까지 높였던 게 화근인 것이다. 만일 그가 처음부터 다 듣고 있었다면 이건 정말 보통 일이 아니다.

"뭘 들었는지 모르겠는데, 한국에 있는 친구 얘기를 한 거예요. 됐나요?"

"그래? 내래 아는 동무인 줄 알았다야."

"한국 사람을 당신이 어떻게 알아요?"

"기리티, 내래 알 리가 없디."

피식 조소를 띄우며 백동일이 아직 다 차리지 않은 식탁으로 고개를 돌렸다. 그는 통화 내용을 제대로 듣지 못한 걸까? 선화는 불안감을 감출 수 없어 마른 침을 꼴딱 삼켰다.

"오늘 저녁 식단은 뭐이네?"

"된장찌개예요."

"그래? 맛있갔구나야."

그는 여전히 식당에서 나가지 않고 자꾸만 여기저기를 기웃거리고 있다. 할 일 없는 백수인 양 가지런히 정돈해 놓은 김치를 손으로 날름 집어먹기까지 하니 마음이 불안한 선화로서는 피가 거꾸로 솟아버릴 것만 같다.

"음, 맛이 괜찮구나야. 이보라, 선화 동무."

"……."

"내래 재미있는 소식 하나 알려줄까?"

"…?"

백동일이 곁으로 다가와 개수대의 물을 틀어 김치 찌꺼기가 묻은 손가락을 씻었다. 선화는 여전히 아무 말도 없다.

"고저 우리 공화국에서 말이디. 곧 지하 핵실험을 할 거이야."

"뭐, 뭐라고요?"

튀어나올 듯 눈이 커진 선화를 보고 백동일이 키득키득 웃어댔다.

"핵실험이라고요? 제 정신이에요?"

"그럼, 제정신이고말고. 이번이 몇 번째인 줄 아네? 고저 그때가 되면 세계의 모든 나라가 우리 공화국을 다시 기억하게 될 거이야. 특히 미국과 남조선이 말이디."

"말도 안 돼…."

"어떠네? 무섭디 않아? 기리니끼니 날래 백기 들고 넘어 오라."

도대체 뭐가 그렇게 재미있다는 걸까? 백동일은 마치 독극물에 설탕을 뿌리는 마녀처럼 깔깔거리며 식당을 나가버렸다. 선화만이 거기에 얼어붙은 듯 서 있을 뿐이었다.

6장

탈북자

모든 제국은 소화불량으로 죽는다.

-나폴레옹

2020년 10월 27일.

남산 서울 타워가 훤히 바라다 보이는 고급 호텔이 오늘따라 발 디딜 틈 없이 북적이고 있다. 한국으로 망명해 왔다는 북한의 지식인과 그를 따라온 탈북자가 기자회견을 자청했기 때문인데, 그들을 만나러 온 손님들의 정체는 다름 아닌 기자들이었다. 테이블 위에 노트북을 얹어놓고 빠르게 손가락을 올리는 사람, 카메라의 셔터를 누르며 성능을 확인하는 사람, 영상 카메라를 바라보며 열심히 떠들어대는 사람…. 이들 모두 새로운 소식을 찾아 여기까지 온 것이다.

"이보시라요. 고저 얼마나 더 기다려야 합네까?"

리성철이 손목시계를 들여다보던 사내를 붙들고 물었다. 사내는 맨 처음 부녀를 이곳까지 데려온 정부 당국자였다.

"한 15분가량 남았습니다. 조금만 더 기다리시지요."

하고는 그가 씨익 웃어보였다. 북의 공격적인 말투와 달리 자상한 목소리로 사람을 편안하게 만들어 주는 서울 말씨다. 그제야 리성철은 고개를 주억거리고, 옆에서 서희는 제 아버지의 손을 꼭 붙들었다.

후우…!

서로의 따뜻한 손을 마주잡으며 두 사람은 한숨을 푸욱 내쉬고 만다. 한국에 도착한 이후 처음으로 남쪽의 사람들을 만나려니 긴장한 듯 말이 없다. 그러나 말로 표현하기 힘든 많은 생각들을 그들은 맞잡은 두 손으로 대신하고 있었다. 이 얼마나 기다리던 순간이란 말인가. 자유와 희망, 오랫동안 품어온 꿈을 펼치기 위해 기나긴 세월을 버텨왔는데, 그까짓 15분은 얼마든지 기다려줄 수 있다.

"서희야, 조금만 더 기다리자꾸나. 시간이 되면 한국의 많은 동무들에게 우리의 이야기를 전할 수 있을 거이야."

"네, 아바디…."

두 사람의 목소리가 떨리고 있다. 기다리고 고대하던 순간이 다가와 감격에 겨운 목소리였다. 꿈에서도 그리워서 눈물짓지 않았던가. 끔찍한 결과만을 안겨다 주리라는 사실을 공화국이 알아주지 않으니 형제의 나라로 찾아가야 한다며 탈북을 결심한 그때부터 그리워했단 말이다. 신분상 이동이 자유로운 아버지와 다르게 탈북자라는 오명을 뒤집어 쓴 그녀, 감시 초소의 날 선 눈초리를 피해 두만강 상류를 건너고, 어떤 이동 경로를 선택하든 반드시 한국인을 만나 우리의 이야기를 전하겠다는 생각으로 이도백하까지 가는 동안 그녀는 어색한 중국어 때문에 난감한 상황도 많이 겪어야 했다. 그리고 이도백하에 도착했을 때 드디어 한국인들을 만날 수 있었다. 중국에 이민 와서 살고 있다는 백두민박의 가족들은 북에서 배웠던 것처럼 '악독한 남조선 사람들'이 아니었다. 게다가 나이도, 생각도, 대학 전공도 같은 선화라는 여자와 친구가 된 이후부터는 그런 생각을 완전히 버리게 되었다.

「아버지가 고위 공직자라면서 왜 탈북을 한 거야?」

「고위 공직자라도 살기 힘든 건 마찬가지 아니갔어? 내래 고저 우리 공화국 인민들을 구하려고 탈북을 한 거이야. 너도 백두산이 얼마나 사나운 산인지 알디 않네?」

그때 선화는 위험하다는 이유로 서희의 한국행을 어떻게든 막으려고 했지만 그럴 수 없었다. 자유와 평화를 꿈꾸는 탈북자의 뜨거운 마음을 내리누르지 못한 것이다. 하지만 서희는 한편으로 선화가 끝까지 말려주기를 은근히 바랐던 것 같기도 하다. 두려우니까. 그녀 역시 인간이기에 죽음을 각오하고 떠나온 이 마음이 너무나 무섭고 두려워서 그랬던 것 같다. 선화가 이 마음을 알면 또 주먹으로 팔이나 등짝을 후려갈길지도 모른다.

"서희야, 울디 말라. 이 좋은 날 와 울고 그라네?"

눈물로 얼룩진 눈을 훔치며 서희가 아버지를 보고 씨익 웃었다.

"좋아서 웁네다."

"좋아서?"

"예, 중국에 있을 때 친하게 지냈던 한국인 친구 생각에 슬퍼서도 울었시요."

"걱정 말라. 한국에서 살게 되면 다시 만날 기회도 올 거이야."

다시 손을 붙잡아 주는 아버지의 마음이 실로 정답게 느껴져 서희는 또 한 번 눈물을 떨구고 말았다.

"시간 됐습니다. 이제 가시지요."

다시 손목시계를 들여다보던 그가 두 사람을 재촉했다. 이제 정말 시간이 되었다. 북의 당 간부들이 관심조차 갖지 않았던 진실을 형제의 나라에게 알릴 순간인 것이다. 그들은 진실을 알고 나면 어떤 반응을 보여줄까?

찰칵! 찰칵!

기자회견장에 두 사람이 나타나자 여기저기에서 셔터가 터져 올랐다. 서로 먼저 좋은 그림을 얻겠다고 사진 기자들이 경쟁하는 바람에 장내는 잠시 소란스러워졌다.

"기자 여러분들, 죄송합니다만 조금만 뒤로 물러서 주시겠습니까? 질서를 지켜주십시오."

사회자의 말에 주변을 지키던 검은 양복차림의 경호원들이 그들에게 다가서서 통제하기 시작했다. 그리고 잠시 후 사회자는 다시 말을 이어 간다.

"오늘 이 자리는 북에서 오신 분들이 요청한 기자회견입니다. 질문이 있으신 분은 손을 들어주시고, 먼저 지목된 분께 발언권을 드리겠습니다."

사회자의 말에 노트북을 앞에 두고 앉아있던 기자들이 손을 번쩍 치켜들었다.

"XX일보 OOO기자입니다. 한국에 오신 소감이 어떻습니까?"

잘생긴 연예인을 닮은 남자 기자가 물었고, 리성철은 씨익 미소 지었다.

"아직은 잘 모르갔디만 편안합네다. 잘 대해 달라요."

질문했던 기자가 씨익 웃음 지었고, 마이크는 뒷자리의 여자 기자에게 넘어갔다.

"저희가 알고 있기에 리성철씨는 김책공대의 지질학 교수이고, 리서희씨는 그 학과의 학생이면서 리성철씨의 딸이라고 들었습니다. 맞나요?"

"네, 맞습네다."

"리성철씨는 북한에서도 알아준다는 유명 대학의 교수로서 망명을 해 온 건데, 리서희씨는 아버지와 달리 어려운 탈북 과정을 거쳤다고 들었습니다. 왜 그런 건가요?"

과거를 회상하게 만드는 어려운 질문이다. 머릿속에 떠오른 수많은 순간들을 꺼내기에 앞서 서희는 물병을 입에 가져가 목을 축였다. 잠깐의 그 순간에도 카메라 셔터는 정신없이 터져 오르고 있었다.

"제 아바디는 이곳저곳을 돌아다니며 공부하는 지질학자입네다. 직업이 그렇기 때문에 이동이 자유롭단 말입네다. 고저 나라에서 인정받고 대우해 주는 건 제 아바디이지, 제가 아닙네다. 내래 고저 다른 인민들과 다를 게 하나 없는 입장이란 말이디요."

"그런 여기까지 오는 과정이 아버지와 어떻게 달랐습니까?"

아마 탈북 이후의 생활이 얼마나 고단했는가에 대해 묻고 싶었던 것일 테다. 지난 2년간의 고통이 주마등처럼 스쳐가는 듯 서희는 저도 모르게 깊이 한숨을 내쉬고 말았다.

"연길에서 2년 동안 혼자 살았습네다."

"혹시 그 2년 동안 리서희씨에게 도움을 준 사람이 있었나요? 혼자 살아가기에는 좀 벅찼을 텐데요."

발언권을 얻지 못한 어느 기자가 불쑥 그렇게 소리쳤다.

"그거이 고저…."

서희는 채 대답하지 못하고 입을 다물어버렸다. 난감하기 이를 데 없는 질문이다. 기자의 질문대로라면 서희는 이도백하의 선화나 그녀의 가족들에 대해, 그리고 거기에서 무슨 일을 겪었는지 대답해야 할 것이다. 하지만 그럴 수 없다. 나로 인해 그들이 곤경에 빠져서는 안 되니까.

"절 도운 사람은 없었습네다. 혼자 숨어 살았습네다."

"연길에는 조선족 사이에 숨어 사는 탈북자가 많다는데 사실인가요?"

"그건 잘 모르갔시요."

질문했던 기자가 알겠다며 고개를 주억거렸고, 발언권은 다른 기자에게 넘어갔다.

"리서희 씨, 북에서 지질학을 전공하셨는데, 이제 한국에서는 무얼 하며 살고 싶습니까?"

기자의 질문에 서희가 씨익 미소 지었다. 얼굴 가득 웃으며 잠시 뜸을 들이는 게 무슨 거창한 소망이 있는 모양이라고 기자들은 생각했다.

"아바디랑 요릿집을 하고 싶습네다."

"요리집이요? 식당 말씀인가요? 무슨 음식을 팔고 싶으신가요?"

"평양식 냉면을 팔고 싶습네다. 고저 서울에는 가짜가 많은 걸로 알고 있습네다."

새로운 꿈이 생긴 그녀, 사람이란 왜 이다지도 욕심이 많은 걸까? 꿈 하나를 이룰 때가 되니 또 다른 꿈이 그녀를 기쁘게 한다. 수줍은 얼굴로 미소 짓는 서희를 보고 기자들이 귀엽다며 웃음을 터뜨렸다. 귀까지 빨개져서 어쩔 줄 몰라 하던 서희의 시선이 문득 아버지에게 가서 멈추었다. 좋은 생각이라며 고개를 끄덕이는 아버지의 손이 서희의 어깨를 두드리고 있다. 새 삶을 그리는 부녀의 행복한 모습을 사진 기자들은 놓치지 않고 걸어간다.

"오늘의 기자 회견은 두 분의 요청에 의한 것입니다. 무슨 이유로 기자 회견을 요청하셨나요?"

드디어 두 사람이 한국에 와야만 했던 궁극적인 목적을 밝힐 때가 도래했다. 기자들이 보지 못하는 테이블 아래에서 꼬옥 붙드는 부녀의 두 손으로부터 비장함마저 느껴지고 있다.

"고저 북의 당 간부들은 강성대국 건설에 기여하는 학자들의 능력을 인정하여 여러 모로 쓰고 있지만 정작 그들의 경고는 들어주디 않고 있습네다. 한국이 대신하여 우리의 경고를 북에…."

"말씀 중에 죄송합니다만 무슨 말씀이신지 이해하지 못했는데요. 북한의 당 간부들이 무슨 경고를 듣지 않는다는 거죠?"

이번에도 발언권을 얻지 못한 어느 기자가 불쑥 끼어들었지만 사회자는 제지하지 않았다. 모두들 의미를 알 수 없는 리성철의 말에 고개만 갸웃거릴 뿐이다.

"고저 북의 모든 당 간부들은 백두산에 조만간 무슨 문제가 생길지 제대로 모르고 있시요. 알아도 무관심한 동지들이 대부분이란 말입네다."

"……."

"지금 현재 남과 북, 일본과 중국의 학자들이 중국 지역 백두산에 올라 화산 조사를 하고 있습네다. 하지만 고거이 모두 형식적인 일이란 말이오. 한국에서는 그걸 알고 있습네까?"

죄송합니다만 아까 하다 만 이야기를 부탁드리겠습니다. 백두산 문제를 두고 한국이 북한에게 무얼 해야 한다고요?"

"고저 백두산은 위험한 산이라는 걸 알아야 합네다. 지금 당장 터진다고 해도 할 말이 없는 위험한 산이란 말입네다. 그런데도 북은 그다지 관심이 없습네다."

"백두산이 위험하다는 건 그쪽도 알고 있을 게 분명한데, 왜 관심이 없다는 건가요?"

"눈에 보이디 않는 위험이라 그럴 겁네다. 그래서 북은 중국 쪽 백두산에 파견 나가있는 화산 조사단에게 자기 땅을 밟을 기회를 주디 않고 있다는 말이오. 중국 쪽 지역은 과거에 이미 많은 학자들이 조사를 해서 더 이상은 볼 게 없습네다. 기리니 형식적인 활동이라고밖에 할 수 없디 않갔습네까?"

몇몇 기자들이 고개를 끄덕거리는 게 보였다. 리성철이 다시 소리쳤다.

"내래 고저 한국이 백두산에 많은 관심을 가지고 있다는 걸 잘 알고 있시요. 기리니끼니 한국 정부가 북측 정부에 백두산의 위험성을 설명하고, 양해를 구하여 공동 조사를 실시하자는 제의를 북측에…."

리성철의 설명을 마냥 듣고만 있는 그들은 지금 무슨 생각을 하고 있을까? 서희는 조용히 고민해 보았다. 저들이 사태의 심각성을 알아주면 좋으련만. 그리하여 하나 된 마음으로 미래를 일구어가자고 폐쇄된 북의 가슴을 두드려 준다면 참 좋을 텐데. 이것이 우리가 한국으로 와야만 했던 이유라는 걸 알면 그들은 아마 지금까지와 다른 반응을 보여줄지도 모른다.

"…. 그게…. 가능할까요?"

뿔테 안경을 뒤집어 쓴 어느 기자가 관자놀이께를 긁적이며 물었다.

"가능해야디요. 가능하게 만들면 되디 않갔습네까?"

구석에 앉아있던 어느 기자가 노트북을 조작하다 말고 고개를 절레절레 흔들었다. 무언가 탐탁지 않다는 듯한 표정이었는데, 마침 발언권은 바로 옆자리의 기자에게 넘어갔다.

"여쭙겠습니다. 북한은 2012년을 강성대국 건설의 원년으로 삼았었습니다. 지금 북한은 어떻습니까?"

"……."

"남과 북의 관계는 예나 지금이나 달라진 게 별로 없습니다. 지식인이니까 잘 아시겠지요?"

"……."

"정부는 뭐라고 대꾸해줄지 모르겠습니다만…. 과연 리성철씨의 제의가 통할까요?"

정색하고 묻는 기자의 질문에 두 사람의 눈이 휘둥그레져버렸다. 지금 그는 무슨 소리를 하는 걸까? 주변의 기자들은 왜 저 사람의 말에 반박하지 않고 가만히 있는 걸까? 서희는 그들을 이해할 수 없었다.

"다른 분들의 의견은 잘 모르겠지만 제가 보기에 현 상황에서 백두산 문제만을 가지고 남북의 정부가 접촉을 하는 건 거의 불가능한 일입니다."

"고저 말도 안 되는 소립네다. 어드렇게 그렇습네까?"

"정말 모르십니까? 리성철씨는 남북관계에 대해 잘 모르시나 보죠?

어제 다르고 오늘 다른 게 남북관계입니다. 과거에 관계가 괜찮았기 때문에 남과 북의 과학자가 화산 조사단에 참여했을지 모르지만 지금 또는 앞으로 정부의 사이가 어떻게 될지 알 수 없습니다. 현재까지의 상황으로만 따진다면 리성철씨의 생각대로는 되지 않을 겁니다."

"……."

"만일 정부가 그 문제에 관여하더라도 지금 당장은 아닐 겁니다."

"어떻게 그럴 수 있단 말입네까? 남조선은 백두산이 두렵디 않다는 말입네까?!"

리성철이 버럭 고함을 내질렀다. 시큰둥한 기자들의 반응에 기가 막혀 어쩔 줄 몰라 하는 부녀의 표정, 그 표정은 백두산이야말로 우리의 목적이었다고 말하고 있었다. 백두산 때문에 우리가 지금껏 고초를 겪어온 거라고 말하고 있었다. 남녘의 형제들은 북과 달리 우리의 마음을 이해할 거라 믿어왔다. 한민족이니까, 우리의 형제이고, 동포이니 당연히 손을 뻗으면 잡아줄 거라고 믿어 의심치 않았단 말이다. 그런데 저쪽 구석에 앉아있던 어느 기자들은 두 사람의 마음도 몰라주고 저희들끼리 키득키득 웃음을 터뜨린다. 순진한 사람이라고, 단순하다 못해 멍청한 사람이라고 비웃어대는 것이다.

"리성철 씨, 리서희 씨."

"……."

아까의 그 기자가 비어져 나오려는 웃음을 가까스로 참으며 말을 이었다.

"두 분은 뭘 모르시는 모양인데…."

"뭘 말입네까?"

"백두산의 위험성은 저희도 알고 있습니다. 한국에서는 한때 백두산이 터진다 어쩐다 해서 국민들의 불안이 이만저만이 아니었죠."

"······."

"그런데 그뿐이었지요. 백두산은 여전히 잠잠하고, 남과 북은 아직도 싸웁니다. 어떤 문제가 더 중요할까요? 두 분 생각은 어떠십니까?"

"······."

한참을 기다려도 두 사람이 대꾸해주지 않으니 기자는 더 이상 들을 내용이 없다는 듯 자리에 앉아버렸다.

"또 질문하실 기자 분 계십니까? 아, 예. 거기···."

사회자가 예쁘장하게 생긴 기자에게 발언권을 건네주고, 기자는 두 사람에게 다른 질문을 던졌다. 북한의 식량난, 인권 문제, 그리고 이어진 질문은 서희의 자세한 탈북과정과 중국에서 무슨 일을 하며 지냈는가에 관한 것이었다. 더 이상 백두산과 관련된 질문은 없었다. 목적을 잃어버린 채 하나마나 한 이야기만을 늘어놓는 두 사람의 모습은 기자들에게 그저 별 볼 일 없는 평범한 탈북자에 불과할 뿐이었다.

구름이 걷히고 아주 오랜만에 천지 위로 푸른 하늘이 드러났다. 일 년에 30번 이상 맑은 날을 보여주지 않는다는 이 고상한 외모의 천지를 보라. 얼마나 아름다운 장관인가! 한민족의 영혼을 담아 신령스레 모셔온 천지는 하늘의 호수라고 불리는 그 이름처럼 어떤 언어로도 표현하지 못할 신비로움을 간직하고 있었다.

투투투투투···!

새파랗게 맑은 천지 위를 군용 헬기 한 대가 날고 있다. 중국인 기장과 부기장을 제외하고 헬기에 몸을 실은 승객은 진수이룽과 남민수, 그리고 리용두와 백동일이 전부였다. 중국과 북한 당국의 허가를 받아 지름 4.5킬로미터의 천지를 두어 바퀴 돌며 그들은 열화상 카메라로 천지 아래의 온도를 체크하고 있었다.

"이보라, 연구원 동무. 그 물건이 대체 뭐이네?"

정사각형의 상자처럼 생긴 카메라를 가리키며 백동일이 리용두에게 물었다.

"열 신호를 감지하는 장비입네다."

"열 신호? 마그마인가 하는 돌물의 온도를 말하는 거이야?"

"그렇습네다. 사람의 눈으로 볼 수 없는 돌물의 흐름을 이 특수 카메라로 촬영합네다. 그러면 화산의 변화를 쉽게 알 수 있디요."

"그러네? 고저 나는 아무리 설명해도 모르갔다야."

지루하기 짝이 없는 백동일의 표정을 보며 리용두가 픽 웃었다.

"이거이 고저 산 아래선 볼 수 없는 것까지도 볼 수 있습네다. 기리니끼니 고저…."

"그만 하라. 고저 아무리 설명해도 나는 이해를 못하니끼니."

백동일의 말은 한 마디로 얘기해서 '나는 너희 조선 인민들만 지키면 된다.'는 뜻이었다. 괜한 호기심 때문에 골머리 썩이고 싶지 않다는 뜻 같기도 하다.

"아차, 이보시라요. 박사 동무."

"…?"

천지에 눈을 주고 있던 남민수가 백동일에게 고개를 돌렸다. 백동일은 지루함을 이길 수 없었던 듯 시원하게 하품을 하고 다시 말을 이었다.

"고저 천지에 괴물이 산다는데, 고거이 무슨 소리요? 그딴 게 정말 있소?"

궁금하지만 사실은 그렇지 않다는 듯, 제 속내를 보여주기 싫은 표정으로 백동일은 제 가슴 앞에 팔짱을 끼운 채 그렇게 물었다.

"고저 천지에는 괴물이 있긴 있소."

"참말이오?"

느긋하던 백동일의 얼굴이 달라졌다. 호기심에서 놀라움으로 변해버린 백동일의 그 표정이 재미있다는 듯 곁에서 진수이룽이 키득키득 웃어댄다.

"여보시오, 백동일 보안원. 천지의 마그마가 바로 그 괴물이오."

"뭐, 그렇기는 하갔구만요."

"하지만 그 외에도 전혀 다른 의미의 괴물이 있지요."

"…?"

여전히 웃고 있는 세 사람의 시선이 어린애처럼 놀란 백동일에게 박혀있다. 한참만에야 그는 멍청하기 짝이 없어 보이던 제 표정을 숨기며 빽 소리쳤다.

"아, 날래 말하시라요! 내래 고저 간나 새끼가 된 기분이오!"

"허허, 모르면 그럴 수도 있지 않겠소? 사람들이 말하는 천지의 괴물이란 부석을 말하는 것입니다."

"부석? 화산 돌 말입네까?"

"맞소. 화산이 터질 때 용암 속의 화산 가스가 새어나간 흔적이 있는 돌이지요. 그 돌은 상당히 가벼운데, 그래서 물에 둥둥 떠다닐 수 있지요."

"그걸 보고 괴물이라고 하는 겁네까?"

"그래요. 여기에서 관광객이 이용할 수 있는 코스는 여러 가지가 있지만 트래킹 코스를 제외한 나머지 길로는 천지 가까이고 갈 수가 없어요. 높은 봉우리 위에서 내려다보는 거죠. 게다가 날씨마저 좋지 않으니 시야가 트이지 않은 상태에서 멀리 떨어진 천지에 무엇이 보이든 잘못 보게 되는 건 당연하지 않겠소?"

천지 주변의 날씨는 정말 고약하다. 서울과 연길의 낮 기온이 30도를 육박하는 한 여름에도 천지의 기온은 영하를 기록한다. 얼마나 추운지 천지로 오르는 계단 아래에서 두꺼운 솜 점퍼를 대여해주는 상인들이 있고, 이것을 빌려 입지 않고는 못 베길 지경이란 말이다. 9월 말에 첫 눈이 올 정도라면 말 다 한 것 아니겠는가. 게다가 흐리기는 어찌나 흐린지, 그 흐린 모습을 유지하다가 갑자기 맑아지고, 갑자기 비가 오는 등의 변화무쌍한 일기를 보여준다. 그렇게 시야가 탁 트이지 않은 상태에서 지름 4.5킬로미터의 천지를 멀리서 내려다보는 것이다. 그런 와중에 커다란 부석이 천지 위를 둥둥 떠다닌다면 관광객들의 입장에서 그것이 괴물인지, 부석인지 알 게 뭐란 말인가.

"박사 동무, 그럼 중국인들은 왜 자꾸 괴물이라고 우기는 겁네까?"

"고거이 다 장삿속 아니갔소? 이곳에 대해 모르는 외부인들은 그렇게 속을 수밖에 없디 않갔습네까?"

유럽에도 '네시'라고 불리는 네스 호의 괴물 이야기가 있다. 천지 괴물처럼 무슨 공룡의 모습이라는데, 그것 역시 외부인이 모르는 비밀이 있을 게 분명하다.

"자, 이제 기지로 돌아가겠습니다. 오후부터 천지에 비가 올 거라는 예보가 있습니다."

"예, 그럽시다."

맑은 천지 물에 비치던 군용 헬기가 사라지고, 이제 그곳엔 아직 작업이 끝나지 않은 다른 일행이 모여 있었다.

"승현 군, 자네 힘 좋은가? 해머 질 좀 해야겠어."

"해머 질이요?"

영문을 모르는 승현에게 아키라가 길쭉한 것 하나를 내밀었다. 탐침봉이라는 것인데, 이것으로 천지의 라듐 농도를 측정하려면 땅 속에 깊이 박아야 한단다.

"다쳐요, 손 조심해요!"

그에게서 점퍼를 건네받은 선화가 그렇게 소리쳤다.

"선화야, 남자가 힘쓴다고 걱정해주는 걸 보니 너도 시집갈 때가 된 모양이로구나?"

"뭐라고요? 말도 안 돼요, 삼촌!"

깜짝 놀란 선화가 버럭 소리 질렀더니 태균과 아키라가 서로를 마주 보고 껄껄 웃어댄다. 그런데 그것이 승현에게는 응원가가 된 모양이다. 해머로 내리치는 그의 손에 힘이 잔뜩 들어가 있다.

"허허, 그러다 정말 다치겠네, 조심해."

역시 남자는 여자가 없으면 살 수 없는 존재인가 보다. 재미있다는 듯 바라보는 어른들의 시선이 어떠하든 승현은 지금 선화의 응원에 온 힘을 불사르고 있다. 탐침봉이 땅 속 깊이 박히고 나자 태균은 그 가운데에 뚫린 구멍으로 측정기를 밀어 넣었다.

"이걸로 라듐 농도를 측정하는 건가요?"

"음, 측정기는 이 노트북과 무선으로 연결되어 있네. 한 15분 정도면 결과가 나올 거야."

힘쓰는 일을 마치고 나니 도로 추워져버렸다. 살을 에는 강풍을 도저히 감당할 수가 없으니 말이다. 선화에게 돌려받은 점퍼를 걸치고 승현은 천지에 다가서 본다.

"와! 정말 멋지네요!"

어디가 하늘이고, 어디가 호수인지 구분할 수 없을 만큼 눈앞에 펼쳐진 맑은 날의 천지는 눈부시게 아름다웠다. 할 수만 있다면 당장 저 속으로 첨벙 빠져들고 싶을 정도였다.

"이 물 마셔도 되나요?"

"그럼요. 대신 천천히 드세요. 너무 차가워서 먹다 체할지도 몰라요."

섭씨 2도. 더 내려가면 내려갔지, 오르지는 않을 거라는 천지 물은 뱃속의 내장이 어떻게 이어져 있는지 모두 느껴질 정도로 차가웠다. 알면 알수록 백두산과 천지는 사람을 놀라게 한다.

"천지의 가운데는 지금도 부글부글 끓는다면서요? 보이지는 않네요."

"그게 보이면 큰일 나죠. 그만큼 마그마가 위로 솟았다는 뜻일 테니까요. 아직까지는 한 겨울에만 볼 수 있어요. 가운데만 빼고 꽁꽁 얼거든요."

겉과 속이 다르다고 해야 할까? 거기에 모든 한국인의 마음을 감동하게 할 만큼 아름다운 천지였지만 사실 그것은 가면일 뿐이다. 하얗고 순수한 양의 탈을 뒤집어 쓴 시커먼 늑대처럼 천지는 온갖 화려한 모습으로 치장한 채 진실은 숨겨두고 있다.

"선화 씨는 좋겠어요. 그동안 백두산을 많이 봤을 테니까."

"아뇨, 꼭 그렇지도 않아요. 언제 갑자기 터질지 몰라 불안해서 올 때마다 조마조마 했거든요."

오천만 국민을 대신해서 백두산에 오르는 그녀, 하지만 그 오천만 국민 중에 대다수의 사람들은 화산 앞에 선 그녀의 마음을 모를 것이다. 오랜 시간을 그려온 마음을. 한반도 지도에 새겨진 호랑이의 발톱처럼 백두산은 무섭다. 두려운 존재란 말이다.

"아마 옛날에도 그랬을 거예요. 산신령에게 제사 지내던 발해 사람들 말이에요."

"그러게요. 화산 폭발로 사람들이 죽는 걸 봤다면 기분이 어땠을까요?"

"모르긴 몰라도 지금의 우리와는 다르겠죠."

"왜요?"

"우리는 여기에 아무 때나 올 수 없잖아요. 형제자매가 화산에 깔려 죽는데 구해주지도 못하고 남의 나라 쳐다보듯 구경만 해야 하는 입장이란 말이에요. 그런데도 발해인들과 같다고요?"

도대체 누구를 원망해야 하는 걸까? 허리가 갈린 나라, 한 쪽은 배가 불러 터질 지경인데 한 쪽은 뱃가죽이 등에 들러붙어 죽어간다. 또한 한 쪽은 백두산과 금강산을 어떻게 하면 돈벌이로 이용할 수 있을지 고민하는데 한 쪽은 어느 샌가 강해져버린 대국의 눈치를 살피며 그 아름다운 우리의 풍경을 마냥 그리워할 것이다. 대체 누구를 원망하고, 어디에 화풀이를 해야 한단 말일까.

"아무리 생각해도 이해할 수가 없어요. 화산이 폭발하면 엄청난 피해가 생기고 사람도 많이 죽을 텐데, 중국은 왜 그렇게 이것저것 재는 거죠?"

"편서풍 때문에 화산재가 일본까지 날아간다고 지난번에 얘기했죠?"

"아, 그렇죠. 얘기했어요."

"편서풍은 한마디로 일방통행이에요. 피해를 입어도 우리가 입지, 중국 대륙에는 아무런 이상이 없어요. 발해의 영토가 어디에서부터 어디까지였는지 생각해 보세요."

승현의 입에서 나지막하게 욕설이 튀어나왔다. 아마 북한이 발해처럼 되어버린다면 동북공정이 재가동되어 그 땅을 국수 말아먹듯 흡수해버릴지도 모른다고 생각하니 화가 나지 않을 수가 없다.

"아직 안 끝났나요, 삼촌?"

그들처럼 잡담을 나누던 어른들이 긴장한 얼굴로 탐침봉 속의 측정기와 노트북을 번갈아보며 결과를 기다리고 있다. 이제 곧 손에 든 휴대용 단말기에서 측정 결과가 나올 것이다.

지지지직, 지지직직직~

마치 대형 할인 마트의 카운터에서 영수증을 뽑아내는 것 같은 소리가 들려온다. 단말기에서 찢어낸 측정결과는 정말 영수증의 내용물처럼 나열되어 있었다.

"음, 9500⋯."

"9500이라고? 음, 여전하군."

측정 결과가 인쇄된 종이를 들여다보며 태균과 아키라는 천천히 고개를 끄덕였다.

"측정치가 그렇게 나왔다는 건 무슨 뜻이죠?"

"수치가 높을수록 마그마가 땅 속의 갈라진 틈을 뚫고 더 높이 올라온다는 뜻일세. 라듐은 마그마에서 나오는 방사능 물질이지."

"얼마나 가까이 올라온 건지 확인한 건가요?"

제대로 이해했다며 아키라가 고개를 끄덕였다.

"상상을 해보게. 겉으론 아무런 이상이 없어 보이지만 지하에서는 무척이나 바쁘게 돌아가고 있다네. 목구멍을 향해 마그마가 올라오고, 그 때문에 화산성 지진이 일어나면서 보이지 않는 곳의 지각이 조금씩 갈라지지. 마그마가 올라오는 지각의 틈으로 천지 물이 스며들면 어떻게 될까?"

"아, 그러면⋯?"

한 마디로 얘기해서 끓는 기름에 물을 쏟아 붓는 격이다. 두말할 것도 없이 폭발로 이어지게 된다는 뜻이었다. 말도 안 된다고 생각하는 사람들이 많지만 무슨 생각을 어떻게 하든 천지 아래의 상황은 현재 그렇게 진행되고 있다.

"승현 씨, 악마의 술잔이 뭔지 아세요?"

"악마의 술잔? 그게 뭐죠?"

"루돌프 에리히 라스페라는 작가가 '허풍선이 남작의 모험'이라는 작품을 쓴 적이 있어요. 처음부터 끝까지 허풍을 떠는 남자의 이야기예요.”

“거기에 화산 이야기가 나오나 봐요?”

“베수비오 화산을 얘기하면서 어찌나 그렇게 헛소리를 해대는지….
용암 속에 들어가 불과 대장장이의 신 불카누스를 만나고 왔다나?”

그 소설을 읽은 적이 있었던 모양인지 백운산장으로 돌아가는 지프
안에서 태균과 아키라가 껄껄 웃어댄다.

“악마의 술잔이란 산 정상이 화산 폭발로 움푹 패어 호수가 된 지형을
말해요.”

“그렇다면 천지야 말로 악마의 술잔이겠군요.”

“맞아요. 내용은 재미없지만 작가답게 표현은 멋지게 잘한 것 같아
요.”

“그렇군요. 한 번 읽어봐야겠어요.”

“아뇨, 보지 마세요. 재미없어요.”

한국 남자들이 군대 얘기를 할 때 온갖 허풍을 떠는 모양새와 같다며
선화는 존재하지도 않는 극중 인물을 양껏 비웃는다. 그러더니 승현을
노려보며,

“승현 씨도 군대 얘기할 때 간첩 잡았다고 해요?”

하고 물었다.

“예? 아뇨! 저는 그런 얘기한 적 없어요! 누가 그런 얘길 해요?”

말도 안 되는 엉뚱한 소리라며 황당한 눈길로 쳐다보자 선화가 태균
에게 고개를 돌려 ‘저 불렀어요?’하고 묻는다. 룸미러로 지켜보던 아키
라가 깔깔 웃어대고, 조카의 장난을 두고 뭐라 할 수 없어 태균은 그저
고개만 푹 숙일 따름이다. 아키라가 정신없이 웃어대고 있을 때 옆에서
승현은 그녀가 귀여워서 깨물어버리고 싶을 지경이었다.

저녁을 먹고 슬슬 졸음이 쏟아지려는 그 즈음 승현은 스마트폰으로 한국의 인터넷 세상을 돌아다니고 있었다.

「북한에서는 죽는 게 제일 쉬운 일이다.」

"아, 맞다. 오늘 기자회견 한다고 했지?"

포털 사이트 메인 페이지에 걸린, 조금은 자극적인 기사의 제목을 보고 나서야 승현은 오늘 한국에서 무슨 일이 있을 예정이었는지 기억해 냈다. 한국으로 건너온 탈북자 두 명이 오늘 오전에 자신들의 입장을 밝히는 기자회견을 열 것이라고 했었는데 말이다. 오늘도 천지까지 오르내리느라 노곤해진 몸뚱이를 풀어볼 요량으로 시원하게 기지개를 켠 뒤 승현은 액정에 시선을 고정했다

「김책 공업종합대학교 이과대학의 지질학자와 그의 제자인 딸이 한국으로 건너왔다. 강성대국 건설의 원년으로 삼았던 2012년 전후로 북한은 국가의 발전에 보탬이 될 인재양성에 많은 투자를 아끼지 않고 있다고 이들은 전했다. 고위공직자로의 대우를 받기도 했으나 그것도 잠시였을 뿐 가족은 여느 인민들처럼 고통스런 현실에 직면하여 탈북을 결심….」

역시 북한의 사회는 예나 지금이나 다를 게 없다는 게 모두의 결론이었나 보다. 참으로 답답한 노릇이다. 변함없이 반복되는 그들의 이야기, 2층에 묵고 있는 화산 조사팀에게는 미안하지만 우리에게 북한은 더 이상의 진전 없이 정체되어 있는 대책 없는 집단으로 보일 뿐이었다.

「뭐야? 걔들 아직도 그렇게 살고 있대? 2012년부터는 강성대국 어쩌고 하지 않았어?」

「탈북한 이유가 백두산 때문이라며? 언제 터진대? 그거 뭐, 터지기는 한대?」

「북한 여자들은 웬만하면 다 예쁘다던데, 정말인가보네. 미스코리아 시켜도 되겠다.」

탈북자들의 소식을 성의 없이 읽어 내려가던 승현의 눈이 문득 기사 하단에 매달린 댓글에 가서 멈추었다.

「북한 여자치고 예쁘지 않은 여자 없지. 예뻐! 탐나!」

「성형미인인 연예인들이 울고 가겠네. 예쁜데다가 머릿속에 든 것도 많다니! 아버님! 따님을 저에게 주십쇼!」

"도대체 어느 정도이기에 이러는 거야?"

줄줄이 올라오는 댓글의 대부분이 아버지를 따라 한국으로 왔다는 여자의 미모에 찬사를 아끼지 않고 있었다. 생각해 보니 기사의 내용만 읽어댔지, 그들을 찍은 사진엔 별 관심을 두지 않았던 것 같다. 여느 네티즌들이 그러하듯 댓글을 보고 호기심에 찬 승현의 손가락이 그들의 사진을 검색하여 터치했다.

"어?"

참 이상하기도 하지. 북한에는 가본 적도 없고, 북한 사람이라고는 화산 조사팀의 일원들을 만난 게 전부인데, 어째서 탈북자라는 여자의 얼굴이 낯설지 않은 걸까?

"리서희…. 누구지? 어디서 봤더라?"

처음엔 그저 한국의 아는 사람을 닮았으려니 하고 생각했다. 한국이나 북한이나 우리는 같은 민족이고 비슷한 외모를 가지고 살아가는 사람들이니 눈이나 코 또는 입이나 귀가 그저 내가 아는 누군가를 닮은 것뿐이라고만 생각한 것이다. 그런데 아무리 봐도 그게 아닌 것 같다. 심지어 최근에 본 누구를 닮은 것 같기는 한데, 왜 그런 생각이 드는지 모르겠다. 하여간 나도 참 웃기는 녀석이다. 여자 얘기에는 기막히게 반응한다.

"똑똑똑."

"…?"

기억력에 문제가 생긴 거라며 승현이 제 머리를 쥐어박고 있는데, 바깥에서 방문 두드리는 소리가 들려왔다.

"누구세요?"

"승현 씨, 문 좀 열어보세요."

바깥에서 들려온 목소리는 바로 선화의 것이었다.

"달깍."

"…?"

문을 열던 승현의 눈이 선화를 보고 순간 휘둥그레졌다. 울기라도 한 건지 새빨갛게 달아오른 그녀의 얼굴이 눈물로 범벅되어 있는 것이다.

"선화 씨, 얼굴이 왜 그래요? 울었어요?"

"승현 씨…."

가까스로 울음을 참아내던 선화에게서 굵은 눈물방울이 툭 굴러 떨어지는 게 보였다.

"선화 씨, 왜 울어요? 무슨 일 있어요?"

이미 한참을 울다 온 것 같은데, 그거로는 모자랐던 모양이다. 선화는 승현의 목소리를 듣자마자 왁 울음을 터뜨리고 말았다.

"선화 씨, 왜 그러는 거예요? 왜 울어요?"

"씨씨가…."

"예?"

"씨씨가…. 씨씨가요…?"

채 말을 꺼내지 못하고 눈물을 뿌리는 그녀, 느닷없는 눈물 바람에 승현은 당황한 기색이 역력했다.

"선화 씨, 왜 우는 거예요? 무슨 일이 생겼어요?"

다그쳐 묻지만 선화는 지금 펑펑 쏟아지는 눈물 때문에 말을 할 수가 없다. 도대체 무슨 일인 걸까? 궁금하기 이를 데 없지만 지금 이대로는 아무 말도 들을 수 없을 것 같다. 승현은 일단 그녀를 방 밖으로 데리고 나가기로 했다.

"선화 씨, 울지 말고 얘기해 봐요. 뭐라고요?"

"승현 씨….."

"예?"

"씨씨가 한국에 갔어요."

"예? 누구요?"

울음 섞인 목소리로 밑도 끝도 없이 무작정 내뱉으니 알아들을 수가 없다. 승현은 다시 방에 들어가 휴지를 한 움큼 집어 들고 나왔다.

"자, 눈물 좀 닦아 봐요."

"……."

하지만 선화는 승현이 내미는 휴지를 받아들지 못했다. 우느라 정신을 차리지 못하는 그녀의 얼굴을 닦아주는 건 다름 아닌 승현의 손이었다.

"선화 씨, 울면서 얘기하니까 무슨 말인지 못 알아듣겠어요. 진정하고 차근차근 얘기해 봐요."

"승현 씨, 씨씨 기억나요?"

"누구요?"

"씨씨요. 씨씨 말이에요."

아직도 눈물이 그렁그렁 매달린 얼굴로 선화가 힘겹게 말을 이어갔고, 고개를 갸웃거리던 승현은 그제야 그 이름을 기억해냈다. 씨씨, 백두산에 처음 오르고 난 다음 날 만난 선화의 조선족 친구였다. 속사포처럼 쏟아내는 말투가 인상적이었던 그녀 말이다. 정확한 이름이 뭐라고 했더라?

"네, 씨씨. 기억나요. 그런데 씨씨가 왜요?"

"씨씨가…. 기어이 한국에 갔어요. 아버지랑…."

"뭐라고요? 그게 무슨 소리예요?"

"승현 씨, 기억 안 나요? 서희의 중국어 이름이 씨씨라고 했잖아요."

"…?"

그녀는 지금 무슨 소리를 하고 있는 걸까? 쉼 없이 울음을 터뜨리며 알아들을 수 없는 말만 늘어놓는 그녀. 아직도 승현은 선화의 말뜻을 이해하지 못해 고개만 갸웃거릴 뿐이었다.

"승현 씨, 뉴스 봤죠? 오늘 한국에서 기자회견에 나왔던 탈북자요."

"예, 봤어요."

"거기에 나온 탈북자가 서희예요. 서희랑 서희 아버지…."

"무슨 소리예요? 서희 씨는 조선족이라고 했잖아요. 할머니와 연길에 살고, 부모님은 돈화에…."

"아니야! 아니란 말이에요!"

선화가 다시 울음을 터뜨리며 소리 질렀다. 어찌나 서글프게 울어대는지, 마음 약한 사람이 옆에 있다면 따라 울어버릴 지경이었다.

"선화 씨, 나는 선화 씨가 무슨 말을 하는 건지 모르겠어요. 지난번에 내가 만난 그 서희 씨가 사실은 탈북자였다고요?"

"미안해요. 속일 수밖에 없었어요. 미안해요."

승현은 여전히 믿을 수 없다는 얼굴이다. 그녀의 말을 다시 따져 본다면 오늘 한국에서 기자회견을 했다는 그 두 명의 탈북자 중 한 명이 서희라는 뜻인데, 이건 말도 안 된다. 어떻게 그럴 수가 있지?

"서희는 북한에 있을 때 김책공대에 다니던 학생이었대요."

다시 울먹이는 그녀, 그리고 승현은 그제야 알아챘다. 인터넷 기사에 있던 사진 속의 인물이 왜 그리도 낯설지 않았던 건지 말이다. 사진 속의 얼굴. 조금은 상기된 듯한 표정이던 그녀가 예전에 어디선가 보았던 얼굴이라고 생각했었는데…. 하지만 그래도 아니겠지 싶었다. 처음 보는 북한 사람인데 알 리가 없다고 생각하며 애써 외면하려 했었단 말이다, 그런데 어떻게 이럴 수가 있단 말일까.

"미안해요, 승현 씨. 승현 씨가 아니면 하소연할 사람이 없어서…."

주르륵 눈물을 쏟아내며 선화는 그 자리에 주저앉고 말았다. 그녀를 부축하며 승현이 다시 물었다.

"선화 씨, 그러면 축하해줘야죠. 무사히 한국에 갔으니 앞으로는 행복하게 살아갈 텐데, 축하해 줘야지, 왜 이렇게 울어요?"

놀라운 소식이었지만 승현은 웃으며 그녀를 달래주고 있었다. 고통에서 벗어난 탈북자. 이제는 희망찬 미래로 달려갈 친구를 위해 웃어야지, 어째서 울기만 하는 거냐고 묻는 것이다. 그러나 선화는 고개를 젓는다. 여느 탈북자와 마찬가지로 먹고 사는 게 힘들어서, 태어났으니 살아남고 싶어서 탈북한 게 아니라고 눈물로 호소하는 것이다.

"그 두 사람은 백두산 때문에 탈북했어요."

"그건 또 무슨 말이에요?"

"두 사람은 학자로서 백두산에 대해 너무나 잘 알고 있었기 때문에 한국에 손을 내밀러 간 거예요."

"하지만 기사에는 그런 내용이 없었는데…."

그들의 소식을 읽으며 승현은 혹시나 기사를 잘못 본 건 아닌지, 기사보다 댓글에만 관심을 가졌던 건 아니었는지 고민해 보았다. 하지만 아무리 생각해도 백두산에 관한 내용은 없었던 것 같다. 있다손 치더라도 극히 일부였고, 간단하게 정리한 한두 문장일 뿐, 대부분의 기사는 오늘날 한국 사회가 관심 갖고 있는 북한의 경제상황과 흔들리는 체제에 대한 설명이었다. 선화의 말대로라면 그들은 기자회견에서 백두산에 대한 자신들의 의견을 강력히 내세웠을 텐데 어째서 이렇게 조용한 거지?

"서희는 아버지와 함께 북한을 위험으로부터 구해달라고 부탁하러 간 거예요. 조만간 백두산이 북한을 심판할 거라고…."

「정말 통일을 원한다면 남조선이 북을 도와야 하는 거이야. 제발 싸우지 좀 말라!」

선화의 기억 속에서 서희가 그렇게 소리치고 있었다.

「하지만 서희야, 아무리 그래도 탈북은 무모한 선택이었어.」

「그것 말고는 방법이 없디 않갔어? 백두산은 고저 인간의 평화를 마냥 기다려주디 않을 거이야. 두고 보라! 한국은 결국 나와 내 아바디의 호소를 들어줄 테니끼니.」

확신에 찬 모습을 보이던 그녀, 못나 보였지만 이미 친구가 되어버린 우리의 핏줄을 버릴 수 없어 선화는 그때 서희를 가슴 깊숙이 끌어안았다. 우리를 이렇게 만든 어른들이 밉다고 중얼거리던 서희의 굵은 눈물은 지금도 마음속에 깊이 남아있다. 죽음을 각오하고 삶을 향해 나아간다는 친구의 가슴은 모든 탈북자들이 그러하듯 뜨겁게 불타오르고 있었다.

"승현 씨, 서희를 도와야 해요. 지금 한국 사회의 관심은 백두산이 아닌 다른 데에 있어요."

"돕다뇨? 무슨 수로요? 지금 같은 시기에 끼어들었다간 평범하지 않은 시선으로 주목만 받게 될 거예요."

"하지만 승현 씨…."

"힘내요, 선화 씨. 기자회견은 오늘 아침에 했고, 서희 씨가 목적을 이루겠다고 다짐한 이상 한국 사회도 곧 알아주게 될 거예요. 혹시 알아요? 그 두 사람이 우리 화산 조사팀에 합류하게 될지?"

승현의 진담 같은 농담에 미소 짓던 선화는 다시 울음을 터뜨리고 말았다. 친구를 도울 수 없어 속상한 그녀, 승현은 가냘픈 그 어깨를 토닥거려주고만 있었다. 그녀들의 눈물은 마치 갈라져 살아가는 우리의 눈물인 것만 같다. 승현은 선화의 들썩이는 어깨를 끌어안은 채 생각했다. 두 개의 나라를 가지게 된 우리, 어쩌다 우리가 여기까지 오게 된 걸까? 도대체 언제까지 우리가 서로를 바라보며 울어야만 할까? 언제까지 이런 슬픔을 바라보고만 있어야 하는 걸까? 도대체 언제까지 울어야 다시 웃을 수 있는 거지? 도대체 언제까지…?

"…?"

누군가의 시선이 느껴져 고개를 돌렸을 때, 승현은 숨이 막힐 듯 놀라고 말았다. 선화가 보지 못하는 등 뒤의 2층 난간에 백동일이 있다. 처음부터 다 듣고 있었다는 듯 거기에 서서 백동일은 승현과 눈이 마주치자 피식 입 꼬리를 들어 올리고는 이내 다른 곳으로 사라져 버렸다.

7장

두 얼굴의 한반도

용암과 지하수가 접촉하면서 대규모 폭발이 일어날
수 있다.

-토머스 재거

2020년 11월 4일.

「통일을 한다면 당연한 소리겠지만 국방비가 감소할 수 있겠죠. 현재 여기에 들어가는 돈이 어마어마한데, 북한에게 밀리지 않을 정도가 되어야 안심할 수 있다는 불안심리가 작용한 거예요.」

「통일에 반대하는 이유는 찬성하는 이유만큼이나 많습니다. 그 중에 한두 가지만 들어보자면 제일 먼저 사상 차이가 있겠군요. 이건 당연한 거예요. 그리고 국민 소득은 또 어떻습니까? 독일의 경우를 생각해 보세요. 현재 한반도의 양측 모두 당시의 독일 양측에 비하여 현저하게 떨어지는 수준입니다. 이대로는 도저히 통일을 할 수가 없어요.」

저들은 지금 무슨 말을 하고 있는 걸까. 호텔 객실에 틀어박혀 TV화면을 들여다보던 리성철과 리서희가 그렇게 생각했다. 저들은 왜 우리의 입장과 전혀 다른 거지? 왜 우리의 입장을 이해하지 못하고 저희들끼리만 떠드는 걸까?

「통일에 찬성을 하건 반대를 하건 중요한 문제는 그런 게 아닙니다. 남이나 북이나 벌써 반세기 넘게 대책 없이 말로만 떠들어 왔어요. 한 얘기 또 하고, 또 한 얘기 또 했죠. 그러다 마음에 안 들면 총 몇 방 쏘고, 포탄 몇 방 날리고. 이렇게 살아오는 동안 우리에겐 어떤 변화가 있었습니까? 이번처럼 탈북자가 생기면 그때 잠깐 관심 갖다 마는 겁니다. 저들도 분명히 여느 탈북자들처럼 극빈층으로 전락하고 말 거예요.」

「우리 서로는 아무런 준비도 없으면서 무책임하게 통일, 통일 하는 거죠. 경제적인 문제가 제일 크다는 걸 알고 있을 텐데 말입니다. 아무리 북한보다 잘 사는 한국이라지만 우리도 지금 힘들어요. 남 챙길 여유가 없습니다. 내 코가 석자, 이게 지금 우리에게 어울리는 말이죠. 우리 살기도 벅찬데 언제까지 탈북자들을 마냥 받아주고만 있을 겁니까?」

딩동~

처음에 두 사람은 초인종 소리에 반응하지 못했다. 멍청한 네모 상자 속 이야기가 꿈결인 양 멀게만 느껴져서였다.

딩동~딩동~

다시 초인종 소리가 이어지고, 졸다가 퍼뜩 깨어난 사람처럼 리성철은 깜짝 놀라 TV화면으로부터 고개를 돌렸다. 방문객에게 문을 열어준 사람은 서희였다.

"안녕하세요? 아까 연락 드렸었죠? XX일보의…."

"아, 기자님이시구만요. 어서 들어오시라요."

뒤늦게 문가로 다가온 리성철이 반색을 했고, 악수를 나눈 두 사람은 소파에 엉덩이를 묻고 앉았다.

"기자회견 이후에 좀 바쁘셨죠? 서울 시내 곳곳을 다니시느라 고생하셨겠어요."

"기리티도 않습네다. 우리야 돌아다녀야 하는 직업을 가진 사람들이니끼니 그리 힘들디는 않았시요."

그냥 찾아오기가 뭣해서 사왔다며 그가 손에 든 봉지를 풀어놓았다. 북한에서는 쉽게 보기 힘든 과자나 초콜릿 등의 간식거리가 거기에 가득했다.

"고저 입이 심심하던 참이었는데 고맙습네다."

리성철의 말에 기자는 씨익 웃으며 품속에서 필기도구를 꺼내들었다.

이제 인터뷰를 시작할 모양이다.

"한국 정부에서는 탈북자들에게 정착금을 지원하고 있습니다. 두 분은 무얼 하며 살고 싶으신가요?"

알맞은 대답을 고르던 리성철의 입가에 잠시 미소가 떠오른다. 이쪽을 보고 있지는 않았지만 옆에 앉은 서희도 그와 같은 얼굴이었다. 아직 TV는 꺼지지 않은 채 저 혼자 떠들고 있다.

"고저 기자회견 때 했던 말처럼 이 아이와 요릿집을 운영할 수 있었으면 좋갔습네."

"냉면집이요? 저 냉면 좋아해요."

"기래요? 자주 오시라요. 맛이 기가 막힐 겁네다."

정말 그랬으면 좋겠다고 대꾸하며 그가 키득키득 웃었다. 기자는 제 이름을 밝히는 대신 '김'이라는 성으로 불러달라고 부탁했다.

"혹시 학계에서 두 분께 관심을 갖고 있는 건 알고 계신가요?"

"기래요? 잘 모르갔습네다."

"정착한 뒤 어느 정도 생활이 안정되면 연락을 드리겠다고 하네요."

"그렇습네까? 고저 우리야 기래주면 고맙디요."

김 기자는 반가운 얼굴로 대꾸하는 두 사람의 반응을 수첩에 메모했다.

"기자회견 때 두 분은 왜 백두산 이야기를 꺼냈나요? 느닷없이 말싸움으로 이어진 것 같아서 적잖이 당황스러웠습니다."

"그거이 바로 우리가 한국에 온 목적이야요."

"…?"

김 기자님은 혹시 중국 측 백두산에 네 나라의 과학자들이 가 있는 걸 알고 있습네까?"

아까와 달리 정색을 하고 묻는 리성철의 얼굴을 바라보며 그가 고개를 끄덕였다. 말없이 듣기만 하던 서희의 얼굴에도 표정이 사라진지 오래였다.

"예, 알고 있습니다. 기자회견에선 형식적으로 모인 팀이라고도 말씀하셨죠."

"그럼 김 기자님은 백두산이 그렇게 형식적으로만 모여서 될 일이 아니라는 것도 아시갔디요?"

"저기, 잠깐만요, 리성철씨. 기자회견에서 했던 말씀을 또…."

"고저 내 말 끝까지 듣고 말하라요!"

리성철의 호통에 깜짝 놀란 김 기자가 입을 다물었다.

"내래 당신들을 이해할 수가 없습네다. 우리가 한국에 온 이유는 그기 아니란 말입네다!"

"백두산에 대해 말하고 싶어서 오신 거란 말씀이죠?"

"기리티요."

"하지만 저희도 백두산에 대해 알만큼 알고 있습니다만…."

두 사람의 입장을 이해하지 못 한 김 기자가 말꼬리를 흐렸고, 답답한 리성철은 급기야 제 가슴을 주먹으로 두드려댔다.

"죄송합니다만 저는 잘 모르겠습니다. 아무래도 남북한의 입장이 다른 것과 같은 이치인가 봅니다."

"기리티요. 나도 그렇게 생각하고 있습네다."

김 기자가 고개를 끄덕였고, 리성철은 서희가 가져온 물을 마신 뒤 말을 이어갔다.

"고저 아무리 형식적이라지만 한국은 지금 백두산에 가 있는 화산 조사단에 대해 아는 거이 별로 없는 것 같더구만요."

"국제적이면서 비공식적인 일이라 밝히지 않으려는 것뿐이죠. 정부도 다 알고 있어요. 게다가 백두산 폭발에 관한 건 한국에서 이미 오래 전에 다루었던 문제라 더 이상 이슈화할 게 없어요."

"이슈? 고거이 이슈라고만 표현해서 될 문제입네까?"

잘못된 표현이라며 불편해 하는 그를 보고 김 기자가 사과했다. 리성철의 목소리는 다시 이어졌다.

"김 기자님도 알갔디만 천 년 전의 대분화로 백두산 폭발의 흔적은 중국 쪽 뿐만이 아니라 공화국 쪽에도 많이 남아 있단 말입네다. 하지만 공화국은 한 마디로 외국인이 쉽게 갈 수 없는 나라이기 때문에 과학자들의 접근이 어렵습네다."

"네, 그렇겠죠. 아무래도⋯."

"고저 북쪽의 땅을 조사해야 한다 이 말입네다. 공화국 정부가 기회를 주디 않으니끼니 한국 정부가 직접 나서야 한다는 거이 우리의 주장인 겁네다. 남과 북이 공동으로 조사해야 합네다."

김 기자가 고개를 끄덕이며 수첩에 그의 말을 메모했다.

"고저 내가 왜 이렇게 답답해하는지 아십네까? 백두산은 정말 위험한 화산입네다. 공화국이 발해처럼 될 수 있습네다. 물론 한국은 그렇게 되기를 바라는디도 모르갔디만⋯."

"⋯⋯."

"하지만 그거이 옳은 게 아니라는 걸 알아야 합네다. 서로 공존해야 행복해진다는 게 내 지론이라요. 한국이 백두산에 심각성을 제대로 알고 북에 알려야 합네다. 백두산의 본 모습을 고저 중국과 일본은 잘 알디만 우리는 모르고 있습네다. 이거이 말이나 됩네까?"

"그럼 두 분은 어째서 우리가 문제를 제대로 간파하지 못하고 있다고 생각하십니까?"

답답한 마음을 감출 길이 없어 속이 타는 듯 리성철은 물을 벌컥벌컥 들이키기 시작했다. 김 기자의 물음에 답을 내놓은 건 서희였다.

"고저 중국과 일본이 백두산에 대해 깨닫는 동안 남과 북은 뭘 했습네까?"

"……."

"싸우기밖에 더 했습네까? 학자들이 제대로 된 일을 하려면 나라의 협조가 적극적으로 필요합네다. 남과 북은 고저 이 문제를 두고 서로 협력해야 한단 말입네다. 기리티 않고 싸우기만 하니 발전이 없는 거란 말입네다."

"그러니까 다시 얘기해서 남북이 함께 백두산에 의식을 집중해야 한다 이거죠?"

"기리티요."

수첩 위에서 펜을 놀리던 김 기자가 문득 허공을 바라보며 한숨을 내쉬었다. 무슨 말을 어떻게 전할까 고민하는 표정이었는데, 그러다 그의 시선이 아까부터 혼자 떠들어대는 벽걸이 TV로 날아갔다. 그 속의 늙은 이들은 여전히 통일 문제를 논하고 있었다.

"두 분, 여태 저걸 보고 계셨나 봐요?"

"……."

"보신 소감이 어떻습니까?"

이윽고 부녀의 시선도 거기로 가서 박혔다. 북한과의 통일을 논하는 사람들, 김 기자는 저들이 하나마나 한 이야기를 지껄이고 있는 거라고 설명했다.

"한 가지 여쭙겠습니다. 두 분이 기자회견을 자청하신 이유가 무엇인가요? 오로지 백두산 때문이었습니까?"

"옳습네다. 그것을 알리기 위해 그랬습네다."

"그럼 방법이 틀리셨어요. 이런 식으로 다가가 봤자 한국 정부는 두 분이 하는 얘기에 귀 기울이지 않을 거예요."

"어째서 그렇습네까?"

"한국이 궁금해 하는 건 그저 두 분의 입에서 나올 북한의 현실이기 때문이에요."

"그러면 백두산 폭발은 현실이 아니란 말입네까?"

무지한 그들, 김 기자는 문득 그렇게 생각했다. 아무래도 그들은 전공 과목 이외의 지식은 전무한 것 같다. 결국 오로지 한 가지 이유만으로 여기까지 왔다는 건데, 참으로 무모한 사람들이다.

"김 기자님, 내래 고저 한국 사람들이 참 답답합네다. 공화국의 현실도 중요하디만 백두산만큼 중요한 문제도 없단 말입네다. 지금 당장 터질 수도 있는 위험한 산이니끼니 대책을 세우자, 이 말을 하려고 기자회견을 자청한 거라우요."

듣고만 있던 김 기자가 수첩과 펜을 손에서 내려놓았다. 지켜보는 부녀처럼 그의 얼굴에서 표정이 사라졌다.

"백두산이 지금 당장 터질 수도 있다고 했죠?"

"옳습네다."

"지금 당장 터질 수도 있다는 말은 지금 당장 터지지 않을 수 있다는 말이기도 합니다."

"뭐, 뭐이라고요?"

김 기자의 그 한 마디가 마치 핵폭탄처럼 느껴졌던 모양이다. 기가 막힌 리성철이 비명을 지르듯 빽 고함을 내질렀고, 서희는 입이 쩌억 벌어지고 말았다. 김 기자는 여전히 무표정한 얼굴이다.

"이런 말씀 드리기 죄송합니다만 우리가 알고 싶어 하는 건 따로 있습니다. 기자회견은 두 분에게 관심이 있어서 만들어 준 자리가 아니에요."

"그럼 뭡네까?"

"탈북자가 들려주는 북한의 내부 문제죠. 식량난 때문에 굶어죽는 사람이 어디 한둘입니까? 한국은 그렇게 사는 당신들이 불쌍한 거예요. 대를 이어 나라를 손에 넣은 어린 애가 전쟁을 하네 마네 하는 문제를 궁금해 하는 거죠. 서희 씨만 봐도 그래요. 서희 씨는 망명해 왔다는 아버지와 다르게 중국에서 2년 동안 숨어 지내다 온 탈북자잖아요. 여기까지 오느라 그간 고생이 얼마나 많으셨습니까? 그리고 서희 씨 같은 탈북자는 앞으로도 계속 나올 거고요. 무슨 소리인지 아시겠어요? 한국은 그런 이야기가 듣고 싶은 거예요. 북한보다 우위에 있고 싶다는 거죠. 그래야 우리 입맛에 맞는 통일을 할 수 있다는 심리인 거죠."

"어, 어드렇게 그럴 수가…."

"우리는 아쉬운 게 없으니까요. 우리는 북한보다 잘 먹고 잘 살고 있으니 탈북자나 아사자들을 불쌍하게 보기도 하고, 통일을 찬성하거나 반대하는 여유도 부리는 거죠. 그리고 또 한 가지 문제를 말씀드리자면…."

멍하니 허공을 바라보던 두 개의 시선이 김 기자에게 도로 날아왔다.

"백두산 문제는…. 비단 남과 북의 문제만이 아니에요."

"……."

"지질학자이시고, 아버지의 제자이시니 귀동냥으로 들은 이야기가 있을지도 모르겠는데…."

"뭘 말입네까?"

가만히 듣고만 있던 리성철이 불쑥 그렇게 물어왔다. 그의 대꾸하는 목소리가 다소 신경질적으로 느껴졌다. 단지 기분 탓일까? 그렇지는 않을 것이다. 이것은 상대가 아닌 스스로에게 던지는 원망의 목소리일 테다. 만만치 않은 이 세상이 그들의 모든 것과 다르게 흐름을 깨달은, 그리고 처음과 다르게 흔들려만 가는 의지가, 그래서 고향을 떠나왔다는 사실을 후회하기 시작하는 제 스스로에게 던지는 원망의 목소리일 것이 분명하다.

"혹시 두 분은 동북공정을 아십니까?"

"……."

"아실 겁니다. 지금 그 동북공정은 남과 북 우리의 문제를 단순히 우리만의 문제가 아닌 문제로 변질되게 만들었습니다. 그러니까…."

김 기자는 잠시 입을 다물고 그 속에 고인 침을 꿀떡 삼켰다. 한참을 기다렸지만 아직 두 사람은 아무런 반응도 하지 않고 있었다.

"여러분의 의견을 정리하자면 오로지 핵폭탄 만이 외세와 싸워 이길 수 있다고 생각하는 북한 정부가 그래서 백두산 문제에 들어주지 않는다는 이유로 한국에 오셨다고 했죠? 방법이 틀렸다고 말씀드린 이유가 바로 여기에 있어요."

"……."

"한국 정부에 전할 말씀을 중국 정부에 동시에 전하셔야 한다는 겁니다. 그럼 중국 정부는 백두산을 모를까요? 평범한 산이 아닌 화산인데다 천지의 3분의 1이 자기네 땅으로 되어있는데, 중국 정부가 정말 모를까요?"

중국이 끼어있는 이상 국제적 이슈일 수밖에 없다고, 그래서 이 문제를 문제로 제기하더라도 우리끼리 해결해야 할 문제가 아니지 않느냐고, 국제적 이슈가 되어버린 이 문제를 왜 일개 학자가 위험한 국경을 넘어가면서까지 알려야 할만큼 윗사람들이 정말 모르겠느냐고. 이 모든 정치적인 문제를 정말 모를 정도로 멍청한 거냐고 소리 지르려다가 김 기자는 입을 다물었다. 얘기하지 않아도 알 테니까, 그들은 바보가 아닌 전문가이니 굳이 입 아프게 말 할 필요가 없어 그는 입을 꾹 다물어버린 것이다. 역시 그들은 바보가 아니었다.

"내래 고저…. 기자 님이 하시는 이야기들을 다 알고 있습네다. 공화국도 남조선이 스스로를 어떻게 생각하는지 알고 있단 말입네다."

리성철이 한참만에 혼잣말을 하듯 중얼거렸다. 턱 근육이 실룩거리는 걸로 보아 그게 거짓말이 아니라는 것을, 분노할 만큼 잘 안다는 것을 느낄 수 있었다.

"알아요? 안다고요? 북한이 그걸 안다고요? 그런데 왜 우리가 이런 꼴을 겪고 있다고 생각하십니까?"

"그거이 고저…. 통일이 되면 우리 민족끼리 잘 해결할 수 있을 거이라고 생각했습네다."

"우리 민족끼리라고요? 하여간 북한은 그게 문제예요."

"……."

"맞아요. 통일, 하기는 해야죠. 하지만 통일이라는 것도 우리끼리 할 수 있는 문제가 아니잖아요. 하지만 무엇보다 우리의 의지가 가장 중요하니까, 그 의지라는 걸 가지라고 성토하기 위해 한국에 온 거라고 했다면 기자회견 때 기자들과 말씨름을 벌일 일은 없었을 거예요. 아무리 그래도 결과는 똑같겠죠. 저 사람들이 지금 헛소리를 지껄이는 게 아니거든요."

김 기자가 손가락으로 벽걸이 TV를 가리켰다. 아직도 통일을 하네 마네 떠들어대는 그들을 말이다.

"물론 백두산에 이상이 생기면 정부도 반응을 하겠죠. 화산 조사단이 아무리 형식적으로 파견되었다지만 가서 놀다 오겠습니까?"

"……."

"현실을 직시하세요. 기자회견 때도 어느 기자가 말했지만 터지네 마네 하던 백두산은 여전히 잠잠하고, 남북관계는 옛날에 그랬듯 미국이나 중국이 어떻게 하느냐에 따라 오늘의 형제가 내일은 원수보다 못한 관계로 전락합니다."

"……"

"한국에 학문적인 문제를 안고 오셨지만 당신들의 현재 모습은 학문이 아니라 정치적 망명으로 부각되어 가고 있어요. 모르시는 것 같아서 말씀드립니다."

서희는 문득 눈앞에 깜깜해지는 것을 느꼈다. 아쉬울 게 없단다. 여유 있는 나라에서 잘 먹고 잘 살고 있으니 통일은 해도 그만 안 해도 그만이란다. 북에 사는 형제들이 이대로 죽어도 상관없다는 걸까? 쌀 한 되에 몸을 팔고, 아이들은 꽃제비로 전락하거늘, 배부른 그들은 통일을 할까 말까 의논하며 동물원의 원숭이를 들여다보듯 우리를 구경한단다. 어떻게 그럴 수가 있을까. 백두산은 지금 고통에 찌들어 사는 우리의 숨통을 더욱 더 틀어쥐고 있는데, 잘 사는 그들은 눈에 보이지 않는 문제라며 고개를 젓는다. 어째서 세상은 우리를 이토록 힘들게 하는 걸까? 왜 이 거대한 세상은 예나 지금이나 작은 우리를 가만히 놔두려 하지 않는 거지? 정신이 아득해져 간다. 충격에 쓰러질 듯 하는 부녀를 바라보는 김 기자도 착잡한 얼굴이었다.

"제가 너무 직설적으로 떠들었네요. 죄송합니다."

"……"

"두 분의 의견은 기사에 참고해 보겠습니다. 그리고 조만간 지질학자들과 지구물리학자들이 조촐하게 모여서 백두산과 관련된 세미나를 가질 예정인가 봐요. 거기에 참석해 보세요. 그 사람들은 아마 심각하게 받아들여 주겠죠."

테이블 위에 던져놓은 수첩과 펜을 챙겨들고 김 기자는 자리에서 일어났다. 입에 담기 힘든 말들을 쏟아내고 도망치듯 사라지지만 부녀는 그에게 잘 가라는 인사 한 마디 던질 마음의 여유가 없었다. 지금 우리는 갈 곳을 잃었다. 목적을 잃고 갈피를 잡지 못한 채 어떻게 해야 할지 허청거리고만 있다. 소파에 묻힌 몸뚱이를 일으켜 세우지 못하는 리성철, 그런 아버지를 오래 볼 수 없어 고개를 돌려버린 서희. 그녀의 시선이 닿은 곳에 거울이 있다. 커다란 거울이 상실감에 빠진 우리를 비춘다. 왜 이렇게 초라해 보이는 걸까? 왜 이렇게 우스워 보이는 거지? 오로지 한 가지 목표만을 바라보고 여기까지 달려왔는데, 끝까지 달려가면 아름다운 미래만이 펼쳐져 있을 거라고 생각했는데, 막상 달려와서 보니 거대한 장벽이 가로막고 서 있었다. 우리는 지금 그 장벽에 부딪혀 돌아갈 수도 없고, 앞으로 나아가지도 못한 채 주저앉고 말았다. 그들, 커다란 세상에 무책임하게 내던져진 부모 잃은 고아처럼 두 사람은 거기에 앉아 한동안 말을 잇지 못했다.

2020년 11월 17일.
「서희야, 서울 가면 뭐 하고 살 거야?」
언젠가 선화가 서희에게 그런 물음을 던진 일이 있었다.
「서울 가면…? 내래 서울 가면 공부만 할 거이야.」
「공부? 너도 참 대단하다, 얘.」
「고저 화산을 가진 나라에 화산 학자가 없다는 게 말이 되네?」
「그러게….」
「고저 북과 남이 일본이나 중국에 손 벌리디 않고 우리 힘으로 해결하도록 어린 학생들을 가르칠 거이야. 내래 지구과학 교수가 되갔어.」
한국의 지구과학 교육에는 지질학이나 암석학, 기상학 등등의 학문에서 간접적으로 화산을 공부할 수 있다. 하지만 전문적으로 화산학을 가르칠 정통파 학자는 존재하지 않으며 한국은 가까이에 있는 백두산 화산의 위험성을 제대로 알지 못해 외국의 전문가를 초빙해야 할 형편이었다. 시시각각 다가오는 백두산 화산의 위협으로부터 안전한 삶을 살아가기 위해서는 하루 빨리 한국도 일본이나 중국처럼 좀 더 많은 것을 알아야 할 것이다.

「그래, 서희야. 너 같은 사람이 전문가 그룹을 만들어준다면 우리는 백두산을 두려워하지 않을 거야.」

「기리티? 나는 말이야. 낮에는 공부하고, 밤에는 냉면을 팔 거이야. 고저 한국에는 가짜 평양냉면, 함흥냉면 요리 집이 왜 그리도 많네?」

「진짜는 어떤데?」

「고저 먹자마자 쓰러져 죽을지도 모른다.」

그 황홀한 맛에 쓰러지면 다시는 일어나지 못할 거라며 냉면 육수 만드는 비법을 설명하는 그녀, 화산에 대한 얘기를 할 때처럼 열정적으로 변해버리는 친구의 표정이 재미있어 선화는 까르르 웃음을 터뜨렸다.

「와 웃고 그라네? 자나가는 참새 똥구멍을 봤네?」

더 이상 참지 못하고 눈물 나도록 웃어대는 선화의 어깨를 때리며 서희도 덩달아 키득거린다. 선화는 그때가 그립다. 애초에 한국인으로 태어났더라면 좋았을 텐데…. 아니, 만일 서희가 한국인이었더라면 두 사람은 친구가 될 수 없었을 거였다. 서희의 표현처럼 배부른 한국인, 나라 밖에서 무슨 일이 일어나는지조차 모르고 철없이 살아가는 젊은이로만 남아있었을 테다.

"어떡하면 좋아…."

선화는 서희의 미소와 웃음소리를 떠올리며 한숨짓고 있었다. 당장 달려와 왜 그러고 있느냐며 등짝을 후려갈길 것만 같은 그녀가, 내 친구가 꿈을 이루겠다고 찾아간 그곳에서 충격으로 주저앉아 버렸다. 조금 전 인터넷에 떠오른 기사가 하나를 읽었다. 수많은 소식 사이에서 발견한 것이라 하마터면 보지 못하고 그냥 지나칠 뻔했다

「백두산이 먼저 터질 것인가, 전쟁이 먼저 터질 것인가.」

자극적이면서 기가 막힌 제목의 기사를 읽다가 선화는 헛웃음을 터뜨렸다. 언제 터질지 모르는 백두산 화산은 안중에도 없이 한반도의 두 얼굴은 서로를 바라보며 으르렁거린다는 기사가 읽는 이로 하여금 흥분하게 만든다. 탈북자들의 증언을 내세워 스스로 그들보다 우위에 서려는 한국과 백두산의 위험을 호소하는 부녀. 과연 한국인은 어느 쪽에 더 많은 관심을 가질 것이냐고 기사는 묻고 있었다. 그리고 기사 말미에 기자는 백두산에 대해 논하는 그들의 목소리를 인용하며 이렇게 마무리 지었다.

「그들의 제일 큰 오류는 한국이 북한과 같다고 생각한 데에 있다. 한 민족이라고만 생각했을 뿐 분단된 채 살아온 지난 시간 동안 남과 북이 어떻게 달라졌는지 몰랐다는 것. 과연 두 사람은 험하디 험한 한국 사회에서 어떻게 살아갈 것인가.」

"서희야…. 이렇게 될 줄 정말 몰랐니?"

쉴 새 없이 쏟아지는 눈물, 오열하는 친구의 마음을 서희는 알까? 눈물에 가려 보이지 않는 눈앞에 서희가 나타난 것만 같다. 왜 우냐고, 어린애처럼 왜 그렇게 우는 거냐고, 당장 뚝 그치지 않으면 혼내주겠다고, 팔뚝과 등짝을 후려갈길 듯 위협적으로 주먹을 흔들며 노려보는 것만 같다.

"서희야!"

두 손에 얼굴을 묻고 훌쩍이는 그녀를 저쪽에서 승현이 지켜보고 있다.

"선화 씨…. 이제 그만 울어요."

어깨를 흔들며 그렇게 말을 건넸더니 너무 많이 울어 기운 없는 얼굴로 선화가 승현을 올려다본다.

"승현 씨, 내 마음 이해할 수 있어요? 내 친구가 아무 것도 못하고 울고 있는데…. 내가 옆에 있어줘야 하는데….."

승현의 손을 붙잡고 있던 그녀가 통곡을 하듯 오열하기 시작한다. 속상하고 슬픈 그녀, 너무 울어서 얼굴이 퉁퉁 부어올랐지만 아무래도 실컷 울게 내버려둬야 하나 보다.

"서희…. 꿈이 많은 아이였어요. 한국 가면 꼭 이룰 거라고…."

쉴 새 없이 눈물을 쏟아내는 그녀의 어깨를 승현은 조용히 감싸 안아준다.

"알아요. 오래 만나보지는 못했지만 저도 알 것 같아요. 서희 씨, 참 멋진 여자예요."

선화의 슬픈 울음소리가 다시금 이어진다. 눈물은 마르지 않을 것처럼 쏟아지고, 이제는 기운이 없어 스스로의 힘으로도 가누기 힘든 그녀의 몸뚱이가 승현에게 기대어 있다.

"선화 씨, 그만 울고 정신 좀 차려 봐요. 이러고 있는 거 서희 씨가 보면 야단칠 거예요."

그녀의 어깨를 토닥여주며 승현은 한숨을 내쉬었다. 승현과 선화가 예상했던 것처럼 현재 한국 사회의 시선은 더 이상 김책공대 출신 탈북자 부녀에게 남아있지 않았다. 거창하게 기자회견까지 열어준 한국에 발끈한 북한이 연일 비난 방송을 해대고 있으니 말이다. 그들의 말은 거짓이며 우리는 낙원에서 잘 살고 있다고, 강성대국 건설에 성공하여 모든 인민들이 행복하게 살고 있는데 무슨 헛소리를 하는 거냐고 말이다. 또한 탈북자 부녀에게도 더 이상 나서면 가만 두지 않겠다는 으름장도 놓았다. 공화국의 명예를 걸고 심판하겠다나? 한국의 TV 뉴스에선 이 소식을 전하던 아나운서가 웃음을 터뜨리는 방송 사고를 일으키는 바람에 잠시 시끄러워지기도 했었다. 그리고 일부 시청자들은 불안해했다.

북한이 정말 부녀를 해칠지도 모른다고 생각했는지 리성철과 리서희의 경호를 좀 더 철저하게 해야 한다는 의견이 빗발쳤다.

「북한? 걔들은 어쩔 수 없는 쓰레기야. 테러와 남 위협하는 짓 밖에 할 줄 모르니….」

「걔들한테 자꾸 쌀 보낼 거야? 그 새끼들은 더 굶겨야 해! 그래야 정신 차리지!」

「요즘 백두산이 폭발하네, 어쩌네 하는데, 백두산이 아니라 지구가 폭발했으면 좋겠다! 이게 사는 거냐?」

새로운 소식이 올라올 때마다 인터넷은 시끄러웠다. 우르르 몰려들어 악성 댓글을 달거나 서로 생각이 다르다며 싸움질도 벌어졌다. 혼란스러운 상황, 사태의 중심에 서서 한국은 지금 분노하고 있었다.

"물 좀 달라."

식당으로 내려온 백동일이 선화를 보자마자 그렇게 말했다. 그러나 선화도 승현도 대꾸 한 마디 없다.

"거기 앉아서 뭐 하는 거이야? 물 좀 달라! 내 말 못 들었네?"

백동일이 버럭 고함을 질렀다. 승현의 품에 기대어 있던 선화가 죽일 듯 그를 노려보기 시작했다.

"와 그딴 눈으로 보는 거이야? 물 한 잔 주는 게 그리도 싫으네?"

"당신은 손이 없나 보지? 직접 갔다 마시면 되잖아!"

"이런 쌍간나 에미나이가 어디다 대고 큰 소리야!"

백동일이 무섭게 소리 지르며 다가와 승현을 밀쳐내더니 선화의 멱살을 틀어쥐었다.

"너, 내가 누구인지 아네?"

"내가 알게 뭐야?! 그리고 지금 뭐하는 거야! 남자가 치사하게 물 안 준다고 여자를 위협해?"

"뭐이 어드레? 이런 쌍…!"

선화의 따귀를 후려치려던 백동일이 승현에게 고개를 돌렸다.

"뭐이네? 이 손 놓지 못하갔어?"

"때릴 거잖아. 북에서는 남자가 여자 쉽게 때릴 수 있나 보지?"

"이것들이 어디다 대고 반말이네? 손 놓으라!"

승현의 손을 뿌리치며 그가 다시 버럭 소리 질렀다. 시끄러운 소리를 들었는지 리용두가 뒤늦게 식당으로 달려오고 있었다.

"고저 이 반동분자 새끼들이 눈에 보이는 게 아무 것도 없는 모양이로 구만!"

"뭐? 반동분자?"

"그럼! 조국을 배반하고 괴뢰국의 밑구멍을 핥으며 살려달라는 놈들을 받아준 너희가 반동분자가 아니고 뭐갔어?"

"야, 이 새끼야!"

선화가 소리를 지르며 그에게 달려들더니 멱살을 흔들어대기 시작했다.

"뭐, 뭐이야? 이 에미나이 지금 뭐하는 거이네? 이보라, 남성 동무! 당장 이 에미나이를 치우라!"

하지만 그가 명령을 하거나 말거나 승현은 미친 듯 소리 지르는 선화를 이미 떼어놓고 있었다.

"그만 해요, 선화 씨. 이런 사람 상대해 봤자 선화 씨만 손해예요."

아직도 분이 풀리지 않은 듯 노려보는 그녀의 눈에 눈물이 그렁그렁하다. 하지만 더 이상은 안 된다. 백동일 그는 함부로 건드려서는 안 될 인물이란 말이다.

"이보라, 동무들. 고저 잘 들으라. 내래 백두산을 조사하는 우리 인민들 때문에 외국에 나와 있는 사람이라 참는 거이야. 안 그랬으면 너희 모두 내 손에 죽었어. 알갔어, 모르갔어?"

"이 개새끼가 보자보자 하니까…."

도저히 참을 수 없는 승현의 주먹이 허공을 가르고 날아간다. 그러나 그는 목표물을 맞히지 못했다. 재빨리 끼어든 리용두가 승현을 붙잡은 것이다.

"이보라, 승현이. 고저 네가 참으라. 내래 보안원 동무를 데리고 2층으로 올라갈 테니끼니…."

미안해 하지만 그렇게 표현할 수 없는 리용두의 마음을 아는지 모르는지 백동일은 여전히 기고만장한 얼굴이었다.

"고저 잘 들으라. 우리 공화국은 강하다! 아무리 너희 미제의 앞잡이들이 막아서도 너희는 우리 공화국의 전진을 막을 수 없어!"

"……."

"고저 아무도 우리를 막지 못한다! 백두산? 그따위 화산도 우리를 막을 수 없어! 우리 인민 용사들이 막아낸단 말이다!"

마치 만화에 나오는 명대사를 읊는 것만 같다. 어린 아이들을 상대로 만든 뮤지컬 속의 악당, 그 역할을 열정적으로 연기하는 배우인 것처럼 느껴져 선화가 백동일을 보고 피식 웃음을 터뜨리고 만다.

"지금 나를 비웃는 거이야?"

"당신, 아직도 백두산을 막을 수 있다고 생각하는 거예요?"

"당연하지. 우리 공화국의 전사들이 그까짓 거 하나 못 막을 것 같네?"

선화가 마치 실성한 사람처럼 웃기 시작한다. 환상에 빠진 이 사람을 어떻게 구제해야 한단 말일까? 이 사람은 정말 어쩔 도리가 없는 인간일까?

"이봐요. 헛소리 그만 하고, 당신네 나라 인민들 어떻게 피난시킬지

고민이나 하세요.”

“뭐이 어드레?”

“당신네 나라 사람들, 도망도 함부로 못 가잖아!”

다시 버럭 소리 지르는 선화에게서 또 다시 눈물방울이 굴러 떨어졌다. 이번엔 승현이 그녀의 말에 고개를 갸웃한다.

“선화 씨, 그게 무슨 소리죠? 함부로 도망을 못 간다니요?”

“북쪽 사람들…. 그 사람들더러 어디로 도망가라는 거죠? 화산이 폭발해도 집에 꼼짝없이 숨어 있어야 하잖아요. 폼페이 사람들처럼!”

폼페이라는 도시를 화산의 흔적 속에서 발굴했을 때, 세계인들은 경악했다. 베수비오 화산이 폭발했지만 사람들은 도망가지 못한 채 집안에 남아 서로를 부둥켜안고 죽었다. 북쪽의 그들도 그렇게 죽어갈지 모른다. 백두산의 무서움을 깨달았을 때에는 이미 늦은 뒤일 거란 말이다.

“이보라, 에미나이. 백두산은 폭발하디 않아.”

“뭐, 뭐라고요?”

“모두 어불성설이야. 고저 학자들이 여기에 와 있는 것도 다 형식적이란 말이야. 아직도 모르갔네? 조만간 조국으로 돌아갈지 모르니 짐이나 잘 챙겨두고 있으라.”

“…?”

무슨 짓을 할까 두려워 붙들고 있던 리용두의 손길을 뿌리치며 백동일이 돌아섰다.

“아차, 그리고…. 반동분자와 결탁했던 너, 에미나이!”

“…….”

“고저 입 다물고 가만히 있는 게 좋을 거이야. 기리티 않으면 무서운 벌을 받게 될 테니끼니….”

가소롭다는 듯 입술을 비틀어 웃으며 백동일이 식당을 나갔다. 그를 따라가지만 리용두는 더 이상 보이지 않을 때까지 승현을 돌아보고 있었다. 미안하다고 말하는 것 같다. 너희에게 가까이 다가가고 싶지만 그럴 수 없는 날 이해해 달라고 말하는 듯, 이렇게밖에 할 수 없는 우리를 용서해달라고 말하는 듯하다. 그러나 그는 눈치만 볼 뿐 끝내 아무런 말도 하지 못했다.

"선화 씨, 괜찮아요?"

힘없이 주저앉는 선화를 부축하며 승현이 물었다.

"저 사람은 화산에 대해 아무 것도 몰라요. 한국 사람들보다 더…."

아무 것도 모르는 동포들이 그래서 죽어간다. 구해줘야 하지만 우리에겐 아무런 힘이 없다. 서희가 그렇게 원하던 화산으로부터의 자유로운 삶은 북녘 동포들에게 영원히 오지 않을 거란 말일까? 파르르 떨리는 두 손으로 머리를 감싸 쥐는 선화의 귀로 서희의 애달픈 비명소리가 이명처럼 들려오고 있었다.

띠리리리릭~띠리리리릭~!

책상 위에 놓아두었던 휴대폰이 마구 울려대고 있다.

"모시모시(もしもし-여보세요)"

피곤한 눈을 비비적거리며 아키라가 스마트폰을 들여다 보았다.

「아키라 박사님! 접니다!」

"…?"

피곤해서일까? 수화기 저편에서 들려오는 목소리의 주인공이 누구인지 도통 감을 잡을 수가 없다.

"누구신가?"

「아, 예. 심양주재 일본 영사관 직원입니다.」

이도백하의 백두민박에서 대기 중인 바로 그였다. 그가 인사도 없이 무작정 소리쳐서 미안하다고 겸연쩍게 웃는다.

"음, 그래요. 무슨 일이신가?"

「박사님, 그쪽은 별 일 없으십니까? 최근의 일 때문에 확인 차 전화 드렸습니다.」

"허허, 내가 북한 사람들에게 납치라도 당했을까봐?"

「아아, 납치라니요? 박사님도 참….」

사실은 그게 맞았던 모양이다. 대꾸하는 그의 목소리에서 쭈뼛거리는 기색이 전해지고 있다.

"여기는 별 일 없네. 탈북자 문제 이후 북한 측 인사들의 신경이 날카로워지기는 했지만 그런대로 괜찮아"

「아, 그러십니까? 혹시 불편하신가요?」

"아니야, 그렇지는 않아요."

아키라가 웃으며 대꾸했다. 정말 별 문제없이 지내고는 있지만 이곳에서 한솥밥을 챙겨 먹는 사람들 사이에 뭔지 모를 신경전이 벌어지는 건 사실이다. 눈에 힘을 주고 다니는 백동일 때문이었다.

「저, 박사님…. 혹시나 해서 드리는 말씀인데요.」

"…?"

「혹시 본국으로 돌아가실 의향이 있으십니까?」

"응? 그게 무슨 소리신가?"

「아, 저, 그게….」

누군가의 눈치라도 보는 건지 그는 쉽게 말을 꺼내지 못하고 있었다. 사실 여기보다 그쪽의 분위기야말로 삭막하기 그지없을 거였다.

「지금 정부에서 박사님을 본국으로 소환해야 한다는 의견이 나오고 있습니다.」

"나를? 왜?"

「이번의 사건 때문입니다. 본국에선 별 문제없는 듯 행동하고 있지만 이번 일 이후에 드러난 북한의 행보가 심상치 않아 보여서요.」

"저런, 쯧쯧쯧⋯."

그의 말뜻은 바로 이러하다. 강성대국 건설의 원년이라는 2012년 이후 북한은 성공과 실패를 떠나 주변국에 대한 적대감을 전보다 더욱 강하게 드러내고 있다는 거다. 그 중 가장 큰 문제는 핵실험에 대한 소문이었는데, 그로 인해 북한의 혈맹인 중국과 한국의 동맹인 미국이 서로를 마주보고 으르렁거린다는 사실이다. 그러한 이유로 미국 정부가 요즘 전 세계에 북한을 제제할 자신을 지지해 달라며 압박하고 있는데, 하필 중국 내에 자국 국민을 파견한 일본 정부가 그들의 싸움에 말려들게 될까봐 전전긍긍하더라는 것이다. 국제 사회의 분위기에 따라 일본 정부도 거기에 동참하게 될 것이고, 그렇게 되면 북한과 중국의 먹잇감으로 지목되어 이러지도 저러지도 못하는 처지에 놓일까 몸을 사리더라는 거다.

"글쎄, 나는 별 문제 없으니 신경 쓰지 않아도 되네."

「아, 그러십니까? 그러면 지금 외무부 직원이 본국의 호출 때문에 심양 공항으로 이동할 준비를 하고 있거든요. 그 친구 데려다 주고 바로 이도백하로 돌아올 테니 혹시 무슨 일이 생기면 연락 주십시오.」

"음, 그래. 알겠네."

전화가 끊어졌다. 다시 일에 집중하려고 노트북의 모니터를 들여다보지만 일은커녕 머릿속이 복잡한데다 피곤에 찌든 눈꺼풀이 자꾸만 무겁게 가라앉아서 아무것도 할 수가 없다. 굳게 닫힌 문 바깥에서 들려오는 선화의 울음소리, 저 혼자 떠들어대는 TV뉴스의 아나운서는 아직도 뉴스 속보를 정신없이 쏟아내고, 아키라는 영사관 직원과의 길지 않았던 통화내용을 떠올리며 답답한 한숨을 내쉬었다.

8장

친구, 안녕.

대규모 분출 시, 방출된 가스가 대기를 가로막아 기온이 떨어지므로 대참변이 생겨난다.

　　　　　　　　-벤저민 프랭클린

2020년 11월 17일.

쿵! 쿵! 쿵! 쿵!

"계십니까?"

누군가 아침부터 백운산장의 문을 두드리고 있었다.

"누구십니…. 어?"

현관문을 열던 승현의 얼굴에 깜짝 놀란 표정이 생겨난다.

"안녕하세요? 저 아시죠? 심양주재 한국 영사관 직원…."

"아, 예. 안녕하세요? 그런데 어쩐 일로?"

"죄송하지만 짐 챙겨서 나오셔야겠습니다."

"예?"

영문을 알 수 없는 승현이 그렇게 되물었고, 뒤늦게 방에서 나오던 태균도 고개를 갸우뚱거렸다.

"이보시게. 그게 무슨 소린가?"

"중국 정부의 조치입니다. 이도백하로 돌아가 당분간 대기하셔야 할 것 같아요."

그의 뒤로 일본 영사관 직원이 나타나 그들에게 꾸벅 고개 숙여 인사했다. 뒤늦게 방에서 나온 아키라가 다시 고개 숙이는 일본 영사관 직원에게 손을 흔들어 화답한다.

"아니, 이보시게. 아침부터 느닷없이 그게 무슨 소리신가?"

"아, 저…."

그때, 영사관 직원들을 밀치며 들어오는 무리가 있었다. 제복 차림의 공안들이었는데, 그들은 문 앞에 서 있는 한국인들과 일본인들은 거들 떠보지도 않고 우르르 몰려 들어가 거실에 모여앉아 있는 진수이룽과 북한인들을 향해 꾸벅 고개 숙여 보였다. 그들 무리의 하는 짓이 어찌나 절도 있어 보이던지, 인사를 받는 이들조차도 당황하여 눈이 휘둥그레 질 지경이었다.

"뭔가? 도대체 무슨 일이야?"

어느새 황당해진 눈빛으로 태균이 다시 물었다. 영사관 직원들은 입 이 쓴지 얼굴을 찌푸리고 있었다.

"결론부터 말씀드리자면 백두산 화산 조사는 중단되었습니다."

"뭐, 뭐야?! 그게 정말인가? 도대체 왜?"

"저, 그게…. 북한이 중국에 그렇게 해달라고 부탁했더랍니다."

북한의 행동이 요즘 이상하다고 그는 말했다. 북한이 중국에게 먼저 화산 조사팀의 철수를 요청했는데, 그 이유를 얼마 전 얼마 전 천지 주 변을 서성거리던 헬기 때문이라고 했더란다. 그 헬기가 화산 조사팀의 헬기가 아닌 군용 헬기였을지도 모른다는 소문이 있고, 사전에 허가를 받았으므로 별 문제가 없을 거라던 중국 정부의 말도 단숨에 뒤바뀌어 버렸다는 거다.

"좀 이상해요. 한국 정부에게는 탈북자를 내놓으라고도 하고 있거든 요. 내놓지 않으면 무슨 일을 벌일지 모른다고 협박을 하지 않나…."

"우리를 볼모로 잡아두고 무슨 짓을 꾸미겠다는 거로구먼."

"그런 모양입니다."

"한국 정부에선 뭐라던가? 우리에 대한 조치는 없었는가?"

"예, 그게…. 아직…."

답답해진 얼굴로 태균이 허탈하게 웃음을 터뜨렸다. 옆에서 일본 영사관의 직원도 아키라에게 현재 일본의 분위기를 전하고 있었다. 일본의 국민을 본국으로 송환하고 싶지만 당장 그럴 만한 분위기가 아니더라는, 일본이 그렇게 꼬리를 감추고 내빼버리면 한국과 미국이 곱게 봐주지 않을 거라는, 이미 그럴 움직임을 보였더니 한국주재 일본대사관의 대사를 불러다가 청와대에서 호통을 치더라는 거다.

"답답한 노릇이구먼. 그러면 우리를 언제까지 붙잡고 있겠다는 건가?"

"모르겠습니다. 일단 북한이 속내를 드러내봐야…."

"한심한 작자들이군!"

"죄송합니다."

자신의 잘못도 아닌데 영사관 직원들이 그렇게 사과한다. 더 이상 화산을 지켜볼 수 없게 되어 답답하고 속상한 그들과 달리 거실에 모인 북한인들과 중국인들의 분위기는 화기애애하다. 물론 동료들의 눈치를 보는 진수이룽은 어떻게 해야 할지 몰라 난처한 얼굴이었고 말이다. 꼼짝없이 이도백하로 쫓겨 가게 되어버린 이들은 모든 일을 중단하고 원점으로 회귀하기 위해 짐을 싸기 시작했다.

똑똑.

"선화 씨."

어수선한 바깥 분위기에도 나와 보지 않는 선화가 걱정되어 승현이 그녀의 방으로 찾아갔다. 그녀는 아직 침대 위에 힘없이 누운 채였다.

"선화 씨, 괜찮아요?"

"네, 무슨 일 있어요? 시끄럽네요."

"이도백하에서 대기하던 영사관 직원들이 왔어요. 짐 싸들고 나오래요."

"짐을 싸라고요? 왜요?"

기운 없는 얼굴로 선화가 자리에서 일어났다. 그들이 가져온 좋지 않은 소식들을 들려주니 그녀의 표정은 참담함 그 자체로 변하고 말았다.

"말도 안 돼요. 아무리 그래도 그렇지."

"별 수 없어요. 중국 정부에서 그렇게 조치했다는데 어쩌겠어요? 한국 정부에선 아직 반응이 없다고 하니 기다려 봐야죠."

묵직해진 가슴을 싸쥐고 선화가 한숨을 몰아쉬었다. 정말 말도 안 된다고 생각하지만 이미 상황은 그렇게 진행되어 있었다. 늘어놓았던 옷가지와 남은 짐들을 챙겨들고 밖으로 나오는 두 사람을 아키라가 반겨준다. 지금껏 모르는 체 하던 그도 안타까운 마음은 어쩔 수 없었던지 기운 잃은 선화를 위로하듯 감싸 안았다. 곁에서 승현은 그녀의 손에서 짐 가방을 대신 받아들고 있다.

"…?"

지프에 올라타던 승현이 문득 하늘을 올려다보았다. 그를 따라 무심코 하늘을 보던 아키라의 입가에 살며시 미소가 떠오른다.

"눈이 오네요, 박사님."

"많이도 내리는구먼. 더 쌓이겠는데?"

일주일 만에 다시 쏟아지는 함박눈이다. 한겨울로 접어들려는지 아직 녹지 않은 1주일 전의 흔적 위에 다시 쌓이기 시작하는 함박눈을 맞으며 승현은 멀어져가는 천지에게 작별의 인사를 고한다. 눈이 가득 쌓이고, 지금보다 훨씬 추워지면 저기 힘차게 쏟아지던 비룡폭포도, 눈물 나게 아름답던 천지도 꽁꽁 얼어버리겠지. 지하의 마그마는 곧 세상으로 뛰쳐나갈 준비를 할 것이다. 아마 다시는 보지 못하겠지. 사랑스런 우리의 자연, 언젠가 다시 만나는 날 새파란 하늘처럼 그렇게 웃어주기를 빌고 또 빌어본다. 옛날에 그랬듯 지금도 그곳에서 아픈 우리를 묵묵하게 내려다보는 천지, 다시 만나는 그날까지 마음 깊이 안녕.

"선화야!"

대로변까지 나와 일행을 기다리던 어머니가 지프에 탄 선화를 보고 그렇게 소리쳤다.

"엄마!"

"아이고! 우리 딸, 고생이 많았지?"

"엄마…."

오랜만에 집으로 돌아와서인지 아기처럼 울먹이는 딸을 어머니는 품에 꼬옥 안아준다.

"엄마, 어떻게 된 거예요? 난 이 상황을 도대체 모르겠어."

"엄마도 잘 모르겠구나. 하지만 시키는 대로 해야지, 어쩌겠니?"

생각도 못 해본 이 얼토당토않은 작금의 현실 때문인 듯 어두워져버린 딸의 얼굴을 쓰다듬으며 어머니가 그 가녀린 어깨를 감싸 안는다. 차에서 내린 뒤 각자 배정된 방으로 군말 없이 찾아들어가는 그들, 지금 이 순간부터 화산 조사팀은 국적을 불문하고 당분간 백두민박에서 대기해야 했다. 한국인과 일본인은 함께 투숙한 영사관 직원의 허가를 얻어야 외출이 가능했고, 북한인들과 중국인들은 이도백하 내에서만 활동하되, 반드시 공안의 경호를 받아야만 했다. 조사 활동이 중단되어 아무런 일도 할 수 없는 데다 불편함까지 감수해야 하니 팀의 멤버들에게는 정신적 고통이 뒤따를 수밖에 없었다.

"선화야, 괜찮니?"

몇 시간 째 방에 틀어박혀 누워만 있는 선화의 방에 어머니가 들어왔다.

"괜찮아."

"괜찮기는? 아파 보이는데….”

“……."

침대 끝에 걸터앉으며 어머니가 힘없이 누워있는 딸의 헝클어진 머릿
결을 쓰다듬어 주고 있다. 그 손길이 어찌나 따스했던지 선화는 실로 오
랜만에 느껴보는 엄마의 마음에 울컥 눈물을 쏟아내고 말았다.

“왜 울고 그래? 애처럼….”

“엄마…!"

하고 소리치며 선화가 어머니를 와락 껴안았다. 그리고 다시 훌쩍거
리는 그녀, 왜 그러냐고 물어볼 만도 한데, 어머니는 말없이 딸의 등을
어루만지고 있다.

“엄마, 서희 말이에요. 꿈 많은 애였던 거 알지?"

“그래, 알아. 엄마도 알고 있어."

마른 줄 알았던 눈물이 폭포수처럼 다시 쏟아지고 있었다. 딸의 눈물
을 보다 못한 어머니의 얼굴도 눈물범벅이 되어버리고, 함부로 꺼낼 수
없는 사연을 가진 모녀는 서로를 끌어안고 눈물을 뿌렸다.

“내 친구가 외로워서 슬퍼하는 게 보여. 그런데 나는 도와주고 싶어도
그럴 수가 없어. 이게 무슨 친구야?"

“울지 마, 선화야. 서희는 좋은 곳에 갔잖아. 한국에 갔으니까 잘 살
수 있을 거야. 걱정하지 마."

불안해하거나 눈치 보지 않을 곳으로 간 거라고, 예전에 살던 곳보
다 훨씬 좋은 한국으로 간 건데 왜 그렇게 우느냐며 어머니는 딸의 어
깨를 토닥여준다. 하지만 정작 어머니도 눈물을 멈추지 못하고 있다. 서
희, 아픔을 가진 그 아이를 친 딸인 양 대해주고 싶었다. 물론 한계가 있
었지만 어떻게든 그 아이를 행복한 삶으로 인도해주고 싶었다. 정치적
인 문제를 떠나 어미로서 가진 모성이었을 것이며, 한국인만이 가진 그

들에 대한 특별한 애정 때문이었을 거다. 하지만 결과는 마찬가지였다. 서희는 그저 탈북자에 불과했고, 꿈은 그저 꿈일 뿐이었다. 그런 친구가 안타까운 내 딸, 하염없이 울고만 있는 내 딸을 어찌하면 좋을까. 친구를, 우리의 형제를, 사랑하는 우리 모두의 핏줄이자 가족의 아픔을 그저 바라만 봐야 하는 내 딸을 어찌하면 좋을까.

"이제 그만 울어. 너 힘들잖아, 응? 선화야…."

"엄마, 나중에 한국에 가야겠어. 사람들이 서희를 잊었을 때, 그때 한국에 가야겠어. 가서 서희 도와줄 거야. 서희 아버지도 보고…."

"그래, 그렇게 하자. 엄마도 도와줄게."

그러고도 선화는 울음을 그치지 못했다. 한국에 가지 말라고 잡을 걸 그랬다고, 가봤자 외로워질 거라고, 너와 같은 꿈을 가진 친구가 거기에 없는데 뭐 하러 가냐고 울면서 중얼거리고 있었다. 문가에 서서 그 모습을 지켜보던 승현과 그녀의 아버지 정태우는 깊은 한숨을 내쉬었다.

"자네, 담배 피울 줄 아는가?"

속상한 마음은 마찬가지였던지 정태우가 그렇게 물었다. 하지만 승현은 고개를 저을 따름이다.

"죄송합니다. 저는 담배를 피우지 않아요."

"그래? 그것 참 섭섭하구먼."

담배와 라이터가 들어있을 주머니에 두 손을 찔러 넣은 채 정태우가 중얼거렸다.

"대화할 상대가 필요해서 그래. 나랑 얘기 좀 하지?"

"예, 알겠습니다."

두 사람이 찾아간 곳은 옥상이다. 함박눈이 쏟아지던 백두산처럼 이도백하의 하늘도 찌뿌듯하기만 했다.

"그간 고생이 많았지? 백두산이 워낙 까다로운 산이라 잠깐 어디 이동하는 것도 힘들었을 거야.”

“제가 하는 게 뭐 있나요? 어른들 따라 다니며 잔심부름이나 하는 거죠.”

담배를 꼬나문 채로 정태우가 픽 웃더니 그의 어깨를 토닥여준다. 아무나 쉽게 자주 갈 수 없는 곳에서 고생만 하다 왔으니 대견하다는 뜻일테다.

“그건 그렇고, 중국 정부는 언제까지 우릴 여기에 붙잡아 두겠다는 거죠?”

“글쎄, 그건 나도 모르지. 북한의 꿍꿍이가 끝나봐야 알 것 같아.”

“답답하네요.”

“지금 한국 정부의 마음이 그래. 기실 한국 정부만이 아니야. 일본이나 미국도 고민하고 있어.”

“미국도 우리가 여기에서 뭘 하는지 아나요?”

“그럼, 당연하지. 그들에게도 백두산 폭발은 초미의 관심사야. 지구에서 가장 강한 놈이 성질을 부리려고 하는데, 가만히 있을 나라가 어디에 있겠나?”

“그렇군요.”

승현이 고개를 끄덕였고, 정태우는 필터만 남은 꽁초를 떨어뜨려 발로 짓이겼다.

“모르긴 몰라도 지금 제일 고생하는 사람들은 영사관 직원들일 거야. 그 친구들이 무슨 죄라고….”

화산 조사팀에 대해 어떻게든 조치하라고 명령을 내린 중국 정부에 채이고, 그대로 실행하자니 항의를 받을 수밖에 없는 입장인지라 그들의 정신적 고통 역시 말 못 할 지경일 거라 말하며 정태우는 혀를 끌끌 찼다.

"정말 답답하네요. 꼭 이렇게까지 해야 할까요?"

"겉으로 보기엔 한국과 북한의 싸움 같지만 사실은 미국과 중국의 힘 겨루기라네. 예전부터 그래 오지 않았나?"

한국과 북한 모두 강대국들의 총알받이가 되어있는 거라고 말하려다가 정태우는 입을 다물었다. 사실이 그렇기는 하지만 그건 너무 자극적인 표현인 것 같다. 곁에서 승현은 지금 이런 속상한 마음이 거의 모든 한국인들의 마음일 거라고 생각하는 듯 조용히 고개를 끄덕이고 있었다.

"선화 씨한테는 서희 씨가 보고 싶더라도 한국에는 관심이 좀 줄어들었을 때가 되면 가라고 했어요. 지금 가면 골치만 아파질 테니까요."

"그래, 잘 했네."

고개를 끄덕이며 정태우는 딸이 그때까지 잘 참아 주었으면 좋겠다고 중얼거렸다.

"그때 말이지. 서희 그 녀석을 처음 만났을 때 그냥 공안에 넘겼어야 했어. 그랬더라면 이렇게 속상하지 않을 텐데…."

다시 정태우는 담배를 빼어 물면서 불을 붙였다.

"자네, 여기 처음 왔을 때, 혹시 그 아이를 본 적이 있는가? 간혹 선화를 따라 가이드 노릇을 했던 것 같아서 말이야."

라고 물었더니 승현은 마치 죄를 지은 사람인 양 정태우에게서 시선을 돌려버렸다. 어쩌면 그것 역시 잘못일지도 모른다는 생각에서였다.

"예, 저도 서희씨를 본 적이 있어요. 그때엔 단지 선화 씨의 조선족 친구였겠거니 했는데…."

"우리 선화가 정이 많아서 그래. 탈북자가 얼마나 위험한 사람인데, 없으면 죽고 못 살 것처럼 돈독한 사이가 되어버렸으니…."

"……."

비가 올 듯, 눈이 내릴 듯 개운치 못한 하늘을 올려다보며 승현은 도로 큰 숨을 내쉬었다. 딱 한 번밖에 만나보지 못했던 그녀, 조선족이라며 자신의 신분을 속일 수밖에 없었던 서희를 떠올리니 승현도 어쩐지 애처로워졌다. 홀로 외롭게 지내왔을 텐데, 탈북자인 자신을 드러내지 않으려고 눈치를 살피거나 숨어 다니며 어떻게든 살기 위해 발버둥을 쳤을 텐데, 그렇게 고통스러웠을 서희에게 선화는 아마 마음의 위안이 되어주는 고마운 친구였을 것이다. 겉으로는 여느 계집아이들처럼 툭하면 말싸움을 벌이고, 토닥거리기도 하는 등 남의 눈엔 한심한 모습을 보여 왔지만 그것은 늘 긴장 속에서 살아야 했던 서희의 답답한 마음을 보듬어 주는 방법이기에 가능했던 일일 것이다.

"그 아이를 진작 공안에 넘기지 못했던 이유가 뭔지 아나?"

"……."

"그건 말이지…."

정태우가 꽁초를 버리고 다시 새 담배를 피우기 위해 담배 갑을 뒤졌다. 그러나 담배 갑에는 이제 아무 것도 없다. 속상한 마음을 기댈 곳이 없어져버려 정태우는 다시 한숨을 내쉬고 만다.

"아무래도 선화가 날 닮았나봐. 아니면 나도 어쩔 수 없는 한국인이어서 그렇거나…."

"서희 씨에게 애정이 느껴지셨던가 봐요?"

"딸 같아서 그런 거지. 탈북자를 불쌍하게 여긴 마음도 있었던 것 같고…."

"……."

"자네도 나중에 결혼해서 딸을 낳아봐. 딸은 아들하고 달라서 애지중지 키우게 돼. 하물며 내 딸 같은 애가 나타나서 신고하지 말아달라고 애걸하는데 그걸 매정하게 쫓아낼 수 있는가? 도저히 그럴 수가 없더라고. 저 영사관 직원들이 알면 난리가 나겠지만 말이야. 정치와 상관없는 일반 국민들은 그게 아니라는 거지. 그게 우리의 현실이야."

대한민국의 현실이며 북한의 현실인지도 모른다고 승현은 생각했다. 하지만 그 아픈 마음을 보듬어주기는커녕 서로 못 잡아먹어 안달 난 맹수처럼 이빨을 드러내며 싸우기만 한다. 피해는 고스란히 죄 없는 백성들의 차지가 되어버리고, 마치 다람쥐 쳇바퀴 굴리듯 오래지 않아 아무 일 없다는 듯 다시 대치 상태를 유지할 것이다. 이 부끄러운 현실은 후손에게 물려주고 말겠지. 또한 후손들은 우리가 그랬듯 찢어지는 가슴으로 서로를 바라만 보게 될 터였다.

"선화 씨나 서희 씨, 서로 치고 받고 싸우면서도 없으면 죽고 못 사는 사이였던 것 같아요. 지금 와서 생각해 보면 한국이랑 북한을 보는 것 같기도 하고…."

"둘이 치고 받고 싸웠다고? 혹시 주먹질을 하던가?"

라고 물었더니 그렇다며 승현이 키득키득 웃음을 터뜨렸다. 있는 힘껏 틀어쥔 주먹이 아니라 가운데 손가락의 등뼈를 들어 올려 찍어 누르기 좋게 만든 모양새다. 주먹질을 제대로 할 줄 모르는 여자들의 필살기 말이다.

"우리 연애하던 시절에 내 마누라가 그걸로 날 얼마나 때렸는지 몰라."

"아, 그래요? 선화 씨가 절 그렇게 때리더라니까요. 손도 닿지 않는 등짝 한가운데를 내려찍는데…."

"뭐야?"

정태우가 정색을 하고 되물었지만 승현은 여전히 키득키득 재미있다는 얼굴이다.

"선화가 자네의 등을 때렸다고? 정말인가?"

"예, 왜 그러시나요?"

뭔가 이상하다고 말하는 듯 한 정태우의 얼굴 표정에 승현도 그제야 키득거리던 웃음을 멈추었다.

"자네, 우리 선화에게 무슨 짓을 했나?"

"예?"

"선화는 아무에게나 주먹질을 하지 않아. 좋아하는 사람에게만 역으로 그런 표현을 하거든."

의심 가득한 정태우의 눈초리를 보던 승현의 얼굴이 벌겋게 달아오르고 만다.

"자네, 백운산장에서 하라는 일은 안 하고 내 딸이랑 뭘 한 거야?"

"아, 아무 일도 없었습니다!"

"이 녀석이 어디서 거짓말을⋯."

철썩!

"으악!!"

정태우의 손바닥이 승현의 등짝을 사정없이 내려쳤다. 그 손의 힘이 어찌나 사납던지, 비명을 지르지 않고는 못 배겨낼 지경이다.

"정말 아무 일도 없었다니까요! 그만 때리⋯."

"아무 일도 없었는데 선화가 그래?!"

철썩!

또 승현이 비명을 지르고, 도망가려는 그의 뒷덜미를 붙잡은 정태우가 버럭 소리쳤다.

"이놈! 내가 왕년에 잘 나가는 배구스타였어!"

철썩!

"으아악!!"

비명을 쏟아내며 정말 아무 일도 없었다고, 사람 많은 그곳에서 무슨 짓을 하겠냐고 승현이 하소연을 하자 정태우도 그제야 매 타작을 멈추었다.

"알겠네. 믿어주지. 사실은 선화가 그렇게 때렸다고 해서 어느 정도까지 진척이 됐는지 궁금해서 떠보려던 거였어."

"말도 안 돼요! 아으~아파라!"

또 등짝 한 가운데를 얻어맞아 불에 구워진 오징어처럼 온 몸을 비트는 승현을 보고 정태우가 껄껄 웃어댄다. 절대 반항하지 못하도록 상대방을 한방에 제압하는 이 집 식구들의 노련한 솜씨라니, 아무래도 집안의 내력인가 보다.

"이보게, 자네에게 한 가지 부탁이 있네."

"…?"

미소로 가득하던 정태우의 얼굴이 어느새 저 위의 하늘처럼 어둑해져 버렸다. 가슴 속 깊은 숨까지 밀어 쉬는 걸 보니 뭔가 하고 싶은 말이 있는 모양이다.

"선화 말이야. 자네가 좀 챙겨줘. 겉으로는 강해보여도 연약한 아이야."

"……."

"그 녀석이 자네에게 관심을 가졌는데, 그 정도는 해줄 수 있지?"

정태우는 어쩌면 슬픈 딸의 마음을 대신 어루만져줄 사람이 필요했던 건지도 모른다. 아비의 마음으로 부탁하는 그의 간절한 눈빛을 보고 승현은 고개를 끄덕였다.

"알겠습니다. 어쩐지 책임감이 드는데요. 내 것을 지켜야 한다는, 뭐, 그런…."

"그래? 하하하!"

철썩!

"으아악!"

제발 그만 때리라고 사정하는 승현을 보고 정태우가 또 키득키득 웃어댄다. 어느 새 저녁때가 되어버린 하늘, 옥상을 내려가는 두 남자의 뒤에서 동네 개들이 유난스럽게 짖어대고 있었다.

저녁을 먹고 방으로 올라온 남민수와 리용두는 가방을 정리하다 말고 한숨을 푸욱 내쉬었다.

"이보라, 연구원 동무. 보안원 동무는 어데로 갔네? 와 아까부터 코빼기도 안 보이는 거이야?"

"모르갔습네다."

퉁명스럽게 대꾸하며 그는 곧 제 할 일에 열중했다. 남민수는 썰렁하기만 한 이 분위기를 어색해하는 눈치였지만 리용두는 그가 어쩌거나 말거나 관심이 없다. 마치 사춘기에 접어든 중학생과 그런 아들의 눈치를 살피는 아버지의 모양새다. 분위기가 그렇다는 것을 이미 알고 있지만 리용두는 별로 신경 쓰고 싶지 않았다.

"이런 썅간나…."

누구에게 향한 건지도 모르고 리용두는 무작정 그렇게 욕설을 중얼거렸다. 이 넓은 방에 덩그러니 놓여있는 내 모습이 싫다. 밖으로 나가 소리라도 시원하게 내지르고 싶은데, 허가해 주어야 할 백동일은 저 혼자 어디에 기어나갔는지 보이지 않고, 남민수는 여전히 눈치만 보고 있다. 저 노인네, 화산학자라는 이름을 버리고 나면 그저 볼품없는 늙은이로 전락하고 말 것이다.

"내래 와 이라네…?"

제 머리를 신경질적으로 벅벅 긁어대며 리용두는 중얼거렸다. 스스로도 왜 이렇게 심술을 부리는지 알 수가 없다. 백운산장에서 돌아온 뒤부터 기분이 안 좋더니 지금은 손에 잡히는 모든 물건을 깨부수고 싶을 지경이었다.

"연구원 동무. 이보라, 용두. 대체 와 그라는 거이야?"

참다못한 남민수가 그렇게 외쳐 물었다.

"모르갔습네다. 내래 와 이라는지…."

무너져라 한숨을 쏟아내며 리용두가 창가로 다가섰다. 어둑해진 바깥에 개와 고양이들이 마치 싸우기라도 하는 듯 서로 짖어대고 있었다.

"박사 동무, 도대체 언제까지 이러고 있어야 합네까?"

"……."

"우리가 와 여기에 처박혀 있어야 하냔 말입네다!"

리용두의 답답한 마음을 알아챈 남민수가 고개를 절레절레 흔들었다.

"고저 난들 알갔네? 우린 그저 공화국의 전진만을 믿고 따라갈 뿐이디."

"이해할 수가 없습네다! 남조선과 꼭 그렇게 싸워야갔습네까? 통일하자디 않았습네까? 이거이 통일이 아니라 전쟁하자는 거이 아닙네까?"

"거 말 조심하라!"

남민수가 버럭 고함을 질렀다. 더 하고 싶은 말이 많은데, 제멋대로 쏟아낼 수 없으니 리용두는 다시 신경질적으로 머리를 긁어댈 뿐이다. 그런 그의 모습을 가만히 지켜보던 남민수가 말없이 창가로 다가와 활짝 열려있는 창문을 닫았다.

"고저 누가 들을까 무섭구만."

"……."

"말조심 하라. 누가 엿듣기라도 하면 어쩌려고 그러네?"

"거 좀 들으면 어떻습네까?!"

남민수가 볼멘소리로 중얼거리는 리용두의 어깨를 철썩 내려친다. 제 딴에는 호되게 혼내줄 생각이었던 것 같은데, 리용두는 그렇게 느끼지 않았다. 늙은이의 힘이 세면 얼마나 세다고….

"고저 여기는 우리 공화국이 아니야. 말 잘못하면 어찌 되는지 아네?"

"고저 답답해서 그렇습네다. 대체 이거이 무슨 꼴이란 말입네까?!"

"갇혀 지내게 됐다고 심술부리디 말라. 남조선 동무들도 같은 처지 아니갔어?"

쥐어뜯을 듯 머리를 싸쥐고 있던 리용두가 끝내 소리를 버럭 지르더니 침대 끝에 걸터앉았다.

"고저 이거이 다 죽자는 말 아닙네까? 북이나 남이나 간나 새끼처럼 뭐하자는…."

"그만 하라디 않았어? 이런다고 뭐가 달라지디는 않아!"

다시 심술을 부릴 줄 알았던 리용두가 침대 위에 벌렁 드러누워 버리고 만다. 아침에 백운산장의 TV로 보았던 조선 중앙 방송에서는 며칠이 지난 뒤에야 한국으로 찾아간 탈북자의 소식을 전했다. 특유의 거친 억양으로 평화롭게 살아가는 인민들이 탈북하는 것은 '괴뢰국' 정부의 유도이며, 공화국의 '현명한 인민들'은 괴 정부 수반의 유인책에 넘어가지 않을 것이라 강조했다. 또한 자신들의 심기를 불편하게 만드는 행위를 즉각 중단해야 할 것이며, 그렇지 않을 시 응분의 대가를 치르게 될 것이라고 소리쳤다. 한국의 반응은 신속했다. 한 마디로 헛소리 하지 말라는 거다. 사실 백운산장에 머무는 동안 리용두는 북한의 방송보다 한국의 방송을 더 많이 보았는데, 그러다 보니 남북관계에 대해 객관적인 입장을 띄게 된 건 스스로 생각해도 어쩔 수 없는 노릇이었다. 서로 너무나 다른 입장 차이를 보이고 있으니 지켜보는 사람의 속은 부들부들 끓을 지경이란 말이다. 그리고 리용두는 고민해 보았다. 폐쇄된 나라에서 제 나라만이 으뜸이라고 배워온 서른 살의 젊은이가 개방되어 자유로운 나라의 모습을 간접 경험한 뒤 졸지에 어린 아이가 되어버렸다. 새삼스럽게 내 나라의 행태가 과연 옳은가를 따져보았고, 지금까지 배워온 '공화국 만세'라는 게 이기적인 마음에서 비롯된 건 아닐지 생각하는 데에 이르렀다. 하지만 그래서 어쩌라는 말인가! 그렇게 따지기만 하면 무엇 하겠냐는 말이다. 백두산 화산 연구소 연구원 리용두는 대한민국이 아닌 조선 민주주의 인민 공화국의 일원일 뿐인데, 그들에게 어느새 호감을 갖게 되어버렸지만 더 이상 가까이 다가갈 수 없으며, 이대로 법을 무시했다가는 얼굴도 모르는 그 여자처럼 반동분자라는 오명을 쓰게 될 텐데 말이다. 리용두는 생각하면 할수록 머릿속이 복잡해졌다. 달각. 그때, 방문이 열리고 백동일이 나타났다.

"보안원 동무, 어데 갔다 오십네까?"

손수건으로 안경의 렌즈를 닦던 남민수가 그를 보고 반갑게 묻는다. 꾸물꾸물 침대에서 일어난 리용두의 눈에 비친 남민수는 조금 전까지 있었던 말다툼의 흔적을 어떻게든 지우려고 애쓰는 모습이었다.

"내래 공화국의 우리 담당 동무와 통화하고 오는 길이오."

"아, 그렇습네까?"

"고저 불편하갔지만 당분간은 여기에서 지내야갔소. 조만간 공화국에서 소식이 올 거요."

"알갔습네다."

그러나 대꾸하는 사람은 남민수 혼자뿐이었다. 여전히 답답한 얼굴로 허공을 바라보는 리용두에게 문득 시선을 돌린 백동일이 고개를 갸웃했다.

"이보라, 연구원 동무. 와 그러고 있네? 어데가 아프기라도 한 거이야?"

"......."

그러나 리용두는 여전히 대꾸가 없다. 자칫 무슨 일이 생길까 불안한 남민수가 자신의 그런 표정을 지우려고 노력하는 모습이 얼굴에 그대로 드러나고, 영문을 모르는 백동일은 그가 앉은 침대로 다가간다.

"연구원 동무, 무슨 일이네?"

"별 일 아닙네다. 답답해서 그렇습네다."

"내래 얘기하디 않았어? 조금만 참으라. 공화국에서 곧 좋은 소식이 올 거이야."

"......."

리용두는 말없이 고개를 끄덕일 뿐이다. 별 일 아니라고 대꾸하지만 백동일의 눈에 비친 리용두의 저 표정은 뭔가 이상하다. 잔뜩 불만에 가득 찬 얼굴, 잘못 건드리면 폭발해버릴 것만 같은 표정이란 말이다.

"뭐이야? 와 그런 표정을 짓고 있네?"

"......."

"화가 나더라도 조금만 참으라 하디 않았어? 고저 공화국이 지금 대업을 준비 중이라 중국 주재 우리 영사관과 대사관이 바쁘게 돌아가고 있어. 우리에게는 신경을 못 써주고 있다 이 말이야. 고저 동무들은 내가 보호해줄 테니끼니 걱정하디 말라."

"누구로부터의 보호입네까?"

"그야 당연히 남조선 괴뢰국으로부터의 보호 아니갔어?"

"괴뢰국? 방금 남조선 괴뢰국이라고 하셨습네까?"

시비를 걸어서라도 싸우고 싶어 하는 그의 얼굴을 보고 저쪽에서 남민수가 침을 꼴딱 삼켰다. 불안하다. 곧 사단이 벌어질 것 같다.

"그럼, 괴뢰국이 아니고 뭐갔어?"

"도대체가…."

고함을 질러 따져 물으려던 리용두의 입이 문득 다물어지고 만다. 노려보는 백동일의 저 표정은 사납기 그지없다. 잘못 까불었다가는 목을 졸라버릴 듯 무서운 얼굴을 하고 있는 것이다.

"이보라, 동무. 하고 싶은 말이 뭐이네?"

"……."

"내 말 안 들려? 하고 싶은 말이 뭐이냐고 묻디 않아?"

백동일이 버럭 소리를 질렀다. 그 목소리가 어찌나 큰지 지켜보던 남민수는 고막이 터져나갈지 모른다고 생각했다. 그러나 리용두는 그와 다르다. 오히려 죽일 듯 노려보는 백동일의 눈을 정면으로 응시하고 있었다.

"와 그래야 합네까?"

"뭐를 말하는 거이야?"

"남조선이 왜 우리의 적입네까? 보호한다니? 남조선 동무들이 우리를 잡아먹기라도 한답네까?"

"이 간나 새끼가…?"

퍼억!

백동일의 날 선 주먹이 날아가고, 리용두는 침대 밑으로 굴러 떨어졌다.

"지금 뭐이라고 했어? 다시 말해보라!"

미친 듯이 소리 지르며 백동일이 구석으로 처박힌 리용두를 발로 무참히 밟아대기 시작했다.

"쌍간나 새끼! 이 반동분자 새끼!"

"보안원 동무! 그만 두시라요! 고저 연구원 동무가 기분이 좋디 않아 그런 모양인데…."

"저리 비키라!"

말리던 남민수를 멀찍이 밀쳐내고, 백동일은 아직 구석에서 나오지 못한 리용두의 멱살을 붙들었다. 그는 여전히 백동일처럼 노려보고 있었다.

"이 반동분자새끼! 다시 말해보라! 뭐이가 어드레?"

"우리가 불안해하는 것처럼 남조선 동무들도 마찬가지일 겝네다!"

"그래서?"

"저들도 우리와 같습니다! 전쟁으로 꼭 싸워 이겨야갔습네까?"

"이 간나 새끼가 터진 입이라고 말을 함부로 하는 거이야, 뭐이야?!"

입을 다물지 않는다며 백동일이 다시 주먹질을 일삼는다. 말리고 싶었지만 남민수는 어찌할 바를 몰라 발만 동동 구를 따름이다.

"이 반동분자 새끼야! 뭐이라고 했어?! 남조선 동무? 고저 남조선 동무라고?"

"왜 우리가 남조선과 자꾸 싸워야 합네까? 공화국의 노동당 간부 동지들은 적을 우리 편으로 만들 줄도 모른단 말입네까?"

"이 간나 새끼가…!"

백동일의 주먹이 또 한 번 리용두의 면상을 후려갈기고, 쓰러졌지만 굴복하지는 않겠다는 듯 노려보던 리용두의 입가에 선혈이 주룩 흘러내렸다.

"이 반동분자 새끼, 고저 내 말 잘 들으라."

"……."

"이번 일이 끝나고 공화국으로 돌아가면 널 가만 두지 않갔어! 알갔어?

"백동일이 또 그렇게 괴물처럼 고함을 질렀다. 백동일, 인민 보안부 내에서도 호랑이로 통하는 인물, 그가 지금 국가를 배반하려는 인물에게 죽일 듯 소리 지르고 있다. 이쯤 되면 온 몸에서 뿜어져 나오는 살기에 주눅이 들어 무릎 꿇고 살려달라며 빌어야 하 텐데, 리용두는 전혀 그렇지 않다. 짓누르면 짓누를수록 더욱 더 반항하고 덤벼드니 오히려 백동일이 당황해할 지경이었다.

"그거이 그때 가서 얘기하자요."

"뭐, 뭐이 어드레?"

"내래 고저 뭐이가 옳고 그른지 좀 더 따져 봐야갔습네다."

리용두는 한국의 방송과 북한의 방송을 보고 느낀 것을 객관적으로 생각해 보고 싶었다. 조국의 국명은 조선 민주주의 인민 공화국. 그러나 한국에 진짜 민주주의가 있었고, 한국은 공화국의 행태를 지적하며 자기들과 다른 우리를 비난한다. 하지만 그렇다고 해서 북이 남의 모든 것을 깎아내릴 수는 없다. 우리에게 우리 나름의 살아가는 방식이 있다면 이는 그들에게도 마찬가지일 테니까. 전쟁이 끝나고 벌써 반세기가 훌쩍 넘어가 버렸다. 어른들의 시대를 살아보지 않아 알 수 없지만 리용두의 생각에 이제는 그만 둘 때도 되었단 말이다. 여전히 어른들은 미국을 원수라 하고, 한국을 잡아먹지 못해 안달한다. 하지만 지금을 살아가는 젊은이들은 그렇지 않다. 흔히 한류라고 한다던가? 어른들 모르게 중국에서 들여온 한국의 물건을 손에 쥐어 기뻐하고, 행복해하며, 그들의 삶을 그리워한다. 어느새 동경하게 되어버린 한국의 모습을 상상하다 들켜 죽지 않을 만큼 맞거나 정도에 따라 처형당하는 경우도 있다. 우리는 아직 이렇게 살아가고 있단 말이다. 한국은 우리의 삶을 알까? 안다면 얼마나 알까? 우리의 삶에 대해 비난할까? 아니면 칭찬할까? 공화국에서는 거의 매일같이 비난만 하니 한국에서도 그렇겠지. 하지만 정치적인 문제 이외의 모든 것은 어렸을 때의 그 마음처럼 그저 동경하는 마음만이 가득할 것이었다. 자유로운 삶을 살아가는 그들, 화산 조사 팀에 들어와 일하는 동안 한국의 연인들을 훔쳐보며 부러워했다. 저럴 수도 있구나. 북에서는 결코 있을 수 없는 일인데, 남에서는 가능하구나. 참 재미있게 사는구나. 부러워서 그들 사이에 끼어들고 싶었던 순간이 한두 번이 아니었다. 하지만 그럴 수 없는 건 당연했다. 저 보안원이란 인물이 곁에 찰싹 달라붙어 모든 걸 감시하고 있으니 말이다. 반항이란 있을 수 없다. 반항하는 순간부터 그것은 조국에 대한 배신으로 간주된다. 하지만 이제는 도저히 견딜 수 없다. 한번 단맛을 보고 나니 걷잡을 수 없게 되어버린 것이다. 큰일이다. 그러면 안 되는데, 지금까지 배웠던 것처럼 미국은 우리의 원수이며, 남조선은 간악하다고 생각해야 하는데, 그들을 보고 나니 생각이 달라졌다. 어떻게 이럴 수 있단 말일까.

"고저 내 말 듣고 있는 거이야?!"

문득 정신을 차렸을 때 백동일이 다시 그렇게 소리쳤다. 그가 무어라고 했는지 못 알아들은 걸 보니 잠깐 꿈이라도 꾸었던 모양이다. 모두 함께 웃으며 날마다 쌀밥에 고깃국을 먹는 꿈 말이다.

"이보라, 리용두 연구원 동무. 너는 고저 공화국으로 돌아가면 제일 먼저 목숨을 내놓아야 할 거이야. 내래 누구인지 알고 있다면 더 이상 반항은 못 하갔디?"

백동일이 두 손으로 그의 목을 짓누르며 말했다. 잘못했다고 빌어야 한다. 다시는 당신에게 반항하지 않겠다고, 조국에 충성하는 현명한 인민이 되겠다고 약속해야 한단 말이다. 하지만 리용두의 입에서 나온 말은 백동일 뿐만이 아니라 남민수까지 놀라게 하는 것이었다.

"고저 남조선의 김승현 동무가 뭐라고 하는지 아십네까? 아직 일어나디 않은 일은 생각도 말라. 그건 그때 가서 얘기하자고 말입네다. 고거이 아까 보안원 동무에게 말했는데 기억나디 않는 모양이디요? 내래 처벌받을 때 받더라도 남조선에 대해 좀 더 알아 봐야갔시요."

"이런 쌍간나 새끼!

"백동일의 주먹이 다시 리용두의 면상을 후려갈기고 사라진다. 허공에 피가 흩뿌려지고, 리용두는 고개가 꺾인 채 정신을 잃었다.

지진계를 들여다보던 선화가 문득 관자놀이를 움켜쥐었다. 오늘 한나절이 지나는 동안 진도 2에서 3 정도의 화산성 지진이 벌써 2백 번을 훌쩍 넘겨 일어났다. 날이 가면 갈수록 백두산 지하의 마그마가 지상으로 뛰쳐나갈 준비를 갖추고 있다는 뜻이다. 어찌하면 좋을까. 위험은 점점 다가오는데, 인간들은 제 뱃속을 채우기 위해 싸우고만 있다. 관심 갖지 않는다 해도 트집 잡을 수 없는 미국과 간접 경험만을 하게 될 중국은 그렇다 치더라도 직접적인 피해를 입을 수밖에 없는 한반도의 남과 북은 지금 강대국의 노리개가 되어 현실을 망각하고 있다. 이래도 되는 걸까? 불쌍한 내 친구가 기자회견까지 열어가며 싸우지 말아 달라고, 죽음에 처한 인민들을 살려달라고 애원했는데, 한국이나 북한 모두는 그 외침을 깨끗하게 잊어버렸다. 그녀는 주저앉았고, 친구란 녀석은 주변의 시선이 두려워 가까이 가지도 못한다. 선화는 진심으로 서희에게 미안했다.

"서희야, 미안해…."

쓰러진 친구를 돕지 못한 죄책감과 자괴감이 선화의 가슴을 파고든다. 좀 더 설득을 해볼 걸. 뿌리치는 손을 다시 붙잡아 제발 그러지 말라고 한 번 더 사정해 볼 걸. 아니면 따귀라도 한 대 올려붙였다면 어땠을까? 만일 그랬으면 이렇게 답답해하지도 않았을 테다. 속상하다. 까맣게 타들어간 마음이 마치 책상 위에 올려놓은 저 숯덩이 같다.

똑. 똑.

"…?"

누군가 노크를 하기에 고개를 돌려보니 활짝 열린 문에 기대어 서 있는 승현이 보였다.

"뭐 해요?"

"……."

"들어가도 되나요?"

"이미 들어와 있으면서 뭘 물어요?"

시큰둥하게 대꾸하는 선화를 보고 승현이 웃었다.

"그냥 궁금해서 와봤어요."

"……."

선화는 여전히 쪼그리고 앉아서 말이 없다. 여자 혼자 있는 방에 들어
왔다며 벌컥 소리라도 지를 줄 알았는데, 아무 반응이 없어 승현은 민망
하다. 도로 나갈 수도 없고.

"괜찮아요? 아파 보여요."

"괜찮아요."

나오지 않았던 눈물이 볼을 타고 내려온다. 속상한 마음을 감추지 못
하고 다시 훌쩍거리는 그녀의 눈물을 보았지만 승현은 가까이 가지 못
하고 우물쭈물 문에 기대어 어찌할 바를 몰라 한다. 속상한 그녀를 달
래줘야 할 텐데, 도대체 어떻게 하면 좋을지 모르겠다. 끌어안아 토닥여
주는 건 어떨까? 하지만 밀실 같은 방에 들어와, 그것도 침대 위의 그녀
에게 다가가자니 승현은 난감하다.

"어? 이게 뭐죠?"

책상 위의 그것을 본 승현의 눈에 호기심이 차오른다. 시커먼 숯 덩어
리, 불에 타고 남은 나무토막의 찌꺼기가 손에 묻어나고 있었다.

"탄화목 조각이에요."

"탄화목? 그게 뭔데요?"

어색한 분위기를 깨고 싶어 하는 승현의 마음을 알았나 보다. 우울한

얼굴로 바라보던 선화가 침대에서 내려와 그의 곁에 다가섰다.

"화쇄류의 열에 탄화된 나무토막이에요."

"…?"

무슨 소리인지 몰라 고개를 갸웃하는 승현을 보고 그녀가 피식 웃음을 터뜨렸다. 어쩐지 어른에게 장난을 걸고 싶어 하는 어린 아이의 표정 같기도 하다. 선화는 그것의 한 부분을 손가락으로 가리키며 말을 이었다.

"여기 나이테 보이죠? 천 년 전 백두산 자락 어딘가에 살던 나무가 화산 폭발로 이렇게 된 거예요."

"이게 화산 폭발의 흔적이라고요? 화산이 폭발하면 산의 환경이 전멸할 거라고 하지 않았나요?"

"그렇죠. 하지만 이런 흔적도 남을 수 있어요."

흔히 사람들은 화산이 폭발하면 붉은 용암에 모든 것이 녹아 사라진다고 생각한다. 그러나 선화는 모든 화산이 그런 식으로 폭발하지 않는다고 말했다.

"지난번에 화쇄류와 화산이류, 화쇄서지에 대해 설명한 적이 있어요. 기억나요?"

"……."

"뭐예요? 정말 기억 안 나요?"

공들여 설명했더니 한 귀로 듣고 한 귀로 흘렸다며 선화가 버럭 소리 지르고는 정의의 펀치를 날렸다.

"으아악!"

승현에게서 비명이 터지고, 선화는 기억력이 나쁘다며 힐책하듯 노려본다.

"한 마디로 간단하게 설명할 거예요. 또 까먹기만 해봐. 이번엔 깨물어줄 거야."

"아니, 무슨 여자가 이렇게 폭력적이야?"

"시끄러워요!"

퍼억!

"으악!"

또다시 등짝을 내려찍으니 승현은 오징어처럼 이리저리 온 몸을 비틀어댄다. 도망이라도 갈 듯 주춤주춤 물러서는 그의 손을 잡아당기며 선화가 말을 이었다.

"화산이 폭발하려고 격렬한 지진이 일어나면서 천지를 감싼 봉우리 중에 지각이 약한 봉우리 하나가 무너져요. 천지에 고인 물이 그 길을 따라 쏟아지는 걸 뭐라고 했죠?"

"아! 화산이류."

"어? 기억하네? 역시 맞아야 정신 차리나 보죠?"

다시 주먹을 내갈기려는 선화의 팔을 붙잡으며 승현이 제발 그러지 말라고 사정한다. 이 여자, 남자보다 무서운 여자다.

"그리고 화산이 폭발하면 지하에서 깨진 암석들이 튀어나와 산사태를 일으키며 쏟아져 내려와요."

"아! 기억나요! 그 돌무더기를 화산 쇄설류, 화쇄류라고 했어요."

"와, 공부 많이 했네요?"

하고 칭찬하니 승현이 어린애처럼 배시시 웃어 보인다. 공부를 해서 정답을 맞힌 게 아니라 다급해지니 비상하게 머리가 잘 돌아가는 것뿐이다. 아무래도 초능력을 발휘하는 모양이다.

"또 맞혀 봐요. 화쇄서지는 뭐죠?"

"……."

문제가 거꾸로 출제되었다. 응용문제는 풀지 못하는 걸 보니 역시 벼

락치기 공부에는 한계가 있다.

"초고온의 열폭풍이라고 했어요. 맞히지 못했지만 전문적으로 공부하는 학생이 아니니 용서해 줄게요."

"아, 고마워요."

대답하다 말고 승현이 고개를 갸우뚱거렸다. 고마워해야 할 이유가 전혀 없단 말이다. 누가 언제 화산에 대한 지식을 가르쳐 달라고 했었나? 공부할 이유가 없는 일반인이 우연치 않게 맞히거나 틀렸다고 해서 용서하고 말고가 어디 있냐는 거다. 농간에 말려들었음을 뒤늦게 깨달은 승현이 억울한 표정을 만들어 보였지만 이미 늦었다. 선화는 이 비상한 머리의 학생을 좀 더 가르치고 싶은 선생이 되어 열정적으로 설명한다.

"탄화목은 한 마디로 화쇄류가 발생했었다는 사실을 알려주는 증거물이에요."

"어렵네요."

"음, 그러니까…"

선화의 시선이 닿은 곳에서 지진계가 다시 제 멋대로 춤을 추고 있다. 이 역시 사람은 느끼지 못할 화산성 지진이다.

"화쇄류는 눈 깜짝할 사이에 일어나요. 장정 여럿이 모여 두 팔로 안아도 팔이 모자랄 정도로 큰 나무를 단박에 쓰러뜨린다면 이해하시겠어요?"

"글쎄, 상상이 안 가네요."

"큰 나무를 쓰러뜨리는 힘이라면 버스만한 돌을 굴릴 수도 있거든요."

"아, 잠깐만요. 지하에서 만들어진 힘에 의해 화쇄류가 발생하는 건데, 그럼 초고온이 아닌가요? 나무가 열에 증발되어야 옳지 않아요?"

시속 130킬로미터 이상의 빠르기로 산사면을 내려오는 엄청난 열의

덩어리라면 그 주변의 생명체가 흔적도 없이 사라지는 게 당연하지 않겠냐는 뜻이다. 선화도 승현의 의견에 고개를 끄덕이고 있었다.

"승현 씨의 생각이 맞기는 해요. 화쇄류에 접촉한 뒤 외부의 공기에 노출되었다면 그렇게 될 수 있어요. 산소가 있어야 물체가 불에 타니까요."

"그럼 이 숯 덩어리는 외부 공기에 노출된 게 아니란 얘긴가요?"

"한 마디로 진공포장이 된 거죠."

"…?"

"그게 무슨 소리냐면 화쇄류에 밀려난 다른 물질들과 섞인 거예요. 외부의 공기와 만날 수 없도록 그 안에 갇혀버린 거란 말이에요. 그래서 이렇게 숯 덩어리가 된 거죠."

방사성 탄소 연대 측정법으로 학자들은 탄화목의 탄소 연대를 측정하여 백두산이 언제쯤 폭발했는지 예상한다. 그러니까 다시 말해 나무가 숯 덩어리로 변한 시점이 바로 백두산이 폭발한 시기라는 것이다. 이 숯 덩어리 탄화목 지대는 백두산의 남파 코스에서 만날 수 있다.

"어렵네요. 도대체 천 년 전에 백두산에서 무슨 일이 있었던 걸까요?"

천 년 전 백두산 주변에서 살아가던 거대한 국가가 그 때문에 멸망했을 거라는 의견이 나올 정도라면, 화산재가 그 멀고 먼 바닷길을 건너 일본까지 날아갔을 정도라면, 멀쩡히 살아있는 나무를 순식간에 숯 덩어리로 만들 정도라면, 그리고 천 년이 지난 지금 다시 그때처럼 폭발한다면 주변의 우리들은 어떻게 되는 거지?

"궁금한 게 있어요. 만일 사람이 이런 꼴을 당한다면 어떻게 될까요?"

"뭐, 숯덩어리 미라로 남겠죠. 그걸 질문이라고 해요?!"

바보가 따로 없다고 소리치는 선화의 주먹이 승현의 등으로 날아간다. 그런데 이번엔 승현이 아닌 선화에게서 비명이 들려온다. 뾰족하게 틀어쥔 그녀의 주먹을 허공에서 승현이 낚아챈 것이다.

"악! 아파요! 놔!"

"싫어요. 나한테 잡히니까 아프죠? 내가 그동안 얼마나 아팠는지 알아요?"

뿌리치려고 하지만 승현은 그녀를 놓아주지 않는다. 다른 주먹이 허공을 가르고 날아와도 그는 마치 링 위의 복서처럼 여유 있게 피해내기까지 한다.

"놔! 놓으란 말이야!"

"어? 왜 갑자기 말이 짧아져?"

장난 섞인 얼굴로 키득키득 웃었더니 선화가 제 주먹처럼 뾰족한 얼굴로 노려본다. 이대로 놔주었다가는 득달같이 달려들어 가차 없이 주먹질을 할 것이다.

"정말 이 손 안 놓을 거예요?"

"조용히 해봐요. 어떻게 하면 그 간의 복수를 할지 연구 중이니까."

"뭐라고요?"

기가 막힌 얼굴로 소리치던 선화가 순간 놀라 눈이 휘둥그레지고 만다. 복수하겠다고 으름장을 놓던 승현이 문득 그녀의 어깨를 감싸 안은 것이다.

"뭐 하는 거예요? 미쳤어?"

"나 안 미쳤어요. 조용히 좀 해봐요. 아, 이 등을 어떻게 때리지?"

"뭐?"

벗어나려고 발버둥치지만 선화는 그럴 수 없다. 그동안 맞고 지냈다지만 승현도 남자다. 남자의 우람한 손이 붙들고 있는데 빠져나올 수 있는 여자가 얼마나 있을까?

"선화 씨는 아무래도 이쪽으로 나가는 게 맞는 것 같아요."

"무슨 소릴 하는 거예요? 놔요, 이거!"

다시 꾸물꾸물 그 속에서 빠져 나오려고 발버둥치지만 그럴수록 승현은 놓아주지 않는다. 애초부터 한 몸이었다는 듯 그녀의 온 몸을 싸안고 있는 것이다.

"선화 씨는 열정이 참 대단해요. 화산 같다고나 할까?"

"……."

"능력이 있는데 왜 그 능력을 썩히고 있는 거죠? 화산도 선화 씨의 도전을 기다리고 있을 텐데….".

"알잖아요. 나는 화산 학자가 될 수 없어요."

"정말 그렇다고 생각해요?"

품에서 그녀를 풀어놓으며 승현이 물었다. 야생의 초식 동물인 양 발버둥치기만 하던 선화가 어쩐지 조용하다. 승현의 말을 심각하게 받아들이는 눈치다.

"선화 씨, 삼촌처럼 되세요. 부탁이에요."

"……."

"화산을 좀 더 공부해서 위험에 빠진 사람들을 구하는 거예요. 그러면 서희 씨도 좋아할 거예요."

선화의 눈에서 다시 눈물이 쏟아지기 시작했다. 꿈을 이룰 수 없어 속상했던 과거를 들추니 다시 그의 등을 후려쳤으면 좋겠는데, 그러질 못하고 바보처럼 울고만 있는 것이다. 그런다고 뭐가 달라질까? 선화는 그렇게 생각했다. 그런다고 해서 내 친구가 과연 좋아해 줄까? 모르겠다. 예전의 그 순수했던 마음으로 돌아갈 수 있을지, 내 친구가 잘 했다고 박수쳐 줄지 정말 모르겠다.

"어? 또 우네? 씩씩한 여자인 줄 알았는데, 아닌가 봐요?"

바보라고, 어린애 같다고 놀리는 승현의 가슴을 툭 때리지만 선화의 그 손에 힘이 느껴지지 않는다. 하염없이 울고만 있는 그녀, 승현은 그녀의 어깨를 다시 한 번 감싸 안았다.

"선화 씨, 많이 속상해 하는 거 알고 있어요. 어른들이 말은 안 하지만 선화 씨를 얼마나 걱정하는지 알아요?"

"미안해요…."

"그렇게 울지만 말고 그때처럼 다시 공부하면 되지 않을까요? 그러면 서희 씨 같은 피해자는 더 이상 없을 거예요."

"……."

"잘 생각해 봐요. 선화 씨가 먼저 꿈을 이루고, 한국으로 가서 서희 씨를 도와주는 거예요. 서희 씨도 이대로 주저앉을 수 없잖아요. 안 그래요?"

"정말 그렇게 하면 되는 걸까요?"

서희야, 승현 씨가 그렇다고 고개를 끄덕이고 있어. 나도 그렇게 생각하는데, 넌 어떠니? 나, 아무래도 예전처럼 다시 공부해야 하나봐. 너와 나의 꿈, 내가 먼저 이루어도 될까? 그러고 나서 승현 씨 말대로 하는 거야. 어떻게 생각하니? 참 좋은 생각이지? 슬프고 외로워도 거기에서 조금만 기다려. 내가 곧 한국으로 갈게.

"울지 마요, 선화 씨. 자꾸 울 거예요? 여자가 울면 남자 입장에서 얼마나 난처한지 알아요?"

웃자고 한 얘기인데, 그녀는 아직 그렇게 울고만 있다. 아기 같은 그녀를 어떻게 하면 다시 어른으로 만들 수 있을까?"

"어디 보자. 이 눈물을 어떻게 닦아주지?"

하염없이 쏟아지는 그녀의 투명한 눈물은 따뜻하다. 친구를 담고, 아직 이루지 못한 꿈마저 담겨 있어서 그런가 보다. 입술에 닿은 그녀의 눈물, 온 마음으로 전해오는 입맞춤만큼이나, 어둠 속에서 만난 혀끝의 감성만큼이나 따스하고 달콤한 것이었다.

9장

광(狂)

화산 활동은 지구라는 행성에서 중요한 현상이며 화산의 근원이 지구의 심장부에 있다.

-레오볼트 폰 부흐

2020년 11월 28일.

쾅! 쾅! 쾅! 쾅!

"누구십니까?!"

아침부터 누군가 백두민박에 찾아왔다. 바깥에서 기다리는 손님의 차림새를 보고 정태우가 갸우뚱 고개를 흔들었다.

"안도현 공안국(경찰서)에서 나왔소. 정선화 씨 있습니까?"

"예, 그렇기는 한데, 무슨 일로…?"

"어디에 있소? 잠깐 실례 좀 하겠습니다."

"…?"

딱딱하게 말하는 공안의 목소리가 끝나기도 전에 그를 따라온 다른 공안 두 명이 정태우를 밀치며 우르르 몰려들었다.

"아니, 공안 동무! 와 이러십네까? 아닐지도 모른다 하디 않았소?"

"비키시오! 일단 조사는 해봐야겠소."

부리나케 뒤쫓아 들어온 백동일이 소리쳤지만 그들은 이미 신고가 들어왔으니 일단 연행하겠다며 막무가내였다.

"정선화 씨?"

"…?"

"안도현 공안국에서 나왔습니다. 신고가 들어왔는데, 우리와 잠깐 가셔야겠습니다."

거실에서 어른들과 대화중이던 선화가 영문을 몰라 자리에서 주춤주춤 일어섰다. 옆에 앉아있던 다른 이들도 눈이 휘둥그레져 있었다.

"예? 그게 무슨 소리죠? 신고라니요?"

"탈북 죄인을 숨겨준 것 같다는 신고가 들어왔소."

"뭐라고요?"

놀라 소리치던 선화가 문득 저쪽에 서 있던 백동일에게 시선을 돌렸다. 그는 다른 공안을 붙잡고 무언가 사정하던 참이다. 놀랍고 당황한 얼굴 표정만 봐서는 그가 무슨 짓을 저지른 건지 정확히 알 수가 없다.

"여보시오. 나 중국 국가 과학원의 진수이룽이라고 합니다. 나랑 얘기합시다. 갑자기 그게 무슨 소리요?"

진수이룽이 중국어로 그에게 물었다. 조선족 공안 역시 중국어로 딱딱하게 대꾸한다.

"말하지 않았습니까? 정선화 씨를 연행하겠소."

"잠깐 기다리시오. 이 아이가 탈북 죄인을 숨겨줬다니요? 누가 그런 헛소리를 한 겁니까?"

"저 사람이오."

하며 공안이 아직도 불안한 얼굴의 백동일을 가리켰다. 공안의 손가락 끝이 자신에게 날아오자 순간 백동일은 입이 쩌억 벌어지고 만다. 아니라고, 도대체 왜 이러냐며 두 손을 흔들어대기까지 하는데, 선화가 보기에 백동일의 저 표정은 잔뜩 치장하여 꾸며낸 것만 같다. 남쪽 사람들에게 시비 걸고 싶어 안달하더니 이번엔 무슨 짓을 벌인 걸까.

"여기 좀 보십시오!"

저쪽에서 다른 공안의 목소리가 들려온다. 선화의 방을 뒤지다 말고 나와서 소리치는 그에게 모든 이들의 시선이 날아갔다.

"무슨 일이야?"

"여기 좀 보십시오. 이런 게 있습니다."

"…?"

불려온 공안의 고개가 갸우뚱 비틀어졌다. 그들 화산 조사 팀의 형식적인 가이드 역할을 할 뿐이라는 그녀의 방에 지진계와 탄화목이 있고, 아까부터 켜 놓은 컴퓨터엔 화산 관련 자료들이 수두룩하다.

"당신 방에 왜 이런 게 있소?"

"……."

선화는 대답하기가 곤란했다. 현재 중국의 법으로 따져보았을 때 그녀의 정식 직업은 여행 가이드이다. 화산 조사 팀 외에는, 심지어 그들에게도 화산 문제에 대해 제재할 움직임을 보이는 중국 정부인데, 그들이 보기에 전문가가 아닌 그녀의 방에서 지진계와 탄화목, 전문 자료가 가득한 컴퓨터 기록이 나왔으니 의구심이 생겨나는 건 아무래도 당연한 일일 것이다.

"안되겠소. 우리와 함께 갑시다. 신고 내용이 맞고 아니고는 가서 따져봅시다."

"그럼 제가 보호자로 동행해도 되겠습니까?"

진수이룽이 웃으며 물었지만 공안의 얼굴은 차갑기만 하다.

"보호자는 필요 없소. 따라오든 말든 마음대로 하시오."

찬바람을 일으키며 나가는 공안 무리를 선화는 묵묵히 따라가고 있을 뿐이다.

"어머, 어떻게 해? 여보, 어떻게 좀 해봐요, 응?"

"가만히 있어. 진수이룽 박사님이 따라 가시겠다잖아."

아침부터 황당한 일을 겪은 가족들의 얼굴에 당황스러움이 묻어나고, 어찌할 바 몰라 발만 동동 구르는 선화 어머니의 등을 토닥이며 진수이룽이 미소 지어 보였다.

"걱정하지 마세요. 내가 잘 보고 오겠습니다. 별 일 없을 거예요."

"고맙습니다, 박사님. 잘 부탁드려요."

고개를 끄덕이며 웃어주기는 하지만 진수이룽은 스스로도 이 문제를 어떻게 생각해야 할지 알 수 없었다. 지금 현재 아직 해결되지 않은 이 상한 문제로 인하여 화산 조사 팀은 창살 없는 감옥에 갇혀 놀고먹는 처지이다. 각 국의 분위기를 따라 팀의 일원들 사이에서도 보이지 않는 벽이 생겨났는데, 아무래도 이번 사건이 그로 인한 결과가 아닌가 싶다. 단순히 팀 멤버 간의 마찰일까, 아니면 국가 간의 농간에 말려든 걸까? 하필이면 영사관 직원들이 자리를 비운 때에 이런 일이 생겨나다니…. 진수이룽은 좀처럼 판단이 서질 않았다.

"본명을 말하라."

"정선화입니다."

"나이는?"

"스물아홉입니다."

"한국인인가?"

"예."

"중국에 이민 온 한국인인가?"

"예, 맞습니다."

조선족 공안의 말투는 이들에 대해 잘 모르는 한국인의 귀에 마치 권위적이거나 강압적으로 들릴 것이다. 그러나 그것은 중국어에 동화된 그들 특유의 억양과 어법이라 어쩔 수가 없다.

"여기에 이민 와서 무슨 일을 하고 있는가?"

"부모님이 운영하는 숙박업소에서 가이드를 하고 있습니다."

"한국인을 상대로 하는 일인가?"

"그렇습니다."

"중국 어느 지역을 가이드 하는가?"

"백두산…. 아니, 저…. 장백산과 연길 주변 지역입니다."

선화는 제가 한 말을 그렇게 정정한다. 우리에게는 백두산이지만 그 이름에 대해 중국인들은 불편해 한다. 중국 공산당의 강령과 철저한 교육으로 중국인들에게 그것은 당연한 일이었다.

"저 사람을 아는가?"

공안이 저쪽에 앉아있는 백동일에게 턱짓을 해 보였다.

"예, 알고 있습니다."

"누구인가?"

"북한 인민보안부의 보안원으로 알고 있습니다."

"북한이 아니라 조선이라고 부르라. 여긴 한국이 아니야."

"……."

컴퓨터를 들여다보며 무뚝뚝하게 말하는 공안의 목소리에 선화는 픽 웃고 만다. 한국에선 북한을 정식 국가로 인정하지 않는다는 이유로 조선이라 하지 않고, 북한으로 부른다. 북한에서도 마찬가지 이유로 대한민국을 한국이라 하지 않고 남조선이라 부르고 있다. 그러나 조선족과 중국, 일본은 모두를 인정하여 한국과 조선이라고 부르는데, 한반도에서만 자기들의 입장을 고수하여 한국은 북을 북한, 북한은 남을 남조선으로 칭하는 것이다.

"저 사람을 어떻게 알게 되었는가?"

"장백산 화산 조사 팀의 일원입니다."

"당신도 그 팀의 일원인가?"

"예."

"거기에서 무슨 일을 하고 있지? 가이드인가?"

"예."

"그럼 형식적이겠군."

"……."

"백동일이라는 저 보안원이 당신을 신고한 이유를 아는가?"

"모르겠습니다."

"저 사람이 신고한 바로는 최근에 문제를 일으킨 탈북자를 숨겨주었던 것 같다고 한다."

"……."

"그 말이 사실인가?"

조선족 공안이 그에게 다시 턱짓을 하며 물었다. 공안의 눈은 다시 컴퓨터로 돌아가고, 선화는 한참동안 백동일과 시선을 마주했다. 정면으로 노려보는 백동일의 눈빛에 어쩐지 메시지가 담겨있는 것만 같다. 공안의 추궁에 부정하라고, 살고 싶으면 억울하고 분한 표정을 지으며 탈북자의 존재를 부인하라고 말이다. 선화와 백동일은 서로를 노려보며 눈빛으로 그렇게 싸우고 있었다.

「도대체 당신은 뭘 원해?」

「궁극적으로 나는 남조선의 전복을 원한다.」

「그게 말이 된다고 생각해?」

「안 될 건 뭐란 말인가?」

「그럼 나에게는 뭘 원하는데?」

「고저 까불지 말라. 설치지 말란 말이다.」

「내가 당신에 뭘 어쨌는데?」

「나는 네가 마음에 들지 않는다. 만일 네가 북의 인민이었다면 당장 목이 잘려나갔을 것이다.」

「그래? 나도 당신이 싫어. 당신 때문에 북한도 싫어져 버렸어.」

「까불지 말라! 살고 싶으면 진실을 부인하라. 부정하란 말이다!」

"어서 말하지 않고 뭐 하는가? 탈북자를 숨겼다는 신고 내용이 맞는가?"

"아닙니다."

"정말 아닌가?"

"예, 정말 아닙니다. 나는 그 사람을 본 적이 없습니다."

"그래?"

공안은 아쉬운 얼굴이 되었다. 원하는 대로 되었더라면 특급 승진에 포상까지 받을 수 있었을 텐데 말이다.

"그럼 방에서 나온 물건은 무엇인가?"

"……."

"왜 대답이 없는가? 어서 말하라."

"그건…."

산 넘어 산이라는 표현을 이럴 때 쓰는 모양이다. 제대로 된 대답을 하지 않으면 자신뿐만 아니라 백두민박에 체류 중인 화산 조사 팀에게까지 피해가 갈 수 있다. 어쩌지? 어떻게 하지?

"화, 화산 조사팀을 따라다니다 보니 화산에 대해 관심을 갖게 되었습니다."

"그으래?"

공안이 어처구니없다는 듯, 황당하지만 재미있다는 듯 웃으며 대꾸했다.

"그래서?"

"예?"

"그래서 화산에 대해 뭘 알았는데?"

"아무 것도 모르겠습니다. 너무 어렵습니다."

공안이 또다시 입술을 비틀었다. 가이드 노릇이나 하는 주제에 공부는 무슨 공부냐는 뜻일 테다.

"정선화, 너는 정말 철없는 아가씨야."

"……."

"너 때문에 한국이 잘못될 수도 있어. 가뜩이나 분위기도 안 좋은데, 쓸데 없이 왜 끼어드는 거야? 입 다물고 가만히 있는 게 상책이야. 알겠어?"

"……."

"같은 민족이라 얘기해 주는 거야. 이런 말을 한 걸 상부에서 알면 나도 큰일이 나겠지만 말이야."

"……."

"탈북자를 숨겼다는 신고는 잘못된 것으로 처리할 테니 걱정하지 말라. 대신…."

오랜만에 공안이 컴퓨터에서 눈을 떼고 그녀에게 고개를 돌렸다. 도대체 무슨 말을 하려는 건지 그는 선화를 귀여운 눈으로 바라보고 있다.

"그 지진계와 나머지 화산 관련 물건들은 압수하겠어."

"예? 왜요?"

"말했잖아. 너 때문에 너희 한국이 잘못되면 좋겠어?"

"하, 하지만…."

"까불지 말라! 조용히 사는 게 신상에 좋아."

한번만 봐달라며 선화가 그를 붙들고 사정하지만 오히려 그는 정말 눈치 없는 계집이라고 소리치며 손을 뿌리쳤다. 화산학도로 돌아가는 길이 왜 이렇게 힘든 걸까? 이제 겨우 마음잡고 예전처럼 열정적으로 공부하려 하는데 왜 이렇게 발목을 붙잡는 손이 많을까? 정말 처음부터 맨손으로 다시 시작해야 하는 걸까?

"이보시오, 백동일 보안원."

"예, 공안 동무. 끝났습네까?"

"거 왜 죄 없는 사람을 신고하고 그러시오?"

"미안하오. 그러게 아닐지도 모른다고 하디 않았소? 고저 죄 없는 남조선 동무가 나 때문에 조사를 받게 되었으니 나도 속상하단 말이오."

백동일은 공안에게 정말 난처한 얼굴로 말하고 있었다. 날마다 싸우느라 조국이 힘들어하고 있는데, 인민들까지 이러면 되겠냐는 거다.

"화산 조사 팀 따라다니느라 고생이 많소. 스트레스 때문에 잠깐 실수한 거라고 생각하겠소. 다시는 이 따위 허위 신고는 하지 마시오."

"예, 예. 알갔습네다."

어깨를 두드리는 공안에게 허리를 꾸벅 숙이는 백동일의 모습은 마치 중국이란 대국 앞에 뱃속의 모든 걸 꺼내 바칠 듯 고개를 조아리는 북한을 연상케 한다. 어찌나 그렇게 죽이 잘 맞는지 모르겠다.

"선화야, 괜찮니?"

"네…."

공안국에서 나와 백두민박으로 돌아가는 선화와 진수이룽의 발걸음은 무겁기 그지없다.

"도와주지 못해서 미안하구나."

"괜찮아요. 별 일 없이 풀려났으니 됐죠, 뭐."

걱정하지 말라며 웃어 보이지만 선화의 얼굴은 슬퍼보였다. 아무런 저항도 하지 못하고 보물 같은 물건들을 빼앗긴 그녀, 슬픈 그녀의 얼굴을 오래 볼 수 없어 진수이룽은 시선을 돌리고 만다. 도대체 세상이 어떻게 돌아가려고 이러는 걸까? 도대체 무슨 일이 일어나려고 우리가 이런 일을 겪는 거지? 어째서 이 착한 아이에게 이런 일이 일어난단 말일까?

"후우!"

동시에 서로 다른 의미의 한숨을 몰아쉬는 그들 곁으로 백동일을 태운 공안 차량이 달려가고 있었다.

"선화야!"

집안으로 들어서는 선화를 발견하고 어머니가 다급하게 쫓아간다.

"선화야, 괜찮니? 별 일 없었어?"

"네, 괜찮아요."

우울하지만 억지로라도 웃어 보이는 딸의 어깨를 어머니가 와락 껴안았다. 마치 이산가족이 상봉한 듯 반갑게 서로를 보듬는 모녀를 보고 뒤에서 진수이룽이 살짝 미소를 머금는다.

"선화야, 공안들이 와서 네 방의 물건들을 가져갔다. 어떻게 된 거니?"

"……."

하지만 선화는 대답하고 싶지 않다. 너무나 속상하고 우울해서 울고 싶을 지경이란 말이다.

"지진계와 나머지 자료들을 공안이 압수 조치를 했소."

진수이룽이 선화 대신 그렇게 대꾸했다. 어느새 그의 얼굴에도 착잡한 표정이 생겨나고 있었다.

"박사님, 그게 무슨 소리예요? 압수 조치를 하다니?"

"그게 아무래도 이번 사건들과 연관이 있어 보이는군요."

"…?"

진수이룽은 안도현 공안국에서 있었던 일들을 모두 꺼내놓았다. 선화의 연행은 어쩌면 화산 조사팀이 이도백하로 쫓겨 오게 된 것과 연관이 있을지 모른다고 말이다. 탈북자를 받아준 한국의 행위와 천지 주변을 돌아다닌 헬기를 핑계로 관심을 돌린 북한이 뒤에서 무슨 일을 꾸미는 건 분명하다고 했다. 심상치 않은 꿍꿍이를 밝히려는 한국의 눈길을 차단할 속셈으로 중국 정부에 화산 조사팀의 철수를 요청한 북한인데, 오늘 일로 그들이 트집 잡을 건수가 생긴 건 아닌지 걱정이라는 것이다.

"만일 선화가 한국 국적의 관광객이었다면 추방령이 내려졌을 거라고 하는군요. 이민 온 중국 공민이라 훈방 조치가 내려지긴 했지만…."

"지진계는요? 다른 물건들은 어떻게 되는 건가요?"

"글쎄, 반환되지는 못할 것 같군요."

"어머, 어떻게 해."

안타깝지만 어쩔 수 없다며 진수이룽이 고개를 절레절레 흔들고 제방으로 돌아간다. 슬픈 모녀는 서로의 어깨를 부둥켜안고 한참동안 그렇게 서 있었다. 중국이 세운 벽에 가로 막혀 아무것도 할 수 없는 한국을 위해 선화는 남모르게 고생만 해왔다. 그 일이 아직 끝나지도 않았는데, 한국은 아직 많은 도움이 필요한데, 결국 이런 꼴을 당하고 말았다. 불쌍한 내 딸, 꿈을 이루려는데 자꾸만 거대한 것이 발길을 붙잡는구나. 잘 닦아 평평한 길을 만들려는데 큰 바위가 자꾸만 방해하는구나. 작고 약한 조국처럼 우리도 점점 약해져만 가는구나. 신령스런 천지는 어째서 그저 바라만 보는가! 제발 우릴 도와줘! 그렇게 부글부글 끓지만 말고!

"선화야, 밥 먹어야지?"

어느 새 저녁때가 되었다고 알리는 시계를 보며 어머니가 선화에게 말했다.

"생각 없어요."

"아니야, 그래도 먹어야 해. 먹어야 힘을 내지, 응?"

어머니가 초췌해진 딸의 머리를 쓰다듬으며 그렇게 말했다. 그러나 선화는 썰렁한 방에 덩그러니 놓여있는 컴퓨터 모니터만 바라보고 있을 뿐이다. 지진계가 놓여있던 자리에 먼지 덩어리가 굴러다니고, 몸통을 잃은 컴퓨터 모니터는 서로를 끌어안은 모녀를 검게 비추고 있었다.

"저녁 먹자. 조사 받느라 점심도 못 먹었잖아."

"먹고 싶지 않은데…."

"한 숟가락이라도 먹자. 너 이러다 쓰러져."

어머니의 손에 끌려 내려간 식당에 식구들이 모두 모여 있다. 화산의 상태에 대해 의견을 주고받던 어른들이 어서 오라며 반겨주었는데, 백동일의 눈치를 살피는 남민수와 리용두는 그저 밥상만 내려다 볼 뿐이었다.

"선화 씨, 이쪽으로 와요."

승현이 귀한 손님을 맞이하는 고급 레스토랑의 매니저인 양 공손하게 의자를 빼며 그녀에게 고개 숙였다.

"선화 씨, 두부 먹을래요?"

곁에 앉은 승현이 기름에 튀긴 두부 조각을 젓가락으로 집어 내밀었다.

"나 출소한 거 아니거든요."

힐난하듯 노려보는 선화, 배시시 웃는 승현의 어깨를 철썩 내갈긴다. 아프다고 엄살을 피우는 승현과 그렇게 맞고도 정신을 못 차렸다며 고개를 절레절레 흔들어대는 선화를 보고 태균과 아키라가 껄껄 웃어댔다. 진수이룽은 괴롭고 우울하지만 그렇게라도 즐거워지려는 선화가 대견한 모양이다. 다시 웃는 그녀를 따라 그도 환하게 미소 지었다. 그런데 그때,

"고저 남조선에서는 여자가 남자를 그렇게 때려도 일 없나 보디?"

"…?"

백동일의 목소리였다. 그는 지금 남쪽의 두 젊은이들을 한심하다는 듯 노려보고 있다.

"꼭 그렇지는 않습니다."

어쩐지 싸우고 싶어 하는 눈빛이어서 승현이 정색을 하고 대꾸했다.

"그래? 그럼 너희는 뭐이네?"

밥상머리에서 제멋대로 구는 간나 새끼들, 백동일은 그렇게 말하고 싶은 모양이다.

"너희들 말이야. 사람 많은 데에서 그렇게 장난치디 말라. 북에서는 말이디. 너희처럼 그랬다가는 잡아다 매질을 한다."

"그러십니까? 우리는 그렇지 않습니다."

"그래? 그래서 남조선이 우리 북조선을 못 살게 하누만."

"남조선이 아니라 한국입니다. 우리가 언제 당신들을 못 살게 했습니까? 왜 시비를 걸고 그러십니까?"

"뭐이? 시비? 지금 시비라고 했네?"

"예, 시비라고 했습니다. 도대체 하고 싶은 말이 뭐죠?"

백동일의 날카로운 눈빛이 허공에서 승현과 부딪혔다. 분위기가 다시 삭막해지자 곁에 앉은 진수이룽이 그만 두라며 승현의 손을 툭툭 건드리고 있었다.

"이 아새끼래 고저 어른에게 하는 말 본새가…."

"여보시게, 백동일 보안원!"

가만히 듣기만 하던 태균이 더는 참지 못하고 빽 소리쳤다.

"내래 귀 안 막혔습네다. 소리지르디 마시라요."

입으로는 존대어를 내뱉고 있지만 백동일의 태도는 건방지기 이를 데 없었다. 호통을 치던 태균이 민망해질 지경이란 말이다.

"자네, 도대체 왜 이러는 겐가?"

"뭘 말입네까?"

"왜 그렇게 이 아이들을 잡아먹지 못 해 안달이냐 말이야!"

"내래 안달한 적 없습네다. 사람 의심하디 마시라요."

태균 뿐만이 아니라 거기의 모두가 기가 막힌 얼굴로 그를 보고 있었다. 말 그대로 눈칫밥을 먹고 있는 남민수와 리용두만 빼고.

"백동일 보안원, 그럼 내가 하나 묻겠네."

이번엔 내내 조용하던 아키라가 입을 열었다.

"뭘 말입네까?"

"왜 갑자기 선화를 신고한 겐가? 이 아이에게 무슨 잘못이 있다고?"

"고거이 미안하다고 하디 않았소? 왜 자꾸 캐물으시는 겁네까?"

"그건 내가 원하는 대답이 아니야! 똑바로 말해보시게!"

아키라가 버럭 소리쳤다. 더 이상 숟가락질을 할 수 없는 모두의 얼굴을 바라보던 백동일의 입술이 피식 비틀어졌다. 건방진 그의 태도도, 아까 공안국에서는 고양이 앞의 쥐새끼인 양 순하게 굴더니 지금은 예전의 그 날카로운 눈빛과 목소리로 완벽하게 돌아와 있었다.

"내래 저 에미니이를 우리 공화국의 적이라고 생각했시요."

"왜?"

"왜냐니? 그걸 물음이라고 하십네까? 고저 우리 조국을 해치려는 탈북자를 숨겨준 자가 적이 아니고 뭐갔습네까?"

"이보시게. 그건 거짓으로 밝혀지지 않았는가?"

답답한 얼굴로 진수이룽이 소리쳤다. 서로 떨어져 살 수 없는 북한인과 중국인. 혈맹이랍시고 오래 전 부터 서로를 보듬어온 사이라지만 진수이룽은 도저히 그렇게 생각하고 싶지 않았다. 중국이란 대국만을 믿고 살아가는 그들, 하지만 그 속을 들여다보면 겉모습과는 완전히 다르다. 그들을 이해할 수가 없단 말이다.

"진수이룽 박사 동무는 고저 조선 말 공부를 좀 더 하셔야갔습네다."

"뭐?"

"내래 그 일은 미안하다 하디 않았습네까? 미안하다는 말 모르십네까?"

"허허, 이것 참….."

아까까지만 해도 어른 앞에서의 말버릇을 따지던 사람이 지금은 전혀 다른 모습을 보이고 있다. 도대체 그는 무엇 때문에 이렇게 기고만장한 걸까? 이번의 크나큰 사건이 벌어진 이후부터 정도가 심해진 것 같기도 한데, 아무리 그래도 그렇지. 이건 완전히 안하무인이다.

"내래 한 번만 더 말하갔습네다. 고저 우리 공화국은 우리에게 해를 입히는 자들에게 반드시 대가를 치르게 합네다. 아시갔습네까?"

"……."

"우리의 적은 반드시 처단한다 이 말입네다!"

"그래서? 죄 없는 사람을 그렇게 신고해도 되는 건가?"

"의심스러웠기 때문입네다."

백동일이 선화를 노려보며 말했다. 거기의 모두는 기가 막혀 고개를 절레절레 흔들어대고 있었다.

"우리 공화국은 조국의 통일을 가로막는 자들을 모두 엄벌에 처합네다! 특히 당신!"

백동일의 손가락이 아키라를 가리켰다. 아키라의 두 눈이 튀어나올 듯 커지고 만다.

"내래 고저 당신 같은 일본인도 싫단 말이오! 아시갔소?"

"허허, 이 사람아! 내가 뭘 어쨌기에 그런 소릴 아는가?"

"동무들! 고저 잘 들으시라요!"

황당한 낯빛의 아키라에게서 허탈한 웃음소리가 들려왔지만 백동일은 그가 어쩌거나 말거나 거기에 앉은 모두의 눈을 한 번씩 쳐다보며 고함을 내지르고 있었다.

"우리 조선민주주의 인민 공화국의 모든 인민들은 우리의 평화 통일을 위해 지금도 전진하고 있소! 지금 공화국의 발걸음을 막아서는 너희 미제의 앞잡이들!"

백동일이 진수이룽을 제외한 나머지 식구들을 죽일 듯 노려보며 소리질렀다.

"미제의 앞잡이? 미제의 앞잡이라고?"

승현이 자리에서 일어나더니 한 걸음, 한 걸음 백동일에게 다가선다. 태균이 안 된다고 소리치며 승현의 어깨를 붙잡았다.

"그럼, 너희가 미제의 앞잡이가 아니고 뭐이네?"

"그럼 당신들은 뭔데? 중국의 뒤꽁무니나 빨고 있는 당신들이야말로 중국 앞잡이 아냐?"

"이 간나 새끼야!"

허공을 가르고 날아간 백동일의 주먹이 승현의 면상을 할퀴고 사라진다. 선화에게서 비명이 쏟아지고, 놀란 어른들이 그만 두라며 백동일의 어깨를 붙잡는다. 놓으라고 몸부림을 치며 고래고래 소리 지르는 백동일, 그러나 승현은 입가에 묻은 피를 슬쩍 닦아내기만 할 뿐 미동도 없다. 막아서는 어른들만 아니라면 반쯤 죽여 놓았을 텐데, 그게 조금 아쉽기는 하다.

"이 쌍간나 새끼들! 이 미제의 앞잡이 새끼들! 이거 놓으라!"

진수이룽의 손길을 뿌리치고 백동일이 다시금 소리쳤다.

"너 일본인! 당장 우리의 영토를 침범한 과거를 사죄하라!"

"…!"

"보안원 동무! 고저 이제 그만 하시라요!"

보다 못한 리용두가 자리에서 일어나며 그를 붙잡았다.

"놓으라! 놓디 않으면 당장 네 목을 따버리갔어!"

"……."

"이 남조선 쌍간나 새끼들! 이 반동분자 새끼들! 위대한 조선 공화국의 매운 맛을 보여주갔어!"

이제 그만하라고 거기의 모두가 말리지만 백동일은 마치 광견병에 걸린 개새끼처럼 바락바락 악을 쓰며 몸부림을 치고 있다. 더 이상의 식사가 불가능해지고, 모두의 얼굴 표정이 침울하게 변해가는 그 즈음이 되어서야 지친 백동일이 광기를 멈추고 자리에 풀썩 주저앉았다.

"으흐흐흐…."

고개를 푹 숙인 채 가쁜 숨을 몰아쉬던 그가 문득 그렇게 웃기 시작했다. 아니, 웃는 건지 우는 건지 알 수가 없다. 아니, 아니다. 얼굴에는 눈물이 그렁그렁한데, 입은 달을 보고 웃는 미친 여자처럼 그렇게 웃는 것이다.

"조선은 강해. 너희 미제의 앞잡이들이 우리의 전진을 막을 수 있을 거라고 생각하네?"

처녀귀신처럼 뻘겋게 충혈된 두 눈을 부릅뜨고 백동일이 소리친다. 세상의 그 어떤 악귀들도 우리의 전진을 막을 수 없다. 그동안 백동일은 늘 그렇게 생각해 왔다. 강한 우리, 공화국의 평화 통일을 방해하는 반동분자들을 반드시 처단하겠노라. 백동일은 늘 그런 마음을 품고 있었단 말이다. 그런데 이제 곧 그 순간이 다가온다. 우리가 강하다는 사실을 전 세계에 알릴 순간이 다가온다. 모두가 놀랄 것이다. 미국도, 한국도, 일본도 심지어 중국도 놀랄 그 순간이 다가올 거란 말이다. 그 순간이 지나고 나면 모두 벌벌 떨겠지. 무서워서 우리 앞에 무릎 꿇고 살려 달라며 애원할 것이다. 이제 얼마 남지 않았다. 조금만 더 기다려라. 조금만 더….

"날래 먹고 올라 오라!"

밥그릇을 채 반도 비우지 못한 남민수와 리용두에게 버럭 소리 지르고 백동일은 찬바람을 일으키며 식당에서 나가버렸다.

어둠이 내려앉은 이도백하의 하늘은 맑고 푸르다. 구름 한 점 없는 깨끗한 날씨, 투명한 천지 호수처럼 저 하늘을 수놓은 별들은 착하고 순수한 어린 아이의 눈망울인 양 빛나고 있다. 공기 또한 코가 행복할 지경이니 이곳에 올 때마다 어쩜 세상에 이런 곳이 있을까 하는 탄성을 지르게 만든다. 자연 그대로의 아름다움, 어쩌면 인간에게 선물한 백두산의 마음일 거였다.

"후후…!"

폐 속 깊숙이 한숨을 내쉬었더니 아키라의 입에서 하얗게 입김이 쏟아져 나온다. 이도백하는 여름에도 쌀쌀하다. 겨울이 다가오는 지금도 얇은 카디건만으로는 춥다고 느낄 지경이니 말이다. 하긴, 천지에 함박눈이 쏟아져 꽁꽁 얼었는데, 이도백하는 오죽하랴. 추운 바깥에 얇은 옷만 걸치고 나온 내가 잘못이지.

"바보 같은 녀석…."

새카만 하늘을 올려다보며 아키라는 중얼거렸다. 이 추운 날 얇은 옷만 걸치고 나온 걸 책망하는 게 아니다. 그는 조금 전 식당에서 벌어진 사건에 대해 생각하던 참이었다. 북한, 그것도 인민보안부의 보안원이라는 당의 간부 말이다. 일반인이 아닌 당의 일원이라면 충분히 외세에 대하여 적으로 간주할 수 있다. 이유야 어찌되었건 그들은 북한이니 무슨 짓이든 저지를 수 있을 거였다. 저토록 사이코 같은 짓만 골라 하여 세계인의 앞에 스스로 웃음거리가 되는 그들이니 반쯤 미쳐 버렸다고 해도 이제는 그러려니 하고 생각할 수 있을 것 같다. 이성을 잃어 미쳐 버린 자에게 그것은 잘못이라며 똑같이 화를 내고 소리를 지르다니, 나는 정말 바보 같은 녀석이다.

끼익, 끼이익.

민박집 앞 작은 공원에 설치해 놓은 낡은 운동기구에 발을 올려놓으니 그런 소리가 들려온다. 귀신의 울음소리처럼 귀에 거슬리기까지 하다. 움직일 때마다 자꾸만 삐거덕거리니 아키라는 그것을 내버려 두고 공터 나무 아래 벤치로 가서 앉아 보았다. 이곳의 공기처럼 나무 벤치는 앉는 순간 깜짝 놀랄 정도로 차갑다. 스산한 한기에 부르르 몸서리를 칠 지경이다.

"아직도 어른이 되지 못한 건가?"

벤치에 이슬이 고여 있는지도 모르고 앉았다가 바지가 홀딱 젖어버렸다. 오줌을 지린 어린애처럼 제 엉덩이를 만지작거리는 스스로가 한심스럽기까지 하다. 만일 마약에 취한 듯 이성을 잃은 그에게 좋은 말로 다그쳐 주었다면 어땠을까? 작은 공원을 천천히 걸으며 아키라는 생각했다. 아마 과거의 악행을 잊고 싶은 일본인 아니냐고, 누가 누구 얘기를 하느냐며, 오히려 더 기고만장했을지도 모르겠다. 그럼 애초에 끼어들지 말았어야 하는 걸까? 여전히 과거를 버리고 싶어 안달하는 일본이니 그가 뭐라고 소리치거나 말거나 신경 쓰지 말았어야 하느냔 말이다. 세계를 제패하고 싶어 했던 일본 제국, 그들의 후손인 현재의 일본인들은 여전히 과거 피해자였던 반도 땅의 사람들에게 욕을 얻어먹는다. 너희는 인간이 아니라고, 쓰레기에 불과하다고, 나치의 잘못을 반성하는 독일처럼 되어보라며 늘 그렇게 손가락질 받는다. 어른이 되지 못한 우리, 조금 더 어른스러워지기 위해 노력하지만 길고 긴 세월이 흘러간 지금까지도 여전히 변하지 않은 채 지금을 살아간다.

"그럼 그들은 피해자인가?"

다시 한숨을 몰아쉬며 아키라는 중얼거렸다. 그래, 냉정하게 생각해 보자. 과거에 일본은 세계를 손 안에 틀어쥐기 위해 우선 중국 땅이 필요했다. 그런데 조선이라는 작은 나라가 버티고 있으니 일본은 그들을 발판으로 삼아야 했다. 조선은 허무하게 사라졌다. 하지만 일본은 세계와의 일대 혼전에서 패배했고, 그들은 우리로부터 독립하였다. 해방되어 기뻐하던 그들의 얼굴이 채 얼마 가지 않아 눈물로 얼룩지고 만다. 거만한 강대국들에 의해 둘로 갈라진 나라. 한 쪽은 민주주의를 부르짖고, 빨리 빨리를 외치며 발전하는데, 다른 한 쪽은 거기에 그렇게 멈춰서서 세계의 웃음거리로 전락했다. 오랜 시간이 흐른 지금, 그들 두 나라는 반세기가 흐르는 내내 그렇게 싸우고만 있다. 우리 모두를 그렇게 만든 건 과연 누구일까?

"…?"

인기척이 느껴져 돌아보던 아키라가 안경을 고쳐 쓰며 눈을 가늘게 떴다. 누군가 가까이 다가오고 있었는데, 어두워서 잘 보이질 않는다.

"거기 누구신가?"

"아, 갑자기 나타나 죄송합네다."

평양 사투리, 그는 리용두였다.

"자네로군. 저녁은 다 먹었는가?"

"네, 먹다 체할 뻔 했습니다."

"그래?"

남기면 버려야 하니 억지로라도 밥그릇을 비울 수밖에 없었다고 대꾸하는 리용두의 목소리에 아키라가 픽 웃었다.

"아, 춥구만요."

젊은 혈기만 믿고 있었던지 리용두는 반팔 차림이었다. 춥다며 제 팔을 슥슥 문지르는 그를 보고 아키라가 혀를 끌끌 차댄다.

"추운데 뭐 하러 나왔는가?"

"박사님께 사과하려고 나왔시요."

"사과?"

"예, 백동일 보안원 동무 대신 말입네다."

"허허…."

새삼스럽다며 아키라가 고개를 절레절레 흔들어대고, 정말 그런가 싶은 리용두가 제 머리를 긁적였다. 어쩐지 어색한 그들, 두 사람만 우두커니 서 있는 한밤의 공원은 적막하기 그지없다. 하고 싶은 말이 많은데도 불구하고, 그냥 돌아갈까 하는 생각을 하게 만들 지경이다.

"고저 백동일 보안원 동무 말입네다."

"……."

"술이 좀 과했던 모양입네다."

"뭐? 술?"

황당한 얼굴이 되어 아키라가 돌아보고, 리용두는 미안하다며 고개를 꾸벅 숙였다.

"고저 무슨 일인지 기분이 좋다며 술을 먹더니만 그렇게 되었구만요."

"허허, 역시 그랬구먼…."

백동일이 술을 먹었단다. 잔뜩 술을 퍼 마시고 그렇게 주정을 부린 거란다. 왜 눈치 채지 못했을까? 워낙 당황스런 순간이어서 그랬던 모양이다. 바보 같은 녀석.

"그래서 대신 사과드리고 싶어서 나왔습네다. 죄송합네다."

"허허, 이 사람아. 자네가 잘못한 게 아닌데 굳이 사과할 필요 있겠는가?"

"하지만…."

"나는 괜찮아. 너무 신경 쓰지 말게."

속상했을 텐데 오히려 아키라는 그의 어깨를 토닥여주고 있었다. 코끝을 스치는 스산한 날씨, 그리고 두 사람은 다시 말이 없다. 마치 북한과 일본의 지난 과거를 대변하듯 두 사람은 무슨 말을 어떻게 해야 할지 몰라 어색하게 서로 다른 곳만 응시했다.

"고저…."

무슨 말인가를 하고 싶은 리용두가 먼저 그렇게 입을 뗐다. 그제야 아키라가 고개를 돌렸지만 리용두는 제 머리만 긁적일 뿐 도로 입을 다물어버렸다.

"할 말이 있는가?"

"……."

"하고 싶은 말이 있으면 해보게. 다 들어 주겠네."

정말 그럴 수 있느냐고 리용두가 눈으로 물었다. 아니, 어두워서 그의 눈이 잘 보이지 않으니 마음으로 물었다는 표현이 옳을 것이다.

"고저…. 박사님 같은 일본인은 우릴 어떻게 생각합네까?"

"응?"

"그리고 남조선은…. 아니, 한국은 우리 공화국에 대해 어떤 감정을 갖고 있습네까?"

"……."

"내래 아직도 모르갔시요."

제 속마음을 들킬까 두려웠던지 리용두는 그렇게 묻고 아키라의 시선을 피해버렸다. 민망한 모양이다. 북한 땅을 살아가는 사람으로서 그런 질문은 흔할 수 없고, 거기의 누구도 스스로에 대해 그런 생각을 해본 적이 없기에 리용두는 제 속의 질문을 꺼내기가 버거웠을 거다. 그래서 이렇게 반팔 차림으로 나와서 눈치만 봤던 모양이다.

"글쎄, 여러 가지가 있겠지. 무슨 얘기가 듣고 싶은가?"

"고저 정치 얘기만 빼고 다 좋습네다."

"허허허…."

아키라가 그렇게 웃었다. 정치 얘기는 싫단다. 어쩌면 그 역시 제 나라의 돌아가는 모양새에 대해 잘 알고 있었던 건지도 모른다. 당의 제재로 인해 국외로 통하는 문이 닫힌, 심지어 제 나라의 사정도 모르는 까막눈일지언정 그들 중에 눈치가 빠른 사람이라면 아마 충분히 깨닫고 있을지도 모르겠다.

"북한에 대해 얘기하라고 한다면 그저 웃을 뿐이지."

"고저 그 정도입네까?"

'웃는다.'라는 말엔 엄청나게 많은 의미가 숨어있을 거라고 생각했는지 리용두가 심각한 낯빛으로 되묻는다. 전혀 모르는 스스로에 대해 놀랄 준비를 하려는가 보다.

"자네 나라에 대해 무슨 얘기를 해야 할지 모르겠네. 정치라고는 코빼기도 모를 일개 과학자가 웃기밖에 더 하겠는가?"

"……."

문득 리용두는 담배를 피웠으면 좋겠다고 생각했다. 평생 눈치만 보고 살아야 할 우리와 툭 터놓고 대화해 줄 사람은 이 세상에 흔하지 않으니 핑계거리라도 손에 쥐었으면 하는 생각이 간절했던 것이다.

"고저 남조선… 아니 한국의 젊은이들을 보고 느낀 생각입네다만…."

"승현 군과 선화를 말하는 겐가?"

"네, 화산 조사단에 참여하길 잘했다는 생각을 했습네."

어둠 속에서 리용두가 하얀 이를 드러내고 웃는다. 아키라도 따라 웃었다.

"북에는 없는 거이 남에는 있더만요."

"그게 뭐지?"

"마음입네다."

"마음? 어떤 마음?"

"기리니끼니 고저…."

표현력이 부족했다고 느꼈는지 리용두는 다시 제 머리를 긁적이며 속에 있는 말을 정리해 보았다.

"자기 마음대로 할 수 있다는 거이 우리 조선과 달랐습네다. 고저 우린 그럴 수 없디 않갔시요?"

"그렇지."

"내 마음 먹은 대로 생각하고 행동한다는 걸 알고 놀랐습네다. 고저 우린 애나 어른이나 똑같단 말입네다."

오로지 당에 충성하는 의무만을 가진 나라. 애나 어른이나 그렇게 살아가야 하는 나라. 아무것도 모르겠거니 하던 그 나라의 사람이 스스로를 이미 깨우치고 있었다니 아키라는 놀랄 따름이었다.

"그럼 자네는 지금까지 한국에 대해 어떤 생각을 갖고 있었는가?"

"사악하다고 생각했습네다. 어떤 법칙도 없이 제 마음대로 살아가니끼니 엉망일 거라고 생각했습네다."

"그게 자유라는 걸 몰랐던 게로군."

"하지만 한편으로는 부러웠습네다. 가까이 다가가 보고 싶어서 승현이와 몇 마디 나눠보기는 했지만 많이는 알지 못했습네다. 더 다가갔다가는 죄를 짓는 기분이 들 것 같아서…."

죄 지은 어린애처럼 시선을 피하는 리용두, 백동일의 강압적인 제재 때문이었다고 말하려다 마는 것일 테다. 아키라는 온 마음을 다해 그의 어깨를 두드려 주었다.

"나는 말이지. 가끔 생각하는 게 있어."

"…?"

"사실 한국인의 그 마음은 진정성이 너무나 강해서 우리 일본인들과 어울리지 않는다고 생각하지만…."

아키라는 일본인의 마음에 대해 설명하고 싶었다. 남북한의 사람들은 이해하지 못할 그 마음 말이다.

"일본인에게는 혼네(本音)와 다테마에(面前)라는 게 있네."

"고거이 뭡네까?"

"속마음과 겉마음이 다르다는 걸 표현한 말일세."

"한 사람이 두 가지 마음을 가졌다는 말입네까? 사람이라면 누구든지 가질 수 있는 마음일 텐데요."

아키라가 천천히 고개를 주억거렸다.

"이렇게 생각해 보지? 음, 길을 달리던 두 대의 차가 부딪혔네. 그런데 사고가 난 이유가 신호를 지키지 않은 제3의 차 때문에 그리 된 거야."

"사고를 유발했구만요."

"그렇지. 그러면 사고의 책임은 누구에게 있을까?"

"그야 당연히 사고를 유발한 차 아니갔습네까?"

다시 아키라가 고개를 끄덕였다. 당연한 질문 아니냐며 리용두가 쳐다보지만 아키라는 여전히 허공을 올려다보며 한숨을 쉬고 있다.

"내 생각에는 말이야. 우리 일본이 이 모든 사고를 유발한 것 같네."

"고거이 무슨 말씀이십네까? 고저 어렵습네다."

"그러니까 한반도의 두 나라가 이렇게 오랫동안 대치하게 된 건 애초에 우리의 잘못에서 비롯되었다는 거지."

무슨 뜻인지 이해한 리용두의 시선이 저 하늘의 별에게로 날아간다. 수억 광년의 세월을 살아온 저 별들은 지구에서 일어난 사건들을 모두 지켜보고 있으리라.

"만일 우리가 세계를 지배하려는 야욕을 품지 않았다면 세계대전은 한 번으로 끝났을 것이고, 한반도는 둘로 갈리지 않았을 거야. 우리가 자네들을 그렇게 만든 장본인이지. 하지만 우리는 그걸 인정하려 들지 않는다네. 인정하고 싶어 하지도 않고…."

모든 일본인이 다 그렇지는 않을 거라고 대꾸하려다 리용두는 입을 다물었다. 그거야 뻔한 얘기일 테니 말이다.

"속으로는 우리의 잘못을 이해하고 반성하지만 겉으로는 그렇지 않아. 부끄럽고 창피해서 그럴 수 있겠지. 도대체 왜 그런 두 가지 마음을 동시에 갖고 살아가는지 모르겠는데, 이제 그것은 우리 사회에서 반드시 지켜야 하는 공공장소의 예절처럼 당연하게 받아들이고 있네."

"……."

"물론 양심을 챙기려는 사람들도 있어. 변화하려는 사람들과 예전 그대로를 지키고 싶어 하는 사람들이 자주 충돌하기도 하지. 지금 내가 이런 생각을 품었다는 걸 알면 우익 단체들이 들고 일어날 거야. 과학자 따위가 제 분수도 모르고 헛소리한다고."

아, 결국 속마음을 모두 말해버렸다. 어쩐지 마음 한 켠이 비어버리는 것만 같아 아키라가 헛웃음을 웃었다. 단지 저 하늘처럼 되어보고 싶었던 것 뿐인데 말이다. 그런데 리용두는 그를 이상한 눈으로 바라보고 있다. 또 무슨 할 말이라도 있는 걸까?

"고저 일본인은 두 가지 마음이 있다고 하셨습네까? 속마음을 감추려는 겉마음?"

"그렇지."

"그런데 박사님은 왜 속마음을 드러내신 겁네까?"

꼭꼭 숨긴 제 보물을 들켜버린 아이처럼 아키라는 얼굴이 빨개져 버렸다. 그러나 어둠 속에서 리용두는 눈치 채지 못했을 것이다.

"자네의 이야기를 하려다 이렇게 되었구먼."

"그렇습네까?"

"북한 사람들은 제 의견을 제대로 제시하지 못하고 살지 않는가?"

"기리티요."

"그렇게 사는 걸 당연하다고 생각하는 사람들 사이에서 자네 같은 별종이 나왔으니 그게 재미있어서 그랬나 보이."

별종이라는 말에 리용두가 킥 웃음을 터뜨렸다. 아키라도 웃으며 하늘을 올려다본다. 온 몸으로 전해오는 바람이 차갑지만 정겹게 느껴지고 있다.

"지금 북한이 보여주는 행위들은 잘못된 게 맞네. 하지만 그렇다고 해서 자네는 조국을 원망해선 안 돼."

"······."

"자네처럼 개방되고 싶은 사람이 많아진다면 북한도 언젠가는 달라질 거야."

환하게 웃으며 손을 잡는 아키라, 리용두는 그 손이 너무나 뜨거웠다. 가슴 한 켠 저 구석에서부터 밀려오는 뭔지 모를 감정처럼.

"고저···."

"응?"

"처음으로 일본인이 좋은 사람이라고 생각했습네다."

"그래?"

"일본인은 고저 한국인보다 더 나쁘다고 생각했는데···."

다시 아키라가 허허, 웃음을 터뜨렸다. 그리고 온 몸으로 리용두의 가슴을 안아준다. 아버지의 가슴인 것만 같다. 적이라고 배워온 사람의 가슴이 이렇게 뜨거웠다니, 새삼스럽지만 리용두는 다시 한 번 생각해 본다. 지금껏 적이라고 생각했던 한국인의 가슴도 이렇게 뜨거울까?

"박사님, 고저….."

"그래, 말해보게."

"지난번에 승현이와 얘기하면서 해보지 못한 거이 하나 있습네다."

"…?"

"박사님을 안았던 것처럼 승현이를 안아보고 싶습네다. 그러면 남조선은 절대 괴뢰국이 아니라는 걸 알 것 같구만요."

"그래? 그것 참 좋은 생각이구먼!"

"뭐, 그때처럼 보안원 동무 몰래 해야갔지만…."

위험하지만 좋은 생각이라며 아키라가 그의 등을 두드려 주었다. 녀석, 장족의 발전이다.

"끼이이이익~!"

"…?"

그때, 저 멀리에서 시커먼 승용차 한 대가 부리나케 달려와 멈추는 소리가 들려왔다. 이윽고 운전석과 보조석에서 사내 둘이 내리더니 백두민박으로 헐레벌떡 달려간다. 어둠 속에서 누구인지 몰라 눈을 가늘게 뜨던 아키라가 고개를 갸우뚱거렸다. 그들 중 한 명이 두 사람을 발견하고 이쪽으로 달려오는 게 아닌가!

"아키라 박사님!!"

목소리로 들어보아 심양 주재 일본 영사관의 직원이다. 한국 영사관 직원과 심양에 잠시 다녀오겠다던 그가 무슨 일인지 다급하게 소리 지르며 쫓아오는 것이다.

"아키라 박사님! 큰일 났습니다!"

"무슨 일인가? 조용히 말하세."

"저, 북한 풍계리에서…."

고래고래 소리 지르던 그가 아키라 옆의 리용두를 뒤늦게 발견하고 발걸음을 주춤 멈추었다.

"왜 그러나? 무슨 일이야?"

"저, 저기….'

리용두의 눈치를 살피느라 그는 쉽게 입을 열지 못하고 있었다. 분위기를 알아챈 리용두가 그들에게서 슬며시 고개를 돌리고, 아키라는 다시 한 번 무슨 일이냐며 다그쳐 묻는다.

"박사님, 아직 소식 못 들으셨습니까?"

"무슨 소식?"

"조금 전에 북한이 풍계리에서 지하 핵실험을 단행했다고 합니다!"

"뭐야?"

아키라가 버럭 소리 질렀고, 고개를 돌렸던 리용두가 눈이 휘둥그레져서 그를 불러 세웠다.

"이보시라요! 핵실험이라니? 내래 혹시 일본말을 잘못 알아들은 겁네까?"

"아, 아닙니다. 잘 알아들었습니다."

난처하기 짝이 없는 얼굴로 영사관 직원이 더듬더듬 대답했다.

"이, 이거 큰일 났구먼! 백두산에 영향을 줄 텐데…!"

잔뜩 굳어버린 얼굴로 아키라가 중얼거렸다. 큰 일도 보통 큰 일이 아니다. 2006년에 있었던 제 2차 지하 핵실험으로 백두산이 간접적인 타격을 받지 않았던가. 지켜보던 모든 과학자들의 가슴을 졸이게 할 만큼 그때의 백두산은 위험한 지경이었단 말이다. 재발하면 그때엔 끝장이라는 진단까지 내렸었는데…. 도대체 이게 뭐란 말인가?

"어서 가지? 확인해 볼 문제가 한두 가지가 아니야!"

영사관 직원을 따라 다급하게 달려가던 아키라가 문득 걸음을 멈추고 돌아보았다. 리용두가 아직 어둠 속에 못 박힌 듯 서 있는 것이다.

"리용두 군."

아키라가 천천히 다가가 그의 어깨에 손을 올렸다. 리용두는 부르르 떨고 있었다. 차라리 추위 탓이라면 좋으련만.

"내 말 잘 듣게. 이 역시 자네 탓이 아니야."

"바, 박사님⋯."

"그리고 아까 내가 말했지? 자네 조국을 원망하지 말게. 살아남기 위해 어쩔 수 없이 벌인 일이라고 생각하면 마음이 한결 편할 거야."

"⋯⋯."

어느새 착잡한 마음이 되어 아키라가 돌아섰다. 그리고 어두운 밤, 리용두는 한참 동안이나 거기에 굳은 듯 서 있었다.

"선화 씨!"

고함을 지르며 승현이 선화의 방문을 벌컥 열어젖혔다.

"선화 씨! 큰일 났어요!"

다시 한 번 승현이 소리치지만 선화는 여전히 침대 위에 쪼그리고 앉아 고개를 푹 숙인 채다. 백동일의 술주정에 단단히 마음을 상한 모양이다.

"선화 씨, 이러고 있으면 어떡해요? 밖에 큰일이 났다니까!"

"승현 씨⋯."

그제야 선화가 고개를 들어 기운 없는 목소리로 말을 꺼낸다.

"미안한데, 나 혼자 있게 해주세요."

"뭐라고요?"

"무슨 일인지는 모르겠지만 별로 알고 싶지 않아요. 그러니까⋯."

채 말을 끝맺지도 못했는데 선화가 기침을 하기 시작했다. 진저리를 치듯 기침을 쏟아내는 게 아무래도 감기에 걸린 모양이다. 그럴 만도 하지. 며칠 사이에 너무나 많은 일을 겪었으니 탈이 나지 않을 수 없을 거였다. 만일 정말 감기라면 따뜻한 곳에서 푹 쉬어야겠지만 지금은 그럴 때가 아닌데…!

"선화 씨, 괜찮아요?"

"네, 괜찮아요. 승현 씨, 나 혼자 있고 싶어요. 나가 줄래요?"

그녀가 다시 한 번 부탁했다. 아픈 그녀를 생각해서라도 조용히 나가야 하지만 그럴 수가 없다. 지금 이 급박해진 상황을 전해야 할 텐데, 어쩌지? 어떻게 하지?

"선화 씨, 그게 저…."

"승현 씨, 왜 그래요? 왜 그러는 건데요?"

급기야 선화가 짜증스럽게 외쳐 물었다. 우물쭈물 문가만 지키고 있으니 화가 나지 않을 수가 없었던 모양이다.

"저, 지금 북한에서…."

"예?"

"북한이 오늘 지하 핵실험을 했대요."

"뭐, 뭐라고요?"

놀란 선화가 그렇게 소리치며 자리에서 벌떡 일어섰다.

"어, 어! 선화 씨!"

침대에서 내려오던 선화가 도로 풀썩 쓰러지고 만다. 당황한 승현의 손이 그녀를 부축했는데, 뜨겁다. 그녀의 온 몸이 불덩이 같았다.

"선화 씨, 괜찮아요?"

"모르겠어요. 아니, 그건 그렇고 그게 무슨 소리예요? 핵실험이라니?"

"예전에 핵실험했던 장소 알아요?"

"풍계리요?"

"예, 거기에서 다시 핵실험을 했대요."

그리고 선화는 앉아있던 자리에서 일어나 책상으로 다가갔다.

"아…."

승현이 빼준 의자에 앉으려던 선화는 문득 제 머리를 붙잡고 돌아선다. 마치 어둠 속에서 길을 잃은 사람처럼 이러지도 저러지도 못하고 해매는 얼굴이다.

"선화 씨, 왜 그래요? 뭐 하는 거예요?"

"내 정신 좀 봐. 나 왜 이러죠?"

"…?"

결국 선화가 의자에 주저앉아 다시 머리를 싸쥐고 만다. 깜빡 잊고 있었다. 8년 전의 그 날처럼 풍계리에서 무슨 일이 벌어졌는지 살펴야 하는데, 당시의 자료를 토대로 결국 백두산에 다시 영향을 줄 지에 대해 따져봐야 할 텐데, 지진계와 나머지 자료들을 공안이 모두 압수해갔다. 왜 하필 오늘일까? 왜 하필 오늘 같은 날에 이런 일이 생긴 걸까?

「긴급 속보입니다. 오늘 오후 일곱 시 경, 북한이 또다시 핵실험을 단행했습니다.」

설마 했었는데, 승현이 뛰어 들어와 소식을 전해 주었을 때까지만 해도 거짓이기를 바랐는데, 그것을 확인할 아무런 방도가 없으니 믿고 싶지 않은데, 지금 한국의 방송을 송출하는 모든 채널에선 북한의 핵실험 소식을 전해 오고 있었다. 이건 말도 안 된다. 도무지 믿을 수가 없다.

「…청와대 관계자는 북한의 핵실험을 이미 확인하였으며 3년 전인 2017년과 마찬가지로 핵실험이 이루어졌을 때 풍계리 주변 지역으로 진도 7이상의 강력한 인공 지진이 발생했다며….」

"선화 씨, 어른들 말씀으로는 백두산에 큰 영향을 줄 거래요. 왜 그러죠?"

"그 에너지가 마그마 활동에 영향을 주니까요. 이제는 무슨 일이 어떻게 벌어질지 아무도 몰라요."

도대체 어떻게 그런지 묻고 싶지만 승현은 그럴 수가 없다. 넋이 나간 듯 멍한 그녀의 얼굴, 그러나 그것이 아파서 제 정신이 아니기 때문인지, 이 상황이 너무나 놀랍고 충격적이어서인지 도통 감을 잡을 수가 없다.

띠리리릭~띠리리리릭~!

"예! 교수님!!"

「승현 군! 자네 지금 어디에 있나?」

휴대폰으로 전화를 걸어온 사람은 태균이었다.

"저 지금 선화 씨 방에 있습니다."

「지금 내 방으로 오게. 자네가 도와줘야 할 일이 있어.」

"예, 알겠습니다."

전화를 끊고 승현은 선화를 돌아보았다. 아직 끝나지 않은 뉴스 속보를 바라보고 선 그녀의 두 다리에 힘이 없어 보인다. 저러다 쓰러질 것만 같다.

"선화 씨, 괜찮아요? 앉아서 봐요."

여전히 충격에 빠진 얼굴, 무언가 몇 마디 해야겠는데 지금 승현은 선화를 위로할 시간이 없다. 이번 핵실험이 백두산 화산의 최대 고비가 될 거라는 사실을 잘 아는 전문가들이 지금 초비상 상황에 처해있으니까 말이다. 기운 없는 그녀를 도로 침대에 누이고 승현은 방 밖으로 나왔다.

달깍.

"...?"

누군가 현관 문을 열고 들어오는 게 보였다. 마치 이번 사태와 아무런 관련이 없다는 듯 태평하게 모습을 드러내는 인물, 그는 바로 리용두였다.

"아, 승현이…."

승현을 발견한 리용두의 얼굴이 밝아졌다. 인사라도 반갑게 나누고 싶은 건지, 오랜만에 마주쳤으니 그저 지나가는 말이라도 하고 싶은 건지 가까이 다가올 듯 말 듯 입술을 들썩이는 것이다.

"……."

그러나 승현은 그의 얼굴이 전혀 반갑지 않다. 생각 같아서는 이 사태에 대한 보복이라며 주먹이라도 한 대 내갈기고 싶을 정도로 그가 싫어져버린 것이다. 찬바람을 일으키며 승현이 그 자리에서 멀어지고, 홀로 남은 리용두는 마치 죄 지은 사람처럼 고개를 푹 떨구고 만다.

"썅간나…."

누구를 향한 욕설일까? 리용두는 그렇게 중얼거리며 어금니를 깨물었다. 왜 그래야만 했을까. 꼭 그래야만 했을까? 그렇게 하지 않아도 다른 좋은 방법이 있었을 텐데, 반드시 그렇게까지 해야 했던 걸까? 도대체 조국은 왜 자꾸 그렇게 폭력적인 방법만을 선택하는 걸까? 그럴수록 통일에서 점점 더 멀어져 갈 뿐이라는 걸 정말 모르는 걸까? 도대체 왜 그러냔 거냔 말이야! 왜?!

우당탕! 쿵쾅!

3층까지 단박에 뛰어 올라간 리용두가 부숴버릴 것처럼 방문을 벌컥 열었다.

"뭐이네?"

그의 갑작스런 등장에 놀란 백동일이 그렇게 소리쳤다.

"지금 뭐 하는 거입네까?"

죽일 듯 백동일을 노려보며 리용두가 고함을 질렀다.

"뭐 하기는? 고저 그러지 말고 이리 와서 앉으라."

얼굴이 벌겋게 달아오른 백동일이 제 옆자리를 가리키며 손짓한다. 주변에 널려있는 술병들을 보라! 모두들 백두산의 눈치를 살피느라 정신이 없는데, 심지어 남민수 박사 까지도 모니터를 바라보며 진땀을 흘리고 있는데, 백동일은 지금 만사 태평하게 술판을 벌여놓은 것이다.

"이보시라요! 대체 지금 뭐 하는 거냐 말입네다!"

"내래 고저 지금 기분이 좋으니끼니 소리치디 말라."

"뭐이라고요?"

"오늘은 우리 공화국이 아주 강한 나라라는 걸 모두에게 알린 날이란 말이다! 기리니 술을 마시디 않을 수가 없디 않갔어?"

잔치를 벌이자며 미친 듯 소리치는 백동일의 낯짝을 도저히 두고 볼 수가 없다. 성큼성큼 걸어간 리용두가 그의 멱살을 틀어쥐었다.

"지금 공화국이 무슨 짓을 저지른 겁네까?"

"이거 놓으라! 지금은 공화국의 위대한 업적을 기려야 할 때다!"

싸움이라도 벌일 듯 험악한 광경을 연출하는 두 사내의 모습이 영 불안했던 모양이다. 보다 못한 남민수가 이쪽으로 다가와 그들을 뜯어말리기 시작했다.

"이보라, 연구원 동무. 고저 그만 두라. 기리디 않아도 지금은 할 일이 많아."

"고거이 무슨 소용입네까? 화산이 터지면 더 이상 아무 것도 할 필요가 없어지는데 그 딴 게 무슨 소용이란 말입네까?!"

핵실험과 백두산 폭발, 마치 아무런 관계도 없어 보이지만 사실은 그렇지가 않았다. 핵실험이 이루어진 풍계리에서 백두산까지의 거리는 약 140킬로미터밖에 되지 않는다. 지하 400미터에서 이루어지는 크나큰 실험이 살아서 꿈틀꿈틀 움직이는 백두산 화산에 지대한 영향을 줄 거라는 사실! 그 사실을 그들은 진정 모르는 걸까? 리용두는 처음으로 조국이 원망스러워졌다.

"보안원 동무! 동무는 지금 공화국이 뭘 하고 있는지 아십네까?"

"당연히 알지! 알다마다! 우리 공화국이 후세에 길이 남을 위대한 일을 해냈다!"

"기리티 않습네다! 고거이 우리 모두를 죽입네다! 그 쌍간나 새끼들이 우리 모두를 죽일 거란 말입네다!"

"이 간나 새끼야!"

퍼억!

지켜보던 남민수의 눈이 뒤집어질 듯 커져버렸다. 백동일이 방바닥을 굴러다니는 술병으로 리용두의 머리를 후려갈긴 것이다.

"이 쌍간나 새끼! 방금 뭐이라고 했네! 이 반동분자 새끼! 방금 뭐이라고 했어?"

"어억!"

술에 취해 제정신이 아닌 백동일이 쓰러진 리용두의 복부를 발로 걸어찼다. 머리에서 흐르는 피와 깨진 유리조각 때문에 바닥이 엉망이 되어 버렸지만 백동일은 전혀 관심이 없다.

"이 반동분자 새끼! 다시 말해 보라! 뭐이라고 했어?"

"공화국이 우리 모두를 죽일 겁네다!"

"기리티 않아! 우리는 세계의 강국으로 다시 태어난 거이야! 남조선과 미국이 우리 앞에 무릎 꿇으면 우리는 이 세계를 지배할 거란 말이야!"

"결코 기리티 않다는 걸 왜 모르십네까?! 우리는 세계와 멀어질 거란 말입네다!"

"정 그렇다면 우리는 우리끼리만 산다! 그들이 뭐라고 하건 우리는 우리 민족끼리만 살면 된단 말이야!"

목이 터져라 소리 지르던 백동일이 서랍에서 권총을 꺼내들었다.

"잘 들으라! 그 누구도 우리 공화국의 전진을 막을 수 없어! 우리의 발목을 잡은 반동분자 새끼들은 죽여버리갔단 말이다! 알갔어?"

타앙!

총성이 울리고, 유리창이 비명을 지르며 깨져버렸다. 쓰러져있는 리용두도, 모니터와 백동일의 눈치를 번갈아 살피던 남민수의 얼굴에도 절망의 그림자가 새겨지고 있었다. 도저히 감당할 수 없는 광기(狂気). 그래, 이제 남은 건 절망뿐인 모양이다. 이 일을 어찌하면 좋을까.

"으흐흐흐…."

마약에 취한 사람처럼 웃던 백동일이 권총을 팽개치고는 술병에 남은 술을 벌컥벌컥 들이켜기 시작했다.

"하하하하!! 우리 공화국은 강해! 강하단 말이야! 우리를 막아서는 새끼들아! 조선공화국의 본때를 보여주갔어!"

이미 취할 만큼 취해 혀 꼬부라진 소리로 고함을 지르는 백동일, 제 정신을 잃어버린 북한의 모습은 마치 주변의 손길을 뿌리치고 낭떠러지를 향해 달려가는 것만 같다. 강성대국이란 환상에 빠져 헤어 나오지 못하는 그들의 모습이 진정 그러하단 말이다! 깨진 창문을 통해 찬바람이 불어오고, 기쁨으로 축배를 올린 그들을 바라보는 백두산의 가면이 조금씩 벗겨지고 있었다.

10장

대통령의 눈물

화산에 불을 공급하는 곳은 개개의 화산 밑에 위치한 일종의
저장소이다.

-네로 황제의 스승 세네카

2020년 12월 5일.

모니터에 떠오른 자료를 확인하던 진수이룽이 문득 마른세수를 해댔다.

"아, 이거 사람 피곤하게 만드는군."

내려놓은 안경을 코에 걸치며 중얼거리던 그의 시선이 다시 모니터로 날아간다. 벌써 1주일, 북한이 핵실험을 실시한 이후 지금까지 그를 비롯한 누구도 화산으로부터 해방되지 못하고 있다. 눈이 벌겋게 충혈 되고, 잠이 쏟아져도 제대로 눈을 붙이기는커녕 식사시간도 맞추기 힘들 지경이다. 차라리 꿈이었으면 하고 바랐던 지난 한 주 동안 핵실험에 성공했다며 북한은 자축 파티라도 여는 모양이었지만 주변국들은 난리가 났다. 설마 하던 한국의 국민들은 한 순간에 기운이 쭉 빠져버린 듯 실망스런 표정이었고, 정부에선 분위기 파악을 못 한다며 그들을 비난했다. 일본은 어떤가. 한심하기 짝이 없다는 표정의 총리가 단상 앞에서 그러면 안 된다며 소리 치고, 신문은 거의 매일 북한 관련 뉴스를 1면에 실었다. 미국도 대통령이 직접 나서서 두 눈을 부릅뜨고는 도대체 언제까지 그럴 거냐고, 제발 정신 좀 차리라며 소리를 질러댔다. 그런데 중국 정부의 반응은 조금 달랐다. 인류의 발전을 저해한다나? 정말 그게 다였다. 겉으로는 그러지 말라고 달래는 모습이었지만 이도저도 아닌 반응만을 보여주고 마는 그들의 모습은 지켜보는 사람들의 고개를 갸우뚱거리게 만들었다.

"거 참 미치겠군."

모니터의 자료에 시선을 고정한 채 진수이룽이 중국어로 욕설을 읊었다. 예전에 그랬던 것처럼 모두는 다람쥐가 쳇바퀴를 도는 듯 같은 모습을 보이고 있다. 인간이 살아가는 이 땅에서만 그러하단 말이다. 지하 깊숙한 곳의 마그마는 인간들이 무얼 하든 관심이 없다. 인간, 너희가 나를 깨우는구나. 내게 무엇을 원하는가. 너희의 죽음? 너희 삶의 파멸? 너희 세계의 종말? 그렇다면 원하는 대로 해주겠노라. 기다려라!

「박사님, 그 쪽은 별 일 없습니까?」

근무하던 중국 국가과학원에 전화를 걸었더니 후배 연구원이 대뜸 그렇게 물어왔다.

"별 일? 어떤 일을 말하는 겐가?"

「글쎄, 전부 다요.」

자기가 말하고도 웃긴지 그가 피식 바람 빠지는 소리를 냈다.

"별 일, 아주 많지. 스트레스로 쓰러지겠어."

「그 정도입니까? 선화 양은 어떤가요? 공안이 압수한 자료가 이쪽으로 넘어왔습니다.」

"그래? 그럼 혹시 돌려줄 수 있겠는가?"

「글쎄요. 눈치가 보이네요. 넘겨주면 가만 두지 않겠다고 으름장을 놔서….」

답답한 일이라며 진수이룽이 고개를 절레절레 흔들었다. 지난 1주일 동안 선화는 끙끙 앓았다. 스트레스로 인한 감기 몸살에 걸려 일어나지도 못하고 누워만 있었던 것이다. 그 덕에 승현이 아픈 선화와 정신없이 바쁜 태균의 방을 오가느라 고생을 했다. 선화의 병이 나은 지금은 승현이 쓰러질 지경이다.

「박사님, 러시아에서 보낸 자료는 받으셨습니까? 이쪽에서도 분석이 끝났습니다.」

"그래, 받았네. 자네가 보기엔 어떨 것 같은가?"

하고 물었더니 그에게서 푸욱 한숨 쉬는 소리가 들려왔다.

「거 참 신기한 일이죠?」

"뭐가?"

「이 정도면 당장 폭발하고도 남았을 텐데 말이에요.」

러시아에서 보내온 위성 자료에 의하면 8년 전보다 더 심각한 상황이었다. 화산 가스의 분출량은 두 배 이상 늘었고, 미진도 하루 300번 이상으로 체크되었다. 게다가 천지 주변의 지각이 한 번에 두어 뼘 이상이나 부풀어 올랐으니 측면 폭발을 예상해도 어느 쪽으로 터질지 알 수 없을 지경이란 말이다. 백두산 화산을 지켜보는 모든 이가 잠을 이루지 못하는 건 당연하지 않겠는가.

「박사님, 조사 팀의 근신은 언제쯤 풀린답니까?」

"그걸 내가 어떻게 알겠는가? 북한의 핵실험 때문에 일을 이렇게 만들어 놓은 것 같은데, 바로 근신을 풀어버리면 우리가 반발을 할 거라고 생각한 거야. 좀 더 기다려 봐야겠네."

「그 근신이라는 게 박사님과는 관계가 없지 않나요? 이 참에 이도백하에서 내려오시죠?」

"지금 무슨 소릴 하는 겐가?"

진수이룽이 정색을 하고 소리쳤다. 무슨 의도로 하는 소리냐고 되물었던 건데, 그는 아직 눈치 채지 못한 모양이다.

「아니, 사실이 그렇지 않습니까? 박사님은 중국인이니까 당연히….」

"이 사람아!"

진수이룽이 버럭 고함을 질렀더니 깜짝 놀란 그에게서 목소리가 사라졌다.

"중국인이니까 당연히 뭔가? 지금 당장 화산이 폭발할 수 있으니 나더러 먼저 피하라는 건가? 남은 사람들은 자기네 정부의 지시가 있을 때까지 기다리게 하고?"

「……」

"사람이 어쩜 그렇게 이기적이란 말인가?"

「하지만 박사님….」

진수이룽이 다시 떽! 하고 소리치지 그가 도로 입을 다물어 버렸다.

"자네 말은 이해하겠네. 지금 화산이 많이 위험한 건 나도 알아. 정부에서 뭐라고 하건 일단 살고 봐야 하지 않겠는가?"

「……」

"하지만 아무리 그래도 사람이 그러면 안 되는 거야. 어떻게 내 가족들을 팽개치고 혼자 도망가란 말을 할 수 있는가?"

「박사님, 아무리 그래도….」

"그만 두게! 그런 소리만 계속 할 거면 전화 끊어!"

연이어 잔소리를 얻어 먹은 그에게서 다시 한숨소리가 들려왔다. 말실수를 인정한다는 뜻일 테고, 한편으론 이 상황에 처한 진수이룽을 걱정하는 의미일 거였다.

「그러면 박사님, 정부에 조사 팀의 근신을 하루 빨리 풀어달라는 요청을 해보면 어떻겠습니까?」

"……"

그러자 이번엔 진수이룽이 입을 다물었다. 당장 눈에 보이는 위험이 아니라면 아마 불가능할 것이다.

「박사님, 대답해 주세요. 이제는 정말 안 됩니다.」

"그래, 마음대로 하게."

신경질적으로 대꾸하는 진수이룽에게 제발 몸조심하라는 인사말을 남기고 그는 전화를 끊었다.

"후우!"

책상 위에 휴대폰을 내던져 버리며 진수이룽은 한숨을 몰아쉬었다. 답답한 마음에 두 팔로 베개를 만들어 고개를 묻었는데, 피곤한 몸뚱이는 눈치도 없이 나른해져만 간다. 일주일간 뜬 눈으로 고생했으니 그럴 만도 하다.

"으으!"

졸음을 쫓아내려고 시원하게 기지개를 켠 뒤 진수이룽은 자리에서 일어났다. 뭔가 대책이 필요하다. 언제까지나 정부의 지지부진한 입장만 기다릴 수 없다. 화산은 신이 아니다. 결코 인간을 기다려 주지 않는 이기적인 악마란 말이다.

똑똑.

태균의 방문에 노크를 했더니 안에서 들어오라는 소리가 들려온다.

"어서 오게."

진수이룽만큼이나 피곤한 얼굴로 태균이 손 인사를 건넨다. 그의 옆에 앉아 모니터만 들여다보던 한국 영사관 직원이 꾸벅 인사해 보였다.

"곰곰이 생각해 봤는데…."

침대에 걸터앉은 진수이룽이 피곤한 눈을 부비며 말을 꺼내자 모니터만 들여다보던 태균이 그제야 이쪽으로 고개를 돌렸다.

"음, 말해보시게."

"아무래도 안 되겠어. 무슨 특단의 대책을 강구하지 않으면…."

"…?"

무슨 뜻인지 알 수 없는 태균의 시선이 영사관 직원과 잠시 마주쳤다.

진수이룽의 속을 모르는 건 그 역시도 마찬가지다.

"자네 혹시…. 청와대와 연결을 할 수 있겠는가?"

"…?"

그것은 태균이 아닌 한국 영사관 직원에게 하는 말이었다.

"예? 청와대요?"

"그래, 청와대 말이네."

어쩐지 비장하게까지 느껴지는 진수이룽과 달리 그는 어리둥절한 얼굴이었다.

"여보게, 느닷없이 그게 무슨 소리인가? 청와대라니?"

태균이 우물쭈물 입만 들썩이는 그를 대신해서 물었다.

"한국 정부가 너무 수동적인 입장만 취하는 듯 해서 그러네."

"…?"

"강하게 밀어붙이는 북한 정부에게 우선 휴전을 제의해야 하지 않을까 싶어."

두 사람은 천천히 고개를 끄덕였다.

"사실 우리가 아직까지 이러고 있는 건 백두산 문제에 대해 한국과 북한 양국 정부가 제대로 조치를 취하지 않기 때문 아닌가?"

"그야 중국 정부가 벽을 너무 높게 세워서 그런 것 아닌가요?"

"그렇지. 그러니까 그 벽을 무너뜨리고 모두가 사태를 바르게 보도록 하자는 거야."

그러나 두 사람은 도로 입을 다물어 버리고 만다. 어쩌자는 걸까? 국제 사회에 그저 끌려만 다니는 한국인데, 무엇을 어떻게 하라는 거지? 자국 정부의 입장만큼이나 난처한 얼굴이 되어 영사관이 직원이 진수이룽을 바라보았다.

"우선 한국인들에게 한시라도 빨리 백두산의 위험성을 알려야 하네.

한국에선 아직도 백두산을 휴화산인줄로만 아는 사람들이 많다지?"

"……."

"그렇지 않다는 걸 알려야 하네. 화산이 폭발하면 대책 없이 당하고만 있을 텐가?"

정면으로 쏘아보는 진수이룽의 눈빛이 강렬하다. 더 이상 주변 강대 국들에 끌려 다니거나 주눅 들지 말라고, 당당해지라고 소리친다. 한국 인, 한 때 대륙의 황제도 감히 대적할 수 없었던 선조들의 후예. 지금은 반 토막 난 땅에서 어떻게든 살아남기 위해 버티고 있지만 갈수록 스스 로를 지탱할 힘이 사라져 가고 있다. 일어나라고 한다. 진실을 아는 사 람들이, 바람 앞의 등불처럼 흔들리는 양심을 붙잡고선 의인(義人)들이 크나큰 위험에 빠진 우리에게 힘내라고 다그친다. 작지만 강한 나라, 우 리는 강해지기 위해 다시 일어서야 한다.

"예, 알겠습니다. 어떻게 될지 모르겠지만 청와대에 한 번 연락을 취 해 보겠습니다."

영사관 직원의 말에 진수이룽이 고개를 끄덕인다. 주머니에서 휴대폰 을 꺼내 밖으로 나가려다 무슨 생각을 한 건지 문득 이쪽으로 고개를 돌 렸다.

"진수이룽 박사님."

"…?"

"저기, 저…."

"왜? 무슨 할 말이 있는가?"

제 속에 있는 말을 어떻게 해야 할지 몰라 머뭇거리는 그에게 진수이 룽이 다시 물었다.

"고맙습니다."

"응?"

"우리를 알아주셔서 고맙습니다. 이 말을 하고 싶었어요."

제 여자 친구에게 사랑 고백을 하는 중학생처럼 얼굴이 빨개져서 그가 꾸벅 고개 숙여 감사의 표시를 남기고 사라진다. 당연히 해야 할 일을 한 것뿐인데, 감사 인사를 받고 있다니, 어쩐지 스스로가 부끄러워져서 진수이룽은 고개를 푹 숙였고, 지켜보던 태균의 입가엔 미소가 그려졌다.

"고맙네. 자네가 우리의 일을 대신 해주는구면."

진실은 외면한 채 앞만 보고 달려가는 나라, 야생마의 발굽에 치인 듯주저앉은 나라, 서로 다른 두 나라의 모습이 가슴을 답답하게 만든다. 비가 올 듯 창밖의 흐린 하늘을 바라보며 한숨을 내어 쉬는 진수이룽의 어깨를 태균이 토닥여주고 있었다.

시계를 보니 약속된 시간은 아직 10분 정도가 더 남아있었다. 그 10분동안 좀 더 완벽한 만남을 위해 영사관 직원은 지금 노트북에 걸린 캠과 모니터를 번갈아 보며 화질과 음질을 체크하는 중이다. 그것은 청와대쪽도 마찬가지였는데, 비서실의 직원이라고 소개한 검은 양복 차림의 남자는 컴퓨터에 대해 전문가이기라도 한 듯 익숙한 솜씨로 이쪽의 상태와 그 외의 모든 것을 살피고 있었다.

"떨리는가?"

자꾸만 손목시계를 들여다보는 태균에게 진수이룽이 물었다.

"음, 조금 떨리는군. 이럴 줄 알았으면 대선 때 투표용지를 잘 살펴볼걸 그랬어."

그 말에 진수이룽이 껄껄 웃어댄다. 전혀 엉뚱한 사람의 이름에 빨간도장을 찍은 걸 오늘만큼은 후회한다고 대꾸하는 태균의 얼굴이 긴장으로 잔뜩 경직되어 있었다. 대통령과의 만남이라, 흥분하지 않을 수 없다. 만남의 시간이 조금씩 다가오니 긴장되고, 초조하여 지금의 이 자리를 좌불안석으로 만들고 있었다. 대통령 감으로 다른 사람을 지지해서가 아니다. 한 나라의 국민으로서 대통령과 만난다는 게 뭔지 모를 두근거림으로 다가오고 있었다. 마치 연예인을 만나려고 방송국에서 대책 없이 기다리는 여고생처럼.

「대통령 대통령 님께서 입장하십니다. 두 분은 예의를 갖춰주시기 바랍니다.」

노트북 모니터 안에서 청와대의 직원이 말했다. 비록 화상 통화이지만 두 사람은 혹시 제 모습 어딘가에 티끌이라도 묻지 않았을까 확인하고 다시 모니터로 시선을 옮겼다. 모니터는 청와대의 엄숙한 모습을 실시간으로 비추고 있었다.

「안녕하시오. 대한민국 대통령 박현우입니다.」

"안녕하십니까, 대통령 님."

태균이 반갑게 안부 인사를 건네고, 진수이룽도 그를 따라 고개를 숙였다.

「백두산 화산 조사를 하는 분들이라지요? 우리나라 사람이 외국에 나가 고생하는데, 대통령으로서 아무것도 해줄 것이 없군요. 이름이 무엇입니까?」

"정태균입니다."

"저는 진수이룽이라고 합니다, 대통령 님."

「당신은 중국인이시군요. 다들 수고가 많으십니다.」

"아닙니다, 수고는요….."

하고 대꾸했더니 이윽고 모니터에 대통령의 웃는 얼굴이 그려졌다. 잠을 못 잔 건지 그의 얼굴이 푸석해 보인다.

"대통령 님 괜찮으십니까? 피곤해보이십니다."

「허허, 괜찮습니다. 대통령이란 자리에 앉으면 다들 이렇게 된다는 군요.」

사람 좋은 웃음소리가 이어지고, 대통령은 다시 미소 지었다.

「백두산이 요즘 계속 꿈틀거리고 있다는데, 어떻습니까?」

"조금 불안하지만 아직 잘 모르겠습니다. 화산은 사람의 일과 다르니까요."

「음, 그렇지요. 맞습니다.」

하며 대통령이 고개를 끄덕였다. 혹시 잘못 본 걸까? 대통령이 되기 전, 선거 운동을 한다며 바쁘게 뛰어다니던 그 젊고 활기찬 얼굴이 아닌 것 같다. 얼마나 많은 이들에게 시달렸는지 모니터엔 한 나라의 대통령이 아닌 늙고 초라한 노인의 얼굴만 비춰지고 있었다.

「나와 만나고 싶다고 하셨지요? 용건이 무엇이기에 잘 생기지도 않은 내 얼굴을 보자고 하셨소?」

"예, 다름이 아니라 백두산에 대해 드릴 말씀이 있어서 이렇게 외람된 청을 드렸습니다."

「…….」

진수이룽을 바라보는 대통령의 얼굴에 표정이 없다. 태균을 볼 때와는 사뭇 다른 느낌이다. 단지 기분 탓일까?

「백두산이라고 하셨소? 중국인은 전혀 다른 이름으로 부를 텐데 말이오.」

"대통령 님, 꼭 그렇지는 않습니다."

「그러십니까?」

"예, 대통령 님."

「그렇군요. 내가 요즘 무뚝뚝한 중국인들만 보고 살았더니 부드러운 사람도 있을 거란 생각을 못 했습니다. 미안하오.」

잘못한 일도 없으면서 대통령은 그렇게 사과하고 있었다. 당당하고 떳떳하게 정치권을 활보하던 사람이 이제는 강대국들의 위협적인 기세로 정신적인 스트레스를 받았는지 이유도 없이 사과하고 있단 말이다. 어쩌다 이 지경까지 오게 된 걸까?

"대통령 님, 당분간 정치 싸움은 그만 두시고 국민들의 안전을 도모하시는 게 어떻습니까?"

「그게 무슨 소리요?」

다소 직설적이었던 듯 대통령이 정색을 하고 진수이룽을 쳐다보았다.

"우리가 보기에 백두산은 지금 많이 위험합니다. 아무래도 곧 일이 생길 것 같습니다."

「…….」

"만일 백두산 화산이 폭발하면 한반도는 직간접적으로 타격을 받습니다. 나라의 기능을 일부 상실하게 될지도 모릅니다."

그러나 대통령은 말이 없다. 나라의 최고 권력자로서 모든 걸 알고 있을 텐데, 도대체 무슨 생각을 하는 건지 침묵만 지키고 있는 것이다.

"백두산이 폭발하면 제일 먼저 북한에 문제가 생깁니다. 천 년 전의 그때처럼 될지도 모릅니다."

「천 년 전이라면 발해를 말하는 겁니까?」

침묵을 깨고 대통령이 그렇게 말했다. 역시 대통령의 자리에 앉아있는 사람은 바보가 아니다. 마치 신이라도 된 듯 모든 것을 꿰뚫고 있는 사람이란 말이다.

「발해라, 백두산과 관련이 없다고 말하는 사람도 있지만 나는 전문가가 아니라서 잘 모르겠군요.」

"대통령 님, 그런 것도 배제할 수 없다는 뜻입니다."

대통령이 고개를 끄덕였다. 무표정한 얼굴, 그러나 그 속의 시커먼 눈동자는 아주 많은 것들을 생각하고 있었다.

「나 역시 백두산의 문제는 익히 들어 알고 있소. 북한의 핵실험은 어떻게든 말리고 싶었는데….」

"……."

「백두산의 위험을 남쪽에 알리려고 탈북했다는 사람들에게 무관심했고, 북한의 행위는 보고만 있었으니 모두 내 탓이오.」

"대통령 님, 왜 그런 말씀을 하십니까?"

다시 웃음 짓는 대통령의 얼굴이 슬퍼 보인다. 어쩜 이렇게 마음 약한 사람이 있단 말일까. 그 씩씩하던 사람을 단숨에 형편없는 늙은이로 만들어 버렸으니 이것은 과연 누구의 잘못이란 말인가! 가장 높은 곳에서 나라를 이끌어 가는 사람, 그 외로운 자리에 앉아 사투를 벌이고 있으나 겉으로는 그저 동네 친근한 할아버지처럼 허허거리며 웃고만 있다. 쓸쓸한 저 표정을 보라. 곁에 있었더라면 힘내라며 손이라도 잡아 주었을 텐데, 그럴 수 없다. 정치적인 입장과 생각을 떠나 두 사람은 처음으로 지도자란 불행만을 안고 살아가는 사람인 것 같다고 생각했다.

"대통령 님, 백두산의 폭발은 이제 시간문제입니다. 그때를 대비하셔야 합니다."

진수이룽이 그렇게 말했지만 대통령은 그저 고개를 절레절레 흔들기만 할 뿐이었다.

「작은 나라의 대통령일 뿐인 내가 무엇을 할 수 있겠습니까? 나는 아무런 힘이 없소.」

"중국에 화해를 청하십시오. 지금은 정치 싸움보다 사람이 더 중요합니다."

「…….」

"백두산이 폭발하면 북한과 조선족의 구역이 타격을 입을 겁니다. 그들을 구하셔야 합니다. 그들 모두 한국인의 핏줄 아닙니까?

「……..」

"중국에 화해를 청하시고 북한에 더 가까이 다가가십시오. 진정으로 다가가면 그들도 마음을 열어줄 겁니다. 그들 역시 백두산에 대해 잘 알고 있으니까요."

「진수이룽 박사.」

문득 대통령이 그의 이름을 불렀다. 진수이룽이 '예, 대통령 님.'하고 대답한다.

「당신은 어째서 그렇습니까?」

"예? 그게 무슨 말씀이십니까?"

「정태균 박사라면 한국인이니 그런 말을 해도 이해를 하겠소만….」

"…?"

「중국인인 당신이 어째서 우리의 마음을 그렇게 이해하려 한단 말이오? 이기적인 정치인들만 만나며 살아온 나는 그걸 모르겠소.」

"그, 그건…."

어떻게 대답해야 할지 몰라 진수이룽이 태균에게 시선을 돌렸다. 태균은 그저 웃으며 고개를 끄덕이고 있다.

"학자의 양심 때문입니다, 대통령 님."

「학자의 양심이라, 그게 무엇이오?」

"옳고 그른 것을 바르게 알아가기 위한 노력입니다. 잘못된 것을 바로잡고자 하는 마음이기도 합니다."

「그렇소?」

"예, 대통령 님."

「그럼 당신이 보기에 백두산은 어떻소?」

진수이룽이 입을 다물었다. 대통령의 질문은 무엇을 의미하는 걸까?

잠시 생각하는 표정이던 진수이룽이 오래지 않아 도로 입을 열었다.

"백두산은 과거에 이 땅을 호령하던 선조들의 마음입니다. 그 마음을 가진 사람들의 영산이고, 진실은 결코 변하지 않습니다."

「그게 바로 당신이 생각하는 학자의 양심이오?」

"그렇습니다, 대통령 님."

모니터를 채우고 있던 대통령의 얼굴에 미소가 번져간다. 아까와는 전혀 다른 의미의 미소, 사람의 마음을 흐뭇하게 만들어 주는 기분 좋은 미소였다.

「진수이룽 박사, 당신 덕분에 중국인을 다시 보게 되었소.」

"예?"

「이렇게 바른 생각을 하는 사람도 있었다니, 우리나라 사람들은 아무래도 중국인에 대해 잘못 생각하고 있었던 모양이오. 내가 사과하겠소.」

"아, 아닙니다, 대통령 님! 그러지 마십시오!"

대통령이 웃기 시작했다. 마음 깊은 곳에서부터 우러나온 아주 즐거운 웃음이었다.

「알겠소. 여러분의 의견을 받아들이겠습니다.」

"고맙습니다, 대통령 님."

「아니오. 내가 더 고맙소. 여러분 모두 백두산과 우리를 위해 좀 더 힘을 내주시기 바랍니다.」

"알겠습니다, 대통령 님."

그들과의 화상 통화가 끊어졌다. 어쩐지 깊은 여운이 남는 듯 박현우 대통령은 꺼져버린 노트북 모니터를 바라보며 미소 지었다. 백두산이 우리의 마음이라고? 오랫동안 우리를 지켜 온 선조들의 마음, 우리 모두를 행복하게 만들어주는 즐거운 마음….

"대통령 님, 기분이 좋으신 모양입니다."

웃음이란 전염되는 것이라더니 그게 정말인가 보다. 대통령의 얼굴처럼 비서실장의 입가에도 함박웃음이 그려져 있었다.

"음, 그래. 정말 기분이 좋구먼. 백두산이 나를 웃게 해."

그리고 대통령은 생각해 보았다. 나는 작지만 큰 나라 대한민국의 대통령, 국민들을 위해 이제 내가 해야 할 일은 무엇인가.

"비서실장."

"예, 대통령 님."

"오늘 저녁에 대국민 담화문을 발표해야겠어. 준비해 주게."

"알겠습니다, 대통령 님."

고개를 숙여 보이고 비서실장이 돌아섰다. 그런데 그때였다.

"이보게, 비서실장."

"예, 대통령 님."

"자네는…."

"…?"

"진정으로 다가가야 한다는 말에 대해 어떻게 생각하는가?"

진수이룽의 말을 곱씹어보는 대통령의 얼굴에 아직 미소가 가득하다. 아무래도 그 말에 감동을 받은 모양이다.

"글쎄요. 어렵습니다, 대통령 님"

"그래, 알겠네."

고개를 끄덕이는 대통령에게 꾸벅 인사하고 비서실장은 집무실에서 나갔다.

"진정성이라, 왜 여태 그걸 몰랐지?"

책상 위에 올려둔 태극기를 바라보며 대통령이 중얼거렸다. 미소로 가득한 그의 얼굴, 마치 보리수나무 아래에서 깨달음을 얻은 부처의 마음인 것만 같았다.

"대통령 님, 준비되셨습니까?"

"음, 이제 시작하지."

가슴에 달린 무선 마이크를 체크하던 박현우 대통령이 담당 연출자에게 고개를 끄덕여 보였다.

"그럼 이제 방송 시작하겠습니다. 스탠바이…. 셋, 둘, 하나, 큐!"

대통령의 얼굴을 비추던 카메라에 빨간 불이 들어왔다.

"친애하는 대한민국 국민 여러분 안녕하십니까? 대통령 박현우입니다. 오늘 여러분께 사랑하는 마음을 담아 전해드릴 말씀이 있어 이 자리에 나왔습니다."

박현우 대통령의 대국민 담화문은 저녁 뉴스가 방송되는 시간에 전국으로 퍼지고 있었다.

"최근에 벌어진 북한 관련 사건으로 국민 여러분의 심려가 크실 줄로 압니다. 저 역시 대통령으로서 통탄한 마음 감출 길이 없습니다. 탈북자가 전하는 북한의 가슴 아픈 사연과 그들의 핵실험 등 오랜 세월 변하지 않고 반복되는 사건들이 대한민국을 답답함과 쓰라린 고통에 빠지게 하고 있습니다. 이번 일로 무능한 대통령이라며 욕을 하고, 손가락질을 하며, 서로 의견이 맞지 않는 사람들은 싸우기도 하리라 생각됩니다. 이 어지러운 국면, 대통령으로서 여러분께 사과드립니다. 죄송합니다."

대통령이 깊숙이 고개를 숙였다. 국민들은 그 모습을 조용히 지켜보고만 있었다.

"허나 국민 여러분, 지금은 싸울 때가 아니라 마음을 합쳐야 할 때입니다. 국민 여러분, 혹시 아십니까? 아주 오랜 세월 동안 위기에 빠진 우리가 쓰러질 듯 휘청거릴 때마다 그런 우리를 지켜준 수호신이 있었다는 사실을 말입니다. 나라를 세운 단군이 온 정성을 다해 지켜온 수호신, 우리의 선조들은 나라의 안녕을 기원하며 그 수호신에게 제를 올리고, 마음 깊이 사랑했습니다. 그 수호신이 무엇인지 아십니까? 바로 우리의 애국가에도 등장하는 백두산입니다. 혹시 여러분은 백두산 천지에 올라본 적이 있으신지요? 매년 여름만 되면 한국인 관광객이 찾아가 환호를 지른다는 그 아름다운 천지에 저도 가 본 적이 있습니다. 정말 아름다운 곳입니다. 어디가 하늘이고, 어디가 호수인지 구분할 수 없을 정도로 백두산의 천지는 아름답습니다.”

새파랗게 맑은 날의 천지를 기억하는 대통령의 얼굴 가득 미소가 떠올랐다. 그 미소가 영원하기를 바라건만 지금의 한국은 도저히 그럴 수가 없다.

“아름다운 백두산의 천지는 대한민국 아니, 이 땅에서 살아가던 우리 민족, 우리 선조들의 삶을 비추는 거울이며 마음이었습니다. 더 이상 말할 나위가 없는 우리의 아름다운 영산이었습니다. 사랑하는 대한민국 국민 여러분, 그런 우리의 영산에 위기가 찾아왔습니다. 지금껏 휴화산이라고만 배워온 백두산 화산이 천년의 잠에서 깨어나려 합니다. 대륙을 평정하던 발해가 백두산 화산의 폭발로 인해 멸망했을지도 모른다는 이야기를 국민 여러분께서는 알고 있으리라 믿습니다. 그런데 천 년 전의 그 거대한 사건이 지금 다시 일어나려 하고 있습니다.”

긴장한 것도 아닌데, 대통령이 침을 꿀꺽 삼켰다. 영화 필름처럼 순식간에 머릿속을 스쳐간 그 끔찍한 재앙이 그의 정신을 아찔하게 만들었던 것이다.

“친애하는 국민 여러분, 천 년 전처럼 백두산 화산이 폭발하면 대 재앙이 닥치게 됩니다. 백두산 주변을 살아가는 북한 함경도 지역의 주민들과 중국 동북 지역 조선족들의 삶이 송두리째 사라지고 말 것입니다.

또한 화산재로 인해 한국은 농사를 짓지 못하게 될 것이고, 여름은 존재하지 않을 것이며, 숨 쉬기 힘든 상황에 처해질 것입니다. 사랑하는 국민 여러분, 하지만 우리는 과거에 그러했듯 이 위기에서 벗어나기 위해 노력해야 할 것입니다. 북한에 살고 계시는 동포여러분, 부디 마음을 열고 우리의 손을 잡아주십시오. 나는 예나 지금이나 여러분을 적이 아닌 친구, 사랑하는 형제라고 생각합니다. 과거에 서로가 서로에게 어떤 짓을 저질렀건 나는 여러분을 원망하지 않습니다. 원망보다 사랑하겠습니다. 미워하기보다 이해하겠습니다. 차라리 용서하겠습니다. 여러분은 우리의 마음이요, 사랑이고, 형제이며 친구입니다. 그러니 서로 손을 잡고 이 거대한 위기에서 벗어납시다. 사랑하는 북한 동포 여러분, 존경하는 대한민국 국민 여러분, 우리 모두는 한 민족이고 한 핏줄입니다. 부디 맞잡은 손을 뿌리치지 말아 주십시오. 제발 부탁드리겠습니다."

그날, 한국의 국민들은 대통령의 눈물을 보았다. 입으로는 웃고 있는데, 함께 웃어야 할 두 눈에선 굵은 눈물이 쏟아졌던 것이다. 그리고 한국은 다음날부터 심상치 않은 백두산 화산 폭발에 대비하기 시작했다. 화산에 대한 지식이 부족한 국민들을 위해 지상파 방송의 뉴스에서는 매일 비슷한 시간에 화산 관련 지식을 방송하거나 외국의 전문가를 초빙하여 대비책을 전해 들었다. 국민의 안전을 책임질 군과 경찰, 소방대는 각 가정에 비상시를 대비한 안내 책자를 만들어 살포하였고, 스스로는 좀 더 많은 인력을 동원하여 만일의 사태에 대비한 가상훈련을 실시하기도 하였다. 해외의 언론들은 연일 박현우 대통령의 대국민 담화문에 대해 거론하며 한국의 일사불란한 움직임은 지금껏 유래 없는 대사건이라고 발표하였다. 또한 화산이나 지진에 대해서라면 일반인들도 전문가 급에 해당된다는 일본에선 직접 한국을 돕겠다며 손을 내밀었고, 맨 처음 박현우 대통령의 대국민 담화문에 정색한 반응을 보였던 중국은 일본의 중재로 일단 물러서는 모양새였다. 그러나 북한은 한참이 지나도 소식이 없었다. 도대체 무엇을 원하는지, 심지어 마음을 열어달라고 설득하는 중국과 일본의 노력에도 불구하고 그들은 침묵으로 일관할 뿐이었다. 하지만 한국 정부는 북한을 믿고 기다렸다. 눈물로 호소하던 박현우 대통령이 북한 지도부에 직접 전화 통지문을 보내고, 평양에 사람을 보내는 등 갖가지 노력을 기울였지만 북한은 피해를 입게 될 당사자임에도 불구하고 도대체 무슨 생각을 하는지 마치 애초부터 아무런 관련이 없다는 듯 입을 다물고만 있었다. 그리고 속절없는 5일이 지나간 날의 아침.

11장

천지의 눈물

화산이 불과 연기를 뿜어낸다. 너무 어두워서 손이 보이지 않을 지경이다.

-크라카토아

2020년 12월 10일. 오전 7시 30분.

쿠르르르르!

천둥이 치듯 어디선가 굉음이 들리더니 갑자기 건물이 흔들리기 시작했다.

"어, 뭐야?!"

자다 말고 벌떡 일어난 승현의 시선이 천장의 전등으로 날아간다. 진저리를 치는 건물처럼 전등도 먼지를 떨어내며 흔들리고 있었다.

우르르르르…!

"…?"

다시 한 번 괴물의 울음소리 같은 굉음이 들리고, 그 소리에 놀란 선화가 승현처럼 팅기듯 자리에서 일어난다.

"선화 씨, 이게 뭐죠?"

당황한 승현이 물었지만 선화는 아직 대답이 없다. 침대 밑에 널려있는 옷가지를 급하게 주워 입고 그녀는 창가로 다가서 보았다. 창밖으로 보이는 건물들이 위태롭게 흔들리고 있었다.

"이제 시작이에요."

"예?"

승현의 두 눈이 휘둥그레졌지만 선화는 무표정하다. 이제 시작이라고 했다. 눈을 뜰 듯 말 듯 불안하게만 보이던 백두산이 지금 기지개를 켜기 시작했다는 것이다. 아직 멈추지 않은 진동에 당황하여 어찌할 바를 몰라 하는 승현을 내버려두고 선화는 방 밖으로 뛰쳐나왔다.

"선화야!"

"엄마!"

어머니가 옷도 갈아입지 못한 채 이쪽으로 달려오고 있다. 뒤따르는 아버지 정태우의 얼굴에도 어머니처럼 놀란 빛이 묻어났다.

"선화야, 이게 무슨 일이니? 어떻게 된 거야?"

"화산이 폭발할 것 같아요."

"뭐, 뭐라고?"

"오늘 화산이 폭발할 것 같다고요. 대피할 준비를 해야 해요."

"……."

안도현 공안국에 연락해야겠다며 선화가 휴대폰을 가지러 방으로 돌아가지만 어머니는 아직 거기에 멍하니 서 있을 뿐이다. 백두산이 드디어 활동을 시작한다. 드디어 오랜 잠에서 깨어나려 한다. 사람이 느낄 수 없는 미진이 아닌 지하 깊숙한 곳에서부터 밀고 올라오는 거대한 움직임으로 정체를 드러내려는 백두산 화산! 석고처럼 굳어있던 어머니가 문득 남편 정태우에게 고개를 돌렸다. 마치 이 사태를 기다리고 있었다는 듯 정태우는 아내를 바라보며 미소 짓는다.

"걱정하지 마. 우리 선화가 알아서 잘 할 거야."

"여보….."

"예상했던 일이잖아. 천천히 지켜보자고."

설마하던 그 순간이 다가오고야 말았다. 아직 그 실체를 제대로 알지 못해 얼마나 위험하고, 얼마나 무서운지 알 수 없는 화산이란 놈이 마침내 자리를 털고 일어서려는 모양이다. 어느새 눈물이 고인 아내를 남편은 조용히 끌어안았다.

띠리리리릭~띠리리리릭~!

"웨이(여보세요)?"

멈추지 않은 진동에 비틀거리며 옷을 주워 입던 진수이룽이 휴대폰에 대고 소리 질렀다

「진수이룽 박사님!」

"누구시오?"

「천지 화산 감측점(관측소)입니다!」

"그래요! 지금 천지가 어떻게 됐소?"

「박사님 큰일 났습니다! 꽁꽁 얼었던 천지가 모두 녹았고, 모든 봉우리에서 화산 가스가 방출 되고 있습니다.」

"뭐야?"

「지금 상당히 불안…. 어, 어!」

다시 격진이 이어졌다. 서 있을 수 없을 정도로 강력한 지진이다. 그러나 모니터는 아직 아니라고 대답하는 것 같다. 불안한 상황이고, 곧 일이 터질 것 같지만 흔들리는 땅의 움직임을 따라 아직 아니라며 고개를 젓고 있다.

「진수이룽 박사님!」

"내려와!"

「예? 뭐라고요?!」

"당장 거기에서 내려오란 말이야!"

진수이룽이 고래고래 소리를 질렀지만 그쪽에선 답이 없다. 갑자기 전화가 끊긴 것이다. 아무래도 이도백하시 어딘가에 있는 기지국이 지진으로 문제가 생긴 것 같다.

"큰일 났군."

제 머리를 부여잡으며 중얼거리지만 진수이룽은 지금 당장 할 수 있

는 게 아무것도 없다. 모니터로 화산의 상태를 확인하는 것 밖에는.

쿵! 쿵! 쿵! 쿵!

"안도현 공안국에서 나왔습니다! 문 좀 열어주십시오!"

바깥에서 조선족 공안이 다급하게 문을 두드리며 소리치고 있다. 공안은 현관문을 열어주는 남민수 박사에게 거수경례를 해 보였다.

"박사님, 이 상황이 도대체 뭡니까? 공민들에게 민원이 들어오고 있습니다."

"일단 들어오시라요."

식은땀을 흘리는 긴장한 공안의 어깨를 두드리며 남민수가 말했다.

"고저 내 말 잘 들으시라요. 이제 곧 화산이 터질 겁네다."

"예? 정말입니까?"

놀란 공안의 눈이 휘둥그레졌다.

"당황하디 마시라요. 공민의 안전을 책임질 공안이 이러면 어쩌란 말입네까?"

"……."

"지금 당장 공안국으로 돌아가서 사이렌을 울리고 공민들을 대피시키시라요."

그 말에 공안이 입을 쩌억 벌리고 만다.

"대피라니요? 정말 그래야 합니까?"

"상황이 그리 좋디 않소. 혹시 가능하면 군부대에 연락해서 헬기를 출동시키게 하시오. 그래도 자동차보다는 훨씬 빠를 테니끼니…."

"예, 예, 알겠습니다."

공안은 거수 경례 하는 것도 잊고 백두민박에서 뛰쳐나갔다.

"남민수 박사 동무."

"…?"

돌아서던 남민수가 문득 백동일의 시선과 마주쳤다.

"고저 화산이 정말 폭발하는 거요? 내래 고저 믿을 수가 없소."

"뭐이라고요?"

격진이 이어지고 있는데도 백동일의 얼굴은 태연하다. 설마 그럴 리가 있겠냐고 말하는 얼굴인 거다. 아무리 화산에 대한 지식이 없어도 그렇지, 정말 너무한다는 생각이 들 지경이다.

"보안원 동무, 공화국으로 돌아갈 준비를 해야 하오. 제발 아새끼처럼 굴디 말란 말이오!"

"뭐이? 아새끼?"

"이보시라요, 보안원 동무!"

남민수에게 눈을 부라리던 백동일이 뒤를 돌아보았다. 거기에 그를 한심한 얼굴로 쳐다보는 리용두가 있었다.

"아직도 모르시갔습네까?"

"뭐를 말이네?"

"화산이 폭발하면 공화국이 세상에서 사라질 수 있단 말입네다! 제발 철 좀 드시라요!"

"뭐이 어드레? 이 간나 새끼가…."

리용두에게 주먹을 날리려던 백동일의 고개가 남민수에게로 돌아간다. 백동일의 흥분하던 모습보다 더 무서운 얼굴을 하고 남민수가 그 손을 잡아챈 것이다.

"이 늙은이! 놓디 못 하갔네?"

"못 놓갔소. 내래 고저 당신 같은 동무가 조선 인민의 안전을 책임지는 인민 보안부의 요원이라는 게 창피하오."

그러자 백동일의 얼굴이 붉으락푸르락 변하기 시작했다. 이젠 아예 눈이 돌아버릴 지경인가 보다.

"이 쌍간나 새끼들! 공화국으로 돌아가면 가만 두디 않갔어!"

"마음대로 하라요. 고저 돌아갈 수 있기나 할지 모르갔소!"

지금껏 꿀 먹은 벙어리처럼 눈치만 보아오던 남민수가 이런 식으로 대드니 기가 막히는 모양이다. 제 분에 못 이겨 당장 죽여 버리고 말겠다며 고래고래 소리 지르는 백동일을 내버려 두고 남민수와 리용두는 현재 상황에 대처하기 위해 바삐 움직이기 시작했다.

"박사님, 이, 이제 어떻게 하죠?"

이 정신없는 상황을 모두 보고 있던 한국 영사관의 직원이 더듬거리며 태균에게 물었다. 일본 영사관의 직원도 아키라의 눈치를 살피고 있다.

"어떻게 하다니? 자네는 영사관의 직원이지 않은가?"

"예."

"영사관 직원으로서 자국 국민들을 위해 무슨 일을 해야 하는지 잊었는가?"

"……."

잠시 조용했던 바깥에서 다시 굉음이 들리고 지진이 이어진다. 태균과 아키라의 시선이 모니터로 갔다가 그들에게로 돌아왔다. 당장이라도 건물이 무너질 듯 정신없이 흔들리고 있는데, 이 두 전문가들은 그저 무표정하다. 안심할 상황이 절대 아니지만 그렇다고 조급해할 필요도 없다는 걸 얼굴 표정으로 알려주는 거였다.

"아, 알겠습니다."

태균의 뜻을 이해한 그가 심양에 있는 한국 영사관으로 전화를 걸었다. 그런데 그때,

"이런 바보들 같으니!"

스마트폰을 내려다보며 일본 영사관의 직원이 대뜸 그렇게 소리쳤다.

도대체 무슨 일인지 침착하게 행동하지 못하고 거친 욕설을 쏟아내는 것이다. 지켜보던 아키라의 인상이 찌푸려졌다.

"무슨 일인가? 왜 그래?"

"영사관에 전화를 걸었는데, 아무도 전화를 받지 않습니다. 휴대폰도 마찬가지고요."

아키라가 혀를 끌끌 차댔다. 옆에서 한국 영사관의 직원은 어서 빨리 이쪽으로 헬기를 보내달라며 휴대폰에 고함을 질러대고 있었다.

"이 멍청한 것들! 왜 전화를 안 받는 거야."

"허허, 이보시게."

도저히 두고 볼 수만은 없었던 모양이다. 아키라가 그만 두라고 손짓하며 그를 불러 세웠다.

"백두산이 폭발하면 우리만 위험한 게 아니지 않은가?"

"……."

"부근에 살고 있는 다른 우리 국민들에게 힘을 쓰느라 바쁜가 보지. 조금만 기다려 보세."

아키라가 온 마음으로 그의 눈을 굽어보며 말하지만 그래도 불안한 건 어쩔 수 없는 모양이다. 초조하게 이리저리 돌아다니며 동료 직원에게 문자 메시지를 보내고, 다시 다른 이에게 전화를 걸기도 하는 등 유난을 떨지만 아무리 노력해도 그들과는 연락이 닿지 않는다. 두려움에 눈물이 날 지경이다.

"그만 두시게. 휴대폰 몸살 나겠어."

"그래도 한 번만 더 연락해 보겠습니다."

"이보게. 우리 일본인에게 이런 재난이 어디 한두 번이었는가? 처음 겪는 한국인들도 침착하게 대응하려고 노력하는데, 자네는 일본인답지 않게 왜 이러는가?"

점잖은 호통으로 아키라가 달래보지만 그는 여전히 불안해하고 있다. 감당할 수 없는 초조함이 수시로 몰아닥치는 지진처럼 위태롭게 흔들거린다.

"한국 영사관에서 곧 헬기를 보내겠답니다! 모두 대피할 준비를 해주십시오!"

영사관과 통화를 끝낸 그가 방마다 돌아다니며 소리를 질러댄다. 이도백하시의 주민들을 챙기느라 바쁘게 되어버린 안도현 공안국 대신 한국 영사관이 백두민박을 책임지게 되었다. 진수이룽이 한국인 일행에 포함되었고, 북한 쪽은 세 명의 의견이 통일되지 않아 잠시 애를 태웠다.

"남민수 박사님, 어쩌시겠습니까? 아직까지 한국 정부에선 북측의 의견을 전해 듣지 못했습니다. 아무래도 우리가 여러분을 모셔야 할 것 같습니다."

영사관 직원이 말했다. 그들 중의 연장자라는 이유로 남민수에게 물었던 건데, 오히려 백동일이 들고 일어났다. 자기가 대표인데, 왜 엉뚱한 사람에게 묻느냐는 거다.

"오해하지 마세요. 당신은 북측 정부의 명령만 듣는 것 같아서…."

"고저 공화국이 남조선에 아직 아무런 통보도 안 했소?"

"그렇습니다."

"왜 그런 거요?"

"모르겠습니다. 그건 오히려 제가 묻고 싶은데요."

심각한 얼굴로 대구하는 영사관 직원의 목소리에 백동일은 그저 고개를 끄덕이고만 있었다. 공화국도 나름대로 생각이 있겠지. 한국의 부드러운 반응에 뭔가 새로운 대책을 마련하느라 늦는 것일 테다.

"고저 나는 아직도 모르갔소. 정말 백두산 화산이 폭발하긴 하는 겁네까?"

"……."

분위기가 이쯤 되니 백동일도 어쩔 수 없는 모양이다. 내키지 않지만 처음보다 다소 누그러진 얼굴로 그가 고개를 끄덕였다.

"그럼 별 수 없디 않갔소? 고저 남조선 괴뢰국 영사관에 잠시 머물 수밖에…."

"괴뢰국이라 생각하지 마시고, 친구나 형제로 생각해 주십시오. 우리 대통령의 대국민 담화 내용을 모르십니까?"

"내가 그런 걸 뭐 하러 알아야 합네까? 고저 나라의 지도자란 사람 마음이 그렇게 약해서 어데 쓴다고…."

알면서도 모르는 척하는 백동일의 말에 그가 피식 웃음을 터뜨렸다. 제 나라를 닮아 성격이 괴팍하지만 자기들을 위해 눈물까지 흘린 남쪽 대통령의 마음에는 생각이 조금 바뀐 것 같기도 하다.

"알겠습니다. 헬기가 도착하는 대로 심양으로 모시겠습니다."

남민수와 리용두가 웃으며 고개를 끄덕인다. 백동일은 여전히 심통난 아이의 표정 그대로였다. 애증의 관계인 한국에게 이런 식으로 신세를 져야 하다니, 결국 우린 이렇게 되는 건가….

"이 바보 같은 놈아!"

아직 거실에 앉아 초조하게 상대방과 연락을 주고받던 일본 영사관의 직원이 전화통에 대고 빽 소리쳤다.

"아키라 박사님, 아무래도 안 되겠습니다."

"또 무슨 일인가?"

"길림성 지역의 일본인 이민자들을 안전한 곳으로 옮기느라 인력이 부족하답니다. 우리 직원 한 명이 한국 영사관의 헬기를 타고 오겠다는 데…."

아키라가 말없이 고개를 끄덕였다. 이럴 줄 알았으면 중국에 오지 않았을 거라고 투덜거리는 젊은 친구를 토닥이며 아키라는 웃었다. 자, 이제는 화산을 피해 도망가는 일만 남은 것 같다.

에에에에에엥~!

백두민박의 식구들이 중요한 물건만 챙겨서 짐을 싸기 시작하던 그때, 이도백하는 안도현 공안국에서 틀어놓은 사이렌과 다시 찾아온 지진으로 아수라장이 되어가고 있었다.

타타타타타!

시커먼 헬기 여러 대가 이도백하 시내로 들어오고 있다. 안도현 공안국에서 급하게 호출한 군부대가 흔쾌히 군용 헬기를 지원해준 것이다.

「이도백하 공민 여러분께 알려드립니다. 지원되는 헬기가 아직 많이 남아있으니 차례를 지켜 질서 있게 탑승하여 주시기 바랍니다. 지진으로 도로가 무너질 수 있으니 차량으로의 이동은 불가함을 알려드립니다.」

다시 지진이 이어졌다. 처음보다는 약한 지진이었지만 곧 폭발할 화산에 대한 공포심 때문인지 시민들의 얼굴에 불안함이 가득하다. 그러나 시와 공안, 군의 통솔로 그들은 침착하게 움직이고 있었다.

"헬기가 오고 있습니다! 각자 중요한 짐만 들고 대기해 주십시오!"

한국 영사관의 직원이 멀찍이에서 날아오는 헬기를 알아보고 소리쳤다. 이제 모두 안전한 곳으로 대피하는 일만 남은 거다.

"엄마! 그게 무슨 소리예요?"

거실에 앉아 어머니의 이야기를 듣던 선화가 버럭 고함을 질렀다.

"엄마랑 아빠는 여기에 남을 거야."

"왜? 왜 그러는데?"

선화가 미친 듯 비명을 질러대지만 어머니는 그저 웃을 따름이다.

"선화야, 소리 지르지 말고 엄마 말 잘 들어."

"……."

"엄마는 오래 전부터 아빠랑 약속을 했단다."

여기까지 말하고 어머니가 곁에 앉은 남편 정태우를 돌아보았다. 그역시 아내처럼 얼굴에 미소가 가득하다.

"우리는 여기를 떠나지 않을 거야. 갈 데가 없잖니?"

"말도 안 돼요! 그게 대체 무슨 소리야?"

"맨 처음 중국에 이민 와서 자리 잡고 살기 시작한 곳이 여기인데, 가기는 어디를 간다는 거니?"

"…?"

"게다가 여기는 백두산이잖아. 백두산을 누가 지켜야겠어?"

"선화야, 저것 좀 봐라. 이도백하에서 오랫동안 살아온 사람들도 화산이 터진다고 모두 도망가잖아."

정태우가 활짝 열린 현관 밖을 가리킨다. 다시 시작된 지진에 건물이 무너질 것 같았는지 사람들이 혼비백산하여 도망치고 있다. 그러나 선화는 그들에게 고개를 돌리지 않았다. 말도 안 된다며 그저 소리만 질러대는 것이다.

"저, 아버님…."

곁에서 지켜보던 승현이 정태우를 불렀다. 처음 부르는 호칭에 어색한 듯 승현이 잠시 머뭇거리자 정태우가 웃으며 고개를 끄덕여 보였다.

"다시 생각해 보시는 게 좋지 않겠습니까? 많이 위험합니다."

"그건 우리도 알고 있네. 백두산이 대폭발을 일으키면 여기 이도백하시는 이 세상에서 사라지고 말 거야."

"하지만 아버님…."

"자네도 생각해 보게. 여긴 백두산이야. 영험한 기운이 살아 숨쉬는 아름다운 땅일세."

"하지만 아버님, 아무리 그래도 살아야 합니다!"

그러자 정태우가 그게 아니라며 고개를 절레절레 흔들었다.

"대통령이 말하지 않았는가? 백두산은 오랫동안 우리를 지켜준 수호신이야. 이제는 우리가 백두산을 지켜줄 차례 아니겠나?"

"아니야!"

찢어질 듯 비명을 지르며 선화가 제 어머니의 손을 붙들었다. 어머니도 눈물범벅이 되어버린 딸의 손을 보듬어주고 있다.

"안 돼요! 그러지 마! 죽을 거야! 엄마랑 아빠 둘 다 죽을 거란 말이야!"

"괜찮아, 선화야. 멋진 모습을 구경하고 죽는 건데, 뭐 어떠니?"

"안 돼! 안 된다고!"

선화가 그렇게 오열하고 있었다. 백두산을 바라보는 한국인의 마음은 늘 아프다. 어째서 두 사람은 그런 위험한 약속을 한 걸까? 그동안 백두산이 우리에게 보여준 그 깊은 마음을 사랑으로 보답하려고? 오래 전부터 지켜온 신산의 그 마음을 이제 우리가 돌려주어야 한다는 생각 때문에?

"서두르세요! 곧 출발합니다!"

한국 영사관의 직원이 거실에 모여 앉은 가족들에게 소리쳤다. 늦어져서 미안하다고 정태우가 그에게 손을 흔들어 보였다.

"선화야, 그만 울고 일어나라. 이제 가야 할 시간이야."

"싫어!"

아버지의 손길을 뿌리친 선화가 다시 오열하며 어머니의 품으로 파고들었다. 흔들리는 딸의 어깨를 쓰다듬어주던 어머니에게서도 눈물이 주르륵 흘러내리고 있다.

"선화야, 그만 울고 일어나자. 어린 애처럼 왜 그래?"

선화를 내려다보던 정태우가 선화 저 녀석은 어릴 때 학교 가기 싫다고 저렇게 자주 울었다며 키득거렸다. 그게 마치 선화를 달래지 않고 뭐 하고 있느냐는 뜻인 것만 같아 승현은 아직도 울음을 그치지 않은 선화에게 다가간다.

"선화 씨, 이제 그만 일어나요. 헬기가 우리를 기다리고 있어요."

시간이 없다. 이도백하의 시민들도 군용헬기에 몸을 실어 이 땅을 떠나가고, 이제는 우리도 그들을 따라야 한다. 화산은 우리를 기다려 주지 않을 거란 말이다.

"아키라 박사님!"

헬기에서 이제 막 내려선 사내 하나가 현관 밖으로 나오는 아키라를 발견하고 부리나케 달려온다. 아키라 옆에 짐 가방을 들고 있던 일본 영사관의 직원이 동료를 보고 이제 살았다며 안도의 한숨을 푸욱 내쉬었다.

"아키라 박사님, 늦어서 죄송합니다. 일본 영사관에 손이 부족해서…."

"괜찮네. 자네라도 와 주었으니 다행이지 않은가?"

"그런데 박사님, 한국 대사관에서 보낸 헬기로 이동하실 수밖에 없겠습니다. 죄송합니다."

아키라가 허리를 푹 숙여 보이는 그의 어깨를 두드려 주었다. 그리고 그때, 현관 밖으로 북측의 사람들이 달려 나오고 있었다.

"아!"

정신없이 헬기를 향해 뛰던 리용두가 순간 무언가에 놀란 얼굴로 자리에 멈춰서고 만다.

"보안원 동무! 큰일났습네다!"

"뭐이네?"

"고저…."

말을 채 끝맺지 못하고 입을 다물어버리는 리용두, 백동일은 당황한 그의 눈빛에서 무언가를 읽은 모양이다.

"뭐이네? 말해보라!"

"고저 그게…."

"날래 말하라!"

시끄럽게 돌아가는 프로펠러도 백동일의 고함소리엔 맥을 못 추는 모양이다. 헬기에 올라타려던 모두의 시선이 두 사람에게 날아간다.

"백운산장에 초상화를 두고 왔습네다."

"뭐, 뭐이가 어드레? 너 제 정신이야?"

괴물처럼 소리 지르며 백동일이 그의 멱살을 틀어쥐었다.

"이 반동분자 새끼! 공화국의 전진을 가로 막는 이 새끼!"

벌겋게 달아오른 눈빛으로 백동일이 고래고래 소리를 지르지만 리용두도 이번만큼은 그의 손을 뿌리칠 수 없다. 지금 리용두는 북한의 인민으로서 크나큰 실수를 저지른 것이다.

"백동일 보안원! 지금 뭐하는 건가?"

잡아먹을 것처럼 멱살을 잡고 놓아주지 않는 백동일의 손을 억지로 떼어내며 진수이룽이 소리쳤다.

"어서 헬기에 타게. 지금 이러고 있을 때가 아니야."

"……."

그러나 두 사람은 못 박힌 듯 움직이지 않고 있다. 평소 같았으면 리용두는 백동일의 손길을 뿌리치고 헬기에 올랐을 텐데, 무슨 일인지 두 사람 모두 헬기에는 눈길조차 주지 않고 있다.

"우리는 타지 않갔습네다."

"뭐라고?"

"타지 않갔다고 했시요. 고저 우리는 백운산장으로 돌아가야 합네다."

"무슨 소리야? 왜?"

"우리 공화국의 주석 동지와 국방위원장 동지, 국무위원장 동지의 초상화 액자를 두고 왔습네다. 돌아가야 합네다."

지켜보던 모두의 입이 쩌억 벌어졌다. 북한 사람이라면 모두 갖고 있는 김일성과 김정일, 김정은의 액자를 백운산장에 놓고 왔으니 가지러 가겠다는 거다.

"미쳤어? 제정신이예요?"

기가 막힌 선화가 빽 소리쳤다.

"안 돼요! 돌아가기엔 너무 늦었어요! 위험하단 말이에요!"

"같이 가자고 하디 않을 테니끼니 신경 쓰디 말라!"

"…!"

말문이 막혀버린 선화가 관자놀이를 움켜쥐었다. 저 사람들, 백운산장까지 가는 길을 모를 텐데…. 알더라도 차가 없으며, 그 차를 빌려 운전할 사람도 없다. 저 사람들, 정말 제정신이 아닌가 보다.

"이봐요. 그게 그렇게 중요해요? 꼭 필요한 물건이에요?"

"고저 남조선 괴뢰국 새끼들이 뭘 알갔네?"

"……."

이쯤 되니 할 말이 없다, 남쪽 사람들은 모르는 북쪽 사람들의 정신상태, 도저히 이해할 수 없지만 그들이 그렇다고 하는데 더 이상 어쩌랴!

"별 수 없네요. 갔다 올 수밖에….'

"선화야!"

기겁을 하고 소리치는 어머니를 보고 선화가 생긋 미소 지었다.

"선화야, 너 미쳤니? 제 정신이야?"

"나 아니면 길도 모르는 저 사람들이 거기까지 어떻게 가겠어요?"

"하지만 선화야, 위험하다. 큰일 날 거야."

만류하는 어머니에게 선화가 또 미소를 지었다. 두려움을 가장한 미소, 다시는 보지 못 하게 될 딸의 미소를 보고 있자니 뭐라고 말해야 할지 모르겠다. 말려야 할 텐데, 그렇지 않으면 하나밖에 없는 딸을 사지로 내몬 못난 엄마가 되는 건데, 하지만 이 아이는 제 어미의 마음도 몰라주고 그들과 함께 위험한 곳으로 가겠단다. 말려도 기어이 가겠다는 거다!

"아빠, 차 키 주세요."

"……."

선화가 아버지 정태우에게 손을 내밀었다. 그러지 말라고, 제발 딸을 말려달라며 승현에게 눈빛으로 호소하지만 승현도 이미 마음을 정했는지 정태우의 시선을 피하며 머리를 긁적이고 있다.

"너, 정말 이럴 거니?"

"금방 갔다 올게요. 용서해 주세요."

손에 차 키를 쥐고 있지만 정태우는 도저히 딸의 말을 들어줄 수가 없다. 아니, 그렇게 하고 싶지가 않다. 지금도 지진이 계속 되고 있는데, 이 지진이 시작되는 그 위험한 곳으로 딸을 어떻게 보낸단 말인가!

"이보게."

"…?"

고개를 돌린 곳에 진수이룽과 이키라가 있다. 안심하라는 말을 하고 싶은 건지 웃으며 다가오는 두 사람의 뒤에서 태균은 그저 하늘만 올려다 볼 뿐이었다.

"걱정하지 마시게. 씩씩한 아이야."

"하지만 아키라 박사님….."

"천하에 둘도 없는 여걸일세. 걱정 놓으시게."

"박사님 그게….."

그때, 다시 지진이 일어났다. 헬기를 기다리던 이도백하의 시민들이 비명을 질러대고, 백동일은 큰일이 벌어지기 전에 당장 움직여야 한다며 소리 지르고 있었다. 격진, 화산이 도망치라고 경고한다. 당장 이곳을 떠나라고, 그렇지 않으면 죽이고야 말겠다며 온몸으로 부르짖고 있었다. 지금도 늦지 않았다. 북한 사람들이 뭐라고 소리치건 말건 헬기에 올라 안전한 곳으로 떠나버리면 그만이다. 하지만 그럴 수가 없다. 그들이 안 된다고, 그 소중한 물건을 모셔 와야 한다며 눈빛으로 말한다. 그들은 북한 사람들, 우리는 그 말도 안 되는 생각을 무시해도 좋을 남쪽 사람들, 하지만 함께 지낸 잠깐 사이에 그들을 도와야겠다고 생각할 만큼 정이 들어버린 걸 보면 우리는 떼려야 뗄 수 없는 한 민족이 맞다. 떨어져 지내온 오랜 세월 동안 어른인 우리는 그저 서로를 바라만 보았으나 젊은이들은 이제 행동으로 서로를 그리려는가 보다. 그래, 우리는 이렇게 변해가는구나!

"선화야, 조심해서 다녀와라"

"네, 아빠, 고마워요."

정태우가 결국에는 차 키를 쥔 손을 열어주었다. 속상한 그 마음을 위로하려는 듯 아키라와 진수이룽이 어깨를 토닥여준다.

"이럴 게 아니라 군부대에 연락해야겠네. 그쪽으로 헬기를 보내달라고 하면 돌아오는 데엔 문제없을 거야."

"고맙습니다, 박사님."

고개 숙여 인사하는 정태우를 가만히 보고만 있던 태균이 깊은 한숨을 몰아쉬며 이쪽으로 다가온다.

"이보게, 태우."

"형님!"

가야할 길이 달라져버린 형제가 서로를 끌어안았다. 저쪽에서 선화와 승현이 지프에 백동일과 리용두를 태운 채 사라지는 모습을 보던 아내가 결국 울음을 터뜨리고 만다.

"자네, 정말 안 갈 텐가?"

"죄송합니다, 형님. 우리 선화 잘 부탁드립니다."

"못난 녀석…."

태균은 동생을 다시 끌어안으며 그렇게 중얼거렸다. 제 나라 사람들을 위해 타지에서 고생만 해온 녀석, 뭐가 그리도 미련이 남아 이곳에 목숨을 바치려 한단 말일까?

쿠르르르릉…!

"어서 헬기에 오르십시오! 출발합니다!"

다시 찾아온 굉음과 함께 헬기에 오른 영사관 직원이 목청껏 소리를 질러댄다.

타타타타타…!

허공에 두둥실 떠오른 헬기를 향해 두 사람이 손을 흔들기 시작했다. 다시 만나지 못할 사람들, 다시는 가볼 수 없을 우리의 조국, 모두를 대신하여 나는 이제 여기에서 죽어간다.

"여보! 저것 좀 봐!"

땅에 머물러 있을 때엔 몰랐던 것이 하늘에 오르니 이제야 보인다. 태극기! 한국 영사관이 보냈다는 그 헬기의 밑바닥에 태극기가 선명하게 박혀있다. 마음 약한 아내가 태극기를 보자마자 오열하고, 남편은 그것이 멀어질 때까지 하늘을 올려다본다. 신기루처럼 왔다가 그렇게 사라져가는 태극기를 향해 두 사람은 한참동안 손을 흔들었다.

"썅간나 새끼! 공화국으로 돌아가면 가만 두지 않갔어!"

"……."

달리는 지프 안에서 백동일이 으르렁거리지만 리용두는 대죄를 지은 사람처럼 고개만 푹 숙이고 있을 따름이다.

"이봐요. 이제 그만 할 수 없어요? 죽을 죄를 지은 것도 아니고!"

"죽을 죄야!"

못마땅한 얼굴로 백동일이 또 승현에게 버럭 소리쳤다.

"너희 남조선 간나 새끼들은 그거이 얼마나 중요한지 모른다! 고저 너희 괴뢰국 새끼들은…."

"그만 좀 해요!"

이번엔 승현이 고함을 질렀다. 희번덕 치켜 뜬 백동일의 그 시퍼런 눈이 승현과 다시 한 번 마주친다.

"도대체 당신은 어쩜 그렇게 배려라는 걸 모르죠?"

"뭐이? 배려?"

"그래요, 배려!"

정신없이 달리던 지프가 순간 이리저리 흔들리기 시작한다. 또 지진이 시작된 모양이다.

"그동안의 일을 생각해 봐요. 우리는 당신들의 입장을 존중해 주려고 하는데, 왜 당신은 그런 걸 모르는 거죠? 눈치가 없나 보죠?"

가소롭다는 뜻일까? 백동일이 피식 입술을 비틀었다.

"고거이 너희도 마찬가지 아니갔어?"

"우리가 뭘 어쨌는데요?"

"너희도 우릴 이해하려 들지 않고 있다 않아? 우리나라는 조선 민주주의 인민 공화국이다! 언제까지 우릴 북한이라고 부를 거냐? 이 괴뢰국 새끼야!"

"그건 당신들도 마찬가지야! 우리나라가 괴뢰국으로 보여?"

"그만 해요! 그만 하란 말이에요!"

답도 없고 끝도 없는 남과 북의 싸움을 막아선 사람은 선화였다.

"그만 떠들어요. 계속 그 따위로 싸우면 둘 다 용암에 처박아버릴 거니까 그렇게 알아요!"

단호하다 못해 무섭기까지 한 그녀의 목소리에 두 남자는 정말 입을 다물고 말았다. 그러나 백동일은 분이 풀리지 않은 듯 오래지 않아 리용두에게 다시 잔소리를 늘어놓기 시작하고, 승현은 말투처럼 거칠게, 초스피드로 운전하는 선화의 눈치만 살필 뿐이다.

"우리는 언제까지 싸워야 하는 거죠? 두 사람 모두 무섭다는 표현을 그렇게밖에 못해요?"

"……."

"걱정하지 말아요. 무서워할 틈이 없을 테니까…."

"…?"

앞만 보고 운전하는 그녀의 말뜻을 몰라 승현이 도로 물었다.

"그게 무슨 소리죠? 무서워할 틈이 없다니?"

"두려움은 주로 소리 때문에 생겨요."

"뭐, 그렇기는 하겠죠."

"화산이 무섭다는 건 폭발하기 때문이라는 이유도 있지만 폭발할 때의 소리 때문에 공포를 느끼는 거예요."

룸미러로 비춰지는 백동일도 승현처럼 고개를 끄덕이고 있다.

"하지만 여러분은 화산의 폭발 소리를 듣지 못할 거예요."

"왜요?"

"폭발하는 순간에 솟아오르는 각종 물질들의 속도가 음파보다 빠르기 때문이에요."

그러니까 다시 얘기해서 화산이 폭발할 때의 소리는 멀리까지 전파되어 그 곳에선 두려움을 느낄 수 있지만 정작 화산과 가까울수록 폭발음을 잡아먹는 분연주(폭발물질)의 상승속도 때문에 아무 것도 모를 수 있다는 뜻이다.

"고저 개죽음만 당한다는 거 아니갔어?"

백동일이 중얼거렸지만 아무도 그 말엔 대꾸가 없다. 동감한다는 뜻일 테다.

"끼이이익!!"

엄청난 속도로 달려오던 지프가 백운산장 앞에서 멈추었다. 관광객이 없는 백두산, 화산 조사 팀마저 떠나가 버린 백운산장은 홀로 거기에 덩그러니 놓여서 흡사 유령의 집을 연상케 했다.

"날래 내리라!"

혹시나 가져오지 못하게 될까봐 백동일은 리용두의 어깨를 툭툭 때리며 채근하고, 두 사람을 따라 선화와 승현도 지프에서 내렸다.

쿠르르르!

지진이다. 높이 솟은 봉우리 어딘가에서 짐승의 으르렁거리는 소리가 들려오는 것이다. 그 소리에 당황하여 주춤거리던 리용두가 백동일의 재촉에 다시 뛰기 시작했다.

"후우!"

수많은 봉우리들을 바라보던 선화가 조용히 한숨을 내쉬었다. 스마트폰이라도 있으면 좋을 텐데, 손에 쥔 것이 아무 것도 없으니 화산의 현재 상태가 어떤지 알 수 없다. 확실한 건 이제 절대 긴장을 풀어선 안 되며, 지금이라도 당장 이 위험한 곳을 떠나야 한다는 거다. 불안하다. 화산을 공부하면서 침착하게 대처하는 법도 배웠지만 제대로 할 수 있을지 모르겠다. 이제는 초조하고 두렵기까지 하다.

"연구원 동무! 어디에 뒀네?"

2층에 올라오자마자 백동일이 버럭 소리쳤다. 리용두는 대꾸 없이 제 방이었던 곳으로 뛰어 들어가고 있다.

"저깁네다!"

침대 옆 벽에 김일성, 김정일, 김정은의 초상화를 끼운 액자가 걸려있다. 다행히 계속 된 지진에도 무사했던 것이다.

"조심히 내리라!"

침대 위에 올라선 리용두가 먼저 김일성의 액자를 꺼냈다. 그것은 백동일의 손에 넘겨졌고, 리용두는 곧 김정일과 김정은의 액자도 조심스레 꺼내들었다.

"이쪽으로 놓으라."

침대 밑에 세 개의 액자를 놓아둔 두 사람이 서로를 바라본다. 그리고 이어진 광경에 말없이 지켜보던 승현의 입이 쩌억 벌어지고 말았다.

"지금 뭐하는 거예요?!"

백동일과 리용두, 두 사람은 지금 그 세 개의 액자에 절을 하고 있다. 놔두고 가서 죄송하다는 듯 온 마음을 다해 정성스럽게 절을 올리는 것이다.

"나 참 기가 막혀서…."

고개를 돌려버린 승현이 저도 모르게 욕설을 중얼거렸다. 도저히 이해할 수 없는 놈들이다. 언제 화산이 터질지 몰라 불안한 이 상황에 저러고 싶을까? 이런 식의 모습만 되풀이 된다면 우리는 평생 가도 그들과 통일을 할 수 없게 될 것이다.

"뭐하네? 그만 일어나라!"

액자들을 챙겨 가방에 넣던 백동일이 리용두에게 고함을 질렀다. 리용두가 지금 제 가방 속의 노트북을 꺼내 그 안의 무언가를 살피는 것이다.

"지금 뭐 하는 거이야? 화산 지켜볼 시간이 없어! 도망가야 한단 말이다!"

타타타타타!

"…?"

그때, 저 멀찍이에서 귀에 익은 소리가 들려온다. 창가로 다가간 승현의 눈에 헬기 두 대가 날아오는 모습이 보였다.

"승현 씨! 헬기가 와요!"

하며 선화가 현관 앞에서 소리치고, 알았다고 대꾸하던 승현이 아직 꾸물거리는 두 사람을 1층으로 끌고 내려가기 시작했다.

"승현이…."

"…?"

곁에서 뛰던 리용두가 문득 승현을 불렀다. 이 다급하고 정신없는 상황에 그의 작은 목소리가 들리다니, 희한한 일이다. 고개를 돌린 승현이 무슨 일이냐며 눈으로 물었다.

"미안해."

"뭐?"

"내래 고저 너와 친해지고 싶었…."

쿠르르르르!

그때, 다시 격진이 이어지기 시작했다. 정신없이 뛰던 리용두가 바닥을 구르고, 백동일이 뒤에서 따라오며 당장 일어나라고 소리 질렀다.

"무슨 말을 하려는 건지 모르겠지만 일단 일어나!"

"승현이…."

"일어나라고!"

"내래 고저 남조선 동무들과 친해지고 싶었던 것뿐인데…."

"시끄러워!"

"뭐?"

"네 마음 다 알고 있어! 그러니까 일단 일어나서 뛰어! 살아남아야 친해지지!"

승현도 그에게 미안하다는 말을 하고 싶었다. 북한이 핵실험을 감행했을 때, 그게 너무 싫어서 모르는 척 멀어져 가던 날의 자신의 눈빛이 너무나 매정했던 것 같아 지금껏 담아두고 있었단 말이다. 그런데 이 녀석은 오히려 제 잘못이라며 사과한다. 이 급박한 상황에 분위기 파악도 못하고 헛소리를 해대는 것이다. 바보 같은 녀석!

"승현 씨!"

우르르르 콰앙!

"…?"

지금껏 한 번도 겪어보지 못했던 강한 지진이 일어났다. 눈에 보이는 모든 봉우리들이 위태롭게 흔들리고, 놀란 그들은 다시 뛰기 시작했다.

"콰이콰이(快快-빨리 빨리)!"

군인들이 그들에게 소리 지르고 있다. 지금 당장 헬기에 오르지 않으면 모두 개죽음을 면치 못할 거였다.

"승현 씨! 빨리요!"

먼저 헬기에 올라 탄 선화가 승현에게 소리쳤다. 그리고 두 사람을 태운 헬기가 먼저 두둥실 떠오르기 시작했다.

콰아앙!

그때, 선화의 두 눈이 튀어나올 듯 휘둥그레졌다. 위태롭게 흔들리던 봉우리 하나가 기어코 무너져 내리는 것이다. 저 봉우리가 무너지고 나면 그길로 정상에 고여 있는 천지 물이 압록강과 두만강을 향해 쏟아져 내릴 것이다. 큰일이다!

콰르르르르!

다시 격진이 이어지고, 산 사면을 따라 굴러오던 바위 덩어리가 순간, 방향을 틀어 이쪽으로 굴러오는 게 눈에 들어왔다.

"날래 움직이라! 날래!"

휘청이며 넘겨졌던 리용두가 겨우 헬기에 오르고, 헬기는 서서히 떠오르기 시작했다.

쿠르르!

"안 돼!"

목이 터져라 선화가 소리 지르지만 아무도 그 소리를 들을 수 없다. 봉우리가 무너진 그 길로 천지 물이 요란하게 쏟아지기 시작한 것이다. 눈 깜짝할 사이 날아드는 화산 이류에 아직 채 떠오르지 못한 그들의 헬기가 잠시 휘청거리고, 욕설을 내지르며 조종사가 조종간을 있는 힘껏 잡아당겼다. 그리고 그들의 헬기는 격진에 굴러온 바위 덩어리와 부딪히기 바로 직전, 허공에 떠오르는 데 성공했다.

"아아!"

허공에서 화산의 상태를 살피던 선화가 그렇게 탄식했다. 서희가 말했던 천지의 눈물이다! 화산이 폭발하기 전에 천지를 감싸고 있던 봉우리 중 지각이 약한 봉우리가 무너져 내리면 그 길을 따라 천지의 물줄기가 흐를 거라고, 그것은 스스로에게 수호신이라고 불러준 민족의 지난 아픔을 고스란히 간직한 천지가 마음 깊이 눈물을 흘리는 거라고, 천지의 눈물이 바로 한반도에 살고 있는 우리 모두의 눈물인 거라고….

콰아앙!

가슴을 철렁하게 만드는 그 순간이 다가왔다. 분화구 아래에 숨어있던 모든 화산 물질들이 순식간에 솟아오른 것이다. 화산 폭발, 분연주의 상승속도는 사람의 눈이 절대 따라갈 수 없을 정도로 초고속이었고, 눈꺼풀이 한 번 깜빡하는 사이에 저 하늘 높은 곳까지 박차고 올라갔다.

"안 돼!"

선화가 무언가를 보고 비명을 질렀다. 그러나 그 목소리는 제 귀에도 들리지 않고, 심지어 지금껏 귀를 때리던 프로펠러 소리마저 들리지 않았다. 그리고 수백 톤의 화산재가 하늘에 퍼져 태양빛을 가렸다. 그 어둠 속에서 이제 아무 것도 볼 수 없고 아무 것도 들을 수 없게 되어버린 것이다. 완벽한 어둠, 소리마저 삼켜버린 심연의 공간, 그 검은 어둠 속에서 시뻘건 것이 솟아오르기 시작했다. 그리고 이어지는 열폭풍, 선화와 승현 두 사람 모두 거대한 화쇄서지가 몰려오는 것을 보았지만 당장 피하라고 아무리 소리쳐도 백동일과 리용두를 태운 헬기에는 닿지 않는다.

"위험해요!"

헬기 끝에 매달린 선화를 잡아당기며 승현이 소리쳤다. 그러나 선화는 그 소리를 들을 수 없다. 청력을 잃은 뜨거운 어둠, 살아있는지 죽은 건지, 여기가 지옥인지 무엇인지 그곳의 모두는 알 수 없다. 단지 맞잡은 손의 촉감만이 모든 것을 알려줄 따름이다.

타타타타타!

꿈속을 나는 듯 헬기가 붉게 솟아오른 불의 산에서 멀어져 간다. 불기둥을 뿜어내는 백두산, 그것은 더 이상 아름답지 않았다.

콰르르르!

짐승의 울음소리와 같은 굉음이 이어지고, 압록강 기슭을 따라 천지 물이 쏟아져 내려오기 시작했다. 마치 폭풍을 만난 섬으로 쓰나미가 몰아닥치듯 거대한 바다가 되어버린 압록강이 인간의 삶을 파괴하려는 것이다.

쿠르르르르!

하늘에서 벼락이 떨어진 것처럼, 지구를 뒤흔들 듯 울부짖으며 물줄기가 북한 지역으로 파고든다. 수풀에 숨어있던 북한 주민들의 마을이 삽시간에 사라지고, 그들을 삼킨 물줄기가 강 건너 중국 지역을 위협한다.

콰지지지직!

압록강 한가운데에 놓인 저것이 무엇이더냐! 남과 북이 편을 갈라 전쟁을 하던 시절, 중공군이 북한에 물자를 조달하기 위해 이용하던 압록강 철교 말이다. 그것을 막겠다고 미군이 미사일을 떨어뜨려 끊어버리지 않았던가! 과거의 참상을 잊지 못하는 관광객을 위해 보존해 놓았던 압록강 철교가 지금 사라지고 있다. 초고속으로 쏟아지는 물줄기, 백두산을 박차고 압록강까지 내려온 천지 물이 거대한 힘으로 철교를 밀어내더니 종국에는 부숴버리고 만다. 엿가락처럼 휘어진 철근이 더는 버티지 못하고 거센 물줄기를 따라 어디론가 달려가고 있다. 인간이 만들어 놓은 문물, 강 건너 마을과는 너무나 대조적인 인간의 문화가 사라질 위기해 처했다. 시내 한복판으로 밀려들어온 물줄기가 거대한 고층 빌딩을 무너뜨리고, 주인 잃은 자동차들은 제멋대로 굴러다닌다. 이 거대한 재난을 미처 피하지 못해 이리저리 도망치던 사람들 중에는 거대한 물살에 떠내려가거나 엿가락처럼 휘어진 철근 덩어리에 부딪혀 생을 마감하는 사람도 있다.

우지끈! 쿠르르르!

쉬지 않고 쏟아져 내려가던 압록강의 물줄기가 중국과 북한의 방산 마을을 가로지른 호산장성을 만났다. 튼실해 보이던 그것도 살아 움직이는 거대한 물살엔 맥을 못 추고 무너져 버린다. 중국의 시가지가 그러하듯 평온해 보이던 북한의 방산마을도 순식간에 사라지고 만다. 위태로운 그들의 삶, 그래도 살아보겠다며 악착같이 농사를 짓고, 김을 매던 그들의 삶이 송두리째 사라져 버렸다. 어디선가 살려달라고 울부짖는 비명소리가 들렸지만 그 소리는 출처를 찾아보기도 전에 압록강의 거센 물줄기에 거짓말처럼 사라지고 만다. 압록강이, 북한과 중국의 땅을 가르는 국경선이 지금 무참하게 일그러져 가는 것이다. 많은 사람들의 추억을 담은 압록강이 이러하거늘, 두만강은 과연 어떠할까.

쿠쿠쿵!

와르르!

같은 시각, 쏟아지는 천지 물로 인해 두만강 역시 범람하고 있다. 두만강을 이루는 도문시가 한 순간에 아수라장이 되어버리고, 사람과 차로 북적이던 거리엔 시신과 주인 잃은 차들이 즐비하다. 북한의 김정일이 중국에 갈 때 이용했다는 기차의 철로가 지금 엿가락처럼 휘어지고 있다. 두만강을 찾는 관광객들을 위해 선착장을 만들어 유람 보트를 운행했는데, 그 보트가 허리케인에 날아가는 젖소처럼 거대한 물줄기와 함께 힘없이 구부러지는 철로를 밀어내고 있다.

끼이이익!

우지끈!

오랜 세월동안 거기에 서서 우리의 역사를 지켜봐 온 그것이 결국 무너지고 말았다. 세찬 물살에 떠밀려가던 철로가 그렇게 부서지며 일부는 도문 시로, 또 일부는 북한의 무산시로 처박혔다. 무산시, 천 년 전 백두산 폭발의 참상이 아직 남아 있던 바로 그곳. 폭발의 흔적이 고스란히 남은 그 자리에서 천 년이란 시간을 견디며 다시 삶을 가꾸어 나가던 참이었다. 역사는 돌고 돈다고 누가 말했던가! 천 년 전에 그러했듯 무산시라는 지역 명을 붙인 그 자리가 또 한 번 무너져 내리고 있다. 우리의 형제, 사랑하는 그들의 오랜 삶을 멀리서라도 지켜보겠다며 만들어 놓은 중국과 북한의 국경 다리는? 탈북자가 어떻게든 살기 위해 죽음마 저 각오하고 넘을 수밖에 없었다는 그 교두는?

와그작!

쿠쿠쿵!

비명을 지르며 교두가 무너지기 시작한다. 더 이상 가까이 갈 수 없는 북한의 무산시처럼 단절된 그들과 소통하고 싶었던 육상 교통로가 그렇 게 사라져버리고 말았다. 백두산에서 뛰쳐 내려온 천지 물은 두만강의 물줄기를 만나 쓰나미처럼 한꺼번에 들이치며 가차 없이 인간을 죽음으 로 몰아넣는다. 강변을 지키던 군인들이 순식간에 사라지고, 구석에 홀 로 서서 인자하게 웃는 모택동의 동상이 시가지 어딘가로 밀려가 건물 하나를 부수고 만다.

구오오오. 우우우!

고층 빌딩 하나가 도끼에 넘어가는 고목나무처럼 울부짖으며 쓰러지 기 시작했다. 그것은 인간의 터전을 덮치고, 정처 없이 흘러가던 두만강 의 물살에 제멋대로 섞여버렸다. 그리고 이어지는 비명소리, 그러나 그 것이 사람의 소리인지, 철근과 콘크리트가 내는 소리인지 알 수 없다. 모든 이의 삶을 비참하게 만들어 놓은 백두산 폭발, 그러나 아직 시작 에 불과하다. 보라! 저 위의 파란 것이 무엇이더냐! 동쪽의 두만강과 서 쪽의 압록강을 수놓았던 저것 말이다. 아름다운 파란 하늘, 하얀 구름이 두둥실 떠올라 태양빛과 어우러져 인간의 삶을 지켜온 새파란 하늘이 어느 순간 검게 채색되기 시작했다. 눈 깜빡할 사이에 날아든 수천 수억 톤의 화산재가 붉은 태양빛을 가로막고, 하얀 구름마저 삼켜버렸다. 어 둠, 아무것도 볼 수 없는 그 어둠은 백두산의 이도백하 마을에서부터 시 작되고 있었다.

쿠르르르르. 콰지직!

산 사면을 타고 내려오던 화쇄류가 마침내 이도백하의 호텔 하나를 집어삼켰다. 튼튼한 그 건물이 병든 닭처럼 그대로 쓰러져버린 것이다. 화쇄류에 섞인 건물의 잔해들이 이도백하 시 곳곳으로 밀려들어간다.

"여보!"

전기가 나가버린 백두민박, 화산이류로 인해 2층까지 물이 들어차 그것을 피하려고 부부는 3층으로 뛰어올랐다.

"여보, 무서워요."

"괜찮아. 곧 끝날 거야. 괜찮아."

남편의 품으로 고개를 묻는 아내, 두려워하는 아내의 어깨를 감싸 쥐고 정태우는 창밖으로 시선을 돌려본다. 검은 하늘에서 붉은 비가 쏟아지고 있다. 소름끼치는 비명을 내지르며 붉은 덩어리가 우박처럼 이도백하 곳곳을 강타하는 것이다. 건물의 지붕이 무너지고, 유리창이 박살나며, 늘씬하게 솟아오른 미인송(美人松)지대에 화재를 일으킨다. 그리고 화쇄류의 길을 따라 내려오는 붉은 물결, 시뻘건 용암이 이도백하 시내를 향해 기어내려온다. 용암을 만난 건물들은 곧 사라져 버리고, 화산이류와 화쇄류에 밀려 숯이 된 자동차 하나가 녹아 없어져 버렸다. 지옥, 검은 하늘과 뜨거운 불이 모든 것을 집어삼키는 이곳이야말로 지옥이다. 끝없이 흘러가는 붉은 용암과 붉은 비가 천천히 먹이를 목구멍으로 넘기는 악어처럼 그 맑고 푸른 이도백하를 주워 삼키니 이곳이 바로지옥이란 말이다.

슈우우욱!와장창!

어디선가 날아온 불덩이 하나가 백두민박 바로 옆 건물의 창문을 부숴버렸다. 채 얼마 가지 않아 화재가 일어나고, 빠르게 타오르는 불길에 아내는 울음을 터뜨리고 만다.

"여보, 나 좀 봐."

품속의 아내가 남편의 부드러운 목소리에 고개를 들었다. 눈물이 그렁그렁한 아내, 나이 탓인지 피부가 많이 상했지만 그녀는 여전히 아름답다.

"여보, 내가 말했었지? 백두산에서 죽을 때까지 행복하게 살자고⋯."

"여보."

"이제 그 약속이 지켜지려나 봐. 이 멋진 백두산처럼 당신을 사랑해."

남편의 고백, 눈물짓던 아내의 슬픈 얼굴에 미소가 지어진다.

"여보, 나도 당신을 사랑해요."

주르륵 눈물이 흘러내린 아내에게 남편의 입술이 파고든다. 오랜 사랑, 이렇게 소중한 백두산에서 아름다운 아내와 키스하니 더 이상 바랄 것이 없다. 우리는 행복하다.

슈우우욱! 콰아앙!

시뻘건 불덩이가 그들의 창문을 깨부순다. 그리고 몰려드는 용암에 모든 건물들이 무너져 내리고, 이제 거기에 사람은 더 이상 남아있지 않았다. 인간의 모든 흔적이 사라진 이도백하, 중국의 지역이 이러하거늘 북한 지역은 과연 어떨 것인가.

꺄아아아악!

쑥대밭이 되어버린 삼지연 마을에 누군가의 비명소리가 쏟아졌다. 두려움에 빠진 그들이 뒤늦게 어딘가로 도망치지만 어둠 속에서 갈 곳이란 없다. 비처럼 쏟아지던 불덩이가 사람의 무리로 처박히고, 머리를 잃은 사람의 몸뚱이가 밭으로 나뒹군다. 화산이류와 화쇄류는 이곳에도 몰아닥쳤는데, 오도 가도 못 한 채 발만 동동 구르던 일부 사람들은 오래 가지 않아 천 년 전의 기억을 고스란히 간직한 탄화목처럼 진공 포장되어 천 년 후에나 발굴될 미라로 전락하고 말았다. 함경도, 북한 인구의 25퍼센트가 산다는 인구 밀집지역에, 아무것도 보이지 않는 어둠이 깔린 이곳에도 화산재가 퍼지기 시작했다. 북녘의 사람들이 살아가는 마을, 그들의 체제와 김일성 일가를 찬양하는 문구가 적힌 건물도 그렇게 죽어버린 인간의 몸뚱이와 마찬가지로 힘없이 무너져버렸다. 눈처럼 쏟아지는 화산재가 모든 것을 송두리째 묻어버리고, 편서풍을 따라 빠른 속도로 이동하기 시작한다.

구우우우!

청진항과 나진항으로도 화산재는 어김없이 날아들었다. 한 겨울의 눈보라처럼 거세게 몰아닥친 화산재가 모든 일을 중단한 화물 크레인에 차곡차곡 쌓여가고, 그 어떤 무게도 거뜬히 견뎌낼 줄 알았던 거대한 기계는 오래지 않아 엿가락처럼 구부러졌다. 빠르게 동쪽으로 확산되어 가는 화산재, 드디어 동해바다를 만나 흘러들기 시작한다. 화산재에 오염되어 가는 동해바다, 이제 백두산의 분출물은 천 킬로미터가 넘는 바닷길을 건너 화산재 주의보가 내려진 일본 땅에 당도할 것이다.

「뉴스 속보입니다. 오늘 오전 10시 20분 경, 백두산의 화산 분화가 시작되었다는 소식입니다. 현재 중국 동북 일부 지역과 북한 함경도 지역이 극심한 피해를 입었으며, 인명피해는 지금까지 제대로 집계되지 않았다고….」

심양 주재 한국 영사관에 모인 그들이 다급하게 뉴스를 전하는 한국의 방송을 지켜보고 있다. 이도백하 상공의 취재 헬기가 백두산의 현재 상태를 전하기 위해 벌이는 아찔한 곡예비행마저 화면에 비춰지자 가만히 보고만 있던 진수이룽이 고개를 절레절레 흔들었다.

"박사님, 꼭 저럴 필요가 있을까요? 위험할 텐데…."

"음, 아무래도 백두산을 과소평가한 것 같구먼. 백두산은 세계의 여느 화산들과 다르다는 걸 모르는 모양이야."

기자라는 투철한 직업 정신으로 국민에게 정보를 전달하는 것도 좋지만 저러면 안 된다는 거다. 백두산 화산 분화, 지금 이렇게 엄청난 광경을 보여주고 있지만 앞으로 어떤 식으로 전개될지 알 수 없으니 말이다.

"이상한데…."

태균과 함께 모니터를 들여다보던 아키라가 고개를 갸우뚱거렸다.

"여기 좀 보게. 러시아 위성이 제대로 움직이는 게 맞는다면 우리의 예상은 빗나가지 않을 거야."

심각한 얼굴로 고개를 끄덕이던 태균이 자리를 박차고 일어나 아직 TV 화면을 넋 놓고 쳐다보는 영사관 직원에게 다가갔다.

"혹시 영사관에서 북한을 연결할 수 있는가?"

"예? 전화 연결 말입니까? 저, 무슨 일로?"

"상황이 좋지 않아서 그러네. 어서 대답해 보게. 그쪽과 연결할 수 있는가?"

"아, 저, 그건 좀…."

얼버무리던 그의 시선이 문득 남민수와 마주쳤다. 제 나라에 대해 너무나 잘 알고 있으니 남민수는 그저 고개만 저을 뿐이었다.

"불가능한가?"

"예, 불가능합니다. 본국 정부를 통하거나 중국 정부를 통하지 않는 이상 영사관에서의 개별적인 연락은…."

"허허, 이거 큰일 났구먼…."

낙심한 얼굴이 되어 태균은 이내 자리에 주저앉고 말았다. 지금 북한 지역에 큰일이 벌어지려 한다. 백두산 측면 폭발이 그쪽에서 일어날 것으로 예상된단 말이다. 현재까지의 상황을 토대로 짐작하건대, 만일 북한 지역에서 대폭발이 일어난다면 한국도 영향을 받을 것이 분명하다.

폭발 소리는 물론이고, 화산에서 솟아오른 모든 분출물이 남하하게 될 것이다. 게다가 폭발한지 한 시간 가량이 지났으니 지금 쯤 이도백하는 이미 사라졌을 지도 모르겠다. 하나밖에 없는 내 동생, 그리고 그의 아내….

"이보라! 자네 와 이라네?"

의자 밑으로 무너져 버리는 태균을 보고 남민수가 소리쳤다.

"괜찮네. 잠깐 어지러워서…."

"고저 쉬어야갔어."

"아니야. 쉬다니? 지금 우리나라에 큰일이 났는데 쉴 수 있겠는가?"

울어버릴 것만 같은 태균의 얼굴, 흔들리는 눈빛이 남민수와 부딪혔다.

"기운 내라. 북이나 남이나 일 없을 거이야."

화산 폭발에 조국이 무너져 내리는 걸 보면서도 남민수는 의연하게 버티는 눈치였다. 만일 우리 중에 쓰러지는 사람이 있다면 제 가족이 죽어간다고, 제 나라가 사라져 간다고 차라리 그가 쓰러져 울부짖어야 마땅하단 말이다. 그런데도 남민수는 사랑을 표현할 줄 몰라 바보 소리를 듣는 사내처럼 오히려 태균을 위로하며 웃어 보인다. 그 미소의 의미는 무엇일까? 남도 아닌 우리, 한민족. 우리는 더 이상 떨어져 살아서는 안 될 형제라고, 이 작은 땅의 주인인 우리가 서로 돕고 살지 않으면 누구에게 기댈 것이냐고 말하는 것만 같아 태균은 온 마음으로 그를 끌어안았다.

"기운 내라. 우리는 다시 시작하면 되는 거이야. 간나처럼 훌쩍이디 말라."

그리고 태균은 지끈거리는 머리를 붙들고 다시 모니터에 눈을 주었다. 아무리 봐도 예상은 빗나가지 않을 것 같다. 아아, 차라리 아무것도 몰랐다면 얼마나 좋을까? 화산 지식이 전무한 한국의 일반 국민이었다면 차라리 뉴스를 틀어놓고 마음 편히 구경이라도 했을 텐데 말이다. 하지만 그러기에는 너무 늦어버렸다. 네 명의 전문가들은 이제 곧 닥칠 위기 상황을 머릿속에 떠올리며 한숨만 몰아쉬고 있었다.

"큰일이군!"

모니터에서 눈을 떼지 않고 있던 아키라가 제 가슴 앞에 팔짱을 끼우며 중얼거렸다. 진수이룽은 TV 화면에 잡힌 처참한 광경을 보며 고개를 절레절레 흔들고, 태균과 남민수는 자기들 나라의 위험을 직감하며 신음성을 내뱉는다. 이제 무얼 어떻게 하면 좋을까? 아키라는 머릿속이 텅 비는 기분이었다. 지금 화산재가 빠른 속도로 바닷길을 건너가고 있으니 일본 열도로 도착하는 데까지 채 몇 시간이 걸리지 않을 것이다. 이제 곧 얼마나 많은 화산재가 일본 땅에 쌓이게 될지…. 아니, 아니다. 그게 아니란 말이다! 화산은 이제 막 분화하기 시작했고, 측면폭발 마저 예상되는 이 시점에 화산재가 일본 땅에 얼마나 들어올지 하는 고민은 말도 안 된다. 아키라는 그저 난생 처음으로 화산 폭발이란 재난을 경험하는 한국인들이 안쓰러울 뿐이었다.

"이보게. 혹시 북한 정부가 한국에 연락을 취했던가?"

진수이룽이 아직도 TV 뉴스에 빠진 그에게 물었다. 지난 번 박현우 대통령의 대국민 담화 이후, 북한 정부가 화산 폭발을 대비하기 위해 협조 요청을 해왔는지에 대한 물음이었다.

"연락이 오기는 왔는데, 그냥 손 놓고 있는 상황인가 봅니다."

"그게 무슨 소리인가?"

"솔직히 그렇잖습니까? 그 사람들, 전쟁 대비에만 몰두하느라 자연재해에 대해서는…."

"허허, 그것 참…."

혀를 끌끌 차며 진수이룽이 고개를 절레절레 흔들었다. 도대체 북한은 지금껏 무엇을 생각하며 살아온 것일까? 적화 통일만을 고수하는 그들, 제 비위를 맞춰주지 않으면 가만 두지 않겠다고 불안감만 고조시키는 그들, 도대체가 속을 알 수 없는 집단이다. 오로지 전쟁만을 생각하고, 전쟁만을 대비하느라 천년을 기다려 온 거대 화산이 기어코 눈을 뜨는데, 아무런 대비책이 없어 강 건너 불구경을 하듯 넋 놓고만 있으니 말이다. 보라! TV화면이 비추는 재난의 현장이 과연 누구의 땅이란 말인가! 도저히 서 있을 수 없는 지진이 일어나고, 앞을 볼 수 없는 완전한 어둠 속에서 불덩이가 제 멋대로 떨어지며, 붉은 용암이 인간의 삶을 향해 엉금엉금 기어오는데, 그들 정부는 정말 아무 것도 준비하지 않았단 말인가?

나의 살던 고향은 꽃 피는 산골….

북한 어느 지역에 고향 마을을 둔 남쪽의 실향민이 만일 지금 일어나고 있는 상황을 목격한다면 뭐라고 소리칠까? 내 고향 마을이 사라져 가는구나. 아니야, 이건 꿈일 거야.

콰르르르르!

어둠 속에 숨은 북한 함경도 지역에 지진이 일어났다. 불안한 흔들림, 그러나 사람들은 그것이 무엇을 의미하는지도 모르는 채 죽어간다. 불덩이가 이미 죽어 쓰러진 시신 더미를 무너뜨리고, 화산재는 다시 그 위로 떨어져 내린다. 정녕 백두산은 우리를 심판하려는가! 모두 들으라. 나, 너희의 수호신으로서 오랜 시간을 살아왔느니라. 내가 너희를 지켜왔고, 내가 너희를 앗아가겠노라! 살려 달라 애원하지 말지어다. 나는 결코 자비를 모르노니!

복숭아 꽃 살구 꽃 아기 진달래….

TV 화면에 방금 내가 아는 얼굴이 나왔다. 남쪽의 실향민이 방구석에 홀로 앉아 TV를 보며 중얼거린다. 내가 아는 그 얼굴이 갑자기 비명을 지르며 도망간다. 그리고 쓰러졌다. 그리고 불덩이는 내가 아는 그 얼굴의 몸뚱이로 떨어진다. 아니야, 이건 꿈일 거야.

쿠쿵! 쿠쿠쿠쿵!

지옥 불이 타오르는 북한 삼지연 마을에 큰 북을 두드리듯 거대한 소리가 들려온다. 소리의 정체는 대체 무엇인가!? 처음의 폭발에서 살아남은 사람들이 만일 그것의 의미를 알았다면 당장 도망치거나 근처를 맴도는 헬기를 향해 손이라도 흔들었을 것이다. 하지만 아무런 지식을 갖추지 못한 그들은 그 헬기마저 무섭다며 집안으로 숨어들고 만다. 당장 이 악몽에서 벗어나기를 바라며 이불 속으로 숨어들어 눈을 감고 귀까지 틀어막은 채 바들바들 떨어댈 것이다.

울긋불긋 꽃 대궐 차린 동네, 그 속에서 놀던 때가 그립습니다.

내가 살던 아름다운 마을이 사라져 간다. 행복하게 살아가던 사람들이 죽어가고, 나도 이제 곧 세상에서 사라진다. 마치 애초부터 없었던 것처럼. 아니야, 이건 꿈일 거야. 내 부모님과 내 형제들이 남쪽에 살아계시다는데, 이제 곧 이산가족 상봉단이 북으로 건너오면 그때에는 만날 텐데, 60년이 훌쩍 넘어서야 만나게 되었는데, 이대로 죽을 수는 없어. 이건 꿈일 거야. 꿈일 거라고!

콰르르르….

콰콰콰쾅!

지하에 숨겨둔 핵이 폭발한 걸까? 아니면 불과 대장장이의 신 불카누스가 한 겨울의 백두산이 춥다며 부르르 몸을 떠는 걸까? 지구가 뒤집어질 듯 거대한 지진이 일어나더니 북한 지역 삼지연 마을이 순식간에 터져 올랐다. 지하 수십 킬로미터 아래에서부터 솟아오른 거대한 폭발, 우주를 떠돌던 운석이 떨어진 자리처럼 거대한 구멍이 생겨나며 더 이상 그곳은 사람이 살 수 없는 생지옥으로 변해버렸다.

「서울 시민 여러분, 서울 시민 여러분, 지금 당장 실내로 대피하십시오.」

대한민국 서울, 광화문 한복판에 헬기 한 대가 돌아다니며 소리치고 있다. 대형 건물의 전광판으로 뉴스를 지켜보던 시민들에게 경고하지만 아직 아무도 충격적인 모습으로부터 눈을 떼지 못하는 채다.

「서울 시민 여러분, 다시 한 번 알려 드립니다! 백두산의 화산재가 빠른 속도로 남하하고 있습니다! 실내로 대피하여 주시기 바랍니다!」

"꺄아아악!"

전광판을 지켜보던 무리가 애처롭게 비명을 질렀다. 북한 지역 상공을 날던 헬기가 갑자기 추락한 것이다. 현재 상황을 전하기 위해 아래를 내려다보던 취재기자가 백두산 화산 측면 폭발로 튀어 오른 불덩이에 맞아 비명을 지르고, 영상 카메라는 헬기가 용암 구덩이로 떨어질 때까지 전 과정을 담은 뒤 생을 마감했다. 이 충격적인 모습은 한국뿐만이 아니라 세계의 모두를 놀라게 하기에 충분했다.

쿠르르르르!

바로 그때, 화산재가 함박눈처럼 날아들던 서울 도심 한복판이 흔들리기 시작했다. 북한 땅을 강타했던 강진이 남쪽으로 밀려와 한국 땅을 온통 뒤흔드는 것이다. 화산재로 인해 서서히 어두워져가는 한국, 길 가던 사람들이 겁에 질려 달아나고, 부실공사로 지어진 건물은 무너지며,

자동차는 이리저리 뒤엉켜 도로가 마비되었다. 제 기능을 상실한 대한민국, 지옥이 되어버린 북한. 한반도는 검은 어둠 속에서 길을 잃은 채 헤매고만 있었다.

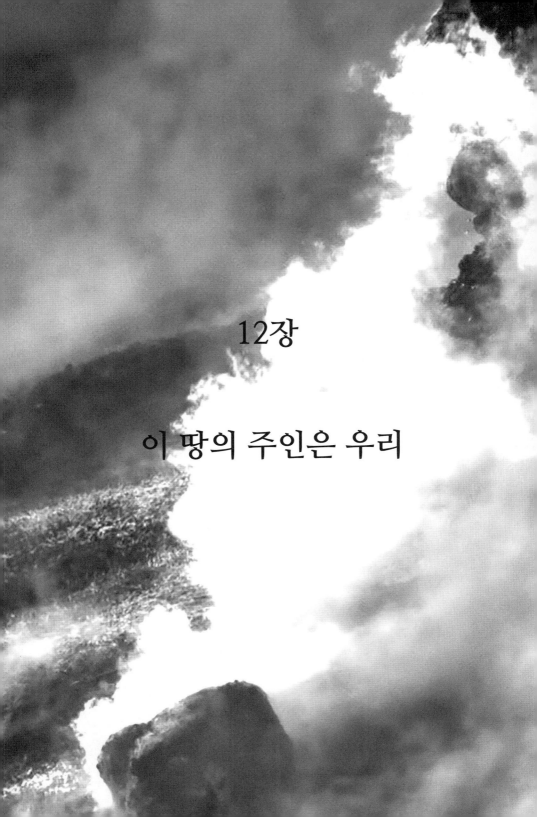

12장

이 땅의 주인은 우리

자연은 자신이 받은 상처를 스스로 치유한다.

-지진은 왜 일어나는가.

2020년 12월 20일.

백두산은 열흘이 지난 뒤에야 폭발을 겨우 멈추었다. 그러나 수천 톤의 화산재는 한반도 전역을 뒤덮었고, 동해바다 건너 일본 열도를 통과한 뒤 지구를 두 바퀴나 일주했다. 상상을 초월했던 백두산의 대 분화는 전 세계를 경악하게 만들었고, 위기에 빠진 한반도를 돕기 위해 손을 뻗어주었다. 그러나 아직 한반도는 공포에 떨고 있다. 지금껏 겪어보지 못한 대재난으로 생긴 트라우마가 모두에게 후유증으로 남은 것이다. 백두산의 거대 화산 활동이 끝난 지금, 한국은 여전히 휘날리는 화산재를 맞으며 다시 일어서기 위해 노력하고 있다.

"선화 씨, 한국으로 돌아온 소감이 어때요?"

판문점으로 향하는 차 안에서 승현이 그녀에게 물었다.

"글쎄요, 아직 잘 모르겠어요."

"조만간 서희 씨를 찾아봐요. 내가 도와줄게요."

"……"

한국에 온 뒤 내내 백두산의 위험을 경고하던 서희와 그녀의 아버지 리성철은 현재 연락 두절 상태라고 청와대에서 밝혔다. 서희는 애초에 탈북자 신분이었으니 중국에서 쓰던 스마트폰은 아예 가져오지 않았고, 한국에 온 뒤에도 새로운 스마트폰을 사용하거나 SNS 계정은 만들지 않았으며, 정식 절차대로 망명한 리성철도 기존에 쓰던 SNS와 이메일

계정도 모두 삭제한 뒤 온데 간데 없이 사라져 청와대에서도 사람을 풀어 찾고 있다고 귀띔했다.

"승현 씨, 그 두 사람은 살아있을까요?"

"……."

선화가 물었지만 승현은 답이 없다. 용암 구덩이 위에서 휘청휘청 불안하게 날던 헬기를 선화와 승현은 아직 기억한다. 온 마음을 다해 그들이 살아있기를 바라던 열흘이 지나가고 드디어 오늘, 흩날리는 화산재 때문에 더러워진 그들의 차량이 경기도 일대를 달려간다. 조금만 더 가면 판문점이다. 이도백하에서 함께 지냈던 일행을 열흘 만에 보러 가는 길이었다. 두 사람은 마음이 무겁다. 그들의 생사를 확인하러 가는 길이 왜 이렇게 길게만 느껴지는 건지 모르겠다. 부디 그 깊은 어둠 속에서 본 것이 거짓이기를, 그저 악몽에 불과하기를 그들은 소망한다.

"아, 오셨습니까?"

두 사람의 방문을 사전에 연락받고 대기하던 판문점의 담당자가 얼굴에 산소마스크를 쓰고 다가와 거수경례를 붙였다. 그리고 승현과 선화는 대기실로 자리를 옮겨 군인들이 안내하는 자리에 앉았다.

"내국인의 방문은 쉽게 허가되지 않는데, 여러분은 특수한 경우이시네요."

장방형의 탁자 건너편에 앉으며 담당자가 웃어보였다.

"잘 아시겠지만 판문점은 무조건 조심해야 하는 곳입니다. 북측 인사와 만나게 될 평화의 집에도 북한 군인이 따라 붙을 겁니다. 언행이나 행동, 눈빛 하나까지도 조심해야 하는…."

더 이상 말하지 않아도 되는 얘기를 그는 외운 듯이 줄줄 읊어댄다. 그러니까 한 마디로 얘기해서 북한은 아직 우리와 적대관계이니 그들의 신경을 거스르는 짓은 절대 삼가달라는 것이다. 들으나마나 한 설교를 다 듣고 두 사람은 경비병들의 안내를 받으며 이동했다. 평화의 집은 원래 남북한의 총리 회담을 위해 만들어져 지금까지도 민간 부문의 회담이 열리는 곳이다. 그런데 오늘은 특수한 일을 진행했던 사람들이 그곳에서 만나려 한다. 백두산 화산 조사를 했던 사람들이 거대 재난을 겪은 후 짧은 안부 인사라도 나눌 수 있도록 도와달라는 제의를 남과 북의 정부가 받아들인 것이다.

달칵.

회담장의 문을 열고 들어가니 거기에도 만일에 대비하여 대기 중인 군인들이 많았다. 판문점, 남과 북이 극명하게 갈린 공간. 국군과 인민군이 거리를 두고 서로를 마주보는 그곳에 두 사람은 조용히 엉덩이를 묻고 앉았다.

"후후!"

선화는 저도 모르게 깊은 한숨을 내쉬었다. 이곳은 어쩐지 무겁고 딱딱하며 살벌하기까지 하다. 이도백하에서 지내는 동안 세 명이나 되는 북한 사람을 매일 가까이에서 아무렇지 않게 만났던 터라 이제는 당연한 것처럼 생각해왔는데, 지금 보니 절대 그러면 안 되는 거였다. 잠시 외국에 나가 그것을 잊고 살았더니 세상 물정 모르는 어린 아이가 되었나 보다.

달칵.

다시 문이 열리고, 인민군 경비병을 따라 들어오는 누군가의 얼굴이 보였다.

"남민수 박사님!"

두 사람이 남민수를 알아보고 자리에서 일어난다. 남민수도 두 사람을 보자마자 허허 웃음을 터뜨렸다.

"박사님, 그간 안녕하셨어요?"

"음, 두 동무도 일 없었네?"

선화와 승현이 그를 보고 환하게 웃었다. 열흘 만에 듣는 평양 사투리가 정겹다.

"건강하시죠? 화산재 때문에 고생이 많으시겠어요."

"고저 말 마라. 사람 사는 집이 무너지니끼니 아새끼들이 울고불고 난리야."

"저런….”

"고저 남조선은…. 어떠네?"

두 사람의 입장을 생각해서 '한국'이라고 부르려던 남민수 박사가 문득 주변에 서 있는 군인들의 눈치를 살피고는 그렇게 말을 바꿨다.

"저희도 그래요. 기관지 환자가 넘쳐나서 병원들이 두 손 두 발 다 들었대요."

"하하하!"

남민수가 웃음을 터뜨렸다. 오랜만에 만나 반가운 그들, 안부 인사를 전하면서도 살벌하기 짝이 없는 주변의 눈치를 살피느라 정작 해야 할 말을 못하고 있다.

"흠흠!"

두 사람을 데리고 온 담당자가 헛기침을 하며 손목시계를 들여다본다. 이곳은 군사 지역이고, 민간인이 오래 머물러선 안 되는 곳이니 간단하게 할 말만 하고 끝내라는 무언의 압력이었다.

"저, 박사님."

"……."

담당자의 눈치를 보며 선화가 말을 꺼냈지만 곧 입을 다물고 만다. 이 도백하에서 느낀 것과 전혀 다른 분위기와 그들의 생사를 확인해야 한다는 무거운 마음이 그녀를 힘들게 하는 것 같았다.

"말하라."

"그 두 사람….."

"……."

"찾으셨나요?"

"……."

남민수도 결국 입을 다물고 말았다. 이도백하에서 함께 지냈던 그들, 서로 생각이 달라 늘 그렇게 부딪히기만 했던 그들도 한 때는 가족이었다고 이제 곁에 없으니 가슴 한 구석이 텅 비어버린 것만 같다.

"고저 그게 말이디….."

어떻게 대답해야 할지 몰라 고민하던 남민수는 허공을 올려다보며 한숨을 쏟아냈다.

"북에서도 추적을 해봤는데….."

"……."

"고저 그게….."

더 이상 말을 끝맺지 못하고 남민수는 고개를 흔들었다. 그들이 죽었다는 뜻이었다. 화산재로 가득한 어둠 속에서 결국 죽음을 맞이했다는 것이다. 아닐 거라고 생각했었다. 불덩이가 날아들어 붉은 물결로 곤두박질치는 꼴을 눈으로 보고도 믿을 수 없어 꿈일 거라고 생각했는데…. 그들은 이미 거기에서 죽어버렸다는 거다.

"나중에 확인해보니끼니 고저 연구원 동무가 나한테 전자 편지를 보냈디 않았갔어?"

"전자 편지…. 이메일을 말씀하시는 건가요?"

그렇다고 대답하는 남민수의 입가에 미소가 피어난다. 동료를 잃어 슬픈 얼굴에 그려진 안타까운 미소였다.

"시간을 확인해보니끼니 폭발 직전에 보낸 거였어."

"뭘 보냈던가요?"

"시키지도 않은 화산 관찰 보고서를 작성했어. 그건 지금 우리 공화국의 노동당으로 넘어갔다."

"아, 그래서 영웅 칭호를 받는 거군요?"

사흘 전쯤이었나 보다. 북한의 TV 뉴스에서는 백두산 화산을 조사하러 이도백하로 떠났던 세 사람에게 훈장을 내리고, 그 중 리용두에게는 인민을 위해 봉사했다며 영웅이라는 칭호까지 부여했다고 전했다. 거대 화산의 폭발로 많은 사람이 죽고 엉망이 되어버렸지만 그들의 체제는 아직 건재하다.

"고저 연구원 동무가 말이야. 남조선 형제들에게 안부 인사를 전해 달라더구만."

"안부 인사요?"

"고저 살아남지 못할 거라는 걸 알고 있었던 모양이야."

조용히 듣고만 있던 선화에게서 눈물이 주르륵 흘러내렸다. 생각이 다른 그들과 매일 말다툼을 벌이지 않았던가! 그런데도 그들의 죽음에 가슴 아파하며 눈물을 흘리는 걸 보니 그새 정이 들어버린 모양이다.

"울디 말라. 죽어버린 동무들이 슬퍼할 거이야."

"박사님."

무슨 말인가를 하려던 승현은 곧 입을 다물어버리고 말았다. 리용두에 대해 하고 싶은 말이 있었는데 도저히 그 말을 꺼낼 수가 없다. 리용두, 그는 남쪽 사람들에게 마음으로 다가가고 싶어했다. 손을 내밀면 잡아줄 수 있는 거리까지 가고 싶어했다. 그의 생각처럼 우리가 열린 마음으로 서로에게 다가가면 통일은 문제없을 거라고 시원하게 말하려고 했지만 승현은 끝내 입을 다물고 말았다. 편을 가르고 사는 우리, 지금도 남과 북의 경비병들은 서로를 바라보며 무표정하게 서 있다. 그들에게 만일 리용두의 마음을 전해주면 뭐라고 대꾸할까? 말도 안 되는 헛소리 집어치우라고 하겠지. 처음에 우리도 그런 마음이었다. 처음에는 우리도 서로를 위해 눈물 흘리게 될 거라는 사실을 전혀 알지 못했다. 결국 이렇게 될 것을 모르고 우르는 서로 잡아먹지 못해 으르렁거리며 싸우기만 했단 말이다. 미워하지 말고 사랑해 줄 걸 그랬다. 원망할 게 아니라 차라리 용서하고 이해해 줄 걸 그랬다. 그들은 단지 우리에게 다가오는 법을 몰랐던 것뿐인데, 우리는 그들을 이해하지 못하고 벽을 세워 버렸다.

"시간이 다 됐습니다. 이제 일어나셔야 합니다."

두 사람을 데려온 담당자가 그렇게 말했다. 이제 우리는 헤어져야 한다. 또 하나의 이산가족이 되어 다시 예전처럼 서로의 소식도 모른 채 살아가야 하는 거다.

"박사님!"

북한 경비병에게 이끌려 일어나던 남민수가 두 사람을 돌아보았다. 하지만 두 사람은 가슴 속에 숨겨둔 말을 꺼내지 못해 얼버무리기만 할 뿐이다.

"고저 나중에 또 만나자!"

남민수가 그들에게 손을 흔들었다. 뚜벅 뚜벅 들어왔던 문으로 그가 걸어간다. 나중에 만나자고, 다시는 지키지 못할 약속을 남기며 그렇게 멀어져 간다. 이대로 헤어져선 안 되는데…. 이도백하에서 그랬던 것처럼 당당한 얼굴로 하고 싶은 말을 모두 늘어놓아야 하는데…. 이제 다시는 만날 수 없다고 생각하니 기회가 주어져도 어찌해야 할 바를 모르겠다.

"남민수 박사님!"

다시 들려온 승현의 목소리에 남민수가 또 한 번 고개를 돌렸다.

"통일 되면 꼭 찾아뵙겠습니다! 건강하세요!"

경비병 틈에 둘러싸인 남민수가 고개를 끄덕였다. 다시는 볼 수 없는 그들의 마지막 인사에 목소리를 내어 대답했다가는 울컥 눈물을 쏟을 것 같아 남민수는 고개만 끄덕이며 그렇게 사라져 간다. 기약 없이 헤어진 우리에게 남은 건 평화를 향한 기다림과 눈물뿐이었다.

"사랑하는 대한민국 국민 여러분 안녕하십니까. 안녕이라는 인사가 새롭게 느껴지는 요즘입니다."

백두산의 폭발이 멈추고 열흘이 지나던 날의 저녁, 박현우 대통령의 대국민 담화가 시작되었다.

"열흘 전, 백두산의 거대 화산 폭발로 얼마나 놀라셨습니까. 안심하십시오. 백두산의 마그마는 가라앉았고, 화산 활동은 일단 진정되었습니다. 비록 화산재로 인한 피해는 한동안 계속 되겠지만 국민 여러분께서는 이제 곧 안정된 생활을 찾을 수 있을 것입니다. 또한 이번 대 재난으로 인해 피해를 입으신 분들. 국적을 떠나 사망자에게는 애도를, 부상자에게는 위로의 말씀을 올립니다."

박현우 대통령이 지켜보는 국민들에게 깊이 고개 숙여 제 마음을 표현한다.

"사랑하는 대한민국 국민 여러분, 백두산의 거대 화산 폭발은 또한 북한의 동포들에게 많은 상처를 남겼습니다. 이제 우리에게는 그들을 도와야 할 일만 남아있습니다. 국민 여러분, 정부에서는 현재 그들을 구제할 방법을 모색 중입니다. 119 소방대원들을 파견하여 북한 주민들을 도울 것이며, 부족한 식량과 물자, 혹시 모를 질병에 대비해 의료진을 투입할 것입니다. 그리고 국민 여러분, 여러분의 협조 역시 필요합니다. 차후에 정부는 국민 여러분의 지원을 받을 예정입니다. 단계적으로 자원 봉사 요원을 모집하여 북한으로 파견할 것이고, 그들과의 통일에도 힘을 쓰게 될 것입니다."

박현우 대통령의 담화문이 이어지는 TV 뉴스 화면에 북한을 도울 수 있는 방법이 개재된 청와대 홈페이지 주소가 떠올랐다.

"국민 여러분, 혹시 여러분께서는 백두산이 우리에게 무엇을 전하고 싶어 했는지 아십니까? 저는 그간의 대재난으로 깨달은 것이 있습니다. 그건 바로 형제를 사랑하는 마음입니다. 어쩌면 백두산은 남과 북 우리의 형제들에게 욕심을 버리라고 말하려던 것인지도 모르겠습니다. 욕심 없고 꾸밈 없이 살아가라고, 더 이상 싸우지 말 것이며, 서로 돕고 행복하게 살아가던 그 시절로 돌아가 이 땅을 다툼 없는 세상으로 만들어 달라고. 더 이상 이 땅의 누구도 아파하거나 눈물짓는 사람이 없을 아름다운 세상으로 만들어 달라는 부탁을 하기 위해 그리도 거대한 존재감을 드러낸 것인지도 모릅니다. 사랑하는 대한민국 국민 여러분, 평화로운 한반도를 만드는 것은 어느 누구도 아닌 바로 우리의 몫입니다. 우리가 이 땅의 주인이니까 말입니다. 이 땅의 주인이신 대한민국 국민 여러분, 그러니 힘을 냅시다. 쓰러져가는 북한 동포들을 일으켜 세우고, 무너진 우리의 삶을 일으켜 세웁시다. 그리하여 다시 한 번 세계에 우리의 기적을 보여줍시다. 세계에 우뚝 설 우리, 우리는 대한민국입니다."

에필로그

   1년 뒤, 2020년 12월.지난 거대 폭발로 인해 백두산의 높이는 천 미터 가까이 더 높아졌다. 폭발 물질이 솟아올랐던 분화구는 폭발 이전보다 두 배 이상 커졌고, 그 위로 눈과 비가 쏟아져 새로운 칼데라 호수를 형성했다. 수많은 희생자로 고통 받는 북한과 그들을 돕는 한국, 국경 너머 중국의 사람들은 그 칼데라 호수를 여전히 천지라고 부르고 있다. 백두산의 새로운 천지가 지금, 대 재난을 일으킨 지 1년 만에 화산 활동을 다시 시작했다. 지하 수 킬로미터 아래로 솟아오른 마그마로 인해 천지는 오늘도 부글부글 끓고 있다.

참고 자료

인터넷

〈망국 발해의 왕자 대광현, 고려로 망명하다〉

-네이버 sadbug887님 블로그.

〈온천 온도 2~6도 상승, 천지 밑바닥이 뜨거워진다〉

-중앙일보 네이트 뉴스 2010년 8월 11일자 기사.

〈지구 과학 연구 활동의 현 주소〉

-다음 카페, 지구과학과 제물.

〈백두산 화산 폭발 징후는 북한 지하 핵실험의 영향이 크다〉

-작성자 marinejws 님 블로그.

〈백두산 화산 폭발에 대해 아직도 뜨거운 논란이〉

-네이버 임요환 팬 님 —블로그.

〈관동 대지진때 조선인 학살 사죄를〉

-조선일보 2003년 8월 25일자 기사.

〈북한 인민보안부, 김책공대 관련〉

-디지털 북한 백과사전.

〈화산쇄설류, 화쇄서지, 화산이류〉

-다음 백과사전.

〈4~5년 뒤에 백두산 천지가 폭발한다〉

-미디어 다음 시사 IN.

〈백두산 서파 코스 단동의 호산장성〉

-다음 트래블님 블로그.

〈연변 텔레비전 방송 관련〉

-다음 카페 중국 시장 정복하기.

청와대 어린이 신문 '푸른 누리'〈역사 수정되면 민족은 황제의 후예〉 -연합뉴스
2010년 9월 1일자 기사.

〈판문점 자유의 집 관련. –판문점 트래블 센터 백두산 화산 폭발 기록〉
-작성자 청초꼬꼬님 블로그

서적

『화산, 마그마에서 화산암까지』

-(웅진 주니어)

『백두산 대 폭발의 진실(한국 고대사의 잃어버린 고리를 찾아서)』

-소원주(사이언스 북스)

『백두산에 묻힌 발해를 찾아서』

-진재운(산지니)크라카토아. -사이먼 윈체스터 (사이언스북스)

『화산, 지구의 불꽃』

-시공 디스커버리 총서. 지진은 왜 일어나는가. -김용부 (기문당)

『허풍선이 남작의 모험』

-루돌프 에리히 라스페, 이매진 옮김(황금가지)

『우리가 알아야 할 지진』

-변진섭(도서출판 일공일공일)

방송

〈자연의 분노 화산〉

-내셔널 지오그래픽

〈천년의 잠 깨어나는 백두산〉

-KBS 1TV

〈강호동의 1박 2일 백두산을 가다〉

-KBS 2TV 방송